ミネルヴァ日本評伝選

たえだえかかる雪の玉水

式子内親王

奥野陽子著

ミネルヴァ書房

刊行の趣意

「学問は歴史に極まり候ことに候」とは、先哲荻生徂徠のことばである。

歴史のなかにこそ人間の智恵は宿されている。人間の愚かさもそこにはあらわだ。この歴史を探り、歴史に学んでこそ、人間はようやくみずからの正体を知り、いくらかは賢くなることができる。新しい勇気を得て未来に向かうことができる。徂徠はそう言いたかったのだろう。

「ミネルヴァ日本評伝選」は、私たちの直接の先人について、この人間知を学びなおそうという試みである。日本列島の過去に生きた人々の言行を、深く、くわしく探って、そこに現代への批判を聴きとろうとする試みである。日本人ばかりではない。列島の歴史にかかわった多くの異国の人々の声にも耳を傾けよう。

先人たちの書き残した文章をそのひだにまで立ち入って読み、彼らの旅した跡をたどりなおし、彼らのなしとげた事業を広い文脈のなかで注意深く観察しなおす——そのとき、はじめて先人たちはいまの私たちのかたわらによみがえってくる。彼らのなまの声で歴史の智恵を、また人間であることのよろこびと苦しみを、私たちに伝えてくれもするだろう。

この「評伝選」のつらなりのなかから、列島の歴史はおのずからその複雑さと奥ゆきの深さをもって浮かび上がってくるはずだ。これを読むとき、私たちのなかに新たな自信と勇気が湧いてきて、その矜持と勇気をもって「グローバリゼーション」の世紀に立ち向かってゆくことができる——そのような「ミネルヴァ日本評伝選」にしたいと、私たちは願っている。

平成十五年（二〇〇三）九月

上横手雅敬
芳賀　徹

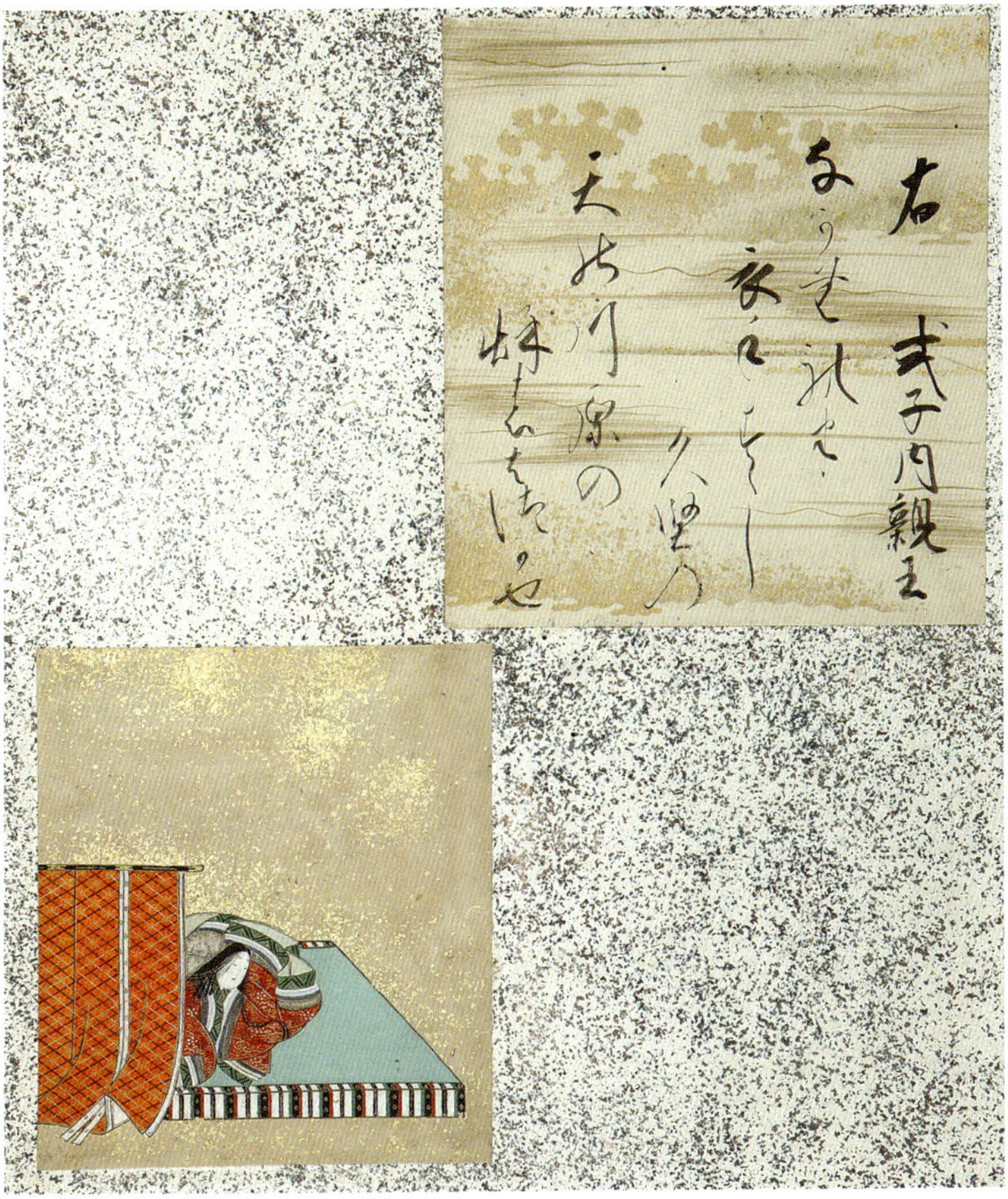

『新三十六歌仙画帖』式子内親王像（江戸中期　個人蔵）

ながむれば衣手すゞし久堅の天の川原の秋のはつかぜ

ほととぎすその神山の旅枕ほのかたらひし空ぞ忘れぬ　式子内親王
（上賀茂神社より神山の空を望む　亀村俊二撮影）

伝道勝法親王筆，現存最古の「百人一首かるた」 式子内親王

（元和・寛永頃　滴翠美術館蔵）

玉のをよたえなばたえねながらへばしのぶることのよはりもぞする

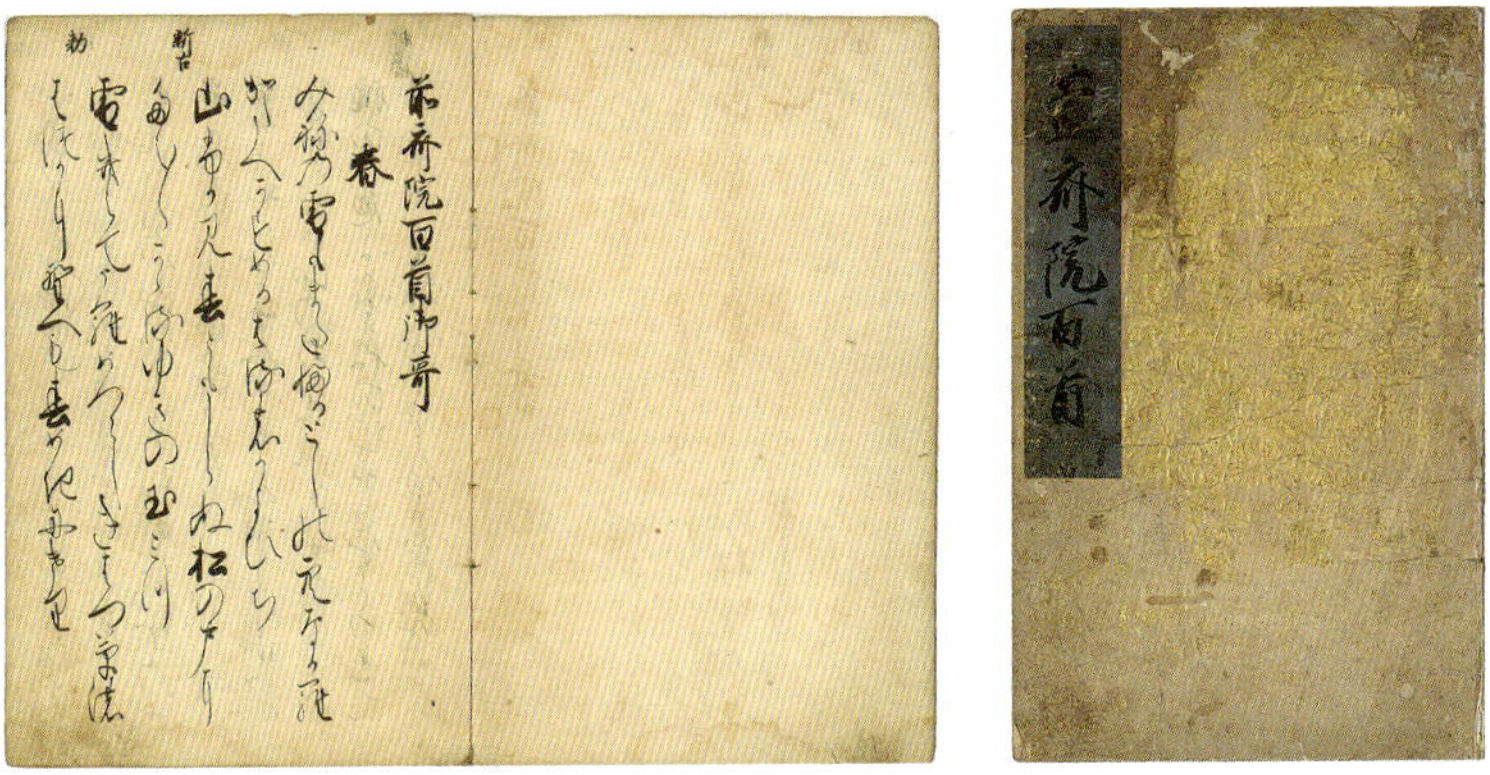

伝後柏原院筆『前斎院百首』

（表紙，内題部分　室町後期　南天荘旧蔵　個人蔵）

式子内親王の墓と伝えられる般舟院陵五輪塔
（京都市上京区上善寺町）

這ひ纏はるるや定家葛の
はかなくも形は埋もれて
失せにけり

能「定家」
（藤井千鶴子　牛窓正勝撮影）

はしがき

『新古今和歌集』第一の女流歌人、式子内親王《しょくしないしんのう》の代表歌として、次の歌は、よく知られていよう。

玉の緒よ絶えなば絶えねながらへば忍ぶることの弱りもぞする（新古今集　恋一　一〇三四）

山深み春とも知らぬ松の戸にたえだえかかる雪の玉水（新古今集　春上　三）

前者は『百人一首』のかるたでも親しまれているし、後者は「雪の玉水」という日本酒もあるようだ。広く流布した鎌倉時代私撰集『自讃歌』にも、ともに採られている。忍恋（しのぶこひ／しのぶるこひ）の歌人、また、山家《さんか》の孤独にある隠遁の歌人として、式子は知られてきた。

式子内親王の言葉は、和歌だけが残されている。その和歌も四百首程度、それもおおかたは百首歌で、生活の中で詠まれた歌（対詠歌）は数少ない。したがって、式子が、いつ、何を思い、どのように行動したのか、直接に判明する歌というものも、ほとんどない。日記も消息もない。

その事跡についても、判明していることは多くはなかった。後白河《ごしらかわ》院皇女式子内親王（久安五年

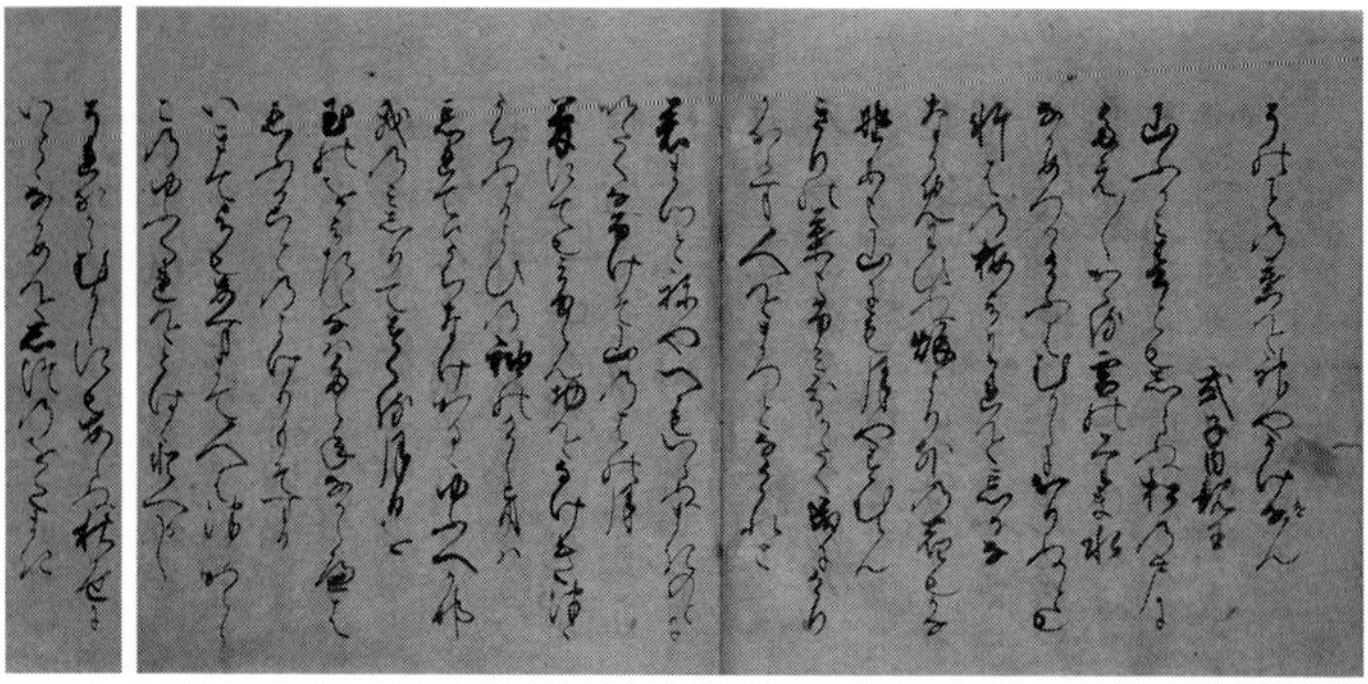

伝三条西実澄筆『自讃歌』の式子内親王歌（室町末期　勝海舟旧蔵　個人蔵）

〔一一四九〕～建仁元年〔一二〇一〕五十三歳）、少女時代に賀《か》茂《も》斎院《さいいん》となり、退下後も孤独な生涯を送った、という「寂しく悲しいと推察される実人生」から和歌を解釈する、つまり、式子の歌を体験詠として解釈するということが、長きにわたってなされてきた。恋をすることが許されない斎院という身分であったことから、「玉の緒よ」のような歌が生まれたのだと解釈され、また、斎院という世俗を離れた境涯にあったことから「山深み」のような歌が詠まれたのだとも考えられてきた。実際に恋の相手もいて、それはながく藤原定家だとされてきたし、法然上人だったとも言われた。

しかし最近では、そういった読みは反省されて、式子の和歌を、後鳥羽《ごとば》院の率いる新古今歌壇との関わりや、定家をはじめとする当代の歌人たちとの影響関係を辿るなかで、式子の和歌の、歌として独立した、公的な表現を獲得した普遍性が証されてきている。田渕句美子『異端の皇女と女房歌人――式子内親王たちの新古今集』は、同『新古今集――後鳥羽院と定家の時代』とともに、『新古今集』の立ち上がる大きな流れの中で、広い視野と客観的な史料に基づいて、式子の生涯と和歌を見直し、百首歌の中に自由にさまざまな詠歌主体を演出する「異端の皇女」という式子像を提出する。後に詳述するが、たとえば、「玉の緒よ」歌については、後藤祥子氏の解釈を引き継いで、『源氏物語』に本説を探り、女性ではなく男性の立場で詠んだ歌だとしている。これは近年の研究の方向を徹底させた成果であると言えよう。

式子の和歌に生身の人生を読み取るような解釈はすでに過去のものになった。歌は、式子の生身から昇華し、次元を異にする詠歌主体を確立し、独立した言葉の世界を構成する。そこに通じ合う言葉を共有した開かれた式子がいる。拙著『式子内親王集全釈』も、題詠であるという元来のそのあり方に即して、式子という「人」をいったん忘れて歌だけを観るという方法を採ったものであった。

皇女として初めて、式子内親王は、百首歌という舞台を選び、不自由な皇女の立場を離れ、その虚構の自由さを愛して、いくつもの詠歌主体を自在に詠み分け、当時の歌壇の歌人たちと同じように、いくつもの「私」を演出していった。それは、慣習や伝統に縛られず、自分の価値観や生き方を貫いた、現実の式子の姿勢と重なる、と、およそこのように、田渕氏はその式子論のまとめのなかで述べている。ありうべきことで、そこに私の付け加えるべきことはないようにも思われる。

「玉の緒よ」歌の烈しさに関しても、田渕氏は、「この歌がこれほど切迫した調べで内攻する荒ぶる情念を歌うことは、それが式子内親王の精神の何かと交響しているのだと思う。ここにこそ皇女としての逸脱性がある」とする。その恋歌に限らぬ烈しさは、従来単純に斎院であることの桎梏からと指摘されてきた現実悲劇的な烈しさではなく、その「精神の何か」「皇女としての逸脱性」に由来するというのである。

式子は、さまざまな歌を詠んだ。四季の歌、雑の歌、そして恋の歌も男性の忍恋だけではなく、女性の立場の歌も、逢恋の歌もある。虚構性の濃淡も、雑歌のような述懐性の高いものからまったくの題詠まで、一様ではない。「玉の緒よ」歌のような烈しい表現の歌もあれば、「山深み」歌のような静かな沈潜した表現の歌も、また、ある。

歌を実人生と結びつけてそこから現実の式子像だと想像されていた式子像は、実は、式子が虚構した詠歌主体であると考えられる。その上で虚構の自在さを強調するならば、どんな想像―創造も可能であり、歌の内容と人生との関連を考えることは無駄なことになってしまいそうである。本人の言葉とては虚構の歌があるだけといってもよい式子内親王の評伝を書く困難を突破しようとする時、皇女でありながら初めて百首歌を詠んだこと、病にあっても加持祈禱を断るといった異端の振舞いをする独自の価値観を持つ皇女であること、皇女という身分に由来する「烈しさ」が、自在な虚構の歌に響いていると、その人生との関連を求めるのも、一つの方法であったと思われる。

しかし、自在な虚構も、一回的な人生の道のりの中で、その「身」において、数ある創造の可能性の中からその時、選ばれたものである。それは、その人の避けがたく引き受けた人生を問いとする選ばれた応えとしてあるはずである。その応えが、個別性、時代性を超えて普遍性をどれほど獲得しているかに、古典としての意味もある。知的に作っただけではない、奥底に内発的、生命的なものがあってこそ、詩は詩であろう。式子の一回的な生とそれを超えて普遍的な生というものの意味に向かう詩の生命的な羽ばたきを感じとりたいと私は思う。皇女という身分に由来するだけではない、虚構された詠歌主体の個性的なあり方について、さらに具体的に考究される余地が残されていると考える。体験詠という形をとってはいないが、皇女であり、斎院であったことも、出家したことも、呪詛の事件に巻き込まれたことも、式子のこの世を見る見方に、詠み出された百首歌に、そこにこめられた祈りに、身体性の深いところで、関わっているだろう。

拙著において、式子という「人」をいったん忘れて歌だけを観るという方法を採った私であったが、その後で、式子の人生がどのようなものであったのかとても知りたくなったのも、今思えば、式子の歌に生命的なものを感じたからだったのであろう。

「虚構の歌」から、具体的、一回的な人生を生きた式子の心に到達する方法を見つけねばならない。しかし、式子自身の言葉は、歌しか残されていないのだから、やはり歌をさらに深く読むしか方法はなさそうである。まずは、この趣の異なる二つの歌、正述心緒《ただにおもひをのぶる》的な「玉の緒よ」歌と寄物陳思《ものによせておもひをのぶる》的な「山深み」歌から、その糸口を見つけ、その上で、式子の生涯を辿ってみたい。

なお、本書の副題「たえだえかかる雪の玉水」は、「山深み」歌の下句から採った。「玉の緒よ絶えなば絶えね」の句や、後鳥羽院の式子歌への評「斎院は、殊にもみ〳〵とあるやうに詠まれき」（『後鳥羽院御口伝』）も、式子の歌の特徴をよく表しているものの、評伝を語るには、この副題がふさわしいと考えたのであった。詳細は本文に譲るが、この歌は、式子歌の到達点を示す最後の百首歌の中にあるというだけでなく、それ以前に詠まれた歌への射程をもっていて、式子の心の歩みをうかがわせるのであり、また、主ある詞ともされた「雪の玉水」の象徴する春の悦びは、式子の表現の至りついた高みに達していると思われるからである。

式子内親王——たえだえかかる雪の玉水　目次

はしがき

目　次

図版写真一覧

皇室関係略系図

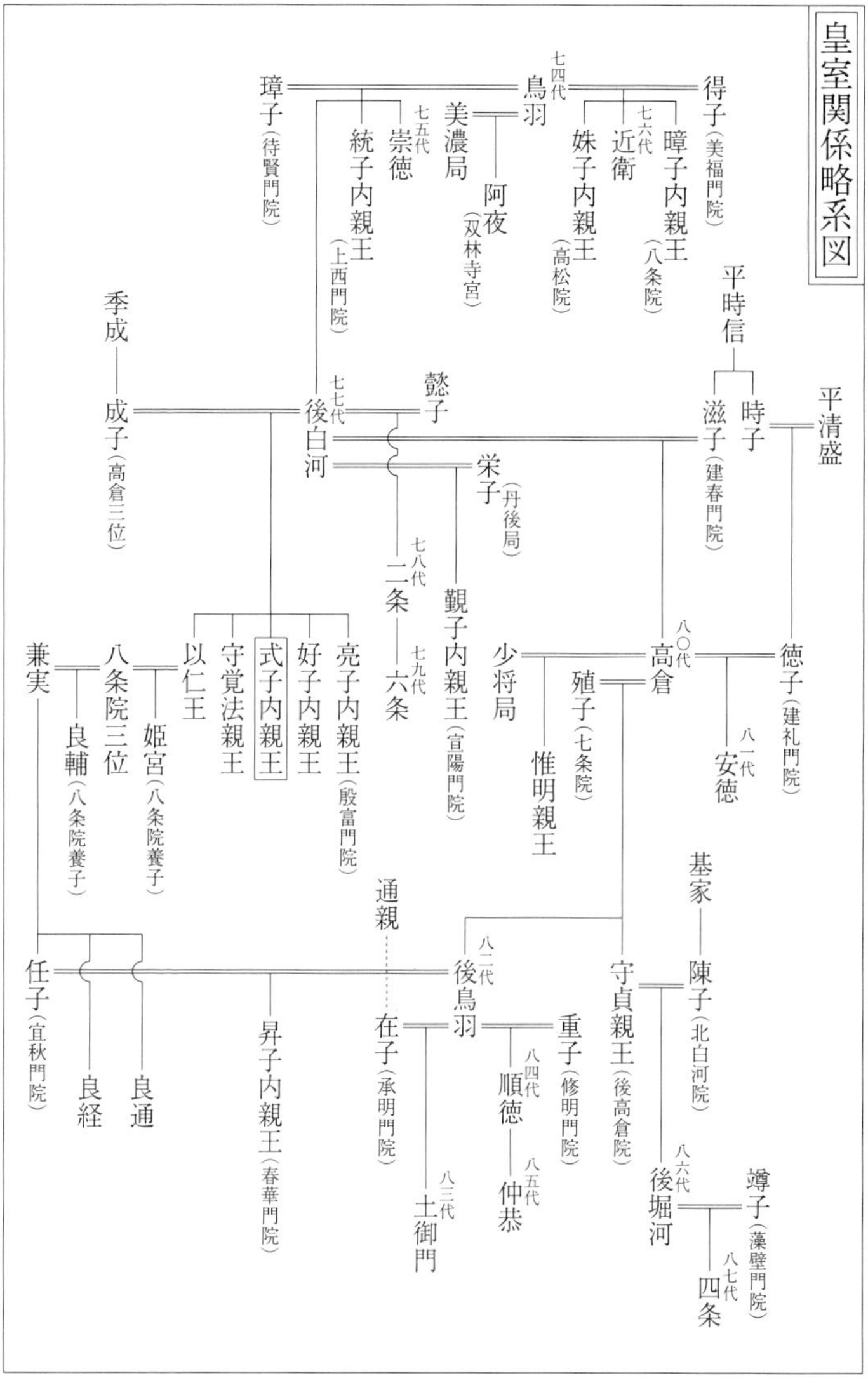

得子（美福門院）
七四代 鳥羽
璋子（待賢門院）
美濃局
暲子内親王（八条院）
七六代 近衛
姝子内親王（高松院）
阿夜（双林寺宮）
七五代 崇徳
統子内親王（上西門院）
平時信
平清盛
時子
滋子（建春門院）
懿子
七七代 後白河
季成
成子（高倉三位）
栄子（丹後局）
七八代 二条
七九代 六条
覲子内親王（宣陽門院）
亮子内親王（殷富門院）
好子内親王
式子内親王
守覚法親王
以仁王
八条院三位
姫宮（八条院養子）
兼実
良輔（八条院養子）
八〇代 高倉
徳子（建礼門院）
少将局
殖子（七条院）
惟明親王
八一代 安徳
基家
陳子（北白河院）
守貞親王（後高倉院）
八六代 後堀河
𡡉子（藻壁門院）
八七代 四条
八二代 後鳥羽
通親
在子（承明門院）
八三代 土御門
重子（修明門院）
八四代 順徳
八五代 仲恭
任子（宜秋門院）
昇子内親王（春華門院）
良経
良通

三条家略系図

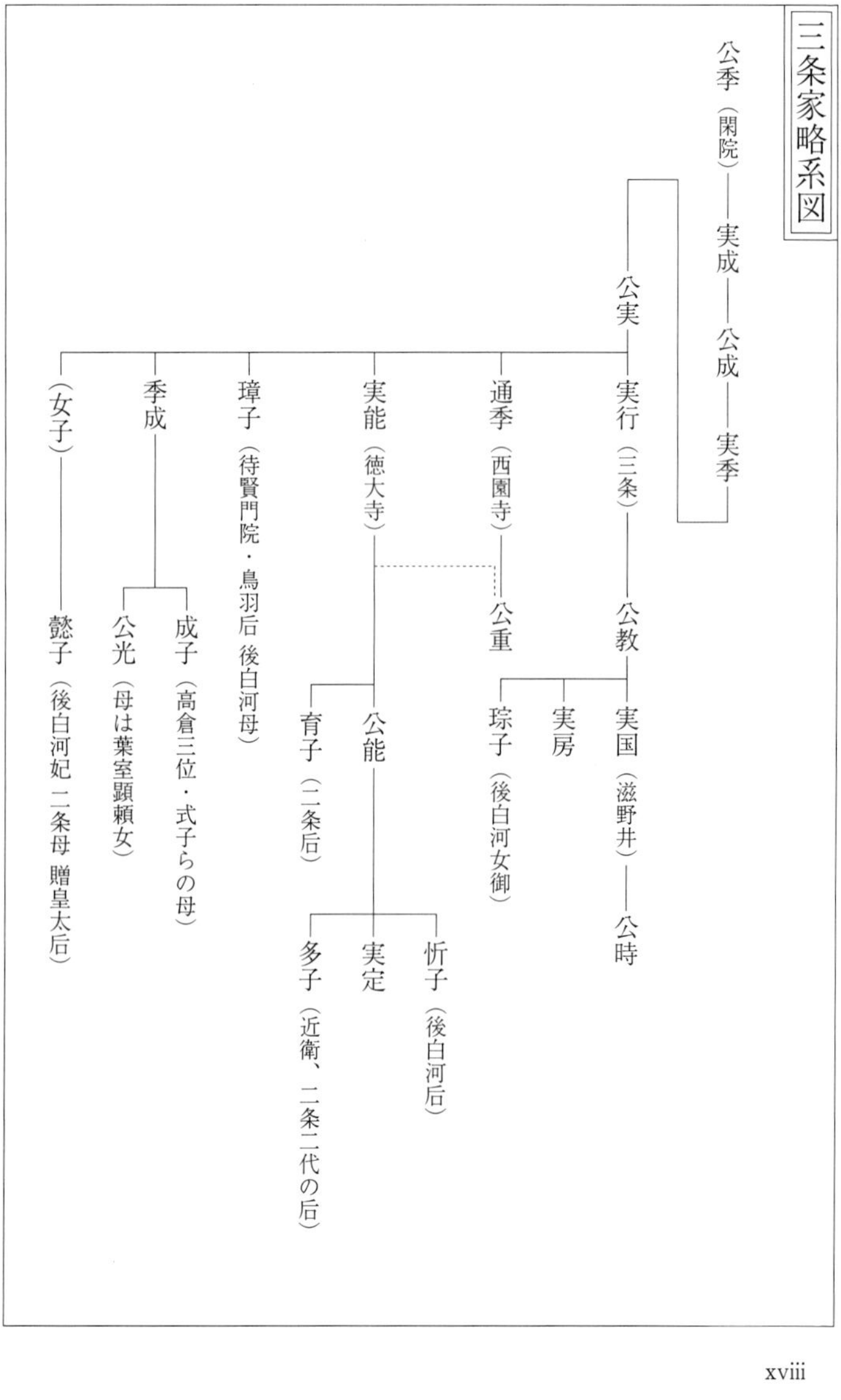

公季（閑院）
実成
公成
実季
公実
実行（三条）
通季（西園寺）
実能（徳大寺）
璋子（待賢門院・鳥羽后 後白河母）
季成
（女子）
公教
公重
実国（滋野井）
実房
琮子（後白河女御）
公時
公能
育子（二条后）
忻子（後白河后）
実定
多子（近衛、二条二代の后）
成子（高倉三位・式子らの母）
公光（母は葉室顕頼女）
懿子（後白河妃 二条母 贈皇太后）

御子左家関係略系図

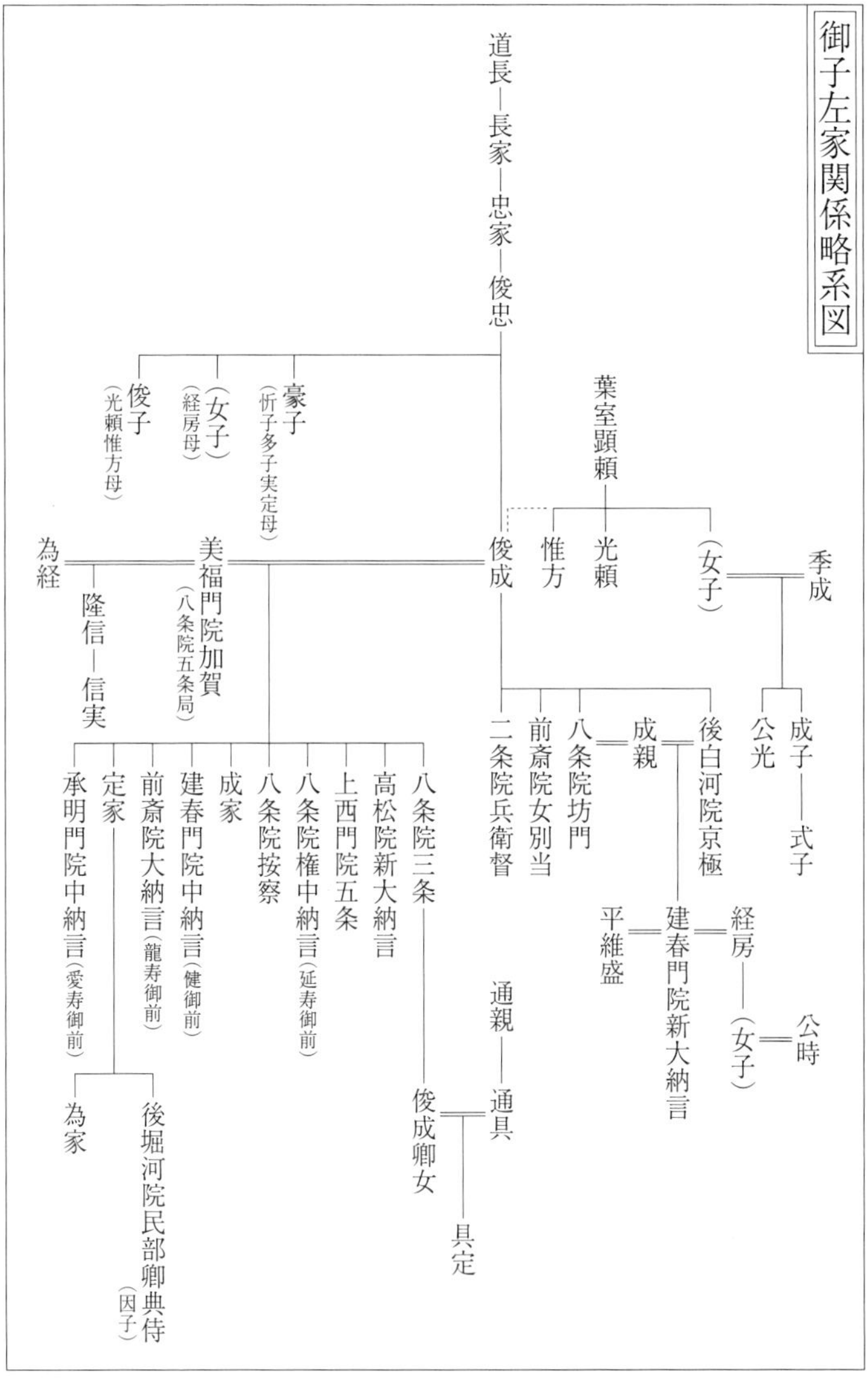
道長
長家
忠家
俊忠
俊子（光頼惟方母）
（女子）（経房母）
豪子（忻子多子実定母）
葉室顕頼
惟方
光頼
（女子）
季成
俊成
美福門院加賀（八条院五条局）
為経
隆信
信実
公光
成子
式子
二条院兵衛督
前斎院女別当
八条院坊門
成親
後白河院京極
建春門院新大納言
平維盛
経房
（女子）
公時
八条院三条
高松院新大納言
上西門院五条
八条院権中納言（延寿御前）
八条院按察
成家
建春門院中納言（健御前）
前斎院大納言（龍寿御前）
定家
承明門院中納言（愛寿御前）
為家
後堀河院民部卿典侍（因子）
俊成卿女
通親
通具
具定

第一章　斎院以前

1　「玉の緒よ」歌と「山深み」歌の方法

「玉の緒よ」歌は男歌である

「玉の緒よ」歌は男性の立場に立って詠まれた恋歌である、という解釈を明確に提出したのは、後藤祥子氏であった（「女流による男歌――式子内親王歌への一視点」。改稿があるが趣旨は変わらない）。現代語訳とともに改めて掲出する。

百首歌の中に忍恋を
玉の緒よ絶えなば絶えねながらへば忍ぶることの弱りもぞする（新古今集　恋一　一〇三四）
（恋の苦しさに絶えそうな）私の命の緒よ。絶えてしまうものならば絶えてしまうがよい。このまま生きながらえていると、この恋心を隠して堪え忍ぶ力が弱り、恋心が顕れてしまいそうだから。）

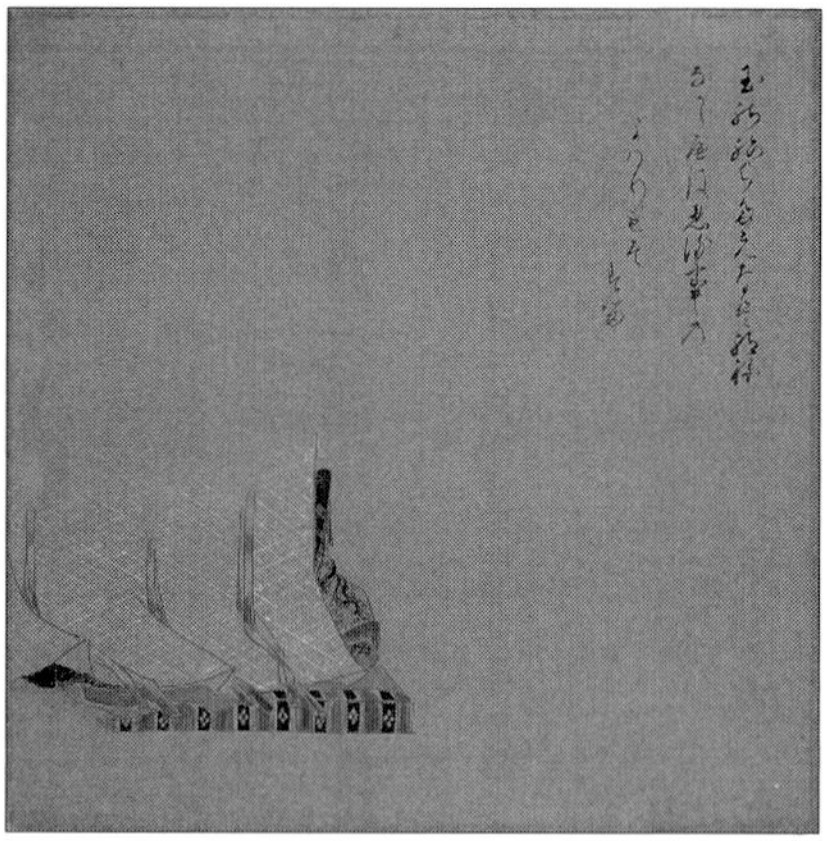

『歌仙絵』式子内親王像「玉の緒よ」歌
（江戸時代　個人蔵）

後藤氏の解釈には、拙著も賛同し、田渕氏前掲書もこれを大きく評価している。「式子は男性恋歌の名手である」（同論文）というのもその通りである。

後藤氏は、女性による男性恋歌の歴史的展開を確認している。題詠の時代にあって、女流歌人によっても男性の立場に立つ恋歌が詠まれるようになった。忍恋とは、恋愛の初期のテーマであり、男性の立場で詠まれるのが通常であった。

忍恋には二つの面がある。一つは、自分の中に恋心を秘めて恋の相手にも打ち明けない忍恋である。忍ぶことは、「心長さ」「心深さ」すなわち「誠実さ」と深く関わるのである。思いをすぐに相手に打ち明けることは、「うちつけの恋」として軽薄な実のないものとされた。禁断の恋ならそれはもちろんのことであろう。しかし、この恋の初期段階は、ついには思いの強さに負けて、相手に打ち明けるということになるのが常である。

もう一つは、相手に恋心を打ち明けた上で、人目を忍ぶという側面である。人目は恋をじゃまするものであるから、その恋を大切に思うならばそれは重要なことである。『源氏物語』の女三宮《おんなさんのみや》は、不用意にも柏木《かしわぎ》の文を源氏に見られてしまい、恋は一番知られてはならない人に知られてしまったのであった。

「玉の緒よ」歌が前者の忍恋であることはいうまでもない。

「玉の緒よ」歌の特異性

しかし、「忍恋」が恋愛初期の男の気持ちを表すテーマであるにしても、この「玉の緒よ」歌はよほど変わっている。和歌史を振り返れば、逢えぬ恋の苦しさに堪え得ず、むしろ死んだほうがよいという歌は、「我妹子に恋ひつつあらずは刈り薦の思ひ乱れて死ぬべきものを」（万葉集　巻十一　二七六五）など古くからある。あるいは、人目を忍ぶ恋が露顕しても逢えるなら「さもあらばあれ」——我が身はどうなってもかまわない——という歌「思ふにはしのぶることぞ負けにける逢ふにしかへばさもあらばあれ」（伊勢物語　六十五段）もある。「逢ふに命をかふ」という発想は、恋愛初期の狂おしい心情を表現する一つの型となっていて、「命やは何ぞは露のあだものを逢ふにしかへば惜しからなくに」（紀友則　古今集　恋二　六一五）など多数の例がある。

しかし、「玉の緒よ」歌のように「忍ぶることに命をかふ」という歌はなかった。死にたいと思っているわけではないが、その忍ぶ意志はゆらぎようもないくらい強く、たとえ死ぬことになってもこの恋を忍ぼうと思っているという表現である。詠み手は、そうすることに意味を感じているからこそ、その態度をきっぱりと選んでいる。苦しいながらそこに自虐はなく、むしろ一つの生き方が表明されていると思われる。

柏木の恋

後藤氏はこの歌を男性の立場の歌だとした上で、さらに、式子の歌に見られる『源氏物語』などからの影響——本歌取・本説取——や、定家をはじめとする同時代男性歌人との用語や発想との緊密な関係から、式子研究においては、本歌・本説を探ることが有効性が高いとし、「玉の緒よ」歌は、『源氏物語』の柏木の恋のような禁断の恋の状況設定であるとされた。

柏木は光源氏のライバルの頭中将の長男。以前から女三宮を望んでいたが、女三宮が光源氏に降嫁し、自分も妻を持った後も、その恋情が断ち切れず、遂に密通する。ところが、まもなく源氏にその秘密が知られ、罪障感と恐怖感にさいなまれ、病に倒れて死んでしまう。女三宮は不義の子薫を出産して出家する。

柏木が死を思うのは事が顕れてからである。「(柏木は)露見前に死を望む程、禁欲的でもなかったが、結局、露見が命取りとなった点で、その前に死んだ方が名誉のためにはましだったと後悔される結果になった。いっそ恋を忍んで、忍び死にに死んだ方がよかったのである。式子の歌の尋常でない耐え方は、そういう物語の設定を借りてくると、私などには理解しやすい」「密通が露見してから、これ以上ひどい結果にならない先にというのだから、式子の歌う、恋心が顕れない先に死にたいというのよりは、はなはだ散文的だが、その心意を詩に凝らせると、式子のような発想と表現をとるほかないであろう」と後藤氏は言われる。

柏木を超えて

しかし、逢う前に命がけで忍ぶ決心をしている式子の歌の詠歌主体と、思いを遂げた後に、「事態が悪化しないうちに死んでしまいたい」という柏木とは、その心境を同列に扱うことは出来ないのではないか。思いを遂げた後だからこそ後悔は出来るのであり、逢う前に死を思うほどでなかったからこそ、思いを遂げたのであろう。柏木の気持ちとしては、「逢ふにしかへばさもあらばあれ」に近く、その先のことはあまり考えていなかったのではないだろうか。結果として、女三宮から「あはれ」との共感も得られず、「恋そのものが社会的な身の破滅につながる」恋ということになったのだった。

式子が創造した、強く忍ぶ意志を明確に表明する「玉の緒よ」歌の詠歌主体は、物語中の柏木像を通過しつつも、それを超えた別の仮構された人物になっている。

この歌の強い決意、迷いのない選択を支えているものは何だろうか。我が身の破滅を恐れる理性の強さだとすると、それはまさしく「はなはだ散文的」であり、恋の思いから遠ざかる歌になってしまう。「忍恋」の「和歌」として、より長高く解釈するならば、相手を思う心からの態度と考えるほかはないと思われる。恋を断念して忍び通すことを肯定的に選んでいる人物、相手のために自分はそうありたいと祈っている人物、柏木とはまた異なる、ほとんど祈りとしてしかありえないような恋する男の決心を創造したのである。

注意しておきたいのは、式子の本説の物語に対する態度である。柏木のような状況も深く理解し、その身になった上で、そこから、新しい「忍恋」の形を生み出す、「古典を生きている」とでもいうべき主体性がそこにあることである。

「松の戸」と「陵園妾」

『新古今集』春部に入る「山深み」歌は、最晩年の応制《おうせい》百首『正治二年初度百首』の歌である。この歌に関しても、「玉の緒よ」歌に見られたような式子のなかで人物像の変貌する過程が、また異なる形で指摘しうる。

「山深み」歌で使われる「松の戸」という言葉を、式子が三度も使っていることに着目し、中古中世和歌の用例を検討して、これが、白楽天の「陵園妾《りょうえんのしょう》」の「松門暁に到るまで月は徘徊し、柏城尽日風は蕭瑟たり」（白氏文集　巻四　新楽府）という句の「松門」に基づく歌語であると指摘したのは久保田淳氏であった。「陵園妾」は、讒言によって宮中から追放され、陵墓の墓守として死ぬまで幽閉される宮女の悲哀を歌い、後宮に召されながら恩寵を賜らない宮女を哀れんだ歌である。その詩の最後は、せめてこの墓守のお役目を三年に一度にしてほしいと訴えている。

建久初年ごろに詠まれたと考えられるいわゆるA百首に、確かに、式子は陵園妾を詠んでいる。

山深くやがて閉ぢにし松の戸にただ有明の月やもりけん（九二）

山深く連れて来られて、入ればそのまま閉じてしまった陵墓の松の戸に、ただ有明の月だけが漏り入っていたことだろうか、の意で、これはまさに作者の現在において、昔の陵園妾の松の戸のありさまを想像している歌である。

陵園妾を超えて

「山深く」歌において、式子が陵園妾に強い関心を持っていることには疑いがない。では、詠歌時期は不明だが、次の歌ではどうであろうか。

百首歌の中に

秋こそあれ人はたづねぬ松の戸を幾重も閉ぢよ蔦のもみぢ葉（新勅撰集　秋下　三四五）

しかし、この歌の「松の戸」は、すでに松の枝折り戸のある庵のさまに変貌しつつあると思われる。まさに秋の色がここにあるよ。秋は来たけれども人は訪れはしないこの松の戸を、幾重にも美しく閉ざせよ。蔦のもみぢ葉よ、という意である。「陵園妾」の漢詩に蔦は詠まれず、なによりもこの「松の戸」の人物は、そこにからむ蔦の紅葉に対して、「幾重も閉ぢよ」と幽閉から解放されることをひたすら願う陵園妾ならとても言いそうにないことを詠んでいる。この人物は、山中の庵にあり、人への執着を断ち秋の自然を友としようとしている。しかし、人への思いは断ちがたく、ともすれば戸口に向かう心を止めようとする決意の固さから「幾重も閉ぢよ」という言葉が発せられている。ここには世俗に戻りたいと願う陵園妾の生き方からの転換がある。

最晩年の「山深み」歌の「松の戸」の人物は、「秋こそあれ」歌の詠歌主体よりさらに覚悟して山中の松の戸の庵に住んでいる。「松の戸」は「松のとぼそ」とも同じで、庵の意で使う和歌もある。上句の「春とも知らぬ」の「春」は、都の暦に代表される世俗の春だが、その春とはすでに関わりなく住む松の戸のある庵に「たえだえかかる雪の玉水」の象徴する春は、世俗の春とは別次元である。久保田氏は、「春の到来を喜んでいることは確かである。ただ、その喜びに重点を置くか、それまでのきびしく長かった冬の寂しさを重視するかは、問題である」とされ、「『新古今集』中の歌としてはその意味を表立って主張するものではない」が、白楽天の「陵園妾」のイメージが「作者自身がひそかに籠めた心情」として「この作にも揺曳していると考えたい」とする。陵園妾と無関係ではもちろんない。この歌については、改めて取り上げる機会があるが、むしろ私は、ここに、暦の「春」とは異なる新しい春が創造されていることの方を重く見る。三首を経て「松の戸」が、陵園妾の山陵から山中の隠者の庵へと意味を転じていったことに、着目したいのである。陵園妾の苦悩に強く共感し、それを自分のこととして考えるところから、「松の戸」の意味が展開していると考える。式子は、本説に深く入り込み、それを生きて、新しい意味を創っている。

物語や漢詩、和歌の詞にこのような態度で向かう式子であることを念頭におきつつ、式子の生涯を辿ってみたい。

2 名について

「式子」の読み

「式子」という名前はどのように読むのだろうか。辞典の類は、ショクシないしシキシの音読みで見出しを立てる（吉川弘文館『国史大辞典』、明治書院『和歌大辞典』、最近では日本文学web図書館『辞典ライブラリー』など）。角田文衛氏によれば、「×子」型の女性名は、すべて訓読されたが、個々の場合、必ずしも真実の訓みを知りがたいために、音読する不都合な慣例が出来ていたという。式子内親王は「ノリコナイシンノウ」と訓読して呼ばれたという（『日本の女性名』上）。したがって同氏監修の『平安時代史事典』（CD-ROM版　角川学芸出版／角川書店）は「のりこないしんのう」で立項している。同時代の九条兼実《くじょうかねざね》の日記『玉葉《ぎょくよう》』（建久二年一月十一日条）に「則子と範子〈前斎院の御名と云々〉と字異なりと雖も、訓同じ如何。余云はく、女の名に於ては、同訓を憚らざるか。皇后安子は名人なり。国母なり。然れども高陽院泰子なり。況んや已下に於てをやといへり」などとあり、訓読されていたことの根拠となるかとは思われるが、残念ながら、「のりこ」の例ではあるが「式子」の文字を例に挙げているわけではない。平安時代の訓点資料（保安元年東大寺蔵『弘賛法華伝《ぐさんほっけでん》』、保延二年個人蔵『法華経単字』、長寛元年石山寺蔵『大唐西域記《だいとうさいいきき》』巻二など）や『類聚名義抄《るいじゅみょうぎしょう》』には確かに「式」に「ノリ」の訓がある。「ノリコノヒメミコ」の振り仮名は、時代も下って、活字本の昭和三年徳川家蔵版『大日本史』にある。現在上賀茂神社のおみくじに書かれている式子の歌の作者名にはやはり「のりこ」と仮名が振ってある。

しかし角田氏は、一方で、歌学の世界では、特定の歌人を、俊成《しゅんぜい》、定家《ていか》などと音読みする「有職読み」があり、その典型が「式子《しょくし》内親王」の場合であるとも言われている。

金春禅竹《こんぱるぜんちく》作の謡曲「定家」では、シテの式子内親王は、「われこそ式子内親王《しょくしないしんのお》」と名のる（振り仮名は現在まで伝承されている発音。現存最古の謡本は宝山寺蔵伝禅鳳謡本（日本古典文学大系の底本））。近世になって、古浄瑠璃『小倉山百人一首』（寛文十二年刊、二九九頁挿絵参照）、元禄中頃には上演されていたという土佐浄瑠璃『定家』（宝永五年刊）の版本では「しよくし内親王」と仮名表記されている。管見の限りではあるが、近世版本で「しきし」と表記するものを目にしない。

近代になり、与謝野晶子は、「したしむは定家《ていか》が撰《え》りし歌の御代式子《しきし》の内親王《みこ》は古りしおん姉」

（『賞小扇』「朝寝髪」初出「黄金扉」『明星《みょうじょう》』四号　明治三十六年四月）と「しきし」と振り仮名を付けて読ませている。近世以前は「しょくし」と漢音で呼びならわしていたが、近代になって「しきし」の呉音の読みも定着してきたようである。晶子の歌の影響もあるのかもしれない。あるいは、当用漢字音訓表（一九四八年）にも常用漢字音訓表（一九八一年、以後改訂）にも「式」には「シキ」の音のみが採用されて、「ショク」は表外であるということも関係しているのだろうか。国文学研究資料館の資料の読みも、「しきし」とある。歌人としての式子の評伝である本書は、古来の言いならわしに従って、「しょくし」と呼ぶことにする。

呼称について

式子の呼称については、国島章江氏の考証（「式子内親王――御伝記に関する資料」）を、高柳祐子氏が検証・整理されている（学位論文「中世和歌の史的研究」東京大学）。それを参考にして示す。

同時代の記録にあり、その時々の居所による呼称

(1)「大炊御門斎院」・「大炊御門前斎院」――式子が建久七年（一一九六）より建仁元年（一二〇一）の死去まで大炊御門殿《おおいみかどどの》を本拠にしたことによる呼称。『明月記《めいげつき》』『経俊卿記』『後鳥羽院御口伝』『建礼門院右京大夫集《けんれいもんいんうきょうのだいぶしゅう》』『賀茂斎院記』など。

(2)「三条前斎院」――式子が「三条殿」と呼ばれる邸宅にいた頃（治承元年（一一七七）から治承五年（一一八一））の『愚昧記《ぐまいき》』『明月記』『山槐記《さんかいき》』など。複数生存していた「前斎院」に区別

をつける必要があったか。

後世に編纂された資料にしか見られない呼称

(1)「萱斎院」――『明月記』(治承五年(一一八一)九月二十七日条)に「入道殿(注　俊成)例の如く引率して萱斎院に参らしめ給ふ。御弾箏の事ありと云々」という一文があることからの呼称か。後世の定家系偽書(『桐火桶』『愚秘抄』)に引き継がれ、『式子内親王集』の江戸期の写本の外題に『萱斎院御集』と冠される(同様に、正治《しょうじ》百首のみ所収の『前斎院百首』にも『萱斎院百首』の外題をもつ本がある。口絵参照)。現在でも割合に使用されるが、高柳氏は『明月記』記事の他に資料がない点や、「萱御所」の場所が決定しがたい点などから問題がある呼称としている。

(2)「高倉宮」――『本朝女后名字抄』に見える。式子の居た三条南高倉東の三条殿は、三条北高倉西の以仁王《もちひとおう》の邸とは異なるのであり、これによって混同されて誤解が生じてきた。

(3)「四条斎院」――『皇代記《こうだいき》』に「号四条斎院」と見えるのみで、国島氏も不明としているが、高柳氏は、式子が、斎院に卜定《ぼくじょう》された平治元年(一一五九)十月から、大膳職《だいぜんしき》に入御するまでの一年あまりの初斎院潔斎《けっさい》を、卜定所とした四条東洞院の平範家《のりいえ》邸で行っていたことを指摘した。平範家は、式子の後見を務める藤原(吉田)経房《つねふさ》の岳父である。氏は、式子内親王が四条に起居した時期があったことを考慮すれば、不穏当な呼称とも言い難いとする。

2　式子の生まれ

生年と父母

式子内親王の生年は、『兵範記』断簡に見える斎院退下記事の「御年廿一」から逆算して久安五年〔一一四九〕と判明している（上横手雅敬　陽明叢書記録文書篇五『人車記四』解説、兼築信行「式子内親王の生年と『定家小本』」）。建仁元年〔一二〇一〕一月二十五日没（明月記）、五十三歳の生涯であった。

式子内親王の父は、後の後白河院、鳥羽上皇の四宮である雅仁《まさひと》親王である。式子の生まれた久安五年には、雅仁親王は二十三歳、今様《いまよう》（当世風の流行歌謡）を愛好して雅仁親王に影響を与えた母待賢門《たいけんもん》院《いん》はすでにこの世にはなかった（久安元年〔一一四五〕没）が、兄崇徳《すとく》上皇の命により崇徳上皇と同居してからも、親王は今様に明け暮れていた。雅仁親王の後見であった左大臣源有仁《ありひと》は久安三年に亡くなっており、鳥羽上皇の妃美福門院《びふくもんいん》の発言力が大きい中、雅仁親王は皇位継承からは遠い存在だった。

雅仁親王には藤原懿子《いし》という妃がいたが、康治二年〔一一四三〕に、後の二条天皇を産んですぐに亡くなった。有仁はその懿子を猶子としていた人である。式子の母となる藤原成子は、その後に雅仁親王の寵愛を受けたと思われる。成子は、藤原氏北家閑院公季流権大納言春宮《とうぐう》大夫公実男、季成《すえなり》の女である（『山槐記』には季子と記す）。『尊卑分脈《そんぴぶんみゃく》』では季成女子の中に「成子」の名は特定されず、生母は不明である。公光《きんみつ》の母は『今鏡《いまかがみ》』に藤原顕頼《あきより》女とされている。成子と同母か異母か不明である。

後白河法皇像（長講堂蔵）

待賢門院像（法金剛院蔵）

雅仁親王の母待賢門院と季成は異母姉弟であったから、式子の両親はいとこ同士であったことになる。成子は雅仁親王より一歳年上であった（愚昧記　治承元年三月十二日条）。雅仁親王に仕えていた時の女房名は播磨局《はりまのつぼね》であったらしいが（『女院小伝』殷富門院の項　群書類従巻六十五）、この呼称は父季成、弟公光の当時の任国とは関係が見られず、由来は不明である。

不遇の親王時代に妃となった成子は、すでに久安三年に亮子、同四年に好子の二人の内親王を授かっており、式子は年子の第三女として生まれたのであった。成子は、翌久安六年〔一一五〇〕には、後の守覚《しゅかく》法親王を、翌々年の仁平元年〔一一五一〕には、平氏討伐の令旨《りょうじ》を出したことで有名な以仁王を産んでおり、五年間にわたって毎年出産していることになる。このことからは、式子の父母は仲が良かったと見るのが自然であろう。

以仁王が生まれた仁平元年から四年後の久寿二年〔一一五五〕、近衛天皇が亡くなると、鳥羽上皇、美福門院、関白藤原忠通《ただみち》によって、雅仁親王は、立坊もないままに天皇に擁立される〔七月二十四日践祚、十月二十六日即位〕。それは、思いがけないことであり、雅仁親王の意向とは無関係に成立したことであった。後白河天皇である。

その年久寿二年に藤原忻子が入内し、翌年保元元年に中宮となっており、さらに続いて保元二年頃には藤原琮子が女御になっている。成子が従三位に叙せられ、高倉三位と呼ばれるようになったのは、長女亮子内親王が斎宮に卜定された際らしい。『玉葉』文治三年〔一一八七〕二月十九日条に、後述する丹後局《たんごのつぼね》の叙位に関して、成子を引き合いに出し、「先年女房高倉〈是れ又法皇の愛物なり。其の品人知らず、最も下劣の者か〉、三品に叙す。然れば、丹後又以て同前か。但し彼の物、皇女斎宮卜定の時叙せしむるか」とある。亮子内親王が斎宮に卜定されたのは、内親王宣下《せんげ》と同日、保元元年〔一一五六〕四月十九日である。成子は即位の際にはまだ三位ではなかったし、その後も成子は女御にはされていない。

忻子も琮子も同じ三条家の出身で、季成の兄の孫である。後白河が院となって二年目の、平治元年〔一一五九〕には、成子の父季成は、民部卿から中宮大夫、皇后宮大夫を兼ねる昇進をし、弟公光は、従三位となり播磨守にもなってはいる。しかし、当の成子は、多数の子女を産んだにもかかわらず、即位後の後宮に力を持つ立場にはなりえなかった。おそらく後見力の違いがあったのであろう。平氏という強い後見を持ち、才気にも恵まれた寵妃平滋子《しげこ》（後の建春門院《けんしゅんもんいん》）に院が出会うのは、即位後数年経ってからである。

保元二年（一一五七）、即位後に出生した休子内親王が、従来いわれてきたように成子の女であれば、即位後の後白河天皇と成子の関係を推量する資料となるのだが、休子の母は、成子ではなく、『田中本帝系図』『愚昧記』『今鏡』の記述から、平信重《のぶしげ》女であると認められる（伴瀬明美「『明月記』治承四五年記にみえる「前斎宮」について」）。

雅仁親王が即位した時、一歳年上の成子は三十歳になっていた。忻子の入内の年齢は二十二歳、琮子は十三歳であった。思いがけなく即位し、新しい一歩を踏み出した後白河天皇は、年上の龍潜時代の古女房とは関係を改め、新しく后を迎えて、天皇としての後宮を整えようとしたのであろう。小侍従が高松殿に召されたのもこの時期である。ただし、忻子、琮子の二人とはあまり親しまれなかったらしく、子女はいない。忻子に至っては中宮、皇后、皇太后になってはいるが、早くから院とは同居していないという。

後白河院は、政治に熱心になりようもなく、相変わらず今様に熱中していた。院が平滋子と出会うまでの父母の関係は、休子が成子腹でないとすれば、具体的には不明というほかはない。

後に憲仁《のりひと》親王（高倉天皇）を産み、建春門院と呼ばれる平滋子が、上西門院《じょうさいもんいん》女房小弁として後白河院と出会うのは永暦元年（一一六〇）頃であったらしい。後白河院は十五歳も年下の、才気あふれ、後宮運営にも能力を発揮したこの女性を、ことのほか寵愛した（岩佐美代子『「たまきはる」考――特異性とその意義」）。『たまきはる』などから、この女性がいかに幸福な人であったかがわかる。三十五歳という短い生涯とはいえ、死の翌年に鹿ヶ谷事件が起こっていることを思えば、彼女は平家の衰退を見ずに済んだのである。逆にいえば、後白河院と平氏の緩衝材としての彼女の存在は大きなものがあったのである。滋子亡き後、晩年の後白河院に大きな影響力を持ったのが、丹後局（高階栄子《たかしなえいし》）である。この女性は、式子とも関わりが深い。

父の人柄と式子の文学的才能

式子の文学的才能は、和歌において発揮されたのであるが、彼女の両親が和歌に特に堪能であったというようなことは伝わってはいない。確かに、父後白河院は藤原俊成に下命して『千載和歌集《せんざいわかしゅう》』を撰ばせてはいるが、それは後白河院自身の和歌に対する執心から出たというよりは、俊成の強い影響と相俟って、治まれる世の象徴たる勅撰集が要請される政治情勢があったからであるといえよう。院の歌は、『千載集』以下の勅撰集に十五首入っているが、純粋に創作的な意識のもとに詠まれたものは多くはなく、日常の中で詠まれた贈答歌であったり、宮廷行事に伴う諸行事の中で詠まれたものであったりといった按配であった。そこには、皇位に執着した崇徳院が和歌の道に熱心だったことと対照的な、皇位から遠い立場にあった後白河院の、心のあり方が見えるようにも思われる。

父院は和歌にこそ熱心ではなかったが、母待賢門院の影響から今様に魅了され、帝位に就き、政に関与するようになって後も、度を越すほどにそれに熱中した。

「果し遂げんと欲する事あらば、敢て人の制法に拘らず、必ず之れを遂ぐ」（玉葉　寿永三年三月十六日条）院は、下々の多様な職能の人々と歌声をともにし、歌詞を書きとり、その行動力をもって、歌詞集十巻・口伝集十巻全二十巻という膨大な歌謡集『梁塵秘抄《りょうじんひしょう》』を編纂した。すべてが現存していれば、五千余首にもなるはずである。院が出家し、式子が斎院を退下する数ヶ月前の頃である。そこには、正統の今様を求め、消えてゆくべき宿命にある音声芸術を哀惜し、何としても留めたい切々たる思いが溢れている。

おほかた、詩を作り、和歌を詠み、手を書く輩は、書きとめつれば、末の世までも朽つることなし。声わざの悲しきことは、わが身亡れぬるのち、留まることの無きなり。その故に、亡からむあとに人見よ、とて、いまだ世になき今様の口伝を作りおくところなり。（梁塵秘抄口伝集）

院は「上達部・殿上人はいはず、京の男女、所々の端者、雑仕、江口・神崎の遊女、国々の傀儡子、上手はいはず、今様を歌ふ者の聞き及び、我が付けて歌はぬ者は少なくやあらむ」と記している。下々の者に至るまでの交流の果てに、まさに邂逅した正統な今様の瀉瓶《しゃびょう》の師、傀儡女《くぐつめ》の乙前《おとまえ》との二十年近くに及ぶ師弟の交わりは、院の今様への求道の一途さを表して感動的である。院が生涯に三十四度の多きにわたって熊野詣《くまのもうで》をしていることは周知のことであろう。院は、熊野三山への参籠の折、またその道筋の王子社《おうじしゃ》において、また他の諸寺への参詣の折にも、今様を奉納し、神仏と交感する。

『梁塵秘抄口伝集』には今様示現譚が記され、「法華経八巻が軸々、光を放ち放ち、二十八品の一々の文字、金色の仏にまします。世俗文字の業、翻して讃仏乗の因、などか転法輪とならざらむ」と、極楽往生への祈りを今様に託している。

今様を極めたいという院の情熱は身分も超えて、ひたすら徹底してゆく。『玉葉』に書き留められた「果し遂げんと欲する事あらば、敢て人の制法に拘らず、必ず之れを遂ぐ」という院に関する評言はまことに的を射ているといえよう。

今様と和歌と、その対象こそ異なるけれども、この院の「極める」という気質は、式子にも確かに受け継がれているのではないだろうか。

勅撰集詞書から、『式子内親王集』所収の三つの百首歌の他にも、式子が、私的な百首歌を多数、『千載集』成立以前から詠んでいたことがわかる。『千載集』は式子四十歳の時に成立しているが、式子が百首歌を詠み始めたのはもっと早い時期であろう。女房が百首歌を詠むことはあったが（『久安《きゅうあん》百首《ひゃくしゅ》』には待賢門院堀河《たいけんもんいんほりかわ》や上西門院兵衛《じょうさいもんいんひょうえ》などの女房の百首が入れられているし、殷富門院大輔《いんぷもんいんたいふ》は定家や家隆《いえたか》らに勧進して『殷富門院大輔百首』を詠じている）、皇女が百首歌を詠むということは、式子以前にはなかったといわれている。田渕氏の指摘通り、このことには重要な意味があろう。

大斎院選子内親王のサロンに代表されるように、内親王周辺に文化的社交界が形成されることは珍しくはない。内親王が主催する歌合も、生涯に二十数度に及んだ禖子内親王をはじめ、平安中・後期の例は多い。しかし、式子の時代には、歌合の内実がずいぶん変化していたと見える。『平安朝歌合大成』を見ても内親王主催の歌合は『高松女院姝子内親王歌合』（安元元年七月二日）が断片的に伝わる程度である。歌合は、かつての晴儀遊宴の歌合ではなく、中世的な和歌精進の歌合になっており、主として男性歌人によって、歌壇との関わりを背景に競い合われるものとなっていた。殷富門院大輔や二条院讃岐など女房は歌合に参加している。式子内親王主催の歌合というのもなかったようだし、女房達が参加する歌合にも式子は出詠したりはしていない。身分上の制約のためでもあろうが、たとえば私邸であれば、歌会にしても歌合にしても開こうと思えば開けたのであろうし、あるいはそこに自詠も出そうと思えば出せたかもしれない。記録には残らずとも、斎院時代に開かれていたような歌会はあったのかもしれない。しかし、歌合のような、人と競い合い勝負を争うやり方よりも、式子は、百首歌をひたすら詠むという方向へ、和歌の道を開いて行ったのである。それはそれまでの皇女がしなかったことであったが、和歌への思いが強く導いた自然ななりゆきであったのではないか。それは、たとえば、「忍恋」というテーマを、「玉の緒よ」歌のように徹底し突き詰めてゆく態度にも通じているだろう。「果し遂げんと欲する事あらば、敢て人の制法に拘らず、必ず之れを遂ぐ」父院の今様に対する情熱に似たものがそこにあるように思われる。

　さらに、父院との関係で思い合わせられることがある。院御願の蓮華王院《れんげおういん》宝蔵にはさまざまな宝物が納められたが、その中には絵巻物が多数あった。院が直接に制作に関与したもの、その可能性があるもの（『年中行事絵』『後三年合戦絵《ごさんねんかっせんえ》』『御禊行幸絵』『六道絵《ろくどうえ》』）や、院近臣が関わったもの（『長恨歌絵《ちょうごんかえ》』）もあり、また、宝蔵収納はともかく院の関与が推測されるもの（『承安五節絵《しょうあんごせちえ》』など）もある。後に触れるが、式子は、絵も詞も自筆の月次絵巻を制作している（明月記　天福元年三月二十日条）。式子がそのような方面にも興味を持ち、自ら制作までしたのも、父院の絵巻物制作収集に響きあうものがあってのことかもしれない。

加えて、後述するように、式子には音楽的な才能もあり、箏《そう》の名手であった。「御弾箏の事有りと云々」（明月記　治承五年〔一一八一〕九月二十七日条）——式子の御所に参じた俊成から式子が箏を弾いたことを定家は聞く。『箏相承系図』にも、式子内親王の名がある。堀河鳥羽両天皇の笛の師範であった大神基政の著した楽書『竜鳴抄』の伝書を、安元の頃に式子内親王が持っていたという。その楽書は、箏の名手夕霧《ゆうぎり》がその姉妹とともに父大神基政から与えられたものであった。『建礼門院右京大夫集』には、夕霧の女である右京大夫と、斎院時代の式子の女房中将の君との交流を示す贈答歌があり、夕霧と式子内親王の関係を示唆している（兼築信行「もう一人の如覚——『夫木抄』所載歌をめぐって」）。今様の声わざをこよなく愛した父の音楽的才能も、式子には受け継がれているように思われる。式子は父の芸術的素質を受け継ぎ、その活動からの影響の色が濃い。

同母の姉弟と、母高倉三位の面影

母は、といえば、先に述べたように、院との間に五人の子をなしたということが、その情報としては大きい。

長女亮子内親王（久安三年〔一一四七〕～建保四年〔一二一六〕　七十歳）は第五十代伊勢斎宮を勤めた。殷富門院と号し、安徳《あんとく》天皇の准母《じゅんぼ》、後鳥羽天皇の国母となった。法名真如観《しんにょかん》、後白河院崩御に際し、出家した。亮子自身の歌は未見だが、その女房の中には、俊恵や西行、小侍従などとも交流のあった、著名な歌人殷富門院大輔がおり、亮子の周辺にも和歌の盛んな環境があった。

次女好子内親王（久安四年〔一一四八〕〜建久三年〔一一九二〕四十五歳）は、第五十一代伊勢斎宮となった。好子の和歌も未見だが、好子の女房にも『広田社歌合』に出詠している前斎宮中納言がいる。好子は藤原俊成の妻となった六条院宣旨に養育された（今鏡）。定家はこの好子内親王家に仕えていた女房と往時を懐かしんでおり（明月記　嘉禄三年十月十一日条）、定家と親しく交流があったことを思わせる点でも注目される。父後白河院崩御後数ヶ月、四十五歳で亡くなっている。

長男であり式子のすぐ下の弟である守覚法親王（久安六年〔一一五〇〕〜建仁二年〔一二〇二〕五十三歳）は、七歳で仁和寺《にんなじ》に入り、十一歳で出家し、第六代仁和寺御室となった真言宗僧である。広沢流、小野流を統合し、密教聖教や記録など膨大な著作がある。和歌に関しての事跡も顕著で、教長《のりなが》と顕《けん》昭《しょう》に『古今集註』を、俊成に『長秋詠藻《ちょうしゅうえいそう》』を献じさせ、新古今歌壇にも重要な地位を占める。『守覚法親王五十首』を主催し、『千載集』以下の勅撰集に三十七首が入っている。和歌の才能は、式子とこの守覚に受け継がれたのである。

次男の以仁王（仁平元年〔一一五一〕〜治承四年〔一一八〇〕三十歳）は、幼くして天台座主最雲の弟子となった。守覚同様に法親王になる行く末だったと思われるが、師の死により出家せず、永万元年〔一一六五〕に元服し、八条院の猶子となり、親王宣下はなされないまま、皇位に望みを繋いでいた。しかし、治承三年〔一一七九〕、平清盛のクーデターがあり、後白河院は幽閉され、以仁王は所領を没収される。安徳天皇即位により皇位継承の望みは断たれ、治承四年〔一一八〇〕、源三位頼政《よりまさ》の勧めに従い平氏討伐の令旨を発した。しかし、挙兵準備半ばにして発覚し、南都へ敗走の途中、宇治川の戦で戦死するという不運で波乱の生涯を送った。挙兵は失敗したが、諸国の源氏に与えた令旨の影響は大きく、源頼朝が、この令旨のもとに東国武士を統合して鎌倉幕府を開いたことは、著名な歴史的事件である。

このように、成子の産んだ子女は、それぞれの置かれた立場において、幸不幸はあっても、しっかりと歴史に足跡を残している。

後白河天皇即位の後、成子は女御にもされなかったが、院が本格的に政治の世界に足を踏み入れる前の、いわば褻《け》の時代の仲に徹した自分の立場を、成子は自覚し、受け入れる人ではなかったかと想像する。そのような成子の人柄を思わせる資料として、惟宗広言《これむねひろとき》撰『言葉和歌集』に式子の斎院女房と交わした贈答歌が、一首であるが、残されている。惟宗広言は、後白河院の歌謡グループの一人で、今様の才を院に認められていた。『言葉和歌集』には、成子の弟の公光の歌も六首入っている。公実《きんざね》、実房《さねふさ》などの歌も入っており三条家に縁のある歌集である。

本院の藤さかりなりけるを、「こころあらん人にみせばや」と女房申しあひたりければ、高倉三位の御許へよみてたてまつりける　　前斎院帥

みせばやな色もかはらぬこのもとの君まつがえにかかる藤波（雑上　一二五四）

返し　　高倉三位

しめのうちにのどけき春の藤波は千歳をまつにかかるとをしれ（同　二五五）

帥《そち》は、斎院に仕える女房の一人である。式子が斎院となって紫野《むらさきの》の本院にいる頃、そこの藤の花が美しく盛りに咲いていた。女房たちは口々に、「能因《のういん》法師の歌ではないけれど、この藤の花の見事さを、情趣のわかる人にお見せしたいものですね」と言い合っている。「心あらん人にみせばや」というのは、著名な能因法師歌「心あらむ人にみせばや津の国の難波わたりの春のけしきを」（後拾遺集春上　四三）を引いているのである。そこで、帥が、おそらく式子の意を汲んででであろう、皆を代表して、高倉三位成子のもとへ、歌を詠んでさしあげたのだった。帥の歌は、「みせばやな……藤波（を）」という大きな構文の中に、掛詞を駆使して歌意が凝縮されている。「このもと」には「木の下―子の許」の、「まつ」には「松―待つ」の掛詞がある。第二句「色も変はらぬ」は「木」に掛かる時には、「しめの榊は色も変はらじ」（大斎院御集　四五）などとあるように瑞垣《みずがき》の内の常緑の榊をも連想させ、「子」に掛かる時には、やはり常緑の「賀茂の社の姫小松」（藤原敏行　古今集　東歌　一一〇〇）のイメージをも介して、子である式子斎院の恙なさという消息をも伝える、という二重の意味を持つ。「君まつがえ」の「君」はもちろん母成子である。

帥の歌はおおよそこのような意味であろう。

お見せしたいものですよ。ここ神祀る斎院は、色も変わらない木のもとにありますが、そのように内親王様は恙なくていらっしゃいますよ。そのお子様のもとに生えている松は、「あなた様を待つ」という松で、その枝には見事な藤波が掛かっています。ぜひ御覧になってください。ご来臨をお待ちしております。

帥の歌は、母である高倉三位成子の子への思いと、子である式子の母への気持ちへの配慮が感じられる。このような行き届いた、情のこもった歌を詠める女房が式子斎院周辺に仕えていたことも注意すべきである。

母の返歌は、次のようであった。

返し　　　　　　　　　　　　　　　　高倉三位

しめのうちにのどけき春の藤波は千歳をまつにかかるとをしれ（二五五）

「松―待つ」の同じ掛詞の意味を、切り返して転じている点に注意したい。「君まつがえ」ではなくて「千歳をまつ」ですよ、といっているのである。斎院と自分への気遣いは十分に受けとった上での、きまじめな反応である。

賀茂の神様にご奉仕する斎院のうちにあってのどかな春を咲いている藤波は、しめの外の私を待つのではなくて、御代の千歳を祈って待つの意の松に掛かっているのだと承知しなさいよ。帥への返歌を通して、実は斎院となった娘に向かって、母への配慮を喜ぶことを先とするよりも、あなたは斎院のお役目をしっかり自覚してお勤めしなさいよ、と励ましているのである。私のことなどより、斎院としてしっかりしなさいよ、と甘えず仕事に励むように諭している。表に立った歌の詠み手である帥に対しては、斎院の補佐をしっかりしてくださいよと言っていることになる。

母がこのような内容を伝えるとしたら、それは式子が斎院になってまだそれほど年を経ていない頃のこととするのが適当かと思われる。ここには子を導く母らしい面影がうかがえる。

日常の中で詠まれたただ一首の歌からの推測ではあるが、式子の母は、控えめであるが、立場を重んじる、芯のしっかりした女性ではなかったかと想像する。また「心あらん人」としてふさわしいとされているということからは、季節の情趣をともに味わうことのできる、感性豊かな人であったのだろう。

『月詣集《つきもうでしゅう》』に大納言季成卿女（二二二・一〇一三・一〇一六）、『万代集《まんだいしゅう》』に民部卿季成女（一七三五）の詠がある。『月詣集』のは題詠、『万代集』の歌は「東大寺にまうでて」という詞書がある。『尊卑分脈』によれば、季成には三人の女子がいるとあり、この歌の作者が成子なのかどうかは確証はない。

式子の両親はいとこ同士であった。というのは、父の母待賢門院も母の父季成も、その父は藤原氏公季流権大納言春宮大夫公実だからである。この公実は、堀河朝期の歌壇に高い地位を占め、和歌の道に熱心であった。勅撰集にも『後拾遺集《ごしゅういしゅう》』以下に五十七首が入っている。家集も存在した。以後の和歌史で題詠の模範ともなる『堀河百首』の成立にも深く関わった人であり、遠く歌人式子に繋がる血筋として注目される人である。ちなみに、『今鏡』によれば、彼は「みめもきよら」なしゃれた男性だったようである。『今鏡』は、季成については、「東琴にてぞ御遊びにはまじり給ひける」「文の方もならひ給へりけり」と記す程度であるが、むしろ成子の弟（同母かどうかは不明）である息子公光について、「才などもおはして、詩つくり給ひ、歌もよみて、よき人と聞きたてまつる」「みめもことによき上達部にて、父の大納言にはまさり給へり」と、褒めている。公光の和歌は『千載集』以下に八首入集しており、『歌仙落書《かせんらくしょ》』に「風体しなやかなるを先として、優なるさま也」と評せられる歌人でもあった。係累の歌人として注意される。なお、公光は、式子の後見として挙げられることがあるが、その裏づけとなる資料は見当たらない。式子の後見は、早い段階から吉田経房であったかと思われる。

第二章　斎院時代

1　賀茂斎院となる

母成子が高倉三位と呼ばれたのは、三条北高倉西にあった父季成から弟公光に伝領された三条高倉第を里邸としていたからであるが、式子が斎院になるまでどこでどのように成長したのかは、よくわからない。式子の姉好子については、俊成の妻六条院宣旨に養育されたと『今鏡』には記されている。

斎院卜定

姉の亮子内親王は、保元元年四月十九日に伊勢斎宮に卜定され、父帝譲位のため保元三年八月十一日に退下していた。十二月、二条天皇代の斎宮には次姉好子内親王が選ばれた。翌平治元年閏五月、二十四年六ヶ月の長きにわたって賀茂斎院を勤めた怡子内親王が、病により退下した後を受けて、その十月、式子が内親王宣下され、三十一代斎院に卜定された。卜定の奉行は三条公教《きんのり》である。

平治元年十月廿五日乙亥、式子内親王卜定、上皇皇女、二條院初
（兵範記　嘉応元年十月二十日条）

卜定された斎院は、宮中の初斎院に入るまで、卜定所で潔斎する。卜定所は、家人など斎院と何らかの関係がある者の邸宅が定められることが多い。式子の場合、卜定所は、四条東洞院にあった（山槐記　治承三年〔一一七九〕三月二十六日条）。ここは、平範家の四条亭で、式子の後見になる吉田経房に譲られた邸宅である。範家は経房の岳父にあたり、院近臣であった。院近臣の経房が式子の「後見」になる背景に範家の存在があった可能性があることが指摘されている（高柳祐子前掲論文）。

式子は、数え年十一歳になっていた。姉が斎宮に選ばれたのも、ほぼ同様の年齢である。斎院になる年齢は二歳などという幼い例（恭子内親王や統子内親王）も、二十九歳（婉子内親王）という臈《ろう》長《た》けた年齢である例もあるけれども、十一歳という年齢は、裳着《もぎ》を迎える年齢でもあり、神に仕える女性としてふさわしい年頃というのであろうか、ほぼ同年齢で斎院になった例はわりあい多く、平均的な年齢といってもよいであろう。大斎院と呼ばれる選子内親王も、卜定されたのは十二歳の時であった。

賀茂斎院とは

賀茂社は、上下二社の総称である。上賀茂社（賀茂別雷神社《かもわけいかづち》）は、賀茂別雷神を祀り、その降臨された神山《こうやま》の南南東、京都市北区上賀茂本山に鎮座する。下鴨社（賀《か》茂御祖神社《もみおや》）は、賀茂建角身命《かもたけつぬみのみこと》とその娘玉依媛命《たまよりひめのみこと》を祀る。玉依媛命は賀茂別雷神の母である。京都市左京区下鴨泉川《いずみがわ》町に鎮座する。

賀茂社は賀茂氏族の氏神としてその創建は古いが、平安遷都以後は、平安京の地主神ともいうべき皇城鎮護の神として、伊勢神宮とともに朝廷の篤い崇敬を受けた。

賀茂斎院とは、その賀茂大神に奉仕する斎王で、嵯峨《さが》天皇皇女有智子《うちこ》内親王を初代とする。天皇即位の初めに未婚の内親王または女王の中から卜定されたが、実際には伊勢斎宮が天皇の代替ごとに交替したのとは異なり、数代にわたって任を果たした斎王も少なくない。前述の大斎院選子内親王の在任は、円融天皇から後一条天皇の五代にわたり、都合五十六年三ヶ月の長きに及んだ。式子も以後二条、六条、高倉の三代、九年九ヶ月を斎院として奉仕することになる。

平安中後期の斎院は、卜定されると初斎院に入るまでの準備の場所として家人等の邸宅を御所とした。その後、賀茂川で禊を行い、宮中の初斎院とされる場所で約二年間潔斎の生活をする。それから、三年目の四月上旬に、賀茂川の禊を経て、斎院（本院）に入ることになっている。

式子の場合、卜定所となったのは、四条東洞院にあった藤原経房ゆかりの平範家邸であり、そこで潔斎は始められたが、初斎院は宮中の大膳職があてられていた。その記載のある『山槐記』永暦元年九月八日条は、姉好子斎宮が、野宮《ののみや》から伊勢へ群行するに先立ち、天皇（二条天皇）に別れを告げるために参内《さんだい》し、天皇が自ら別れの櫛を斎宮に挿して与える儀式の次第を記している。好子の行列は、大膳職を憚り、待賢門からでなく陽明門から大内裏に入った。その気配が式子に感じられたかどうかわからないが、ともに大内裏の中にあって、今日しも遠く伊勢へ赴く、すぐ上の姉に、思いを馳せていたのではないだろうか。

紫野斎院

紫野本院のあった場所は、上京区社横町の櫟谷七野《いちいだにななの》神社が比定されている。大宮通の西、廬山寺通の北にあたる。大徳寺の南方である。七野神社は斎院の諸殿舎に祀られていた神を合祀したものという。付近は細い道が入り組んだところで、境内は狭い。付近には「社」の付く町名が残り、往時を偲ばせている。平成十三年に、古代学協会角田文衛氏によって顕彰され、「賀茂斎院跡」の碑が建てられている。

本院は内院と外院からなり、内院には神殿・寝殿・対屋《たいのや》・汗殿《あせどの》・客殿があり、外院には斎院司《さいいんし》・

賀茂斎院跡
（京都市上京区社横町・櫟谷七野神社境内）

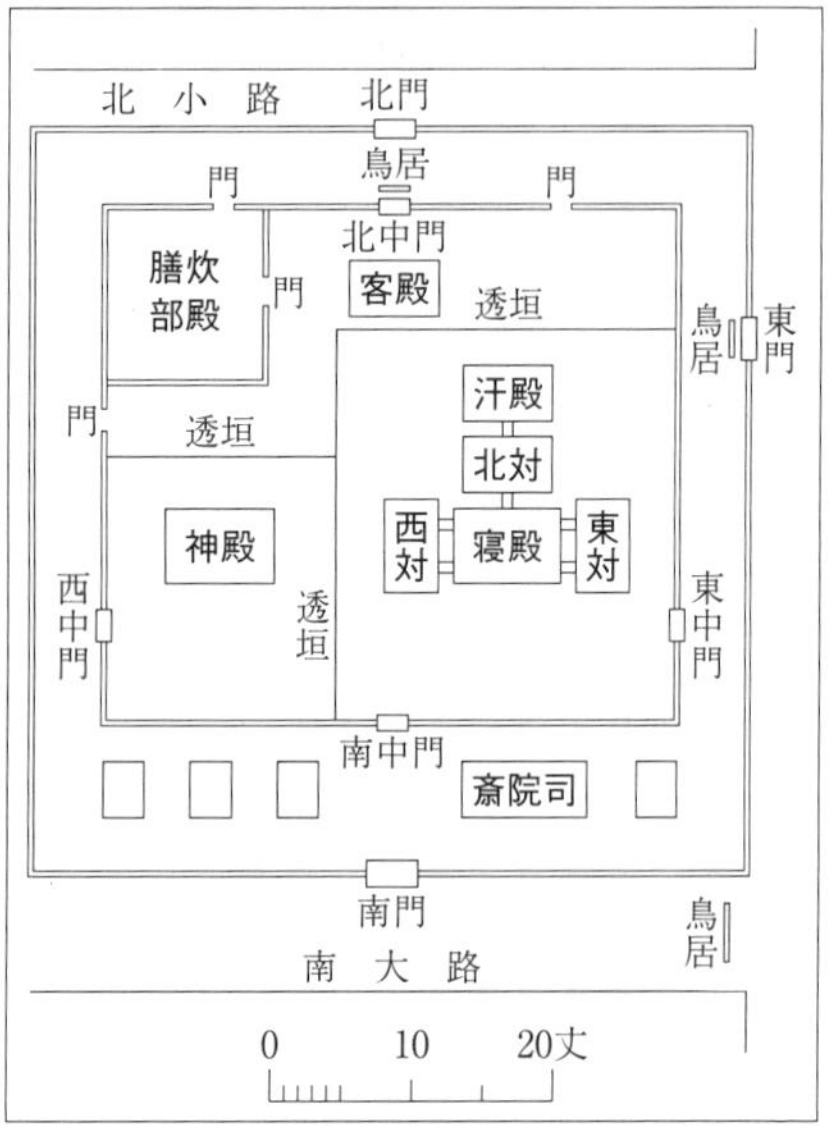

斎院復元図
（角田文衛『王朝文化の諸相』より）

炊殿《かしきどの》・鳥居があったとされている。斎院には有栖川《ありすがわ》という水澄む小川が流れていた。「いつきの宮の有栖川」（千載集　六一六など）と詠まれ、顕昭《けんしょう》『袖中抄《しゅうちゅうしょう》』にも記されているが、今はそれらしい流れの跡は失われている。

式子が初斎院の潔斎を終えて紫野本院に入ったのは、永暦二年（一一六一）四月十六日のことである。

十六日戊午　天晴ル。今日初斎院ナリ〈院第三女、母儀三品季子、高倉局是也〉。禊シ二東河ニ一入二御アル紫野院ニ一〈所謂一條以北本院也〉日也。（山槐記　同日条）

六日に、内裏で死人の手が見つかり、五体不具穢《ごたいふぐえ》に触れたということで問題になったが、予定通りに禊は行われた。大膳職を出た行列は待賢門から出て、宮城の東大宮大路を北上し、一条大路を東へ鴨川に向かった。『山槐記』の中山忠親《ただちか》は、穢に触れたことから奉行を辞退し、ひそかに西洞院一条に車を立てて見物していたところ、日は傾き、日没後に行列は通っていった。式子の和歌の師、藤原俊成の女が斎院女房となることに力を添えたかとされる藤原光頼も行列に加わっている。斎院長官は高階為清《ためきよ》であった。鴨川で禊が行われ、十六夜の月が出た後に一行は本院に入った。ただし、この日は凶会日《くえにち》で良い日ではなかったので、本院内の神殿には後日、吉日を選んで入御とのことになった。

初めての賀茂祭

式子の初めての賀茂祭奉仕は、この三日後の四月十九日辛酉の日であった。天気は晴れ。祭当日、本院を出立した斎院の列は、宮中の儀を終えて宮中を発向した近衛使、内蔵寮使ら、勅使一行と、一条大宮の列見の辻で合流し、下社（賀茂御祖神社）、上社（賀茂別雷神社）の順に参拝し、それぞれの社で社頭の儀を行う。『山槐記』は二条東洞院殿の里内裏で行われた宮中の儀を細かく記している。式子の初めての賀茂祭の勅使は右近少将源通能《みちよし》が勤めている。行列は、『山槐記』によれば、早い者あり遅れる者ありで、「次第、頗る違乱か」というものであったが、ともかくも日没頃には終了している。賀茂祭の行列といえば古来、禊の時も酉の日の当日も、翌日の還立《かえりだち》も、一条大路に構えられた桟敷から見物する人々で賑わったのだが、この日後白河院も、式子の祭列を密々に見物している。

院於《テ》二故信頼卿烏丸桟敷《ニ》一密々《ニ》有《リト》二御見物一云々。（山槐記　永暦二年四月十九日条）
次《デ》密々《ニ》御幸、烏丸別当桟敷《ニテ》有《リト》二御見物一云々。（兵範記　同日条）

なお、烏丸桟敷は、かつては院の寵臣であったが、二年前、平治の乱を起こし、最後は六条河原で斬られた藤原信頼《のぶより》が生前所有していた桟敷のようである。院の前を、行事弁以下検非違使《けびいし》等が車や馬から下りずに通ったと平信範《のぶのり》の『兵範記《ひょうはんき》』は記す。

後白河院が親王たちの行幸や行列を見物していることは、当時の記録に散見される。式子斎院の賀茂祭に関しても、後述するように、院の見物の記録は何度か見えている。翌日も天気は晴れ。しかし、近衛使の餝馬《かざりうま》の 鞦《くちとり》 が装束を調えていなかったため、還立の行列は遅れに遅れて夕方に及んだらしい。

日記に見る式子の賀茂祭

式子の斎院である期間で賀茂祭に関する記述が日記類で確認できるのは、この永暦二年（一一六一）の他は、長寛三年（二条）（一一六五）、仁安二年（六条）（一一六七）、仁安三年（高倉）（一一六八）、嘉応元年（高倉）（一一六九）の四度である。官人の目が書き留めることは、彼らの見聞の範囲のことで限りがあるが、式子の賀茂祭の様子を伝える情報として紹介しておく。

長寛三年は、十六日の御禊の日は雨であったが、夕方にはあがり、斎王御禊は恒例の如く行われた。十九日の賀茂祭も例年の如しと『山槐記』『顕広王記《あきひろおうき》』に記す。

仁安二年については、『山槐記』『兵範記』に比較的詳しい記録がある。この年の賀茂祭は、御禊は四月十五日、賀茂祭は十八日に予定されていたが、直前になって御禊は二十七日、賀茂祭は三十日に延引された。『山槐記』によれば、前月二十三日夜に法住寺《ほうじゅうじ》院御所に参宿の乞食法師が餓死し、翌朝発見されるという、「三十日穢」が出来した。ただちに触穢《しょくえ》の輩は謹慎せよと仰せがあり、平野祭や梅宮祭は挙行されたが、その後穢気が遍満した疑いがあるとのことで、御禊前日になって、蔵人所でトしたところ、内裏にも穢気が及んでいるので、賀茂祭を行うのは不吉と出たからであった。

前日からの雨が御禊当日は晴れた。午後一時頃斎院に参じた中山忠親が、列見の辻（一条大路・堀河）に向かう時はすでに午後四時頃になっていたようだ。忠親は行列次第を詳しく記している。長官源有房《ありふさ》に続いて式子の乗る「御車」が通る。忠親は斎院の御車が通過する間、簾を下ろし、榻を取って頸木を地に下ろして礼を致している。その後次官以下に続く「女別当車」には後述するように藤原定家の異母姉の女別当が乗っていたであろう。なお、『兵範記』の方は、この日の内裏での行事を記している。鴨川への道筋などはこの記事からは判明しないが、鴨川での禊は夜も更けて行われたとみられる。

三日後の賀茂祭当日、曇っていた空は午前九時すぎから激しい雨になり、列見の辻に向かう行列は遅れに遅れた。後白河院はこの年も密かに祭を見るために桟敷に来ていたが（「院御桟敷に密々に渡御、修理大夫頼盛朝臣の桟敷と云々」）、待ちかねたのであろう、召使を使わして早く行列を渡らせるようにせき立てている。そのため、用意出来次第に列見に向かった。

寮使、兵衛使、内蔵使、車、騎兵、春宮使、中宮使、此間《ノ》又検非違使一両相交《リ》、凡《ソ》行列散々、例無《キ》事《ナリ》。

と忠親は記す。火ともし頃になって、ようやく斎王渡御になったのだった。近衛使の出立する宮中の行事もこの甚雨のため省かれたことが多かったと『兵範記』が記している。その後のことは記載がないのでわからないが、そのような雨では、鴨川を渡るのもさぞ難儀であったろう。

翌五月一日、還立は晴れた。「上皇密々に紫野に幸し、御見物ありと云々」と『玉葉』にある。昨日の見物に飽き足らなかったのであろうか。

　仁安三年は、四月十五日御禊、十八日賀茂祭であった。『兵範記』に院の賀茂祭見物の記述はない。十三日摂政賀茂詣、十四日稲荷祭と、連日の見物が続いたためであろうか。

　嘉応元年の賀茂祭は、式子の奉仕する最後の賀茂祭である。『兵範記』が記録している。御禊は四月二十日、夜より甚雨とある。しかしこの日も院は見物に出向いている。


　上皇密々ニ渡御、権大納言ノ高倉桟敷ニテ御見物。（兵範記　同日条）

　悪天候の中、「蔵人所前駈長官等渡る間、秉燭に及び、仍て斎王御車以下を見ず」とあるように、路頭の儀の途中で日が暮れ、式子の乗る斎王御車よりあとは見ずに平信範は帰っている。

　賀茂祭は二十三日であった。近衛使は藤原実宗《さねむね》であったが、信範は女使の典侍の出立所に出向いており、典侍に関する記事を多く記している。典侍は平宗盛《むねもり》室の清子であった。当時、九歳になる高倉天皇は里内裏の閑院に遷御されていた。この日は御物忌であったため、天皇の諸使の乗馬御覧の儀はなかった。典侍の行列は、午後二時頃、閑院内裏北方にあたる西洞院に面した陣口に駐車し、行列を調えた。天皇は閑院の北対の東妻に渡御され、密々に御覧になっている。別当宗盛をはじめ、信範らもここに伺候している。典侍は禄を賜って列見に向かった。近衛使の行列が参内した。御物忌のため御前の儀はなかったが、路頭の儀のために紅打御衣を賜ったと『兵範記』は記している。平宗盛が妻ともども高倉天皇に親しく仕えている雰囲気が伝わってくるようである。まさに平家の世であった。

翌二十四日の『兵範記』は、宮中での解陣の儀や御馬御覧の事などを記した後に、祭還立のことがやはり女使典侍に関して記されている。典侍は賀茂祭の夜は神主重忠朝臣の家で宿泊し、午前十時頃に行列を調えて、神館《かむだち》に参上、車を連ねて斎王に見参する。社司が二葉葵《ふたばあおい》を斎王御所に献じて、禄を賜る。次いで典侍に葵を奉る（車前に於いて典侍に付く）。親しい間柄の参列者にも禄が与えられているようである。この間のことは信範は男共の報告に基づいて記しているのであるが、「祭還の儀、例の如し」とあり、例年のように行われたのであろう。

社頭の儀

式子斎院の場合に限らず、御禊も賀茂祭も夜に及ぶことがつねであり、また時節柄悪天候にもしばしば見舞われた。鴨川の増水のために浮橋が流れてしまったこともあったようだ。その賀茂祭当日、社前で斎院がどのように祭儀に関わるかは、具体的に明確には知りがたい。その概要は『儀式』に見えるところから推測されるばかりである。

斎王、先づ下社に詣る。暫く社頭の幄に留まり、御衣装を脱ぎて、更に清服を著す。即ち、腰輿に駕して社に入る。
未だ社に到る十丈許、斎王、腰輿を下りて歩行し、〈両面を以て道に布く〉社前の左殿の座に就く。其の内蔵寮の幣、社の中門に到る。史生二人、舎人に相代はり、捧げ持ちて社に入る。使、座に就く。寿詞《よごと》了りて後、禰宜・祝に付して退出す。

訖りて、斎王、幄に還る。此の時、少将・馬寮頭、馬場に向ひて、御馬を走らしむ。訖りて府に還るなり。上社の次第行事、此の前の如し。但し、斎王、社前の右殿の座に就く。

斎院が、中酉日の賀茂祭に先立つ中午日に行われる御阿礼祭に奉仕するという説が従来行われていた（座田司氏「御阿礼神事」、坂本和子「賀茂社御阿礼祭の構造」など）。しかし、これは現在では否定されている。斎院は賀茂祭当日から翌日にかけてのみ、神社に滞在したのである。斎院御阿礼祭奉仕説は、斎院の制度が途絶えて、詳細が不明になった後に出来たものであろう。

仮寝の野辺の露のあけぼの

そして、この斎院御阿礼祭奉仕説の根拠にされていたのが、ほかでもない式子内親王の『新古今集』にも入っている次の歌であった。

斎院に侍りける時、神だちにて　　式子内親王

忘れめや葵を草に引き結び仮寝の野辺の露のあけぼの（新古今集　夏　一八二）

歌意は、忘れることがあろうか、いやあるまい。賀茂の斎院として葵を草枕として引き結んで仮寝をした野辺の、神々しく清らかな露のしとどにおいた曙を、というのである。ここには、斎院として祭に奉仕した身ならではの、緊張のある実感がこもっていると思われる。これが、いつのことかといえば、賀茂祭が終わり、神館に一夜宿って、翌日、還立をするその曙の趣なのであるが、この歌に感じ

られる、自然に直に触れたような感覚が、神事の実態のわからなさから次のような伝承をも生んだのであろう。

一　賀茂の祭の時は、斎院神館にて庭に筵を敷きて、二葉の葵を枕にして寝ね給ふなり。忘れめや葵を草にの歌は、不慮に面白き心を忘れめやと読めり。（一条兼良『兼載雑談』日本歌学大系第五巻）

この叙述では、それが賀茂祭の当日のことと読みうるのであるが、さらに、『新古今集』の詞書に、「神館にて」とあり、「神館」が、現在神館跡と称され御阿礼神事に現在も関わっている場所であると理解されたことから、先の御阿礼神事にも斎院が奉仕したという説が生じたとも思われる。しかし、中酉日以前に斎院が上社に出向いたという形跡は認められない（三宅和朗『古代の神社と祭り』）。

「忘れめや」歌は、式子のA百首と通称される建久期に詠まれたと考えられる百首中の一首であり、式子が後に斎院であった頃を改めて思い出して詠んだものとも思われる歌である。それを新古今撰者は、式子が斎院であった時に神館で詠んだ歌だとして、入集しているのである。

この歌が、斎院として賀茂祭に奉仕した日の、斎院ならではの感動とともに詠まれていることは確かである。ちなみに現在、いつからの呼称かはさだかでないものの、上賀茂神社西側の鴨川沿いのあたりに、「朝露《あさつゆ》が原《はら》」という地名があるのも、この歌を知る者にとってはゆかしい事柄ではある。

出であったようである。『新古今集』には、斎院であった昔を思い出して詠んだとする、次の歌も入集する。

時鳥そのかみ山

賀茂祭当日の神館での夜明けのことは、式子にとっては、深く心に刻まれた想い

いつきの昔を思ひいでて
ほととぎすその神山の旅枕ほのかたらひし空ぞ忘れぬ（雑上　一四八六）

神山は、そこに祭神別雷命が降臨するとされる賀茂別雷神社後方にある円錐形の神体山である（口絵参照）。「神山の旅枕」は、斎院が賀茂祭の日、神山の麓の神館に一夜宿るのを「旅枕」といったのである。昔を意味する「そのかみ」と「神山」は掛詞になっている。神域で宿っていると時鳥《ほととぎす》の声がほのかに、語らいかけるように、空から聞こえてきたのであろう。時鳥の姿は見えない。夜明け方、あるいは「露のあけぼの」の頃であろうか、ほのかな声はほのかに明るんだ空を思わせる。時鳥の声はその時見上げた空の趣と重なって、忘れられないこととなったというのである。祭日の仮寝の野辺に鳴いた時鳥の歌は、他にもあるが、式子のこの歌の時鳥の声は、空から聞こえてきた神の声のようでもあって、ひときわ印象的である。

これらの歌を見ると、式子にとって、斎院であった時代が寂しく否定的なものであったとは思われない。そこにはある高揚感があり、斎院ならではの役割や体験から来る、この世を超えた超越的なも

のへ誘われる感覚——神仏といった観念以前の感覚的なもの——が、感じやすい少女時代の式子の身に育まれていたのではないかと思わせる。

なお、「神館《かむだち》」という語は、神事や潔斎の時、神官などがこもる斎館をいうが、祭に奉仕した者たちがそこで宿泊する場所もそのように呼ばれており、必ずしも特定の一カ所を指すというものではなかったようである。

斎院女房と祭使の贈答歌

左衛門督家通《いえみち》が中将であった時、祭の使を勤めたことがあった。中将であったのは永暦元年（一一六〇）二月から永万二年（一一六六）六月までであったから、式子が賀茂祭に初めて奉仕した永暦二年（一一六一）からの六年間のうちの、源通能が勅使であった永暦二年より後の年ということになる（馬場あき子氏は長寛元年（一一六三）のことかとしている）。『新古今集』に次のようなやりとりが入っている。

左衛門督家通、中将に侍りける時、祭の使にてかむだちにとまりて侍りける暁、斎院の女房の中よりつかはしける　　よみ人しらず

たち出づるなごりあり明の月影にいとどかたらふ時鳥かな（雑上　一四八七）

返し　　左衛門督家通

いく千代とかぎらぬ君がみよなれば猶をしまるる今朝のあけぼの（同　一四八八）

賀茂祭の夜、祭使も上社の神館に一泊する。そこへやはり神館に宿泊していた斎院の一行の中の女房が、家通に歌を贈ったのである。あなたが退出される名残惜しい有明の月の光に、ますます何度も語りかけてくる時鳥ですね、と。家通は、幾千年と限りなく続く我が君の御代ですから、またお目に掛かることもありましょうが、それにしても今朝の曙の風情は名残惜しく思われます、と応えている。祭使の神館には、古来人の訪れも多かったらしく（後拾遺集　一八三　備前内侍歌詞書）、この家通の贈答のように、斎院女房と祭使との贈答歌もいくつか残されている。

　祭の使にて、神館の宿所より斎院の女房につかはしける　　藤原実方朝臣
ちはやぶるいつきの宮のたびねにはあふひぞ草の枕なりける（千載集　雑上　九七〇）

この実方《さねかた》歌は、先の式子「忘れめや」歌に影響を与えているであろう。後に、式子は自作の月次絵巻の中にこの歌を入れている。

　式子斎院の女房の中には、式子の和歌の師となった藤原俊成の娘がいた。

前斎院〈式子内親王〉女別当〈乗ル二禊祭ノ御車ノ後ニ一。他腹〉
同斎院大納言〈当時存生ス。乗ル二御車ノ後ニ一〉　（明月記　嘉禄二年十二月十八日条）

女別当の方は定家とは異腹の姉、前斎院大納言は、同母姉で龍寿《りゅうじゅ》御前と言われる人である。このうち、女別当の方が、式子の斎院時代から側近く仕えていた。この人は式子より七歳ほど年上で、『明月記』の注にあるように禊や祭の際、斎院の車の後に続く車に乗っているのである。もう一人の前斎院大納言、龍寿御前の方は、保元三年（一一五八）の生まれであるから、式子が斎院退下の時にもまだ十二歳であり、これは式子が斎院を退下する頃から出仕し始めたと考えるのが自然であろう。これも御車の後に乗るほどの地位にある女房である。俊成の女が斎院式子に仕えるようになった経緯は不明であるが、俊成がその猶子となっていた勧修寺流葉室《はむろ》家と、式子の祖父季成・叔父公光の繋がりがあってのことかとの推測がある（脇谷英勝「千載和歌集とその特質――『都』憧憬の歌・配流の述懐歌及び保元の乱以降治承寿永の争乱にかかわる人々とその歌をめぐって」、石川泰水「式子内親王の『第一の百首』と定家の初期の作品」）。葉室顕頼女は祖父季成の妻で、叔父公光を産んだ。公光の歌の中にはあるいは俊成卿家十首会の歌かと思われる歌があり、俊成は『千載集』に六首もの公光歌を採っている。あるいは、式子の初斎院の折、前駈を務めた葉室顕頼の長男光頼《みつより》の推挙であったかともいわれている（村井俊司「式子内親王の後見――吉田経房を中心として」）。

家通に和歌を贈ってきた女房が誰かは不明だが、ともに一夜を神域で過ごすことになった祭使との感動の共有を確かめるなつかしさのある贈答である。式子斎院の周辺の雰囲気がなにげなしに伝わってくるようである。なお、家通の妻は、定家の同母姉（祇王《ぎおう》御前、高松院大納言）であるから、家通と俊成の子女との縁は浅からぬものがある。

賀茂祭の翌日は還立の儀がある。宮中から出立した使は宮中へ、紫野本院から出立した斎院一行は本院へ戻り、祭は終了する。

斎院は賀茂祭の時に上下賀茂社に参拝する他は、紫野の斎院にいわば「おこもり」している形で、神に仕える生活を送った。紫野斎院で、その他どのような祭祀を行っていたかについては、川出清彦「斎院内の生活をしのぶ」が、『大斎院前の御集』から、夏越の祓、相嘗祭《あいなめさい》、鎮魂祭に関わることなどを挙げている。

斎院の日々――祭祀

たとえば、神に新穀を供える相嘗祭は、九月の伊勢大神宮の神嘗祭に次ぎ、新嘗祭に先立つ祭儀で、『延喜式』では、畿内および和歌山日前《ひのくま》・国懸《くにかかす》神社の七十一座が掲げられ、重んじられたものであった。斎院に関しては、『延喜斎院司式』に、

相嘗祭〈若《シ》七月以前定《マラバ》二斎王《ニ》一、当年祭《ル》レ之《ヲ》。八月以後者、待《チテ》二明年《ヲ》一祭《ル》〉

神座二前〈上下両社料。南面東上〉

……

右、毎年十一月上卯日鶏鳴。斎王潔斎。遙拝《シテ》奉《ス》二幣於神社《ニ》一。夕時、設《ク》二上件《ノ》神座於斎殿《ニ》一。座別《ケテ》設《ケ》二斎王《ノ》供承座《ヲ》一祭《ル》レ之《ヲ》。……

とあるように、毎年十一月の上の卯の日の鶏鳴の時（午前二時頃）、斎王は潔斎し、遙拝して神社に奉

幣し、夕時には、南面東上に上下両社のために二座の神座を斎院の斎殿内に設けて、また別に斎王の供承座をしつらえて、神を祀ることになっていたようだ。『狭衣物語』巻三には「斎院の相嘗祭」の神楽の様子が描かれている。『兵範記』仁安二年十一月三日条に「斎院相嘗」とあるように、式子も相嘗祭に奉仕している。

ちなみに、令制の弛緩に伴い、相嘗祭は次第に行われなくなった。現在では、上賀茂神社一社のみが行っているとのことである。

斎院の日々——人々との交流・風流

これら神事に勤しむかたわら、紫野は郊外ではあるが、伊勢斎宮と異なり宮中にも近いことから、都人との交流もあった。大斎院選子内親王が洗練されたサロンを形成していたことは有名である。式子の斎院での日々を示す情報は多くはないが、日々神に仕える中にも、『大斎院前の御集』にも見られるような、年中行事の風流も行われたのではないだろうか。賀茂社自体にも、宮中の行事が入って行われていることからも想像できよう（白馬奏覧神事・燃灯祭・桃花神事など）。

先にも藤の盛りを賞翫する斎院の様子がうかがえる、斎院の女房帥と母高倉三位の贈答歌を挙げた。母の返歌が、斎院の役目をしっかり果たすようにという気遣いに満ちたものであったことからは、それは式子がまだ斎院になって年月が経っていない頃のことかと推察された。

また、他にも式子に仕えていた女房の詠が残っており、斎院の雰囲気をうかがわせている。建礼門院右京大夫が、出仕以前、十代前半の頃に、中将と呼ばれる斎院の女房と歌を交わしている。

この中将の君については、前述の俊成の女の一人だという注が『建礼門院右京大夫集』の一本にあるが、さだかではない（彰考館本「皇太后宮大夫俊成女、前斎院女別当号中将」）。

おほゐのみかどの斎院、いまだ本院におはしましし比、かの宮の中将のきみのもとより、みかきのうちの花とて、をりてたびて

しめのうちは身をもくだかず桜花をしむこころを神にまかせて（建礼門院右京大夫集　七三）

かへし

しめのほかも花としいはん花はみな神にまかせてちらさずもがな（同　七四）

式子斎院が本院にいらっしゃった頃、斎院にお仕えする中将の君のところから、本院の御垣のうちの花とて、右京大夫に折ってくださったというのである。女房に託した式子のこころざしであったかもしれない。

この中将の君には平重盛《しげもり》の三男、左中将清経《きよつね》が言い寄っていたのだが、清経が斎院に仕える他の女房に心を移したので、右京大夫は手紙のついでに慰めの歌を贈ったりもしている。斎院の女房と平家の公達の恋もあったのである。

また、祖父季成の甥にあたる藤原公能《きんよし》の二男、実家《さねいえ》の家集『実家卿集《さねいえきょうしゅう》』に次のような贈答がある。

故大納言実国の卿の、いまだ宰相の中将ときこえしとき、花見むといざなはれしを、障ることありて遅くゆきたりしかば、雲林院の方へと人言ひしに、そなたをさしてゆきたるに、斎院にまゐりて、人人、花の歌、今見合わせんとせしほどなり、「ただあらむよりは」とて、深くも思はず

春風は花誘ふらし波のうへに消えせぬ雪の有栖川かな（三四）

女房琴弾きなどして、遊びて、更けゆくほどに罷り出しに、このたびはつれづれなるにとて、あつまりのりたるに、大宮すこしやりすぐすほどに、本院よりさぶらひを走らせていひたる歌

心ざしひくかたならぬ花なればいかなる言の葉にもとまらず（三五）

かへりごと

言の葉も花もひくかたしかはあれど家路を長く忘るべしやは（三六）

詞書に「故大納言実国の卿の、いまだ宰相の中将ときこえしとき」とあることから、実国《さねくに》が参議で近衛中将を兼ねていた折で、式子の斎院時代のことである（実国が参議であったのは永暦元年（一一六〇）から永万元年（一一六五））。実国は後三条内大臣公教の子で、笛の名手で実家とともに『古今著聞集《ここんちょもんじゅう》』にも登場する。実家を実国が花見に誘った。実家は支障があって遅れて行ったところ、実国は雲林院の方へ向かったと人が言うので、そちらをさして行くと、斎院に伺っていたというのである。斎院で

は、人々が花の歌を詠みあっており、今しもそれらを見比べようとする頃合であった。「何も詠まないよりはいいだろう」と思って、深くも考えないで実家も一首詠んだというのである。「春風は花を誘っているらしい。有栖川の波の上には消えることのない雪があることであるよ」（三四）と。

有栖川は、先述のように、斎院に流れる川で、ここでは「有り」を掛詞にしている。本院では女房たちが琴を弾いたりなどして、管弦の遊びをしていた。実家は夜も更けゆく時分に、退出した。

このたびはつれづれを慰めようとて寄り合ったのだが、大宮大路をすこしやり過ごした頃に、本院から家人を走らせて歌を言い送ってきた。「お心をひく様子ではない花ですので、（あなた様は）どのような言葉をかけても留まっていただけないのですね」（三五）と名残を惜しむ挨拶である。

実家も、その場で「お歌も花も私の心を惹きつける様子ですが、そうではあっても、家に帰る道をいつまでも長く忘れてしまってよいものでしょうか、いややはり帰らなくてはなりません」（三六）と返歌をしたのであった。

このようなエピソードがあるところからも、式子斎院の周辺にも、つれづれを慰める風流な年中行事や、歌に関する催しもあり、それに伴う人の訪れもあったことがうかがえるであろう。実家、実国はともに母方の閑院流一族である。生涯にわたって式子の後見的役割を閑院流一族は果たすが、これらも式子の若い頃からの交流の一例といえよう。

式子と女房帥との贈答歌

右の例でも「女房琴弾きなどして」とあるが、式子斎院も、女房らにまじって合奏などもしていたことをうかがわせる歌が、『言葉集』にある。「みせばやな」と、あの高倉三位に歌をさしあげていた師と、斎院退下後の式子との間に交わされた歌である。

年ごろさぶらひける所に、久しく参らで、あからさまに参りたりけるに、「かき絶えたるかはりに、琵琶を弾きていでよ」とて、給はせたりければ　　前斎院帥

むつごとも今は絶えたる四つの緒は何によりかは物語りせん（三一二）

御返

むつごとも□のかはせん四つの緒の昔の声を聞かばこそあらめ（三一三）

前斎院帥が「年ごろさぶらひける所」とあり、「たまはす」「御返」などという丁重な敬語から、これがかつての主従であった式子と帥の間に交わされた歌であると推測できる。

詞書は、長年お仕えしていたところに、久しく参上しないでいたのが、急に伺ったところ、「ぱったり姿を見なかったひき替えに、琵琶を弾いていきなさい」といって、琵琶をお与えになったので、詠んだというのである。帥の歌の「むつごとも今は絶えたる」は、久しくご無沙汰だったので、今は親しく語り合うことがなくなっているということである。「むつごと」は「睦言」と「六つの緒の琴（＝和琴）」の意を掛けている。式子が差し出したのが「四つの緒」といわれる琵琶であったことに応じてのことである。ここに「知音」の友、鍾子期を失って伯牙が琴の緒を断ったという『蒙求《もうぎゅう》』「伯牙絶弦」の故事を響かせつつ、「緒～絶え～縒り」と縁語を駆使して、当意即妙に「弾き合わすべき

和琴の緒も今は切れてしまいました。そのような時に弾く琵琶は、何に合わせて弾き鳴らしたらよいのでしょうか、途方にくれてしまいます（親しくお話することもご無沙汰して今はすっかり絶えてしまっていました。私はいったい何を頼りにいろいろお話したらいいのでしょうか）」と、無沙汰にかこつけてひとまずは当惑して逡巡する帥である。

式子の返歌は、虫喰いのため本文が確定できないが、「もし～であったらともかく、そうではないのだから……」の意を表す「～ばこそあらめ」からは、帥の当惑に応じた式子の六つ琴の応酬が推測される。長いご無沙汰だったのだから、昔通りの琵琶の音は聴けないのではないか、合奏するにしても六つ琴の方も当惑して、昔のようなわけにはいかないのではないかしら、と率直に切り返し、帥が「それでは昔のままかどうか、弾いてみましょう」と琵琶を弾くように促し、誘っているのである。

詞の技巧を駆使しつつ、丁々発止、気のおけない主従の会話で、才気に富み、気さくな式子の人柄も見える贈答歌である。久しぶりに会って、お前の琵琶が聞きたいと言われる帥は琵琶の名手でもあったのだろう。女房たちとの管弦の合奏があったであろう斎院の雅な和やかな雰囲気が偲ばれる。式子は、あるいは和琴も弾くことがあったのであろうが、箏の名手であったようだ。

賀茂の神への奉仕は斎院の最重要の任務であったが、斎院時代の式子周辺には、つれづれを慰める風流な年中行事や、歌に関する催しもあり、それに伴う男女を問わぬ人々の訪れもあった。母方の三条家は式子の終生の後見的存在としてあり、斎院女房との歌のやりとりなども確認されている。実房、実家、実国、実定らは歌林苑にも出入りする歌人であったし、そこから当時の歌壇の中心であった六条家との関わりへの可能性もほの見える。式子との直接の交渉は資料的には見出せないが、母の弟公光の歌も式子同様『言葉集』や『千載集』に入っている。琴ひき夕霧とも交流のあった斎院長官の源有房は歌人でもあった。式子の周りには、和歌や管弦に長じた才気あふれる女房達もいた。ここに引いた帥のみならず、中将や小式部と呼ばれる女房が、勅撰集や私撰集に入集している。そして、式子の和歌の師となる俊成の女も女別当という地位にあり、俊成との繫がりを示唆している。式子はこのような環境のうちに、十一歳から二十一歳の多感な時期を過ごしたのである。

神に奉仕する斎院という特別な立場に長くあった体験は、式子の若い感性に強い影響を与えたに違いない。斎院であることと、和歌への愛着を生み、その才能を育んだ恵まれた人的環境にあることは、式子の身一つにおける同時成立のことであり、切り離すことは出来ないことも注意しておきたい。

斎院時代の歌

しかしながら、式子の、斎院時代に詠んだことが確実な和歌は特定することが出来ない。『千載集』に入る式子歌九首は、残された歌の中では早い時期のものと考えられるが、『千載集』の奉覧は文治四年（一一八八）、式子の斎院退下より二十年近くも経って成立したものであり、退下後に詠まれた歌がほとんどであろう。ただその中に、退下後に詠んだとしても斎院在任期間の後期の感慨をもとに詠んだものではないかと思われる歌がある。百首歌中の歌は基本的に体験詠でなく、この歌も「百首歌の中に神祇歌とてよみ給ひける」と詞書にあるが、斎院であった式子であればこそ歌うことが出来たと思われる内容である。

さりともと頼む心は神さびてひさしくなりぬ賀茂の瑞垣（千載集　神祇　一二七七）

「さりともと頼む心」は悲観的な現実の中で神仏の加護を求める心であり、現世的な執着の心である。その心は神さびて久しくなった、賀茂の瑞垣が神々しく厳かに時を経ているように、とこの歌は詠んでいる。「加護の得られぬままに過ぎた年月についての述懐」（新大系『千載和歌集』）ではあるが、「さりともと神を頼む心」は心ながら、賀茂の瑞垣のうちにあって神の加護を願っているうちに、その心が俗を離れ神さびてきたというところに中心があると思われる。「さりともと頼む心」のままに、「しめのうちは身をもくだかず」と詠んだ前掲中将の歌にも通う、「神にまかせ」た「御垣のうちの」心を心とするようになって久しいということであろう。斎院とは元来、神に奉仕する存在として、俗を離れた神に近い清浄であるべきものである。現世に向かう「さりともと頼む心」が、神域に過ごし、神に奉仕する日々の中で、神を感じて任せた清浄な心を帯びてくるという意味であろう。心を観るという一つの心からこの歌は詠まれていて、式子歌の内省的な特徴を備えている。「賀茂の瑞垣」のうちにある斎院の立場で詠まれた歌で、百首歌中の一首であるけれども、斎院時代の式子の心の一端をうかがうことが出来るように思う。

2 斎院を退下する

病により斎院を退下する

式子が斎院であった十年間は、「鳥羽院失せさせ給ひて後」の「武者《むさ》の世」（愚管抄）、兵乱の世にあった。式子が斎院になったのは、二条天皇の即位に伴ってのことであるが、以後、後白河院政と二条親政の両派の対立が生じた。王権が分裂・混乱するなか、権勢を奮ったのは鳥羽院の近臣であった信西《しんぜい》入道であった。保元の乱後、彼はその持てる学才を発揮して、大内裏を復興するなどめざましい働きをした。しかし、この信西の急激な台頭に対して、信西打倒の気運は高まり、藤原信頼、源義朝《よしとも》らが兵を挙げた。平治の乱が起こったのは、式子が斎院に卜定されて二ヶ月後の平治元年十二月である。信頼、義朝は信西を打倒したが、結局この乱を鎮圧したのは平清盛であった。清盛は院と天皇の双方に仕えつつ、摂関家とも縁を結んで力を蓄えていった。

式子が十七歳の長寛三年（一一六五）、母方の祖父、季成が六十四歳で亡くなった。永万元年（一一六五）七月二十八日、二条天皇が若くして崩御する。その前日即位した六条天皇はまだ二歳であった。十二月、鳥羽皇女八条院の猶子となっていた後白河第二皇子、式子の弟である以仁王が、近衛河原大宮御所でひそかに元服した。後に以仁王の乱を起こすことになるこの式子の弟は、守覚法親王の出家に続いて出家するはずであったが、師の死により果たさぬままになっていたのである。この元服には、皇位の不安定を見据えた八条院や閑院流藤原氏の後押しがあったと考えられている。

二条天皇崩御の時点で、後白河院には、寵妃平滋子所生の五歳になる皇子がいた。後の高倉天皇である。仁安元年（一一六六）七月、六条天皇の後見であった摂政基実《もとざね》が急逝するや、十月にはこの憲仁親王が皇太子とされた。後白河院と平氏の利害が一致していたのである。式子や以仁王の叔父にあたる公光が、四月に解官された。馬場あき子氏は、以仁王の元服に公光が深く関わっていたであろうとする。公光は三十七歳であったが、それ以後復官せぬまま、十二年後に亡くなっている。

俊成が『千載集』に採った六首の公光歌のうち、半数がこの失脚の歎きの折の歌である。そこに公光に対する俊成の親しさや同情を読み取ってよいかもしれない。

なげくこと侍りける時、女郎花をみてよめる

女郎花涙に露やおきそふるたをればいとど袖のしをるる（秋上　二五三）

こもりゐて侍りける年の暮れに、よみ侍りける

さりともとなげきなげきて過ぐしつる年もこよひに暮れはてにけり（冬　四七〇）

なげくこと侍りけるころ、よみ侍りける

物おもふ心や身にもさきだちてうき世をいでんしるべなるべき（雑中　一〇七八）

高倉天皇即位の前後、平家との蜜月にあったこの時期の後白河院政は安定していた。上皇はたびたび熊野詣を行っている。また新熊野《いまくまの》社、新日吉《いまひえ》社、石清水八幡宮、賀茂社、仁和寺、法勝寺《ほっしょうじ》、四天王

寺、延暦寺などの寺社にも、頻繁に御幸し、仁安四年（嘉応元年）〔一一六九〕三月には高野山へも詣でている。

同じ三月、上皇は年来精進してきた今様について、『梁塵秘抄口伝集』を撰述し終わっている。そしてその六月十七日、院は出家して法皇となった。法名は行真という。五十日間の逆修（死後に行う仏事を生きているうちに営み、冥福を祈る）が行われた。

式子が斎院を退下したのは、後白河院の逆修の仏事の最中の七月二十四日であった。式子の生年もこれによって判明した『兵範記』断簡（京都大学総合博物館蔵嘉応元年七、八月巻断簡　京都大学総合博物館『日記が開く歴史の扉』平成十五年三月の翻刻による）が、その間のことを伝えている。

□（廿）三日丁丑、早旦向《ヒ》二知足院《ニ》一、奉《リ》レ拝《シ》二丈六《ヲ》一、終日念佛《ス》。晩頭帰京之間、本院辺《ノリニ》男女成《ス》レ群《ヲ》。□殿有《リ》二車三四両一、尋問之処、斎王（式子内親王）俄《カニ》御悩《ト》云々。

欠損等で読めない部分もあるが、おおよその様子は判明する。二十三日、早旦より終日、斎院の近く紫野の知足院で念仏していた平信範は、夕刻になり京内へ帰る途中、斎院付近に男女が群集しているのに出合う。三四両、車もあり、尋ねたところ、斎王が急に病気になられたとのことだった、というのである。

廿四日戊寅、早旦、依《リ》レ召《ニ》参院。仰云《ニク》、斎王、昨日未剋以後、御悩□夜□殿、其後

翌日信範が召されて参院して知ったように、病気は二十三日の午後二時くらいからの出来事であったようである。このように式子退下の原因は「御悩」であったと明記されている。しかし、どのような病気であったのかはわからない。

それだけが原因だったのかどうか、他にも事情があったのではないかとの疑いをもつ向きもある。この記事を発見した上横手雅敬氏は、ツレの断簡に、

□院御旨、御返事云《ニク》、御悩《ノ》事、全《ク》不二承及《リバ》一。如《ク》二代々□《ノ》一、御患之時、先《ヅ》院司、付《シ》二奏状《ヲ》於職事《ニ》一、々々(職事)奏聞《シ》、就《キテ》二状趣《ノニ》一、有《リ》二議定一、或被《ハ》レ行《ハ》二御卜《ヲ》一、有《リテ》二次第事等《ノ》一、及《ブ》二御退出《ニ》一歟。如《クハ》二今仰《ノ》一者、已《ニ》率尓《ニシテ》、不《ハ》レ能二左右《フ》一候事也。（二十四日条）

とある記述について、「俄かに病気でやめたいと言い出して、正式の手続きをも踏まずに退出したのだから、やはり病気以外に何か事情があったのではないかと疑われるのである」（『権力と仏教の中世史』）と指摘している。氏は、公光解官に関する馬場あき子氏の説を受けて、「有力な支援者を失ったことが、式子の斎院退下の大きな原因であったことは疑いなかろう」とされている。ただ、母方の閑

院流藤原氏が式子の後見であったことは確かであるが、公光が有力な式子の後見であったという資料的な証拠はまったく指摘されていないし、公光の解官からは三年の月日が経過しているので疑問である。詳細不明の箇所が多いが、『兵範記』断簡の続きをもう少し詳しく見ておく。

帰参《シテ》奏《ス》二殿《（藤原基房）ニ》下御報《ヲ》一。此《ノ》次《デニ》下官申《シテ》云《ク》、斎王御退出由《ノ》、可《キ》レ有《ル》二奉幣一歟《ト》。仰《ニ》云《ク》、尤《モ》可《シ》レ然《ル》レ之、次第事等《ノ》、可《シ》レ申《ス》二沙汰《シ》一レ之《ヲ》、代々《ノ》例、遣尋大外記頼（清原）□（業）行□　或人云《ク》、斎王午剋《ニ》御退出、院《ノ》御車、前駈諸大夫

＊

三四人□□左兵衛督（藤原成範）扈従渡□宣旨家了云々、検非違使左右衛門尉大江遠業□依《リ》二院宣《ニ》一、斎王出御之間、禁制□

（二十四日条）

蔵人頭平信範は摂政基房に斎王退出を報告、奉幣に関する指示を仰いでいる。或る人から聞いたこととして、斎王は午の刻に退出したことが記されている。正式な手続きは経ていないが院の許可を得て退出のこととなったのであろう。

斎王昨日退出《ノ》後、夜間、別事不《ト》レ坐《サ》云々。

（二十五日条）

翌二十五日のこの記述は、昨日の式子の退出以後の夜間の病状は落ち着いていて特段の変わりはなかったということだ、の意であろう。

『兵範記』八月六日条には、平信範が摂政基房の命令を受けて、八月某日付けで奉るべき賀茂皇太神への詔旨の草案が記されている。

……皇太神乃阿礼乎止女御□(杖カ)代尓令侍留式子内親王、身乃安美有弖と之、去月廿四日尓、退出勢利と聞食之、驚給不古と、叡襟無聊之、若是神慮乃所許カと思食シ弖奈弖、……

「安美（やすみ）」とは斎院忌詞で病気のことである。そして、十一日には、次の斎院の初斎院や卜定の話が始まっていることが、『兵範記』から判明する。

退下の理由

病のため退下ということで一貫しているけれども、確かに慌ただしい卒爾な辞め方である。「御悩の事、全く承り及ばず」「退出の後、夜間別事おはしまさず」という状態で、急病がすぐに退下に繋がるのは、式子の側に病気という形で現れたやむにやまれぬ意思があったと思わざるをえない。後に式子は、あらぬ疑いをかけられたことから、父院の不賛成にもかかわらず出家を決行するのだが、この場面においても、同じような行動様式が見えるように思われる。

何らかの葛藤があった上でのことだろう。前掲「忘れめや」歌や、「ほととぎすその神山」の歌を見れば、賀茂斎院として奉仕した人生について式子が振り返ってそれを肯定の目で見ていることは確かである。しかしこの時、二条・六条・高倉天皇の三代にわたり斎院として過ごした年月はすでに十年、神に仕える斎院としての矜持はありつつも、一方では、自分の将来についてどのように生きていくのか、確かなものが見えない漠然たる不安があったのだろうか。

同じような立場にあった姉妹はといえば、長姉亮子斎宮が父の譲位に伴い、群行を遂げずに退下していた（保元三年〔一一五八〕）。その姉に替わって斎宮となった次姉好子も、二条天皇の譲位により伊勢から帰っていた（永万元年〔一一六五〕）。母は、すでに寵を失って三条高倉第にいたのだろう。姉妹の中では式子だけがいまだに三代にわたって勤めている現役の斎院なのであった。

病悩による斎院退下の引金となったのは、あるいは前月六月十七日の父後白河院の出家ではなかったか。式子の急病はそれからひと月あまり、院の五十日間の逆修の真っ最中である。村井俊司氏も、式子の退下が、父院の出家という立場の変化を契機としていると考えている（「式子内親王周辺の人々――序論・後白河院」）。姉二人は譲位によって交代するといういわば制度にのっとった退下で、本人の意志の働く余地はないだろう。しかし、斎院の場合、大斎院のように長期に渉ってその地位に留まった人さえいるのである。譲位ではない院の出家――身分の変化――は表向きの退下の理由にはならないが、そこには、一つの節目があり、その機会に準じるであろう。その時、日頃の式子の心の葛藤や動揺が表面化したのではないだろうか。

寵妃平滋子が産んだ高倉天皇が即位し、皇太后となっていた滋子には建春門院の院号を与え、平氏との関係も良好なこの時期の後白河院であった。長きにわたって愛唱してきた今様の声わざを書き留めることによって、後世に伝えようとした『梁塵秘抄』『梁塵秘抄口伝集』も、成立については諸説あるとしても、おおかたは編纂し終えていた。あるいは、この懸案を終えた上で、心おきなく出家し、今様に励み、それを奉納しつつさらに仏道に打ち込もうとしたとも言えよう。出家の五ヶ月前の仁安四年（一一六九）一月、院は熊野両所権現に「出家の暇を申しに」、今様を嗜む近臣達とともに、十二度目の熊野参詣をしている。また、出家の約三ヶ月前の二月二十八日には、「様を変へむ暇申しに」賀茂社へも参っている。どちらの場合も、神楽や読経の後に今様三昧の奉納をし、神が示現してそれを嘉納されたことを『口伝集』巻十は語る。奉納の今様の中には、

ちはやぶる神　神におはしますものならば　あはれに思しめせ　神も昔は人ぞかし

と、昔は人間だった神ならわかるはずだから、仏道への帰依の心、成仏への希求を殊勝だと思ってほしいという内容の選曲がある。神に出家の決意への賛同を求めているのである。このように執心の今様に打ち込み、思いのままに振舞う父院に、式子が注目していなかったとは思えない。葛藤に堪えていた心が忍びきれずに身に顕れたのがこの急病だったのではないかと思う。

式子は後に父の不賛成にもかかわらず出家するのであるが、斎院時代の式子に仏道への関心がどれだけあったか、さだかではない。が、『千載集』に入る歌の中には、百首歌中の釈教歌が一首ある。また、式子内親王家中将という女房の釈教歌も一首入っている。

百首歌の中に法文の歌に、普賢願の唯此願王不相捨離といへるこころを　式子内親王
ふるさとをひとりわかるる夕べにも送るは月の影とこそきけ（釈教　一二二二）
煩悩即菩提の心をよめる　式子内親王家中将
思ひとく心ひとつになりぬれば氷も水もへだてざりけり（同　一二三七）

これらは退下後の詠歌の可能性もある。『千載集』入集歌については後述する。

斎院と仏教

斎院とは、「阿礼乎止女《あれをとめ》」として国家の祭祀に関わる職務であり、神仏習合が進んでいた賀茂社は伊勢斎宮ほどではなかったが、斎院にとって仏事は元来忌むべきものであった。しかし、平安中期、斎院でありつつ仏道に心を入れ、和歌によって仏に結縁しようとした、大斎院選子内親王のような人もすでにいた。

賀茂のいつきときこえける時、西に向かひてよめる　選子内親王
思へども忌むとて言はぬことなればそなたに向きて音をのみぞなく（詞花集　雑下　四一〇）

清少納言が「斎院、罪深かなれど、をかし」（枕草子「宮仕へ所は」）と書いているように、斎院であることは、仏道という観点から見れば罪深いことなのであり、国家の立場で神に祈り奉仕する斎院としての誇りが意識されればされるだけ、一方で、それとは異なる個人の救済の道としての仏道というも

のも、意識されていた可能性はあるだろう。

母も姉妹たちも、すでに晴れの立場からは退いてひっそりと暮らしている。一方父院は、年来執心の今様を集大成し、寵妃を傍らに、法皇となって仏の道に踏み出し、死後の冥福を祈って逆修の仏事を行っている最中である。一定の社会的地位も保障されており、誇りをもって果たしてきた斎院の勤めを全うすべきだと思い、したくはあっても、一方で現実には我が身ひとつの存在の不安があったのではないかと想像する。その葛藤の気持ちが、父が法皇と身分を変えたことに刺激されて、にわかにその苦しさが増さったのではないか、本当に病であったとすれば、いわば精神的なことから来る病でなかったか。病は仮病で退下の口実に利用されただけとも思えないのは、式子に斎院時代への思い入れ深い歌があることや、彼女の歌に葛藤の構図を持つものが多いことからである。

あえて、病悩の中身を詮索してしまった。退下したからといって、それで自分の生き方が開けていたわけではなかったであろう。

ちなみに、嵯峨天皇代の有智子内親王から始まる賀茂斎院は、順徳《じゅんとく》天皇代の礼子内親王まで三十五代を数えるが、そのうち本人の病が理由で退下した者は十五名に上る（国史大辞典「斎院（賀茂斎王）一覧」）。一律に病といっても、それぞれに事情は異にしていたかと思われる。

唐崎の祓——　式子は、斎院を退下した。斎院の職を辞す時には、近江国唐崎《からさき》で祓を行い、影絶えはつる心地して　その後入京することになっていた。唐崎は、天皇の災禍を負わせた人形を流した七瀬祓所《ななせのはらえどころ》の一つで、藤原道長や『蜻蛉日記《かげろうにっき》』の道綱母なども、祓のために出かけている。湖を隔てて真向かいに近江富士（三上山）を望む、晴れ晴れと眺望のよい所である。

八月六日に賀茂社への奉幣の準備がなされており、次代の斎王選びのことはすぐに始まり、十月二十日には二条院皇女僐子《ぜんし》内親王が卜定されている。唐崎の祓が退出後に延引した例もあるので（篤子内親王、選子内親王など）、式子の唐崎の祓の日時は特定は出来ないが、いずれこの秋のことであろう。俊成は、次の歌を『千載集』に撰び入れている。詠歌年代の確定できる式子歌はこれが最初である。

賀茂のいつきかはりたまうてのち、唐崎の祓へ侍りける又の日、双林寺の御子のもとより、「きのふなにごとか」など侍りける返事につかはされ侍りける

御手洗《みたらし》や影絶えはつる心地して志賀の浪路に袖ぞぬれこし（千載集　雑上　九七二）

「双林寺の御子」は、鳥羽院皇女高陽院姫宮、双林寺宮、阿夜御前と呼ばれた人である。出家して双林寺に住んでいた。式子の伯母にあたる。年齢は数歳程度上だろう。唐崎の祓の翌日、「昨日はどうしたことでしたか、大丈夫でしたか」と心配して見舞いの消息があったものと思われる。その返事は、斎院として最後の役目である唐崎の祓の禊に、長年斎院として勤めてきた賀茂の御手洗川での禊を重ね、こみ上げる思いを歌にしている。「影絶ゆ」とは人影がしなくなることであり、恋歌においては恋の相手の訪れがなくなることであり、自分に関しては普通は使わない詞である。式子はそれを自分の影について使っている。唐崎での祓がどのようになされたのか、その神事の実態はよくわから

ないが、禊のため水辺にある実感がこめられていると思われる。下句の「浪路」は「波の上の船の通る路。祓えが湖上にでることからの表現」（新大系『千載和歌集』）である。「湖上」は湖の上ではなく、湖のほとりの意である。後掲の上西門院の唐崎祓を描写する『今鏡』の記事などが参考になる。この詞が撰ばれたのは、「なみぢ―なみだ」の縁からでもあろう。

祓のため水に向かえば、水に映る自分の姿が、賀茂の御禊を思い出させ、そこで身を清めた斎院としての長い歳月がよみがえる。水面に映る自分の影が揺れて絶え絶えになり、そのまま消えてなくな

七瀬祓所跡（大津市唐崎）

斎王代御禊（上賀茂神社）

二葉葵（上賀茂神社）

ってしまうような、自身の存在が消えてなくなってしまうような、そんな気がして、というのが上句であろう。「志賀の浪路に袖ぞぬれこし」は、志賀の浦波（涙）に袖がずっと濡れてきたことでした、の意である。禊する水で濡れるだけでなく、むしろ涙で袖は濡れていたというのである。「影絶えはつる心地」という表現は、式子の思いを視覚的に正確に表しているのではないか。後になっても、内容からの必然性として式子は時に生硬な表現を用いる。「影絶えはつる心地」には、長年勤めた斎院としての自負からくる、自分が自分でなくなるような喪失感や愛惜の念、不安が表現されていると思う。斎院退下に関わる式子の心の葛藤や不安がうかがわれる。身分の変化を前にしてこれからの自分のありようは、式子にはまだはっきりとは見えていなかったのではないだろうか。

なお、『千載集』のこの歌の直前には、式子の伯母にあたる統子内親王（後の上西門院）の唐崎の祓の折の歌が入集している。ただし前斎院本人の歌ではなく、その儀式に供奉してきた伯父実行の歌である。

上西門院賀茂のいつきと申しけるを、替らせ給うて、唐崎に祓へし給ひける御供にて、女房のもとにつかはしける
八条前太政大臣
きのふまでみたらし川にせしみそぎ志賀の浦浪立ちぞかはれる（千載集　雑上　九七二）
（昨日までは御手洗川でしていられた御禊を、今日はこの志賀の浦の唐崎で祓えをなさって、その浦浪の立つように斎院を替られるとは。）

式子歌と同様に「御手洗川」と「志賀の浦浪」を対照させることによって、これは交代を惜しむ気持ちを詠む。比較すれば、式子歌が、斎院当人でなければ詠めない切実な表現であることが明らかであろう。

　この統子内親王の唐崎の祓は、『今鏡』に記事がある。退下理由はこれも本人の病らしいが、『今鏡』の記述は、どこか明るい。

> この女院の前の斎院とて、唐崎の御祓へせさせ給ひし時、御をぢの太政の大臣（注　実行）の詠み給へる、
>
> 　昨日までみたらし川にせしみそぎ志賀の浦浪たちぞかへたる
>
> と侍りけるとなむ。秋の事なりけるに、狩衣おのおの、萩、龍胆などいとめづらしきに、逢坂の関うち越えて、山のけしき、湖など、いとおもしろくて、御祓への所は、形のやうなる仮屋に、斎垣の朱の色、水の緑見えわきて、心あらむ人は、いかなる言の葉もいひとどめまほしきに、大臣の御歌たけたかく、いとやさしくこそ聞え侍りしか。（今鏡　第六　志賀のみそぎ）

「形《かた》のやうなる仮屋に斎垣《いがき》の朱《あけ》の色、水の緑」の中で、式子の祓の儀式も厳かに行われたと想像される。

　『千載集』には、退下後年経て後、みあれの日に、献上された二葉葵に書いて付けた歌が入集する。

賀茂のいつきおりたまひてのち、祭りのみあれの日、人の葵を奉りて侍りけるに書きつけられて侍りける
前斎院式子内親王

神山の麓になれしあふひ草ひきわかれても年ぞ経にける（夏　一四七）

神山の麓で馴れ親しんだ二葉葵と別れ別れになってから、何年も月日が経ったことだなあと感慨をこめて振り返っている。「ひきわかれても」の「ひき」は葵草の縁語で、「みあれひく」（みあれの日、みあれ木の綱を引いて神に祈る）の意も響かせている。

二葉葵に象徴される斎院時代を感慨深く、しかし対象的に見られるほどの月日が経った頃の詠作であろう。

第三章　定家に出会うまで

1　退下後のくらし

三条殿で

斎院退下した式子はどこで生活していたのだろうか。式子の呼称については先に触れたが、式子は高倉宮（本朝皇胤紹運録）、三条前斎院、萱斎院、大炊御門斎院などと呼ばれる。住まいに因む呼称であろう。高倉三位と呼ばれた母、高倉宮と呼ばれた弟以仁王とともに、高倉宮、三条前斎院と式子は呼ばれていたので、従来は、同じ三条高倉第に式子も住んだのだろうと思われていた。しかし、そうではなくて、式子のいたのは、その筋向かいの、後白河院女御であった琮子の住む「三条殿」であったらしい。

母の住む三条高倉第は、三条大路北、東洞院大路東、高倉小路西、現在の京都文化博物館のあるあたりにあった。文化博物館内には発掘調査の結果判明した当時の三条高倉第が建っていた土地の高さまで掘り下げている部分がある。また、付近に高倉宮跡碑が建つ。三条高倉第は、祖父季成亡き後は叔父公光、その後は以仁王に伝領されていたようだ（『平安京提要』）。

式子が、琮子の三条殿にいたらしいことは、三条実房の日記『愚昧記』から知られる。琮子は三条実房の同母姉であり、実房はしばしばここへ参じている。三条殿は、『吉記《きっき》』に「女御殿御所三条高倉」（寿永元年二月二十一日条）とあり、三条大路南、高倉小路東、万里小路西にあった（「平安京変遷図（後期）」『平安建都一二〇〇年記念甦る平安京』平成六年九月）。つまり、二つの邸宅は三条高倉の西北と東南にあり斜向かいにあった。安元三年（一一七七）（八月治承と改元）の『愚昧記』には、実房が三条殿を訪ねた前後に前斎院（式子）を訪ねる記事が複数見出される。式子は、実房の次女を三条殿で養育していたようである。

〈参前斎院事〉□及ビ㆓秉燭ニ㆒、着シ㆓直衣〈吉服〉ヲ㆒、参ル㆓前斎院ニ㆒。先ヅ於テ㆓□□ニ㆒謁シ㆓女房ニ㆒、次デ依リ㆓女房ノ命ニ㆒、参ル㆓東□舎ニ㆒。先［　］児、〈□児戴餅ノ事〉次デ於テ㆓同屋東庇東□□戸ニ㆒、有リ㆓小児［　］事㆒。別当《俊盛卿女》局抱ク㆑之ヲ。（正月一日条）

参ル㆓三条殿ニ㆒。次デ参ル㆓斎院ニ㆒。有リ㆓戴餅ノ事㆒。（正月二日条）

秉燭之後、着シ㆓直衣ヲ㆒参ル㆓斎院ニ㆒。戴餅如シ㆓先々夜ノ㆒。則チ退出ス。（正月三日条）

今日二女参ル㆓吉田ニ㆒。仍テ奉ル㆓車・共人等ヲ於斎院ニ㆒。前駈三人・侍一人也。幣幷ビニ軾・仕丁一人、同《ジク》沙汰シ送ル也。（正月十日条）

入リ㆑夜ニ参ル㆓斎院ニ㆒。依リテ㆑聞クニ㆓小児病悩之由ヲ㆒也。（二月二十四日条）
先ヅ参リ㆓女御殿ニ㆒、其ノ後参㆓向ス斎院ニ㆒。是二女ノ魚味之故也。（十二月九日条）

「戴餅」は年始に幼児の前途を祝福して一定の寿詞を唱え、幼児の頭上に餅を戴かせる儀式、「魚味」（真魚始め）は生後約二十ヶ月目に初めて魚を食べさせる儀式である。子育ての様子も想像されてほほえましい。

退下後すぐに三条殿に住んだのかどうかは確定はできないが、姉好子の四条殿で同居していたという石丸晶子説には従えない。好子の四条亭で行われた仏事に関する記事、『吉記』承安三年六月十九日条「前斎院宣旨五七日仏事」、承安三年六月二十八日条「斎院宣旨中陰法事」の「前斎院」は、式子ではなくて五辻斎院《いつつじのさいいん》と呼ばれた鳥羽院皇女頌子《しょうし》内親王である（伴瀬明美「『明月記』（治承四年）を読む」）。

すこし遡るが、安元二年（一一七六）三月、父後白河院の五十賀が行われた。その折の詠歌の可能性のある百首歌中の一首が、『千載集』に入集している。

百首歌よみ給ひける時、祝の歌
動きなく猶万世《よろづよ》ぞたのむべき藐姑射《はこや》の山の峰の松蔭（賀　六二五）

「藐姑射の山」は上皇を意味する。父後白河院の治世に対する祝の歌と考えられる。心ゆるぐことなく安心して、さらに、限りなく長く続く世を頼みにすることができましょう。藐姑射の山の峰の松の蔭、上皇様の御庇護のもとで、というのである。『千載集』は後白河院の下命で俊成が撰者となり成立した。入集にふさわしい歌である。五十賀の折の歌であるなら、斎院退下後七年、二十八歳の詠ということになる。同年六月、後白河院寵愛の建春門院平滋子が病に倒れ、七月八日亡くなる。同十七日、六条上皇も崩御。滋子の存在は大きかったのだろう、院と平家との関係は、以後悪化の一途を辿る。この時期から式子の身辺にもさまざまな出来事が次々に起こっている。

母の死・以仁王の死

翌安元三年（一一七七）三月十一日暁、母成子が亡くなった。『愚昧記』によれば、享年五十二歳、安らかな臨終であったようだ。

三月十二日　壬子、晴、参《ル》二三条殿《ニ》一。伝二聞《スト》高倉三品去《ル》十一日暁薨逝《スト》一云々。歳五十二《ト》云々。臨終甚吉《ダシト》云々。十念不《ト》レ誤《タ》云々。可《シ》レ貴《ブ》々々、同暁移《シ》二岳崎堂《ニ》一了《ンヌト》云々。是法眼行仁堂也。

（愚昧記　安元三年三月十二日条）

実房は、三条殿に来て、成子の臨終を知った。式子が実房の次女をそこにいて養育していた、琮子の三条殿と、成子が暮らしていた三条高倉第は、先述のように筋向かいであった。斎院を退下して八年、母の晩年を式子は母に近い場所で過ごし、あるいは看取りもしたのではないかと思われる。

四月にはいわゆる安元の大火で京は焼亡、六月には後白河院近臣の平家討伐謀議、鹿ヶ谷事件が発覚、処罰が行われた。

『愚昧記』七月二十五日条は、式子の病気を見舞ったことを記している。

参ル二前斎院ニ一。依リテレ聞クニ下煩ヒ二給フ邪気ヲ一之由ヲ上也。謁シ二女房別当局ニ一了ンヌ。

実房に式子の女房別当局が応対している。

八月に治承と改元した『愚昧記』十二月九日条には、先述の実房次女の魚味の記事が出ている。翌治承二年一月十二日、母に続いて叔父公光が、官に復することなく、失意のままに亡くなった。

治承三年十一月、後白河院と対立を深めた平清盛が軍事クーデターを起こした。大軍を率いて福原から上洛、院を鳥羽殿に幽閉し、関白をすげ替え、院近臣を大量に解任した。翌治承四年二月には、建春門院を母とした高倉天皇が、清盛女である建礼門院《けんれいもんいん》平徳子《とくこ》との間に生まれた皇太子言仁《ときひと》親王に譲位し、安徳天皇の代となった。しかし、本格的な平氏政権の発足は、結果的には、平氏に反発する勢力を増大させ、平家滅亡の引金となる。五月十五日、挙兵計画が発覚した以仁王のいる三条高倉第を検非違使が取り囲んだが、それ以前に以仁王は邸を脱出、その時同宿していた前斎宮（亮子内親王）も又逃げ出した、と、『明月記』五月十六日条に記されている。以仁王子息孫王はこの乱にその周辺の人々が深く関わっていた八条院に逃れていた。おそらく亮子もともに八条院に入ったのであろう。しかし、式子に関する記述は、『明月記』にない。以仁王は南都へ落ちていく途上、宇治川の戦に敗

以仁王陵墓（京都府木津川市綺田神ノ木）

れ、五月二十六日光明山寺鳥居の前で討たれた。式子は弟も失った。

八月、以仁王令旨を奉じて頼朝が伊豆に挙兵、十二月院政再開と、時代は本格的に源平争乱へと動いてゆく。

定家初参

治承五年〔一一八一〕正月三日、二十歳の定家が父に連れられて式子のもとへ参上している。「初参」とは、主従関係締結の儀式をいう。

次《デ》参《ル》二三条《ノ》前斎院《ニ》一〈今日初参、依《ル》レ仰《セニ》也、薫物《ノ》馨香芬馥《タリ》〉。

（明月記）

「三条の前斎院」と記されている。三条殿にいたのであろう。「薫物の馨香芬馥たり」と定家は書き留めている。その前年三月には定家はやはり俊成の命により、八条院暲子《しょうし》内親王のところ、六月には俊成の供をして式子のすぐ上の姉好子内親王のところに参上しているが、そこに特に付け加えられていることはない。『明月記』は時に自然描写をまじえ、物語的雰囲気をただよわせる。式子の側からの記述ではないけれども、式子の人生における重要な出会いの第一印象が、薫物の馥郁たる香りとしてここに特に記されていることには注意しておきたい。定家は好印象を持ったのであろう。式子のところへ俊成が定家を連れて行ったのは、まずは和歌に関してというよりも、八条院や九条家に連れて行ったのと同様に定家の将来を考えての出仕先としてであったが、この後二人の間には、歌を介して、深い縁が結ばれたのであった。式子は三十三歳である。

すぐ上の姉、好子内親王家には、定家の仲の良い同母姉、健《けん》御前が、建春門院亡き後、出仕していた。もとより、式子のもとには、斎院時代に異母姉前斎院女別当が、退下後にはすぐ上の同母姉龍寿御前も前斎院大納言として出仕していた。資料に現れてくるわけではないが、定家と姉妹の交流とともに式子ら姉妹の交流もあったのであろう。

九月二十七日にも、例の如く定家は俊成に引率されて「萱御所」の式子に参仕している。萱御所というのは、萱葺きの御所というような普通名詞的な名称なのだろう、ここだけに存在するわけではないが、ここでは父後白河院の法住寺殿内にある萱御所であると考えるのが自然であろう。前年末には、清盛のクーデターによって停止されていた院政が再開された。母も弟もすでに亡く、式子は一時的に父の居る法住寺殿内に身を寄せていたのであろうか。法住寺殿萱御所は、後に九条兼実が大炊《おおい》殿《どの》の明け渡しを渋った時、式子の居所候補として挙げられてもいる場所である。

入道殿如《ク》レ例《ノ》引《キテ》率令《メ》レ参《ラ》二萱御所《ノ》斎院《ニ》一給《フ》。有《リト》二御弾箏事《ノ》一云々。　（明月記　治承五年九月二十七日条）

定家は、俊成から、式子が箏を弾いたことを聞いている。「萱斎院」の名の由来はこの記事に関わるのであろう。

草子の書写を依頼する
——和歌、物語の収集

式子は千載集奉覧の文治四年以前に、百首歌を複数詠んでいた。しかし、斎院退下から千載集奉覧までの間の和歌活動に関わる情報は乏しい。その中で、藤原公重《きんしげ》『風情集《ふぜいしゅう》』、藤原惟方《これかた》『粟田口別当入道集《あわたぐちべっとうにゅうどうしゅう》』にある次の詞書の「前斎院」が式子と判断されることは注意してよい。

前斎院より草子人々給はりて、書きし数に入りて、奥に
数ならぬわが水茎の跡なれど人なみなみに書き流しつる（風情集　五七）

前斎院より、御草子書きて、と仰せられたりし、書きて参らせし包み紙に
みさびゐて年ふりにける難波江の葦手はかくぞ見所もなき（粟田口別当入道集　一一七）

かへし　　女房別当殿とかや
書きすます名に流れたる水茎の跡をば深きためしとぞ見る（同　一一八）

公重は、皇室とも縁が深く式子の後見的存在である閑院流の通季《みちすえ》男、叔父徳大寺実能《とくだいじさねよし》の猶子となった。官途に恵まれなかったが、梢少将と呼ばれ、佐藤義清《さとうのりきよ》（西行）とも親交があった歌人で、『詞花集《しかしゅう》』以下の勅撰集に六首入集、『今撰集《こんせんしゅう》』などの私撰集にも入集を見る。清輔《きよすけ》・重家・俊恵・俊成らの家の歌合などに出詠している。家集に顕広（俊成）との贈答を書き留めている。惟方は、俊成が養子と

なっていた葉室顕頼の次男である。後白河院の逆鱗に触れて、式子の斎院時代の永暦元年（一一六〇）から仁安元年（一一六六）まで、長門国に流されていた。出家して寂信と称した。『千載集』以下の勅撰集に十八首入集する。俊成、西行、顕昭、上西門院兵衛ら多数の人と和歌の贈答がある。

『風情集』の詞書によれば、前斎院は複数の「人々」に対して、草子を配り渡して、書写を依頼したようだ。公重や惟方もその「人々」の一人だったのである。主人に代わって返歌した「女房別当殿」は先の『愚昧記』七月二十五日条にも登場していた。草子は、冊子の意にも、物語、歌集などの書物の意にも用いられる。書物を自分のものにして手元に置くには書き写すしか手立てがなかった時代、人に物語や歌集を写させた例を見つけるのはたやすい。俊成や定家が、その監督のもとに家の者などに書物を書写させた様子が、冷泉家に伝わる実物の上で明らかになりつつあるのは周知のことである。

崇徳院より御草子書きて参らせよとて給へりしに、書きて奉るとて裏紙に葦手にて

数ならぬ名をのみとこそ思ひしかかかる跡さへ世にや残さん（長秋詠藻　三六七）

御返し、女房の手にて

水茎の跡ばかりしていかなれば書きながすらん人は見えこぬ（同　三六八）

従二位家隆千載集かかせ侍りけるを、つかはすとて包み紙に書きつけ侍りける

円嘉法師

跡とめてとはるるかひもありなまし昔おぼゆるすさびなりせば（続拾遺集　雑上　一一五四）

返し　　　　　　　　　　　　　　　　　　　　　　　　　　　　　　従二位家隆

いにしへの流れの末の絶えぬかな書き伝へたる水茎の跡（同　一一五五）

前斎院に関する二例の場合もこれと同様であろう。書写した者は「水茎の跡」―自分の筆跡―を謙遜し、返歌はその能書を褒めている。物語や歌集の書写を頼んだのであろう。このように、書写を頼むという例は珍しくないのだが、式子と思われる前斎院は、「人々」――二、三人ではなさそうに思う――にそれを頼んでいる。内容はわからないが、和歌を詠むための資料を手元に置くために、近しい人たちに式子は書写を依頼したのではないだろうか。判明する公重と惟方の二人が、ともに俊成をはじめ当時の歌人たちと交流があることは、注意されなければならない。

いつ頃のことであったか。惟方が長門国から帰京し、家集を編み始めたのは仁安二年（一一六七）暮春であるが、斎院退下後のことであろうから、嘉応二年（一一七〇）以後で、公重の没する治承二年（一一七八）九月を下限とする。式子二十二歳から三十歳までのころと考えられる。本歌や本説を駆使した歌を詠むについては、当然、参照すべき歌集や物語があるはずである。斎院退下した式子が、和歌の資料を積極的に手元に置こうとしていた様子がうかがわれる。子を養育などもしている式子の三条殿の日々は、同時に和歌の資料も整え、百首歌に打ち込む日々でもあったのだろう。

そのような中で、定家と式子は出会うことになった。

2 『千載集』入集

歌壇の俊成

ここで、式子の和歌の師、藤原俊成の歩みを『千載集』撰進まで辿っておこう。

崇徳天皇は和歌に熱心であった。俊成（顕広）は在位の時から崇徳院歌壇に参加していた。崇徳天皇は譲位後の康治二年〔一一四三〕、『久安百首』を企て、俊成はその作者に加えられた。久安六年〔一一五〇〕（俊成三十七歳）、『久安百首』が詠進された。有名な自讃歌「夕されば野辺の秋風身にしみて鶉鳴くなり深草の里」も含む、俊成のこの百首からは六十五首もの和歌が以後の勅撰集に入集しており、完成度の高いもので、和歌史にとっても、俊成自身にとっても記念すべき作品となった。式子が生まれて間もない頃のことである。

藤原俊成像（冷泉家時雨亭文庫蔵）

崇徳院は、『久安百首』を勅撰集撰進のために召されたらしいのだが、藤原顕輔《あきすけ》が撰者となって進覧された『詞花集』には、『久安百首』からはわずか五首入集しただけだった。院が俊成に『久安百首』の部類を命じたのは、『詞花集』に対する院の不満の表れであり、また、俊成が歌人として力量を認められ、地位を占めていることを示している。後の保元の乱により配流された崇徳院の崩御後、院の俊成に宛てた長歌が届けられ、俊成が返歌しているのも、院の和歌への思い、俊成への親近をよく表している。

後白河院が即位した翌年、保元の乱が起こり、崇徳院は讃岐に流された。『詞花集』の改撰はならなかった。二条天皇の御代になった。式子が斎院になったのはこの時である。式子の斎院時代には、俊成はすでに歌人として特別の評価を得るような存在であった。

前述のように、保元の乱に続く平治の乱、院と天皇の確執、平氏の台頭と、政治情勢は動揺を極めていたが、一方で、和歌が衰えたわけではなかった。二条天皇も和歌を愛好し、歌会を多数開いている。しかし、二条天皇は六条家の清輔《きよすけ》を重用していたので、俊成は崇徳院の時ほどの天皇との親近はなかったようである。とはいうものの、俊成は一定の老練歌人としての待遇を受け、秀歌も詠み続けている。清輔は、勅撰集を目指して、『続詞花集《しょくしかしゅう》』を撰んでいたが、二条天皇の崩御によって、果たせなかった。俊成は、翌年あたりから、私撰集『三五代集』を編み始める。また、この頃から、歌合の判者を頼まれるようになっている（『重家家《しげいえけ》歌合《うたあわせ》』仁安元年（一一六六）頃『奈良歌合』仁安二年（一一六八））。また、長く沈淪《ちんりん》を歎いていたが、仁安元年には従三位を与えられ、公卿となることが出来、翌仁安二年には、それまで葉室顕頼の養子であり顕広《あきひろ》という名であったが、晴れて本流に復し、俊成と名乗るようになる。そして、式子が斎院を退下する嘉応元年（一一六九）頃には、清輔と拮抗する力量を発揮するようになっていた。官職としても、後白河皇后忻子に仕えて皇太后宮大夫になった。

以後、俊成の活躍はめざましく、歌合判者の位置を急速に確立してゆく。六十三歳の安元二年（一一七六）、死も覚悟する病に倒れ、出家して法名釈阿《しゃくあ》と名乗る。一命を取りとめた俊成はこれを期に、官職を退き、子息成家《なりいえ》、定家らに後を譲る。折しも翌治承元年、長年のライバルであった清輔が亡くなった。二条天皇崩御後、清輔は摂関九条兼実に重用されていたが、その清輔が亡くなり、俊成がその地位を占め、歌壇の中心となっていた九条家歌壇の指導者となっていった。また、式子の弟である仁和寺守覚法親王に、自撰家集『長秋詠藻』を献上している。俊成は養和元年（一一八一）、初めて後白河院に拝謁した。定家に「初学百首」を詠ませたのも、式子の御所へ初参したのも、この年である。和歌よりも今様に熱心であった後白河院が、二年後、七十歳になる俊成に勅撰集撰進の院宣を下したのは、俊成の強い影響と要請があったものであろう。かくて、文治四年（一一八八）、『千載集』奏覧の運びとなる。

先にも述べた通り、斎院時代の式子が和歌や箏の素養を身につける機会は、斎院に仕える人脈を通じて、また斎院での催しなどを通じて、恵まれていたと思われる。しかし、その中でも、斎院女房として俊成の女が仕えているという、俊成に繋がる縁があったことは式子にとって幸いであっただろう。先にも述べた通り、俊成の女が式子に仕えるようになったことには、俊成が猶子になっていた葉室家と、季成との関係を介してと推察されている。叔父公光は『俊成卿家十首』を詠んだかとされ、俊成と繋がりがあったらしい。

俊成は、式子の斎院時代にあたる二条天皇歌壇では清輔が重んじられたものの、前代崇徳院時代にはすでに院に久安百首部類を命ぜられるほどの評価と信頼を得ていた。そして、折しも式子が斎院を退下する頃には、各所の歌合の判者としての活動も活発になり、歌の指導者として衆目認めるところとなっていたといえよう。

式子の斎院退下の背景の一つには、俊成の歌人として判者としての活躍があり、それが、後に歌を自らの支えとして発見する式子の、その当時の意識下に働きかけた可能性がないとはいえまい。

先にも述べた通り、その俊成は、『千載集』に式子の歌を九首入れており、百首歌から採ったものが多くを占めるが、すでに引用したように、式子の斎院であったことに関わる「御手洗や」「神山の」歌二首を入集している。『千載集』は述懐的要素の高い傾向があるが、俊成は、式子ならではの人生の思いを伝えるものとして、これらを入集したものであろう。

散佚した百首歌

『式子内親王集』には、一般にA百首、B百首と呼ばれる百首歌と、「正治二年初度百首」の三つの百首歌が含まれている。その後に、「勅撰に入ると雖も家集に見えざる歌」として、勅撰集から増補されている歌群がある。前掲拙著ではそれに補遺を加えて現存式子歌を三九七首としたが、以後、女房師と交わした『言葉集』の一首が加わって、判明する式子歌は三九八首となった。A、B両百首から『千載集』に入集していないことから、これらの百首は『千載集』成立以後に詠まれたものと考えられている。全体が残っているこの三つの百首歌以外にも、式子が数多くの百首歌を詠んでいたことが、勅撰集入集歌の詞書から推測される。

国島章江氏は、「結論だけを述べれば、最大限度に於て成立時期の判明せる御百首歌は四種類、成立時期の判明せざる御百首歌は二十二種類存在する。その結果内親王の御歌数は、……最大限度に於て二千六百首あつたと推定することも可能ではあるまいか」とし、『三百六十番歌合』や、私撰集である『玄玉集《げんぎょくしゅう》』『雲葉集《うんようしゅう》』『夫木和歌抄《ふぼくわかしょう》』『万代集』のみに存する歌があることなどから、想像も及ばぬほどの多数の歌があった可能性を指摘している（古典文庫『式子内親王集　守覚法親王集』解説）。永井陽子氏も計算の根拠は薄弱ながら、家集に収録された三種類の他にまだ最低七種類ほどの百首歌が存在した可能性があるとしている（『なよたけ拾遺』）。最近では田渕氏が勅撰集・私撰集から類聚した式子歌で、百首歌であったことが確実な三十五首を中心に考察され、それらA、B百首以外の散佚した百首歌が、『千載集』から『玉葉集』までの撰者の手元に複数あったこと、また『雲葉集』『万代集』などの私撰集の場合も同様であったことを指摘されている。そして、武井和人氏の指摘を援用しつつ、A、B百首を含めたこれらの百首歌が、『続千載集』以降は、何らかの事情で埋もれてしまったのではないかと推測されている。また『三百六十番歌合』などに出典未詳の題詠歌が多数あることに着目し、式子の散佚した百首歌群、ひいては式子の詠歌数の膨大さを示唆されている。

『千載集』入集歌

『千載集』に入集する式子歌の詞書から、『千載集』奏覧の文治四年（一一八八）以前から式子が百首歌を詠んでいたことは判明するわけだが、文治四年は、斎院退下後二十年近く経った時点である。式子は、斎院時代から百首歌を詠んでいたのであろうか。それについては、先にも述べたが、詠歌主体として現役の斎院を設定している（あくまで設定であって、その詠歌時点で斎院であったことを保証するものではない）「さりともと」歌（神祇　一二七七）があることは、その可能性を否定するものではないだろう。むしろ、斎院時代に、百首歌の中に心を開く喜びを知りそめていたと推量する方が、病に依る斎院退下を、今様に打ちこむ父の出家や俊成の歌壇での活躍の兆しなどを背景として考える時、自然な心の動きが感じられるように思われる。俊成の手元に、斎院退下時の古い歌があったことは確かであるから、斎院時代の百首歌もあっても不思議ではない。

先にも引用したが、『千載集』にはあるいは後白河院五十賀（安元二年）に関わる一首かと思われる百首歌中の祝の歌（賀　六二五）があり、その折の百首とすれば、退下後七年、二十八歳の詠である。さらに『千載集』入集歌を見てゆこう。

弥生のつごもりによみ侍りける

ながむれば思ひやるべき方ぞなき春のかぎりの夕暮れの空（春下　一二四）

本歌　をしめども春の限のけふの又ゆふぐれにさへなりにけるかな（よみ人しらず　後撰集　春下　一四一・伊勢物語　九十一段）

題知らず

草も木も秋のすゑばは見えゆくに月こそ色もかはらざりけれ（秋下　三三五）

「ながむれば」歌は、『後撰集《ごせんしゅう》』の本歌の心を形象化へと進めているものである。季節は空の通路を行き交う。三月尽の、慰める手立てもなく、極まった惜春の思いをこめた、詠歌主体のあてどない眺めの視線に、逝く春の最後の夕暮れの空の風景が緊密に呼応するところにねらいがある。「草も木も」歌は、「秋の末―末葉」の植物の無常と対照された月の不変への感動をいう。風景は対象的に見られていて、それほどの秀歌ともいえないだろう。だが、注意しておきたいことは、式子の『千載集』入集歌（式子の歌の中では成立の早いものということであるが、該当範囲が広く、詠歌時点を確定しにくい）に、すでに周到な措辞や、理の通った詠みぶりが確認されることである。

『千載集』には、また、二首の恋の歌が入っている。

　　百首歌よみ給ひける時、恋のうた

はかなしや枕さだめぬうたたねにほのかにまよふ夢のかよひぢ（恋一　六七七）

参考　よひよひに枕さだめむ方もなしいかにねし夜か夢に見えけむ（よみ人しらず　古今集　恋一　五一六）

　　百首歌のなかに、恋のこころを

袖の色は人のとふまでなりもせよ深き思ひを君し頼まば（恋二　七四五）

本歌　しのぶれど色にいでにけりわが恋は物や思ふと人のとふまで（平兼盛　拾遺集　恋一　六二二）

ともに百首歌中の詠である。「はかなしや」歌のような、主情語による初句切れの歌は、『新古今集』になるとほとんど採られなくなる、という意味では、この歌はいわば古いスタイルである。しかし、この歌は、「はかなし」という、二句以下の事象を諦念をもって大観するような語彙で詠まれており、初句の切れは深く、深く切れた上で二句以下と的確な呼応を形成している。「夢の通路」自体、うつつならぬはかない出逢いの細道である。「思ひ寝」の夢なら枕を置く方向を思い定めて、夢を見るつもりばかりは出来るのだけれど、そのつもりで寝たわけでもない「枕さだめぬ」「うたたね」の夢、と、はかなさは重ねられる。「ほのかにまよふ」はその夢の中の通路が、霧でもかかっているようにはっきりしなくて、迷ってしまうという意味であろう。逢うことのはかなさをまとった詞が出来るかぎり重ねられる。テーマに向かって幾重にも詞を重ねるという方法を式子はよく使うのだが、それが『千載集』の入集歌からすでに見られることにも注意しておきたい。

「袖の色は」歌は、忍恋歌である。男性の立場で詠んだとしてよい。心一つに忍ぶ苦しさに血涙を流さんばかりである。この血涙は忍ぶ意志の強さの証であるが、同時に恋の思いがあることを人に知らしめるという矛盾にあるものである。この血涙を流すほどの私の深い思いを、あなたさえ信じて頼みにしてくれるならば、私は恋をしていると人に知られてもかまわない、という相手も知らない我が心一つの情熱的な歌である。あるいは、成就しそうにない忍恋で血涙を流さんばかりなのだが、私の思いをあなたが頼みにしてくれるなら、世間に二人の仲が露見してもかまわない、という意味にも取りうるが、相手を大切に思う気持ちとしては、前者の解が深いであろう。自分が相手をどんなに大切に思っているか、忍びつつも、その思いの深さを相手に知ってもらいたいという気持ちが歌われている。忍ぶことと思うことの葛藤という恋の本質をまっすぐに見ている、「玉の緒よ」歌にも繋がっていくような歌が、ここにすでにあることにも注目される。

百首歌の中に、法文の歌に、普賢願の唯此願王不相捨離といへる心を
ふるさとをひとりわかるる夕べにも送るは月の影とこそきけ（釈教　一二二二）

後に『定家八代抄《ていかはちだいしょう》』にも撰ばれている。住み慣れたこの世をただ独りで別れてあの世へゆく夕べにも、送ってくれるのは月の光だと聞いています、あらゆる功徳をすべての衆生に施し、仏果が得られることを願った普賢菩薩の悲願の力が、彼岸に導いてくださると聞いています、というのである。「〜とこそきけ」と法文の言説を強調することによって、法文の実現を強く期待する類型に基づいた表現である。法文を知識として詠んでいる観念的な詠歌であるが、この法文から、月に照らされた死出の旅路の情景を浮かび上がらせる点が優れているといえようか。錦仁氏は次の二首が同じ百首歌であった可能性があると指摘している（『中世和歌の研究』）。確かに、三者は詞書の様式が似ているが、地蔵菩薩の立場に立って詠み、かつ詠歌主体自身を内省する詠み方をしている「しづかなる」歌の歌境がより深いと思われ、この歌が詠まれたのは、『千載集』以前ではなく、仏教への理解、感覚がいまひときわ深まった時点である可能性もあろう。

百首歌の中に、毎日晨朝入諸定の心を
しづかなる暁ごとに見わたせばまだふかき夜のゆめぞかなしき（新古今集　釈教　一九六九）
百首歌中に、大悲代受苦の心を

けちがたきひとのおもひに身をかへてほのほにさへやたちまじるらん（新勅撰集　釈教　五八九）

3　歌の道のみちびくままに——定家と式子

年代の判明する定家詠の最初は、定家十七歳の治承二年（一一七八）三月、賀茂重保《かものしげやす》が主催した『別雷社歌合《わけいかづちのやしろのうたあわせ》』に出詠した歌である。歌題は三題、歌人は六十人のこの歌合の判者は、父俊成であり、定家は、五歳年長の公時と合わされ、持二負一の成績であった。父俊成の判者ぶりを目の当たりにした大規模な歌合に出席した初めての経験は、定家の歌学びにとって大きな出来事であっただろう。この年にはまた俊成の『長秋詠藻』を書写している。翌治承三年二月には古今伝授、治承年間には『古今集』『後撰集』の口伝と、俊成は定家に着々と歌道の教育を授けていた。

俊成の期待に応えて

その四月に定家が初めて百首歌を詠んだ治承五年の年初に、定家が式子に初参したことには、大きな意味があろう。式子が百首歌という形式に堪能であることを俊成は熟知していたのである。定家の「初学百首」にはすでにその才気が十分にうかがわれた。後に俊成は『千載集』に二首を撰び入れているし、定家自身も『新勅撰集』に一首を入集し、百首のうち十八首が以後の勅撰集や私撰集、歌合などに採られている。ひき続いて翌寿永元年には父の「厳訓」により「堀河題百首」を詠んだ。この百首を発表した時のことを定家は「父母、忽ちに感涙を落し、将来此の道に長ずべきの由、返抄を放たれ、隆信朝臣・寂蓮等、面々賞翫の詞を吐けり。右大臣殿故に称美の御消息ありき。俊恵来りて饗応の涙を拭へり。時の人望之れを以て始めと為す」（拾遺愚草員外　堀河題百首前書注記）と家集に書き付けている。定家の非凡さは世の知るところとなったのであった。もっとも、後の定家はこの百首を評価せず、『拾遺愚草《しゅういぐそう》』ではなく『拾遺愚草員外《いんがい》』に入れたのであったが。俊成の、歌道の家を継ぐべき定家に対する期待がいかに大きかったかに注目したい。

藤原定家像（冷泉家時雨亭文庫蔵）

和歌情報の共有

これから初めて百首歌に挑戦しようとする年の初めに、式子のところに定家を「初参」させた俊成の意図は、単なる挨拶ではなかった。「初参」とは、『国史大辞典』に「古代・中世において主従関係を結ぶため従者となるべき者が主人となる者にはじめて見参すること、またその儀式。「ういざん」ともいう。公家・武家を問わず、主従関係設定の手続きとしてはこの初参の礼を行い、同時に名簿《みょうぶ》を捧呈するのが正式であった」などと説明されている。

俊成と式子のそれ以前からの師弟関係のなかで、多くの百首歌を読み続けている式子との間に、和歌を主とした交流を正式に開くことが、定家の（ひいては式子の）歌道練達のために資するに違いないという見通しが俊成に生まれていたのだと思われる。『明月記』には式子晩年の記事が多数記載され、定家が式子の家司《けいし》として行動していることがわかるが、その端緒が開かれたのである。定家は、文治二年（一一八六）頃、九条家の家司となり雑用をこなす一方、歌人として九条家の和歌の催しに参加して、主である良経《よしつね》と対等に処遇されている。式子家でも、そのように歌に関して奉仕する立場でもあったのかと思われる。

式子の和歌が、式子自身は歌合などに参加しなかったようであるのに、定家や良経など同時代歌人とリアルタイムで影響しあっていることの背景には、このような情報網の存在があるのであろう。

後述するが、二人の間に恋愛関係があったと語る後世のいろいろな風聞巷説がある。そのような想像は、式子のもとに定家の歌稿（あるいは同時代歌人たちの歌もありうる）があった、あるいは定家のもとに式子の歌稿があった、という事実があり、また実際二人の歌の間に少なからぬ影響関係があることから、ふくらんでいったことと考えられる。治承五年初参以後、二人の手元に互いの歌稿があり、和歌をめぐって互いに刺激しあい、尊敬の念を抱いたなどということは、十分にありうることだったのであろう。後世の巷説のような恋愛関係とは異なる、和歌の世界にともに没入する歌の友として信頼する関係だったのではないだろうか。

新儀非拠達磨歌

定家は、前述の「堀河題百首」注記に、さらに「但し件の人望僅かに三四年か。文治建久より以来、新儀非拠達磨歌と称し、天下貴賤の為に、悪まれ、已に棄て置かれんと欲す」と回想して書き継いでいる。

大評判であった「堀河題百首」の後、再び定家が百首歌を詠み出すのは、三年後の文治二年、西行勧進の「二見浦百首」からのことである。文治三年には「殷富門院大輔百首」「閑居百首」を詠む。

右注記中の「達磨歌」は、定家や慈円らの新風和歌に対して、それを非難する旧派の立場からの、新奇性・難解性を揶揄する呼称である。「新儀非拠」は伝統的な故実作法に拠らぬ新式のやり方といった意である。「達磨歌」の呼称は実際には建久四年（一一九三）の『六百番歌合』の頃から使われたといわれているが、「二見浦百首」には、すでに定家の新しい歌風が吹き始めている。

あさなぎに行きかふ舟のけしきまで春をうかぶる浪の上かな（「春」拾遺愚草一〇九・玉葉集　春上　一一九）

見渡せば花も紅葉もなかりけり浦のとま屋の秋の夕暮（「秋」同　一三五・新古今集　秋上　三六三）

あぢきなくつらき嵐の声もうしなど夕暮に待ちならひけん（「恋」同　一六八・新古今集　恋三　一一九六）

勅撰集には、「二見浦百首」からは十三首、「殷富門院大輔百首」からは九首、「閑居百首」からは十一首が入集している。

初めての加判
――『宮河歌合』

『二見浦百首』を勧進し、定家の才能を知った西行は、ついで俊成定家父子に、生涯の総決算の、二つひと組の自歌合『御裳濯河歌合』『宮河歌合』の判を、それぞれに依頼し、伊勢神宮の宝前に奉納している。その依頼は文治三年定家二十六歳の時のことである。西行と俊成は親密で同年配、したがって西行と定家とは親子ほどの年齢の開きがある。俊成が定家を歌道の後継者として本格的に育て始めたまさにこの時に、西行がこれを企てたのは偶然ではないであろう。西行の歌に加判する行為を通して、俊成も、とりわけ定家も、和歌に対する志を励まされ、和歌に対して、歌道の家というものに対して、自覚を深めたと思われるからである。

俊成は、『御裳濯河歌合』序文には及ばぬ心に任せて判をしてきた恥と老いの物忘れを理由としているが、近年より判をすることを辞めていた。しかし、俊成は西行との「二世の契り」の深さを思い、またこれが「世の歌合」とは異なる特別の意味を持つものであることを西行に「しひて示さ」れて、これを引き受けた。俊成判はまもなく出来上がったが、定家はこれに難渋し、二年あまりの歳月を要した。西行の催促の消息があるほどであるが、勝負の判定だけを残した草稿がようやく届けられた時には、老西行は病に臥していた。『贈定家卿文』と呼ばれる消息が残っていて、西行の望外の喜びを伝えている。よき歌とはどのような歌をいうのか、という根源的な難問を、共通の題を左右双方が競って詠む通常の歌合ではない自歌合は、つきつけたと思われる。その問いの前に、定家は「返す返す思ひやみぬべくなり」つつ、結縁の功徳を思い、とりわけ「思ふゆゑあり、猶かならず勤めおけ」(宮河歌合跋文)という西行の強い要請を信じて、官位昇進の望みも叶うかと、二年がかりでようやく西行に判を届けたのであった。定家がいかに苦しみつつ主体的に考え、真剣に取り組んだか、その結果いかに素晴らしい、西行の期待以上の判詞を書いたか、また西行が、歌合の判を依頼することにおいてそのような定家に出会えたことを、それをこそ「本意」としていかに喜んだかは、『贈定家卿文』に如実にうかがわれる。西行が「散るををしめば」と詠んだところを「春を惜しめば」と大胆にも添削した（あるいは自分に引きつけて読み間違えた）定家を、西行はいったんはそれは面白いと褒める。しかし、すぐにやはりもとの通りがよいのだと、他の歌なども例としながら、また自意識の強い定家への配慮を見せつつ、和歌について論じ、西行は定家に思うところを教えようとしているようである。定家が跋文で訴えていた官位昇進の望みが、この加判の後、叶い、定家は「左近衛権少将」に任じられた。西行は自らを、神意を伝える「神の御使ひ」といっている。この企ては、西行自身のためでもなく、俊成や定家に神の恩恵を及ぼすという個人的な行為でもなく、和歌そのものへと開かれた企てであった。ゆえに、この企てそのものが神慮に叶ったものであり、定家が志を励まされたことによって、歌合が完成したこと自体が、神意の顕れであることを意味するであろう。西行も定家の望みが叶うようにと大神に祈っていた、定家の官位昇進も、和歌をもって君に仕えるという本来の意味で叶ったのである。

加判を為し遂げた定家は、自信を得、自身が継ぐべき和歌の道に対して、真剣に向き合うことになったであろう。この経験は定家にとってたいへん大きい出来事であったと思われる。依頼から二年、定家は二十八歳である。

『千載集』撰進を手伝う

俊成に勅撰集撰進の院宣が下ったのは寿永二年〔一一八三〕二月、奏覧は文治四年〔一一八八〕四月であった。俊成は、定家に『千載集』撰進の手伝いをさせていることが、後年の定家が記した『順徳院御百首』裏書などからわかる。

『順徳院御百首』の「玉のを柳」の語を含む歌に、定家の裏書は次のように記す。この語は、西行がその『御裳濯河歌合』に自選して入れた「山賤の片岡かけてしむる野の境にたてる玉のを柳」の歌に使われていた。

玉緒柳　同（西行）法師、境にたてると詠《ミ》候、此《ノ》歌宜《シク》候、可《キ》レ入《ル》二千載集《ニ》一哉之由申《シ》候時、釈阿（俊成）、事《ノ》躰雖《モ》レ可《シト》レ然《ル》、此《ノ》七字始《メテ》詠《ミ》出《デ》候歟、押事歟之由申《シ》候、又事《ノ》躰非《ズ》二普通尋常《ニ》一、物名幷《ビニ》詞、一度一座歌、不レ論《ゼ》二其《ノ》多少《ヲ》一、不レ可《カラ》二詠《ミ》置《ク》一之由申《シ》候き

これによれば、『千載集』の撰集をしている時に、定家が俊成に、西行歌の入集を進言しているのである。この場合は、俊成は「玉のを柳」が、普通尋常ではない無理な押事であるとして採用しなかったらしいのであるが。しかし、この西行歌は『新古今集』には、定家・家隆・雅経三人の推薦によって入集している（雑中　一六七七）。

俊成は定家に多くの撰集資料に触れさせ、その中から秀歌を推薦させることによって、定家の、歌を鑑賞し、批評する力を鍛えようとしたのであろう。歌道の家を継ぐ者として定家を育てるために俊成が力を尽くしていた様子がうかがわれる。定家が和歌の力を付けていくその周辺に式子もいて、ともに影響を与えあっていたと想像される。

先に述べたように『千載集』に式子の歌は九首採られたが、定家の歌もほぼ同数の八首が入集した。

第四章　二つの百首歌

1　式子内親王出家の事

八条院のもとへ

養和元年（一一八一）九月二十七日、式子は法住寺殿萱御所にいた（明月記）。その後、式子の出家と関わりのある八条院暲子内親王（保延三年〈一一三七〉〜建暦元年〈一二一一〉）との同居が確認されるのは、寿永二年（一一八三）十二月十七日『吉記』の記事が最初である。その間二年余り、式子は八条院のもとに身を寄せるまでどうしていたのであろうか。

寿永元年（一一八二）二月二十一日、三条高倉にあった女御殿御所が放火により焼失したという記事が『吉記』に見える。経房は、京中に僅かに残る「尋常」の家の一つが失われたことをたいへん惜しんでいる。琮子は左府藤原経宗《つねむね》亭に身を寄せたようだ（吉記　寿永元年三月十三日条）。

前述の通り、三条高倉にあった女御殿琮子の御所に式子はいたことがあり、「三条前斎院」との呼

八条院暲子内親王像
（安楽寿院蔵）

称もそれによると考えられる。この火事で、式子のいた三条の御所も、全焼は免れたとしても、何らかの被害があったのだろうか。以後も、本院は三条とみなされながら、式子が三条殿に戻ったことは確かめられない。

寿永二年十一月十九日、木曾義仲が院の御所、法住寺殿を襲撃し、後白河法皇と後鳥羽天皇を幽閉するというクーデターが起きた。法住寺合戦である。院方と義仲方の間に不穏な気配がすでにあり、前日にも、法住寺殿に同宿していた人達の動きが慌ただしい。義仲が奉じていた以仁王の皇子北陸宮《ほくりくのみや》は逐電（吉記　十八日条）、当時法住寺殿に同宿していた八条院は八条殿に還御された（玉葉　同日条）。上西門院（統子）と皇后宮（亮子）は、「密々に他所に渡御し了んぬ、双輪寺の辺りと云々」（吉記　同日条）とある。双輪寺は双林寺であり、上西門院の妹、双林寺宮――式子退下の折、見舞った宮――の寺である。法住寺合戦においては、八条宮と呼ばれた後白河院の皇子円恵《えんけい》法親王、天台座主明雲《みょううん》大僧正も落命した。

合戦の翌日二十日、高橋秀樹氏の人物比定に拠れば、『吉記』に、式子の動きを伝える記事がある。上西門院統子に頌子の五辻御所に臨幸なさるようにと、前斎院頌子内親王よりの仰せで、経房は急ぎ参上する。申の刻に、「女院（上西門院）・皇后宮（亮子内親王）・前斎院（式子内親王）等御同車渡御」

と『吉記』は記している。上西門院とともに亮子・式子の姉妹も、五辻斎院に向かったとの記述である。式子等姉妹は上西門院（統子）・頌子姉妹の姪にあたる。『吉記』の他の箇所でも「前斎院」が頌子・式子のどちらを指すのかわかりにくい場合があるが、ここでは、頌子は五辻御所にいたと考えられるので、高橋氏の比定通りでよいと判断する。とすれば、法住寺殿を一緒に退去したのではないので、式子は他の二人より先に双林寺辺りに出向いていたのかと思われる。五辻御所は、一条北辺東（兵範記）、法住寺殿からはさらに離れた場所である。五辻へは基家、光雅等が扈従し、御堂御所を御所に当てた。経房がこれらを取り仕切っている。

二十六日には、経房は後白河院が押し込められている五条殿へ参院した後、五辻御所に向かう。「今日女院・両宮、斎院の御方に同宿せしめ給ふ」と『吉記』は記す。両宮は、亮子・式子を指すのであろう。三人はともかく五辻斎院方に「同宿」することになったらしい。経房は、大活躍して御堂御所に万端敷設し、上西門院以下三方が渡御されたと『吉記』に記す。

上西門院と亮子は十三日に五辻御所から藤原基家の持明院亭に移っている。『吉記』に式子に関する記述はない。

十二月十七日の『吉記』には、

次《デ》予参入《ス》八条院《ニ》。三条《ノ》前斎院、御同宿《アリ》。入《リテ》両方《ノ》見参《ニ》退出《ス》。久《シク》不参之上、元不《ル》可《カラ》出仕《ス》之故也。

とある。式子はすでに八条院と同居している。

八条院暲子は頌子らの姉、美福門院腹で、両親の寵愛を受け膨大な所領を譲られていた。当時の八条院については次のような指摘がある。


源平の争乱期の八条院は院・武家などの有力な権門勢家から独立した位置を占めていた。そのため争乱で失脚した人々が避難してきたし、女房が身を潜める場ともなっており、アジール（避難所）として機能していたのである。またその力を期待して、荘園の寄進が八条院に続いたため、八条院領は内乱の時代にも関わらず増え続けたのであった。（五味文彦『藤原定家の時代――中世文化の空間』）

以仁王も八条院の猶子となっており、その妻は、八条院三位局という八条院の信頼篤い女房で、生まれたその子供たちも八条院に養育されていた。八条院は以仁王の乱に際しても挙兵を支援したとされている。守覚法親王も八条院の猶子となっている。

当時、八条院、上西門院、亮子らは、後白河院の法住寺殿にたびたび同宿しており、また行動をともにしていることも多い。八条院と院の当時の親密な関係や、八条院の避難所としての役割などから、法住寺合戦以後、火災のあった三条殿にも帰らず、あるいは一時的に双林寺辺りや五辻殿に身を寄せた可能性もあるが、式子は出家するまでは八条院の近くにいたと推測される。

翌元暦元年（一一八四）は、式子に関する史料としては次の『山槐記』の一条があるのみである。

小児《ノ》行始、吉方《ハ》東也、向《フ》二三条万里小路《ノ》斎院御所《ニ》一、斎院不二御坐《サ》一。（山槐記　七月十七日条）

「行始（ゆきはじめ）」とは、誕生後初めて産まれた家を出て他所を訪問すること。小児の行始に、吉方が東というので三条の斎院御所に向かったが、斎院はいらっしゃらなかった、というのである。式子がいたのは八条院と考えられている。しかし、当の八条院自身はこの年の『玉葉』を見ると、後白河院と同宿しているという記事が目に付く。二月二日、十一日、二十日、三月十日（六条殿）、四月十九日、二十六日（歓喜光院御所）、八月十七日、二十日（押小路殿）、十二月二十二日（押小路殿）など。八月の記事では八条院は押小路殿内で病臥中である。結構長い期間八条院は八条殿を留守にしているようである。日記では「八条院」が八条殿を指すのか八条院のいるところを指すのか、判断が難しい。

次いでの式子に関する史料は、翌元暦二年（一一八五）正月三日の『吉記』の記事である。

三日　天霽《ル》。弁斜（午刻）、先《ヅ》参院《ス》、八条院・前斎院等御同宿《アリト》云々。入《ル》二女房見参《ニ》一。

元三の拝賀のために経房が後白河院の白川押小路御所へ参上したのであるが、そこには八条院や前斎院式子等が同宿している、と記されている。この時以外にも、式子は、八条院に住まいながら、時には女院とともに父院の御所にも行ったかとも思われる。

七月九日、大地震が襲った。京中の人家、神社仏閣が多数顛倒、余震も長く続いた。八月には文治と改元されている。地震が起こった時今熊野に参籠中だった後白河院は、六条殿に出御したが（吉記）、庭に竹屋を急造して入られた。式子はどこにいたのか。『吉記』にやはり八条院とともに被災したことが書かれている。

地震猶有《リ》二度々一。午剋先参《ヅル》二最勝光院《ニ》一……其《ノ》外《ノ》所々《ノ》屋、皆以《テ》傾《キ》危《シ》。眼前《ニ》見《ル》二滅亡《ヲ》一。不レ堪《ヘ》二悲涙《ニ》一。次参《デル》二八条院《ニ》一。寝殿已下、御所皆悉《ク》傾倚《ス》。内作併《テ》破損《ス》。当時女院幷《ビニ》前斎院《ハ》御《ハス》二北《ノ》対《ノ》前庭《ニ》一。打《チ》レ屋《ヲ》取儲御―有事也。

（七月十二日条）

『後白河法皇日録』は、これを八条殿ではなく法皇御所押小路殿のことと判断している。どちらにしても、式子は八条院とともに、北対の前庭に脱出し、そこに仮設の家屋を建てて避難していたらしい（ちなみに、現在の京都御所の内庭の奥には、泉殿（地震殿）と呼ばれる地震避難のための屋があり、孝明天皇が一ヶ月ほど利用されたとのことである）。

余震が続く八月、式子は准后（准三后）になっている。経済的に優遇される身分になったのであり、このなりゆきには、後白河院の娘への配慮はもちろんだが、後白河院と八条院の良好な関係を背景とした、八条院の後援があったのかもしれない。十四日、改元のその日に、准三后になって初めての院御所（六条殿）への渡御がなされている。『山槐記』はその日の様子を次のように書き留める。

十日　……又、有《リ》二内文一。別当〈家通〉、行《フ》レ之《ヲ》。前斎院准后之御封事《ト》云々。（山槐記）

十四日……今日有《リ》二改元《ノ》事一。去《ヌル》月《ノ》九日《ノ》大地震、以後于《テ》レ今《ニ》不レ止《マ》。仍《テ》有《リ》二此事一。頭右大辨光雅朝臣、示《シ》送《リテ》曰《ク》、今夜、前斎院准后之後、初《メテ》可《シ》渡二御《アル》 院御所《ニ》一。人々可《シ》レ被《ル》二扈従《セ》一、……

次《デ》参《ル》二八条院《ニ》一。八条北《ノ》〈烏丸東、八条院御所、東洞院面《ノ》為《ヲス》二前斎院御方《ト》一〉前斎院〈故高倉三位腹、法皇御女〉准后之後、初《メテ》渡二御《セラル》 院御所〈六条北、西洞院西〉《ニ》一。

頃《しばらくして》之寄《ス》二御車〈院《ノ》御車也。物見上《ニ》有《リ》レ庇。袖《ハ》網代也〉《ヲ》一。御車副《ハ》不レ賜《ラ》二當色《ヲ》一。出車三両、殿上人《ノ》車也。予、大宮中納言〈実宗、網代車〉、左兵衛督〈頼実〉、平宰相〈親宗〉扈従《ス》。

……出車、於《テ》レ院《ニ》、在《リ》二六條面《ニ》《スル》 築垣《ノ》外《ニ》一、御車入《リ》二東門《ヨリ》一、奉《ル》レ寄《セ》二寝殿《ノ》南階《ニ》一、下御之後、予、逐電《シテ》帰《ル》二東山《ニ》一。


八条北、烏丸東の八条院御所の東洞院に面した御所が式子に当てられていたようだ。

次に式子の動静がわかる史料は、五年後の『愚昧記』建久元年一月三日条まで見当たらない。

三日戊午、今日中将《ヲシテ》 令《ム》レ申《セ》二慶《ヲ》於所々《ニ》一、予、相具《シテ》 参内《ス》。……次《デ》参院〈此次、殷富門院御同宿〉、次《デ》
八条院〈前斎院同所〉

四十二歳の式子は八条院にいる。式子歌も入集した『千載集』の奉覧は前々年の文治四年、『たまき

はる』を書いた定家の姉健御前が、八条院に出仕するようになったのは寿永二年の春からだったから、式子が八条院の近くに過ごした年月を健御前は知っていたことになる。『たまきはる』に書き留められた八条院御所の気風はおおらかで無頓着なものであったが、「それらがみな恋しきなり」と健御前は振り返っている。式子はここまで六年余りの長い年月をこの女院の近くで暮らしている。父院の庇護のもとでの、おおような性格らしい女院との暮らしは、居心地が悪かったとは思えないのだが、どうであろうか。女院は御所で歌会を行ったこともあったし（風情集）、「宮」と呼ばれた時代に白河殿で虫合をしたりもしていたようで（山家集）、その女房には八条院高倉、八条院近衛、八条院六条などという勅撰集や私撰集に入集するような歌人もいた。定家と式子はすでに出会っており、定家の姉妹が、八条院、式子の双方に女房として出仕していた。『たまきはる』の健御前、俊成監督のもと多数の歌書を書写した八条院坊門局、が八条院に、斎院時代直後から龍寿御前が式子のもとに。『新古今集』『新勅撰集』の排列などから八条院六条と式子との交流や和歌の影響関係に留意を促す論もある（田仲洋己『中世前期の歌書と歌人』）。八条院のもとでも、式子は歌に打ち込んでいたようだ。

しかし、八条院との同居は、式子が結局は出家してしまうことになる出来事によって終わる。

式子内親王の出家

内親王の出家、ということは、特に珍しいことでもない。鳥羽院の皇女たちの例を見ても、八条院暲子内親王自身、父鳥羽院崩御後の保元二年（一一五七）五月、二十一歳ですでに出家しており、法名金剛観という。上西門院統子内親王も、永暦元年（一一六〇）出家、法名は真如理という。同年、姝子内親王（後の高松院）は病により出家、法名実相覚。五辻斎院頌子内親王も、同年出家している。双林寺宮も、もとより出家の身である。若き日、式子が同居していた三条女御琮子も、承安三年〔一一七三〕病によって出家していた。式子の姉の亮子も、父後白河院崩御後、建久三年〔一一九二〕十一月出家、法名真如観ということになる。

『栄花物語』に「世にある人の、あるはかなしき子に後れ、あるは女男のあはれに思ふに後れ、あるは恥がましきこと出で来、あるは幸ひなくなどして、もとも出家せんにあへぬべき人」といい、「尊子内親王四十九日供養願文」に「凡そ、此界古今婦人の出家や、或いは暮齢に及び、寡婦となり、或いは愁患多く、依怙無きの人等なり」（本朝文粋）などと出家の原因はさまざまに挙げられている。老・病・死といった無常に直面する中で、出家という形が取られるようになる。仏教が人々の精神的な支えになっている時代である。

式子の出家の直接的な原因は、右に挙げた内親王たちとは異なっている。その経緯については、当時のさまざまな呪咀の噂を書き留めた『明月記』建仁二年〔一二〇二〕八月二十二日条からおよそのことが判明する。

故前斎院、御《ハス》㆓八条殿《ニ》㆒之間、依《リ》㆑思《ヒ》㆓御《ハスニ》付属事《ノヲ》㆒、奉《リ》㆑呪㆓咀《シノ》此姫宮幷《ビニ》女院《ヲ》㆒、彼《ノ》御悪念為《ニル》㆓女院御病《ト》㆒之由、種々雑人狂言《ス》。依《リ》㆑之、斎院漸《クシ》無㆓御同宿㆒、於《テ》㆓押小路殿《ニ》㆒御出家之間、故院猶以《テ》㆓此事《ヲ》㆒、御不請《ナリ》。

記事は式子が八条院の八条殿に住んでいた時、八条院領の相続のことを思って、八条院姫宮と八条院を呪咀し、その悪念のために八条院は病気になったと、下々の者がさまざまに戯言を言った。このため、式子は八条院とは次第に同居しなくなり、後白河院の御所である白川押小路殿で出家してしまったが、故院（後白河院）はこのことについては快く思われなかった、ということである。八条院姫宮とは、以仁王の女で、母は高階盛章女、八条院の「無双の寵臣」として信任厚かった女房の八条院三位である。八条院はこの姫宮を猶子とし、以仁王の死後養育、庇護し、寵愛していた。『明月記』にはこの姫宮が昇子内親王や九条良輔を呪咀したという噂も記載しており、定家によれば、この姫宮は「此人邪気（注　物怪）にて、叫喚狂乱、連日の事と雖も、其の所を去られざるの故に、人頗る奇しく思ふと云々」（元久元年二月二十七日条）とのことである。後白河院が式子の出家をよしとしなかったのは、「式子に出家するような非がないと見た」（上横手雅敬『権力と仏教の中世史』）のであろう。豊かな八条院領の相続については、女院の生前からその行方は関心が持たれていたと思われる。錦仁氏の言うように「反対に、暲子・以仁王の妻・その娘の姫宮たちが式子を呪った、と考えるべき」（『中世和歌の研究』）なのかもしれない。当然相続できると思っているであろう以仁王の姫宮から見て、式子の存在は、呪咀の噂を立てて攻撃に出なければならないほどに、競争相手として大きくなっていると見えたのではないか。式子と八条院の関係も良好だったからこそ、以仁王の姫宮は、八条院と式子の仲を裂こうとして、あらぬ噂を耳に入れ、それを八条院は真に受けて、式子に疑いの目を向け始めたのではないだろうか。女院のもとで六年以上も同居し、おおような女院の気心も知り、安心も油断もしていたであろう。そこに忍びこんできたのが、呪咀の嫌疑であったのではないか。

式子の出家の時期は、『吉部秘訓抄』建久三年六月三十日条に「今日六月祓、斎院御方に於いては御出家已後、行はれざるなり」とあることから、右の『愚昧記』建久元年正月の記事以後、建久二年六月までの間と考えられている（高柳祐子「中世和歌の史的研究」）。四十二歳頃である。「押小路殿においてて御出家の間、故院猶此の事をもって御不請なり」とある。おそらく、父に相談するというようなやり方ではなく、自分の手で髪を切った尊子内親王ほどではないにしても、唐突な出家だったのだろう。後白河院は事後に知って、娘の勝手な行動にそんなことをしなくてもよいと苦々しい思いであったのであろう。出家を強いられたわけではなく、式子の心の中に、出家することに向かう気持ちが、葛藤を伴う複雑な形であったにしても、存在した結果だと思わざるをえない。冤罪を被せられたとしたら、誇り高い式子の心はひどく傷ついたであろうし、自分への反省もあったろうし、自分も含めた人の心の変わりように、無常の思いを深めたことであろう。和歌に打ち込み古典に親炙していたであろう式子の心に、このような場合、物語の中の女君のとった行動として、出家という方法があったことが、去来しなかったかどうか。物語の中に用例を探したりしなかったかどうか。

法名は「承如法」（『賀茂斎院記』）という。後白河院御所の白川押小路殿で出家したということだが、戒師が誰であったか、ということについては確定できる史料がない。

十八道加行

法然《ほうねん》に「シヤウ如ハウ」と称する高貴な女性に対する手紙が残っていて、臨終間近な式子宛の書状と考えられており、少なくとも式子の晩年には浄土門の法然への帰依があったと思われるが、それがいつからのことかは史料が見当らず、よくわからない。法然は、安元元年（一一七五）専修念仏に帰し、諸宗の学僧と浄土念仏の教理を論じた大原問答を経て、式子の出家の少し前の文治五年には兼実にたびたび授戒しているという活動状況である。

一方、仁和寺所蔵の『加行事』に、

北院御室日記に云はく、同〈建久五年〉六月五日、甲午、宮〈道法法親王〉前斎院御所に詣でらる。〈勘解由小路信房《ママ》卿宅〉十八道次第を授け奉らる。御贈物有り〈水精念珠一連、付銀蓮枝〉。

（大日本史料　建久五年六月）

という記述があり、式子は、後白河院の崩御後の建久五年（一一九四）六月五日に、密教の四度加行の一つで、密教修行の基本である十八道次第を、異母弟道法《どうほう》法親王から受けていることがわかっている。出家してから三年あまり経っている。姉の殷富門院の場合、出家した十一月九日から一週間後の十六日に十八道加行を開始、翌月十二月五日には十八道を授けられている。半月ほどの期間である。諸尊別行次第印明等（建久四年四月十七日）、護摩真言観等（建久四年十月十一日）、護摩次第（建久五年二月十九日）など、殷富門院は出家直後から守覚法親王に導かれて次々に真言密教の行を修めている。

『出家作法』（京都大学国語国文叢書）の解説を書いておられる白土わか氏のご教示（私信による）では、十八道次第は、秘密事相の行事であり、外部から中々うかがい知ることが出来ない所があると留保されつつ、十八道次第は出家後行うということでいつ行うとはっきり言えないこと、また、「十八道行法」については、古来多くの儀軌口訣等あり、その日数、内容についても種々あるが、現今では四七日ということになっているようだとのことであった。

後述するように、建久五年六月には式子は後見経房宅にいた。ひと月近くも別火で行わなければならない十八道を受ける道場は、そこに設定されていたのであろう。

式子が出家後、三年あまり経ってからようやく十八道を受けていること、これ以後は、当時の晴の宗教である聖道門の密教に関する式子の修行の形跡を示す史料が見当たらないこと、などから、さまざまな推測がなされている。

しかし、式子の出家が、当時の通常の貴顕の女性の出家ではなかったことは確かで、そこには葛藤を伴いつつも式子の強い意志が働いていると思われる。また、出家後三年あまり経っているが、道法法親王から十八道を受けていることからは、出家の授戒の師は、法然ではなく道法法親王であった可能性が高いと考えるのが自然であろう。

2　後白河院崩御

父院の死

建久二年（一一九一）十二月、病を得た後白河院は、一時は小康状態となったが、閏十二月には日々病状が悪化、年が改まっても改善せず、守覚法親王も祈禱を行ったが、翌年正月十四日には「足腫」「腹脹満」という末期状態となった。二月十八日には、後鳥羽天皇が見舞いのため行幸、「主上御笛、女房安芸箏を弾ず。法皇幷びに親能、教成等、今様、院の御音例の如し」（玉葉　同日条）とあり、今様を歌う時、院の声はこの期に及んでもいつもの通りであった。この日、従二位丹後局を使いとして、遺領処分の詔旨があった。この処分については、兼実が「この御処分の体、誠に穏便なり」と肯っている。丹後局がその議に預かったといわれている。その内容を処分当日の『明月記』三月十四日条によって示す。

御処分等ノ事

人々云、殷富門院御処分　押小路殿〈彼《ノ》御後《ハ》、可《シ》レ為《ル》二主上《ノ》御領《ト》一〉

宣陽門院〈六条殿・長講堂已下《ノ》事、庄々等〉

前斎院〈大炊殿・白川常光院、其《ノ》外御庄両三被《ト》一分奉《ケラ》二云々〉

前斎宮　花園殿〈仁和寺〉

法住寺殿・蓮華王院・六勝寺・鳥羽等、惣《ベテ》可《シ》レ為《ル》二公家（注　天皇）《ノ》御沙汰（注　玉葉によれば「金剛勝院一所、殷富門院領」）一、即《チ》宝倉以下、被《ルト》レ付《ケ》二殿下（注　兼実）《ノ》御封《ヲ》一云々。

式子には、大炊殿、白川常光院の他、二、三の荘園を配分されている。ただし、大炊殿は関白兼実に貸与中で、すぐに明け渡してはもらえなかったのだが。

同日中に再度院を訪れた天皇に、院は「敢へて他の人の事な」く、宣陽門院《せんようもんいん》・藤原親能《ちかよし》（院司）・教成《のりしげ》（丹後局の子）らのことを依嘱した（玉葉　二月十八日条）。宣陽門院には法皇領のうち最大規模の六条殿長講堂領が譲られている。

後白河院は、建久三年（一一九二）三月十三日、六条西洞院の六条殿で崩御した。善知識は本成房湛敬上人、守覚法親王と醍醐寺座主勝賢僧正が伺候した。丹後局は崩御直後に湛敬上人を戒師として出家した。

次々と毎日のように縁者や臣下によって仏事が催されている。殷富門院、守覚法親王、宣陽門院、双林寺宮、等々と続き、四月二十九日には、前院司藤原定輔《さだすけ》、道法法親王、式子、好子前斎宮の四座の仏事が行われた。『心記』によれば、式子の仏事では、本尊として等身普賢菩薩像を安置し、導師は澄憲《ちょうけん》法印、「金泥普賢」（金泥観普賢経）が供養された。「御自筆」とある。殷富門院も金泥阿弥陀経を自筆で書写して供養している。阿弥陀経は約二千字、観普賢経は約六千八百字、金泥で書写するのは、たいへん集中力の要る営みである。このような供養の過程を通して姉妹は父を失った悲嘆をなにがしか鎮めていったのであろう。式子の仏事の前日、定家は式子に「水精念珠十二」を進上している（明月記　建久三年四月二十八日条）。六月二十四日、百ヶ日の仏事は丹後局が修した。

後見経房のもとへ

式子は出家後の二年あまりを後白河院のもとで生活したと思われる。父院は式子に大炊殿を遺してくれたのだが、そこは、長男良通《よしみち》が急死して冷泉亭を使えなくなった兼実に、後白河院自らすでに文治四年七月に貸与し、三年あまりが経っていた。大炊殿は、兼実の九条亭より便利な位置にあったからである。『玉葉』五月一日条に、そのことが記されている。

前斎院可レ被《シト》レ渡《ラ》二此亭《ノ》〈依《ル》二法皇《ノ》処分《ニ》一也〉一《ニ》云々。仍《テ》以《テ》二兼親《ヲ》一為《シ》レ使《ト》、触《レ》二遣《ハス》右大臣（注　兼雅）幷《ビニ》経房卿〈件《ノ》卿、為《リト》二彼《ノ》斎院《ノ》後見一云々〉《ニ》一。入《リテ》レ夜《ニ》帰来《リテ》云《ク》、右大臣云《ク》、公家《ノ》御沙汰、法住寺萱御所《ノ》、若《シクハ》西八條泉御所等、斎院暫《ク》御《ハシ》座《ス》、尤《モ》可《シ》レ然《ル》。但《シ》彼《ノ》宮事《ノ》不レ能《ハ》二進退《スル》一。可レ被《シト》レ触《レ》二仰《セ》戸部《ニ》一云々。経房云《ク》、日来可《キ》レ申《ス》二事由《ノ》一旨《ヲ》、頻《リニ》有《リ》レ仰、然而、依《リ》レ無《キニ》レ心不《ト》二申出《シデ》一云々。今有《リ》二此仰《ノ》一、早《ク》申《シ》二彼宮《ニ》一、可《シ》レ申《ス》二御返事《ヲ》一。若《シ》可《ク》二渡御《ス》一者、五月有《リ》レ忌。六月可《シト》二渡給《リフ》一云々。

法皇の処分によって大炊殿は前斎院式子に譲られたことを聞いた兼実は、兼親を使わして、右大臣藤原兼雅と藤原経房にその旨を言いやった。兼雅は院の臨終にも立ち会い、当日も諸般差配しており、故良通の父でもある兼実に、臨終間際に知らせもし、法皇臨終の様を語ってもいた。

経房は、実直有能の臣下で、院が信頼をおいて後事を託したのであった。式子の後見であることは、右の記載に明確である。『寂蓮法師集《じゃくれんほうししゅう》』に、崩御後の寂蓮と経房の贈答があり、経房の人柄を偲ばせる。

後白河院かくれおはしまして、後の御事どもを経房卿に奉行すべきよし仰せられおきたる事を承り及びて、彼卿のもとへ申遣しける

いさぎよき心もしるし入る月のなき影をさへ君にまかせて（寂蓮法師集　三二二）

返し

なきかげを見よとて月のいりしよりいとど心のやみにまよひぬ（同　二二三）

大炊殿の話に戻そう。兼実から遺言について告げられた兼雅の応答は、朝廷が取り扱うことになった所、たとえば法住寺の萱御所あるいは西八条泉御所とかに、斎院に暫くいらしていただく、というのが一番適当でしょう、でも、あの宮様のことなので勝手に意のままにすることは出来ませんから、後見の経房に仰せになるのがよろしいでしょうとのことだった。経房の言うには、宮様からは、近頃、（私の所有になった）大炊殿を関白が使用しているというのはどういうわけか、と、頻りに仰せがあります。しかしながら、現在お住まいになっている関白殿にお気の毒なので、こちらから申し出ることはしていませんでした、とのことである。また、今、関白殿からこのような仰せがありましたので、早く宮様に申し上げて、御返事を致しましょう、もしそちらにお渡りになるということになれば、五月には不都合なことがありますので、六月にお渡りになることになるでしょう、という返事であった。

式子が、それを聞いてどのように返事したのかはわからないが、経房も関白の要職にある兼実にすぐに立ち退きを要請するのは「心無きにより」、式子を説得したのかもしれない。式子も「事由」を聞いた上でいちおうの納得もしたのであろう。建久七年の政変で兼実が失脚するまで大炊殿が明け渡されることはなかったが、この時点で先のことはわからない。式子が、兼雅の示した法住寺萱御所や西八条泉御所ではなくて、結局は後見吉田経房邸に移ることになったのは、式子の希望と経房の配慮の結果であろう。

翌五月二日、法皇四十九日法会があった。「今夕両女院、斎宮、斎院、皆御分散なり」（心記）とあり、この日を区切りに、この方々は六条殿から退去となった。六条殿を伝領した宣陽門院もいったん外泊している。「斎院は戸部の吉田に遷御あり、殿上人、騎馬にて供奉すと云々」（明月記）とあるように、式子も殿上人が供奉して後見経房のもとに移った。これ以後、院の遺言として、後白河院の月忌（十三日）には、六条殿内長講堂で、永代供養として仏事が行われる。『心記』にはこの五月に「斎院御仏事」の様子が記され、六月には「例の斎院御仏事」とある。式子はこの日には仏事を行うのを以後も常としたのであろう。最晩年、すでに病中の正治二年〔一二〇〇〕三月十三日の正忌日、場所は大炊殿で父院のための仏事を行っている。

七月三日、父院に続いて、すぐ上の姉の好子内親王が亡くなった。藤原実家が弔いの奉行をしている（心記　七月十八日条）。式子のまわりはさらに寂しくなった。

式子は、七月末には、経房の邸宅の一つ「南亭」に移った。貴人が凡人の家に渡られる時の礼は、近頃の人に忘れられて、その例がなかったが、経房は、内大臣中山忠親と申し合わせた上、家の改装をして、式子を迎え、礼をつくしている。

前斎院、遷㆓御《アリ》南亭〈予、日来居侍《ル》方也〉㆒《ニ》。築《キ》㆓改《メ》築垣《ヲ》㆒、塗《ル》㆓腋壁《ヲ》㆒。貴人、渡㆓御《アルニ》凡人《ノ》家《ニ》㆒、雖《モ》㆓一両日《ノ》留御之時《ト》㆒、先例必塗《ズル》㆑之《ヲ》。近代《ノ》上下、忘《レ》㆑礼《ヲ》、絶《エ》而無《シ》㆓此《ノ》事㆒。先人、七条亭《ニ》法性寺殿渡御之昔、被レ塗《ラ》レ之《ヲ》。仍《テ》申二合《セシ》内府〈忠親公〉一《ニ》之処、去《ル》元三、寄二宿左大弁〈定長〉之許《ニ》一、雖《モ》レ示《スト》二可《キ》レ塗《ル》之由《ヲ》一、家主好《ミ》二倹約《ヲ》一、不二承引《セ》一。令《ムル》レ塗《ラ》之条、不《ル》レ可《カラ》レ及《ブ》二異議《ニ》一之由、被《ル》レ答《ヘ》レ之《ニ》。仍《テ》塗《ル》レ之《ヲ》。前庭掘《リ》二小池《ヲ》一、構《ヘ》二秋《ノ》野《ヲ》一、出居幷《ビニ》南面《ニ》押《ス》二色紙形《ヲ》一。内府〈忠親公〉・按察使〈朝方〉・藤大納言〈実家〉等、書《ク》二客殿《ノ》色紙形《ヲ》一、南面《ハ》平中納言〈親宗〉・新宰相〈光雅〉・右大弁〈定長〉・伊経朝臣等書《ク》レ之《ヲ》。

（吉部秘訓抄所引吉記　建久三年七月二十七日条）

築垣を改築し、腋壁を塗り直し、前庭には小さな池を掘って秋の野の庭とした。また内装としては、寝殿の出居殿と南面の正殿には、後白河院に重用せられた人々（忠親、朝方、親宗、定長（経房弟））、千載集歌人（実家、親宗、伊経）、能書で知られた人々（光雅、伊経、朝方）等に、色紙形を書かせて障子に押した。父院ゆかりの、式子にも親しい人たちであったと思われる。大炊殿にすぐに入居することが出来ない式子に対する、経房の心遣いが偲ばれる。

こうして、式子はここでまた歌を詠む日々を過ごすことになったのであろう。

美福門院加賀弔歌

翌建久四年（一一九三）三月十三日には、後白河院一周忌の法要があり、式子も八日に蓮華王院に参入している。

前斎院先《ヅ》有《リ》二行啓一。入二御西門〈不レ放《タ》二御牛《ヲ》一〉幷《ビニ》南向中門《ヨリ》一、藤宰相中将〈公能〉候《フ》二御車寄《ニ》一。

（吉部秘訓抄所引吉記　建久四年三月八日）

その一ヶ月前の二月十三日、俊成の愛妻、定家の母である美福門院加賀（藤原親忠女）が亡くなった。七十歳くらいだっただろう。

美福門院加賀は、はじめ藤原為経《ためつね》（寂超《じゃくちょう》）に嫁ぎ、隆信らを産んだが、為経の出家後、俊成に再嫁し、成家・定家ら二男八女の母となった人で、俊成との間の恋の贈答歌が『新古今集』にも入っている（恋三　一二三二・一二三三）。彼女は『源氏物語』を愛読し、狂言綺語の罪で地獄に堕ちたという紫式部のために、隆信や藤原宗家らに『源氏供養一品経和歌』を勧進した。久保田淳氏は、この加賀が施主となった源氏供養について、「夫俊成を始め、彼女所生の娘達、宗家や家通等その夫達、そして前夫との間の子である隆信、夫の猶子定長（寂蓮）、親忠女に連なる勝命、娘達の宮仕え先である前斎院式子内親王や八条院・高松院・上西門院などの女院の同輩の女房達が参加した、極めて女性色の濃厚な文学行事だったのではないだろうか」と想像している（『藤原定家とその時代』）。

五十年近くも連れ添うた「年頃のとも」に後れて、七十九歳の俊成は、季節も移る六月の末になってもその歎きは深いままだった。俊成は、「夕暮の空」に向かい、「昔のことひとり思ひ続けて」その歎きを六首の歌に詠み、紙に書き付けた。さらに、法性寺の妻の墓参りに行って、三首の歌を詠んだ。誰に見せるための歌でもなかったそれを、おそらく、式子の女房である俊成の女、龍寿御前が目にとめて、式子にその歌を見せたのであろう、俊成の歌一首一首に応じる歌に加えて、式子は前半六首に応じた後に一首、後半三首に応じた後に又一首、合計十一首の歌を送った。俊成はその厚情に感謝して式子に御礼の歌を贈っている。父院を失った悲しみが俊成への共感を深くしたことであろう。

歌の師である俊成との親密な交流の様子がうかがわれる。特に承諾を得ずに詠草を見せることも自然であり、勝手に見せてもらったことにこだわりなく心のこもった歌を贈る、歌の行き交いに心を許す日常が推察される。

くやしくぞ久しく人に馴れにける別れも深く悲しかりけり（長秋草　一七二　俊成）
時のまの夢まぼろしになりにけん久しく馴れし契りと思へど（同　一八一　式子）
さきの世にいかに契りしちぎりにてかくしも深く悲しかるらん（同　一七三　俊成）
限りなく深き別れの悲しさは思ふ袂も色かはりけり（同　一八二　式子）
おのづからしばし忘るる夢もあればおどろかれてぞさらに悲しき（同　一七四　俊成）
今はただ寝られぬ寝をや歎くらん夢路ばかりに君をたどりて（同　一八三　式子）
山の末いかなる空の果てぞとも通ひてつぐる幻もがな（同　一七五　俊成）――イ
雲の果て波まをわけて幻もつたふばかりの歎きなるらん（同　一八四　式子）
歎きつつ春より夏も暮れぬれど別れはけふのここちこそすれ（同　一七六　俊成）
秋きぬと荻の葉風に知られても春の別れやおどろかるらん（同　一八五　式子）

いつまでかこの世の空をながめつつ夕べの雲をあはれとも見ん（長秋草　一七七　俊成）――ロ
歎きつつそれと行方をわかぬだに悲しきものを夕暮の雲（同　一八六　式子）

俊成の純情とその歎きに寄り添う式子の同情が伝わってくる。

物語の機能

ここでは、物語を踏まえたイ、ロの歌を取り上げる。イは、白楽天の『長恨歌』と、それを踏まえた『源氏物語』の桐壺院の歌をさらに踏まえている。

桐壺院は、伊勢、貫之が玄宗皇帝と楊貴妃の身になって詠んだ歌が書かれた『長恨歌』の屛風絵を明け暮れ眺めていた。そして命婦が持ち帰った桐壺更衣の形見を見て楊貴妃のしるしの釵を思い、

尋ねゆく幻もがなつてにても魂のありかをそこと知るべく

とひとり詠む。その桐壺院の「幻もがな（楊貴妃を探しに行った幻術士がいてくれたらいいのに）」の心情に俊成は自分の気持ちを重ねている。妻を失った歎きは、どこまでも己れひとりのものであろう。そうでありながら、その心情は物語の中に同様の用例を見出すことによって普遍的になり、他者に開かれたものとなる。逆に、屛風歌は題詠同様、実際に体験していないことを想像力によって追体験する行為である。ここに、体験詠と題詠の、ひいては、表現と理解が限りなく近接する場所が開かれていることに注意しておきたい。

山の末いかなる空の果てぞとも通ひてつぐる幻もがな（長秋草　一七五　俊成）

（いかに重なる山の末、いかに遙かな空の果てに、亡き妻の魂があるということであっても、そこに通っていって私の思いを告げてくれるあの幻術士がいてほしいものだ。桐壺院もそう願ったように）

式子はこの『長恨歌』『源氏物語』を踏まえて訴える俊成の歎きを、しっかりと受け止めている。

雲の果て波まをわけて幻もつたふばかりの歎きなるらん（同　一八四　式子）

「雲の果て」は「山の末」「空の果て」を受け、かつ「波まをわけて」は、『長恨歌』の楊貴妃の所在「海上に仙山有り」を髣髴させる。玄宗皇帝の使いの幻術士は、はるかな仙山に楊貴妃を探しあてて帝の思いを伝えましたが、あの幻術士も、亡き奥様のいらっしゃる遙かな雲の果て、遠い波間も分けていってお伝えするほどの激しいお歎きなのでございましょうね、と俊成の歎きを玄宗の歎きに重ねて、共感し、慰めているのである。

いつまでかこの世の空をながめつつ夕べの雲をあはれとも見ん（同　一七七　俊成）——ロ

（いったいいつまで私はこの世の空を物思いして眺めながら、夕べの雲を（妻の火葬の煙を思わせる形見として）しみじみと見ることだろうか）

歎きつつそれと行方をわかぬだに悲しきものを夕暮の雲（長秋草　一八六　式子）

口は、「夕べの雲」がキーワードとなっている。火葬の煙を「夕べの雲」という。それは亡くなった妻の形見となって昔の事を思い出させる。俊成は、「この世」にいる自分と「あの世」に逝った妻との断絶に絶望し、いったいいつまで自分は妻のいないこの世にいて、夕べの雲を妻の形見として歎きつつ見ることになるのだろうか、と詠んだ。式子は、この歌から、「夕暮の空もことに昔の事ひとり思ひ続けて」いる俊成の姿を思い浮かべ、『源氏物語』葵巻の、葵上の死後、冬になったがまだ衣更もせず、時雨する夕暮れに物思いしている光源氏を、葵上の兄である頭中将が訪ねる場面を連想したのであろう。源氏は劉禹錫《りゅううしゃく》の亡妻を悼む詩の一句に思いを託し「雨となり雲とやなりにけむ、今は知らず」とつぶやき、頭中将はそれを受けて「雨となりしぐるる空の浮雲をいづれのかたとわきてながめむ　行方なしや」と独り言のように言い、源氏もさらに葵上への追慕の和歌を詠むというくだりである。源氏に頭中将が対したように、式子は俊成に対している。ため息をつきながら眺めておられる夕暮の雲ですが、その雲のどれを形見の雲だと行方をつきとめることが出来ないということだけでも悲しいことですのに、空を眺めておられるお気持ちといったら（何と申し上げてよいかわかりません）、と式子は詠んでいる。

俊成も式子も、故事や物語を引き寄せ、作中の人物に自分や相手の心情を重ねて詠歌する。愛する人に死別した悲しみはどこまでも個別的であり、完全には同一化出来ないものである。しかし、物語の像に重なることによって、その悲しみは共有されて、高められ昇華される。

さらに式子は、俊成の口「いつまでか」歌に、俊成の自らの死を思う暗澹たる孤独の気持ちを読み取り、もう一首付け加えて、長寿を願っている。

いくとせも別れの床に起きふして同じ蓮《はちす》の露を待ちみよ（同　一八七）

俊成の、今は独り寝の床を「別れの床」と後朝の床をいう恋の詞で表現する。その懐かしい思い出とともにこれから何年もそこに寝起きしてください、そしていずれは極楽往生して、すでに浄土に生まれておられる奥様とまた同じ蓮の上に乗ることをお待ちになってくださいと式子は言うのである。長生きしてください、また奥様とは会えますよと、師俊成を慰め励ます、情愛に満ちた一首である。

又、法性寺の墓所にて

思ひかね草の原とてわけ来ても心をくだく苔の下かな（同　一七八　俊成）

面影に聞くも悲しき草の原わけぬ袖さへ露ぞこぼるる（同　一八八　式子）

草の原わくる涙はくだくれど苔の下にはこたへざりけり（同　一七九　俊成）

もの言はぬ別れのいとど悲しさはうつす姿もかひぞなかりし（同　一八九　式子）

苔の下とどまる魂もありといふ行きけんかたはそこと教へよ（長秋草　一八〇　俊成）
道かはる別れはさてもなぐさまじ魂の行方をそことつぐとも（同　一九〇　式子）

俊成のさらに書き付けている歌にも、式子は一つ一つ応答している。「草の原」は、花宴巻の朧月夜の和歌に基づく詞で、これも『源氏物語』に縁が深い。六月末から季節も改まり、寂しさまさる秋になれば、又改めて重ねて、

身にしみて音に聞くだに露けきは別れの庭を払ふ秋風（同　一九一　式子）
（（秋風が吹きはじめました。）しみじみと身にしみて、その音を聞くだけでも涙で湿りがちになるのは、人の亡くなった宿の庭を吹き払う秋風ですよ。）

と、見舞っている。

色深き言の葉おくる秋風によもぎが庭の露ぞ散りそふ（同　一九二　俊成）
（秋風が、深く色づいた（美しい）木の葉を―お心のこもったお歌を―送り届けてくれたので、この寂しい蓬が生い茂る我が宿の庭に置く露に感謝の涙の露が散り添うことですよ。ありがとうございます。）

俊成はこのように御礼の返歌をしている。式子の実生活の中での詠歌で残るものは多くはないが、これら俊成とのやりとりは、その人柄や間柄を偲ばせるだけでなく、歌に重ねられた物語の面影がいかに心の通い路になっているかをも知らせてくれるものであった。美福門院加賀が『源氏物語』をこよなく愛したことがこの歌のやりとりの背景にあることはいうまでもない。

3　二つの百首歌――A百首

家集の中のA、B百首

『式子内親王集』は他撰の家集である。かならずしも適当な呼称ではないが、この集にはA百首、B百首と呼ばれる二つの百首歌と、C百首とも呼ばれる「正治二年初度百首」の三つの百首歌が入っている。その後にD歌群と呼ばれる「勅撰に入ると雖も家集に見えざる歌」が付いている。

D歌群の補遺が付加されたのは、『新続古今集』（永享十一年〔一四三九〕奏覧）成立以後であるから、それ以前はA、B、C三種の百首歌のみが、遅くとも鎌倉中期までにはまとめられて、家集として享受されていたのではないかと言われている（武井和人『中世和歌の文献学的研究』）。「正治百首」は、『前斎院御百首』などと称する単独の伝本がある。A百首とB百首の間には「又」とそれらを繋ぐ文言の入る本があり、B百首の直後あるいは「正治百首」の直前に「建久五年五月二日」の日付を持つ本がある。A、B両百首は『千載集』に採られていないことから『千載集』成立以後の作であると考えられている。

「建久五年五月二日」の日付については、A、B両百首の成立時期とも関わって諸説がある。B百首だけにかかると考える説、A、B両百首にかかるという説があり、前者については、B百首の詠作時期、B百首を出家の記念として賀茂神社へ奉納した年月日、後者については、式子がA、B両百首を自撰した折の識語、式子からA、B両百首を借り出した何人かが筆写した時に記した識語、などの説がある。D歌群が増補される前のA、B、C百首を備えた原『式子内親王集』はさらに、この日付を境にA、B両百首とC百首の二つの部分に分かれると考えられているのである。

A、B百首は、春・秋二十首、夏・冬十五首、恋・雑十五首という同じ部立ての構成を持つ（B百首は秋に一首混入があり二十一首となる）。この構成自体は大括りで、特殊なものではないだろう。むしろ、式子の日常の基本的な百首歌のテンプレートのようなものだったのではないか。

武井氏は、勅撰集へのA、B両百首の入集状況を見て、『玉葉集』撰者「為兼はA・B歌群を一具のものとして—即ち〈家集〉として認識してゐた可能性が大である」と述べている。また氏は、『続千載集』以降の勅撰集にA、B百首の入集がないことから、「何らかの事情で『式子内親王集』が『玉葉集』成立以後、埋もれてしまったことを示唆してゐるものと解したい」とも言う。

勅撰集への入集状況を見ると、特に定家や為家《ためいえ》は、A、B百首以外にも式子の詠草資料をたくさん手元に持っていたと考えられる。しかし、応制の「正治百首」を除けば、式子が自ら詠んだ百首歌の全貌を見ることが出来るのは、このA、B百首以外には残っていない。A百首からは勅撰集に十三首、

B百首からは勅撰集に九首入っているが、「正治百首」の六十八首には及ぶべくもない。勅撰集にはこれらの他に六十五首入集している。式子が、これまでの自分の歌を総合するような家集としてまとめたいと思ったすれば、勅撰集的評価において優れているとは特に言えないこの二つの百首だけをまとめるという形にはならなかったであろう。しかし、式子が、この二つの百首歌を、そのような意味でではなく、一具のまとまりとして考えていたことはありうると考える。

どのような意味で一具と考えたか、は、二つの百首の詠まれた時期とも大いに関係しているだろう。当時の歌は基本的に体験詠ではなく、虚構の歌であることを念頭に置きつつ、そのことを考えてみたい。体験詠の詠み手である式子と区別するために、式子が設定した虚構の歌の詠み手を「詠歌主体」と呼ぶ。式子がこの時なってみた式子であるといってもよいし、ある場合には、歌の中に人物を立て、さらに深い場所から歌を統覚する主体となる式子である。

A百首と新風の表現

A百首に達磨歌的表現が認められるということは、その成立時期を示唆することでもある。それに関して、石川泰水氏は、A百首に見られる「霞ぞかをる」(一一)、「対句的表現プラス「ひとつにて」」の構造(四〇)、「心の底」(四六)「夕霧の底」(四八)などの「……の底」の形をとる表現、「の」の重畳技法の頻出、などの検討から、A百首に於ける定家との直接的影響関係の形跡を探り、詞という小単位では定家との相互的影響関係の可能性を認めつつも大きな流れとして「定家から式子へ」の方向、即ち定家の文治建久の達磨歌期の詠からの影響が窺知されること、一方では、定家と二人の間のみの影響関係としてではなく、当時の流行といった周辺の状況の中で理解すべきものもあることなども確認された（「式子内親王の『第一の百首』と定家の初期の作品」）。また、式子歌と定家歌では、感覚統合の仕方をとっても、対句的表現にしても質的差異が歴然としているとする。氏はそこで「式子の新風受容の限界」を示唆し、「資質の相違」の検討を促している。首肯できることである。詩作において、定家の目指す所と式子の目指す所が同じであったとは思われず、そこにこそ「資質の相違」があるとすれば、式子の目指す所は、技法そのものの差異の指摘で終わることなく、その技法を駆使して表される一首の意味を読み取ることに徹することで探られるほかはないのであろう。

A百首が文治建久期に詠まれたということは動かない。では、さらにその時期を絞ることが出来るだろうか。結論から言えば、私は、A百首は、八条院の呪咀事件によって出家して間もない頃の心境にある式子が、当時の定家らの達磨歌的表現も駆使しつつ、百首歌の題に即して、感じ、考え、創造した世界であると考える。前述のように、式子の出家の時期は、建久元年正月以後、建久二年六月までの間、後白河院在世中のことである。

A百首の詠歌主体

部立てによってそのあり方は異なるが、A百首は、「仮構された〈山家〉」（錦仁氏）にいる隠者のように、世の中とは直接の交流をもたない、閉ざされた場所に身を置き、そこから自然や他者、また自身の心を「ながめ」る詠歌主体の詠じる世界である。しかし、その詠歌主体は、その諦めの境地に所を得て安住しえているのか、というと、ややもすれば孤独を悲しみ歎く、強い葛藤に堪えている心境にあるように表現されている。あるいは、現実の外界や他者とは交流のないままに、観念的に心の中だけで再び外界と交流をもつ方法を求めている。

雑歌を連作として詠む

百首歌中の和歌は、もちろん一首独立して鑑賞することが出来るものであるが、歌群ごとに連作として読むことによって、一首だけでは表しえない世界が見えてくる場合がある。A百首もそのような特徴を持っている。雑部、恋部、「花」の歌群を読むことから、A百首の詠歌主体の世界観を探ることにしよう。

当時の和歌は、体験詠ではなく、題詠が主流である。百首歌中の「雑」の部もまた基本的に虚構の歌と考えられるが、もともと雑歌は述懐性が高いテーマを扱うので、詠歌主体の位置取りが、他の部立てにおけるよりも体験詠に近いとも言える。速水淳子氏は、A百首の雑部について、B百首とともに、その構成について論じ、そこに「内親王の人生への凝縮された思い」を読み取り、「人生と詠歌がここまで深く結びついている」「式子内親王の詠歌姿勢」を指摘している（「式子内親王A・B百首雑部の構成」）。雑歌もまた虚構であるが、そこには強く詠歌主体の人生観が現れる。A百首雑歌は、内容から、次の五つの部分に分けることができる。

Ⅰ　苔むしろ岩ねの枕馴れゆきて心をあらふ山水の声（八六）

つもりゐる木の葉のまがふ方もなく鳥だにふまぬ宿の庭かな（八七）

しづかなる草の庵の雨の夜をとふ人あらばあはれとやみん（八八・新後撰集　雑中　一三六〇）

住み馴れん我が世はとこそ思ひしか伏見の暮の松風の庵（八九）

Ⅱ　さか月に春の涙をそそきける昔に似たる旅の円居に（九〇）
伝へ聞く袖さへぬれぬ波の上夜ふかくすみし四の緒の声（九一）
山深くやがて閉ぢにし松の戸にただ有明の月やもりけん（九二）
Ⅲ　日に千たび心は谷に投げはてて あるにもあらず過ぐる我が身を（九三）
恨むとも歎くとも世のおぼえぬに涙なれたる袖の上かな（九四・玉葉集　雑五　二五四二）
別れにし昔をかくるたびごとにかへらぬ浪ぞ袖にくだくる（九五）
けふまでもさすがにいかで過ぎぬらんあらましかばと人をいひつつ（九六）
Ⅳ　見しことも見ぬ行末もかりそめの枕にうかぶまぼろしのうち（九七）
浮雲を風にまかする大空の行くへも知らぬはてぞ悲しき（九八）
始めなき夢を夢とも知らずしてこの終わりにやさめはてぬべき（九九）
Ⅴ　君が世のみかげにおふる山菅のやまずぞ思ふ久しかれとは（一〇〇）

草庵に住む心

Ⅰ群の詠歌主体は、世俗との交わりを断ち、山中の庵に心を澄ます隠者である。八六は、世俗を離れたことにも馴れて心を澄ます生活にある詠歌主体の心境が表現される。恩愛の情のために出家出来ずにいる『狭衣物語』の狭衣大将の歌を本歌とするが、これはすでにその本懐を遂げた人物として詠む。下句は、白居易の句「更に俗物の人の眼に当れるなし　ただ泉の声の我が心を洗ふのみあり」（「山寺」和漢朗詠集　五七九）に拠り、自然に親しい生活に身が馴れてゆくに伴い、山水の声が――まるで読経のように――心を洗い澄ますというのである。次の八七は、徹底して何の音づれもない静寂を、庭に散り敷く木の葉によって表す。「まがふ方もなく」が要で、散り果てて時雨とも紛わず、人が来たかとも紛わず、鳥さえも踏まないのでカサリとも音はしない。静かな環境の中で心も静かである。八八は、この脱俗の心の静けさを受けて、「しづかなる草の庵」と始まる。これも白居易の句「蘭省の花の時の錦帳の下　廬山の雨の夜の草庵の中」（「山家」和漢朗詠集　五五五）に拠る。下句は、『枕草子』の「草の庵をたれかたづねん」（七十八段）が念頭にあろう。「とふ人あらば」は、通常は「こたへよ」などと呼応して、訪れた人との応答が詠まれるのであるが、ここでは、このような山中まで訪れる人が万が一いたら、その人からこの庵にいる自分がどのように見えるか、を想像する。「あはれ」の内容は、哀れというよりも、むしろ殊勝だ、の意に近い。ところが、「馴れゆきて」で始まったⅠの連作は、やはり住み馴れることは難しいという八九で終熄する。ここに住み馴れよう、私の生のあるうちはと思ったのであったのに、なかなか馴れることが出来ないことよ。この荒れた伏見の里の夕暮れ時、松風の聞える庵には、と、懸命にけなげに寂しさに堪えている人物の心が、ここに至って揺れ出す。

白詩の人物への共感

続くⅡ群三首は、流謫や幽閉の憂き目にある境涯を詠む白居易の詩を取り上げる。Ⅰ群での本歌や本説が、詠歌主体の心境を表すために下敷きにされたのとは異なり、これは、白詩の人物に直接向かう歌である。Ⅰ群の寂しさに堪える詠歌主体が、異国の本説の中に救いを求めるかのようだ。

さか月に春の涙をそそきける昔に似たる旅の円居《まとゐ》に（九〇）

謫所への旅の途上、白居易は旧友元稹《げんじん》に再会、三泊の宴を催し再び別れて行く。元稹に送った詩の一節「酔ひの悲しび涙を灑《そそ》ぐ春の盃の裏　吟苦して頤《おとがひ》を支ふ暁燭の前」（白氏文集　巻十七　律詩「十年三月三十日別微之於灃上」）に拠る。「春の涙」は、互いに零落している者同士の異郷での再会の感慨と懐旧の涙であり、悲しみの中にも温かい喜びが感じられる。またこの歌には、『源氏物語』須磨巻の光源氏と三位中将との須磨での再会の場面も重ねられている。季節も同じ春の謫所須磨で、二人は白居易のこの詩句を口ずさみ、また別れ行く。詠歌主体は、二重写しにされたこれら異郷で確かめられる互いの友情に、心惹かれている。

伝へ聞く袖さへぬれぬ波の上夜ふかくすみし四《よつ》の緒の声（九一）

左遷された白居易が、旅立つ人を送別する夜、聞えてきた元長安の妓女の弾く琵琶の音、その妓女の話に遷謫の我が身をしみじみと実感して詠んだ詩「琵琶行」を踏まえ、特にはその一節「曲終はり撥を収めて　心当てて画すれば　四絃一声裂帛の如し　東船西舫　悄として言無く　唯だ見る　江心に秋月の白きを」（白氏文集　巻十二）の詩句に拠る。詠歌主体は白詩の行文中に、その波の上を、夜深く澄んで響く哀切な琵琶の音を伝え聞き、白居易をはじめとする宴の人々とともに、涙している。この詩には、左遷された詩人に対する流浪の零落した妓女という、不幸な境遇であるが、相通じ、同情共感する人物が登場する。詩中の白居易はその意味で孤独ではない。しかし、詠歌主体は、さらに白詩の中に、徹底して孤独な人物を見出す。

　山深くやがて閉ぢにし松の戸にただ有明の月やもりけん（九二）

第一章第一節でも取り上げた歌で、宮中に仕えていた頃、他人から妬まれて、讒言され、御陵の守役として幽閉された宮女を哀れむ白詩「陵園妾《りょうえんのしょう》」を本説とする。「山宮一たび閉されて開く日無く未だ死せざれば此の身出でしめず　松門暁に到るまで月は徘徊し　柏城　盡日　風は蕭瑟たり　松門柏城　幽閉深く　蟬を聞き燕を聴きて光陰に感ず」（白氏文集　巻四）と詩句は続き、「願はくは輪転して陵園に直し　三歳一たび来たって苦楽を均しうせしめんことを」と君恩に救済を求めて終わる。「松の戸」は詩の「松門」にあたり、陵園妾の御陵のこと。山深く、連れて来られて、そのまま閉じてしまった御陵の松の戸に、ただ有明の月の光だけが漏り入っていたことであろうか、と詠歌主体はその幽閉のさまを推量する。九〇には不遇の中にも親友がいたし、九一には同じ流浪の境涯を歎く妓女がいた。しかし、陵園妾には人間の相手がいない。

　Ⅰ群で、次第に草庵の孤独に堪えがたくなっていた詠歌主体は、Ⅱ群で、不遇に沈む白詩中の人物に目を向ける。沈淪の歎きの中にも友情に慰められる者、同様の境涯を旅の途中に見出す者もいるなかで、陵園妾は讒言のために罰せられ、母とも引き離されて御陵に守役として幽閉されており、誰一人心を分かち合える人はない。有明の月がその松の戸に射し込んでくるだけである。

草庵に懸命に心を澄まそうとしていた詠歌主体は、この陵園妾の境涯と心境に、自分の孤独と同様のものをまさに見出したのではないか。陵園妾が俗世への復帰を願うのに対して、詠歌主体は俗世への関わりを断とうとしているので、その点は方向が異なるのであるが、現在の抑圧された孤独な状況は、たいへん似通っているのであった。このことが、続くⅢ群の、押さえつけていた心の底の叫びを投げ出すような歌へ繋がっていく理由であろう。

陵園妾に触発されて

続くⅢ群は、孤独な陵園妾に強く共感して発せられた詠歌主体の心の底の声である。Ⅰ群の詠歌主体が、世俗を捨てる決心をした理由も察せられる展開である。

日に千たび心は谷に投げはててあるにもあらず過ぐる我が身を（九三）
恨むとも歎くとも世のおぼえぬに涙なれたる袖の上かな（九四）
別れにし昔をかくるたびごとにかへらぬ浪ぞ袖にくだくる（九五）
けふまでもさすがにいかで過ぎぬらんあらましかばと人をいひつつ（九六）

九三は、世の中を憂しと思うことが一日に数え切れないほどある。「恨」みや「歎」きが、心の中に渦巻く。しかし、その心を、谷に身投げをするようにその都度投げ捨て、投げ果てて、その結果、

「あるにもあらず」――何の気力もなくなって、生きているのかどうかもわからないほどはかなく、日を過ごしているこの我が身であるよ、といった歌意である。詠歌主体には陵園妾にも通う恨みや歎きがあったのかと思わせる。しかし、その強く激しく、憂しと思う心を否定しようとし、その結果ぬけがらのようになった詠歌主体の心が表現されている。

九四は、その挙句、心は疲れ果てて、憂世に対して恨むといった気持ちも歎くといった気持ちも覚えなくなっているのに、身は、まるで恨み歎くかのように、袖の上に涙を流すのが常になっているという状況を詠む。絶望の果てのさまであろう。

九五の「別れ」は人との別れであり、生別死別両方にいう。その人と別れてしまった昔を、波をかけるではないが、心にかけて思い出す時、その都度、その人との昔が帰ってこないことを歎く帰らぬ返らぬ波――涙――が、袖に落ちて、波が砕けるように、砕けることよ、というのである。次の九六「あらましかば」の解釈にも関係し、死別として解釈もしうる（その場合、後白河院など身内の死を背景に解釈している評者が多い）。しかし、連作として、詠歌主体が、陵園妾の境遇に身を寄せてこの歌を詠むに至ったと考え、それに対応するような、恨みや歎きという心があったという設定の可能性に注意するならば、生別ともいうべき人間関係の破綻を指すことも想定できよう。人に妬まれもするような美しい関係だったものが、何らかの行き違いから破綻を来した時、恨みや歎きはことさら激しいものとなろう。その心をことごとく谷に投げ捨て、心を澄ますことは、どんなに難しいことであろうか。

Ⅲ群最後の九六は、自分の気持ちを共有し、慰めてくれる者が誰もいない、陵園妾のごとき孤独の歎きを詠む。思えば今日までも自分はとても時を過ごすとは思われなかったのに、そうはいってもやはり時が過ぎてしまったが、どのようにして過ぎてしまったのかわからないなあ。いてくれたらよかったのに生きていてくれたらよかったのに、と、あの人この人のことを何度もいいながら、という意味であろう。いてくれたらこの孤独を慰めてくれそうな人は、すでに誰もいないのである。「人」という一般的な表現が、たとえば後白河院という特定の一人の人物の不在を歎くというよりも、そのような人が誰もいないという、徹底した孤独を表現しているものと読ませる。

まぼろしのうち

詠歌主体の孤独の苦しみの超え方は、陵園妾とは異なる。讒言によって幽閉された陵園妾は、世俗へ復帰することを願ったのだが、この詠歌主体は、孤独の中で、仏教の教えに救いを求めるのである。雑部Ⅳは釈教題ともいうべき歌で締め括られる。

見しことも見ぬ行末もかりそめの枕にうかぶまぼろしのうち（九七）
浮雲を風にまかする大空の行くへも知らぬはてぞ悲しき（九八）
始めなき夢を夢とも知らずしてこの終りにやさめはてぬべき（九九）

「まぼろし」は、ありてなき世の譬え。九七は、今まで生きてきた上で見たことも、まだ見ぬこれからの行く末のことも、人生のかりそめに結ぶ枕に浮かぶ、ありてなきまぼろしのようなこの世のうちのことだ、という意味である。『新続古今集』に入る次の式子歌は、この九七と同想である。

これもまたありてなき世と思ふをぞうきをりふしのなぐさめにする（雑中　一九三三）

「ありてなき世」「かりそめの枕にうかぶまぼろしのうち」は、仏教にいう「色即是空　空即是色」の法文の心である。過去も未来も、そのように知ることで、憂き世を慰めようという心を九七は詠む。

九八、九九は、過去も未来もありてなき幻のこの世のことと諦めようとする、その決心が成就するかどうかの不安に満ちている。九八の浮雲は、釈教的文脈においては煩悩の雲、二句までの序詞の比喩の中心は「大空」である。浮雲を風に任せて払っている大空の、その果てが見えないように、我が身の行く末も煩悩――心の迷い――を払い切れるのかどうか行く末がわからない、そのことが悲しいことだ、というのである。

仏教では、衆生が根本的無知により生死流転し、暗黒の生活を繰り返すのを、無始（その始点を知りえない意）よりの無明長夜に譬える。九九の「始めなき夢」はその無明長夜に見る夢であるこの世のこと、「夢と知る」のは仏教的智慧に目覚めることである。「この終わり」とは、他に例のない表現であるが、今生の臨終の時を指す。I群八九で、「住み馴れん我が世は」と詠んだ詠歌主体はその我が世の終わりをここで思っている。下句の「ぬべき〳〵ぬべし」は、強い可能性ないし確定的な推量を意味するが、この歌では疑問の「や」がかかることによって、その可能性に対する疑問を差し挟む、あるいは反語としてその可能性がないだろうという意味になる。臨終正念にして浄土往生出来るというが、自分は夢を夢だとも覚らずして、最期の時にすっかり目覚めてしまうことが必ず出来るのであろうか、あるいは出来ないのではないだろうか、という、強い疑問、不安が表明されている。あるいは反語ととれば、夢を夢と知らずしては、今生の最期に迷いからすっかり覚めることはきっと出来ないだろうということになる。詠歌主体には、迷い多い自身への焦りと、臨終の時に乱れぬ心となって必ず夢から覚めるということが出来ないのではないかという不安、その裏には、何とかして「この世で迷いを晴らし、心を澄ましたいという強い気持ちがあることがうかがわれる。

雑歌最後のV群の一首は、祝題で、A百首全体を君が代久しかれの祝言をもって締め括る。

式子の独自表現(「春の涙」「まぼろしのうち」)や定家との影響関係がある表現(「見ぬ行く末」「枕にうかぶ」)などもこの連作中には指摘できる。

A百首雑部の詠歌主体と式子の出家

本歌・本説など伝統的な方法を駆使し、同時代の歌人たちとの表現とも交流する普遍的な表現を獲得した上で、A百首雑部は、陵園妾のような世俗の無常に遭い、出家し山家に心を澄まそうとするが、孤独の中でやはり恨みもし歎きもし、人を求める思いもあり、その葛藤に堪えつつ、仏教の教えに救いを求めようとする詠歌主体を仮構している。雑部の述懐性の高さを勘案すれば、式子自身は草庵を結んでもいないし、伏見の里に住んでいるわけでもないが、この詠歌主体の心境は、呪咀の嫌疑をかけられて出家した式子の心境に象徴的に重なってくるのは否めない。しかし、そのような個別的なことは知らなくても、誰にも通用する形で、詠歌主体のこの世の見方や生き方が示されていることが重要だと考える。

百首歌は虚構の世界なのであるから、何も実生活で出家していなくても、隠者となって草庵にある歌を詠むことは出来る。たとえば、藤原良経は隠遁などしていないのに、南海漁夫との仮名で隠逸的志向の強い歌を詠んでいる。父院も出家に賛成でなかったくらいだから、式子もA百首雑部のような歌を詠むだけにするということも出来たかとも思う。自由な虚構を楽しんだだけと考えるなら、別に出家と関連づけなくてもよいとも言える。が、式子は実際に出家した。しかし、出家したからこのような歌を詠んだのではなく、A百首雑部のような虚構の世界に虚構の身を没入する観念的な強い心があったがゆえに、現実の身もそれをなぞったという出家だったのではないか。文学的な動機の出家とも言えよう。式子は和歌の世界へと出家したようである。これ以後も式子は何度か呪咀事件に巻き込まれるのだが、八条院に関する事件は、その最初の事件であり、また、式子自身が六年ほども同宿した人との間の事件でもあった。式子にとって大きな出来事であっただろう。

雑部で仮構された詠歌主体の人生観、この世の見方は、A百首全体に、その題に応じて展開される。

A百首の「花」の歌群

「花」はこの世の慰めであり、憧れであり、執着の対象であるが、はかなく散ってゆく無常の象徴として和歌に詠まれてきた。A百首「花」の歌群においては、その花に対する詠歌主体の姿勢が、花の無常さにすでに深く傷ついていて、その落花の現実をありのままに認め受け入れることが出来ないのだが、それでもやはり、花のあり方を認め花をまた愛したい、というものとして表現されている。雑部の詠歌主体の態度とよく似ているのである。

「花」の歌群は次の七首である。

花はいさそこはかとなく見渡せば霞ぞかをる春の曙（一一）
はかなくて過ぎにし方をかぞふれば花に物思ふ春ぞ経にける（一二・新古今集　春下　一〇一）
花ならで又なぐさむるかたもがなつれなく散るをつれなくて見ん（一三・玉葉集　春下　二三九）
誰もみよ吉野の山の峰つづき雲ぞ桜よ花ぞ白雪（一四）
花咲きし尾上は知らず春霞千種の色のきゆる比かな（一五）
春風や真屋の軒端を過ぎぬらん降りつむ雪のかをる手枕（一六）
残りゆく有明の月のもる影にほのぼの落つる葉がくれの花（一七）

花はいさ――花へのつれなさ　「霞」の歌群は別にあるので、一一は「霞」の歌ではない。「花はいさ」が重要である。「花が咲いているかどうかはさあわからない」の意で、花に関心はありながら花のありかを探そうとしているのではなく、花と距離を置く表現である。「そこはかとなく見渡せば」は下句の「霞」「春の曙」に対応した見渡し方であり、霞んでいることに苛立たず、判別しようとせず、心もいわば霞んでいて、意欲的情熱的に霞をわけて花を求める視線ではない。そのような見渡し方によって見出されたのが、花ならぬ「霞ぞかをる」という不思議な「春の曙」の時空であった。「霞ぞかをる」の秀句は、良経に「あけわたる外山の梢ほのぼのと霞ぞかをるをちの春風」（秋篠月清集　一〇　建久元年花月百首）がある。新風の感覚的表現であり、互いの影響が推測されるのであるが、これはまったく異なる情意をもつ。良経歌は、春の曙の遠望で、霞かかる外山から吹いてくる風の香によって桜が咲き出したことを暗示する、叙景歌である。それに対して、式子の歌は、見渡す主体と見出された対象の、主客の出会い方に一首の重心を置いている。「花はいさ」は一首全体に効く。花に即自的には対していない詠歌主体から、A百首の花の歌は始まるのである。一三の「つれなくて見ん」にも通じる態度である。

花に物思ふ

続く一二は、『新古今集』にも採られている著名な歌であるが、連作中では、一一のように花と距離を持つ態度になぜなったのかの理由を説明する内容を持つ。

はかなくて過ぎにし方をかぞふれば花に物思ふ春ぞ経にける（一二）

「花に物思ふ」に三月に亡くなった両親に関わる体験の陰影を認めて、この歌を含むA百首は父の崩御後の成立ではないかとも言われたりもするのだが、それに限らず、この歌はそういった個別的な人生のさまざまな背景を含みうる普遍性を持っている。連作としては、一一を受けて、花につけて物思う歌である。虚しく漂える状況を示す「はかな」さが「過ぎにし方」から今も続いているがゆえに、花をきっかけとしてその年月を数える気持ちにおのずからなる。はかない状態で過ぎてしまった今までの歳月を、あれこれ思いながら数えてみると、花の咲き散るにつけてさまざまに物思いをする春を何度も経てきたことであるよ、というのである。「花はいさ」にあった花との距離は、毎春の花に心を尽くし、物思うことから来ていたのである。

では、この春、詠歌主体はどのように花に向かうのであろうか。次の一三は、花に物を思うてきた詠歌主体が、花について悩み、決心したことを詠んでいて、この連作の中心になる重要な歌と言えよう。

つれなくて見ん——
心を転じて花を見る

花ならで又なぐさむるかたもがなつれなく散るをつれなくて見ん（一三）

上句は、花ではなくてまた別の、心を慰めるものがあってほしいものだという意である。花は心を慰めもするが、無情にも散って物思いをさせる辛いものと思い知ったのである。にもかかわらず花に無関心にならず下句でやはり花を「見ん」としているのは、花に代わるものはなかったからである。ならば、無情にも淡々と花が散るのを、そしらぬふうに淡々と動揺することなく、平静に見よう、というのが下句である。これは、花がその気なら私も心を煩わさないで冷淡に見ようというような、花に対抗する態度ではない。花のありのままの無常なあり方を認めて、そのままを肯定し愛する方向を目指している態度である。観念的に自分の心を、転じることによって。

しかし、この詠歌主体の態度は、その方向をあくまで目指しているものであって、それが大変困難なことであるがゆえの葛藤を伴っていることは注意されてよい。「もなし」と断じているわけではなく、「もがな」と願望の形を残していることや、「つれなし」（本心を表面に出さず、表面何事もないような状態をいう）という語彙を使っていることがそれを示している。心の抱く観念に身はなかなかついていかないのであり、詠歌主体は、花が散ることをありのままにはまだ受け入れられない境位にあって、この春、桜の時節を迎えたのである。この歌は後に『玉葉集』に採られている。

誰もみよ吉野の山の峰つづき雲ぞ桜よ花ぞ白雪（一四）

一四は吉野の遠山桜、尾上桜を詠む。下句の強く指定する「ぞ」に注目すべきである。桜（花）と雲・白雪との伝統的な比喩関係を踏まえて、現象的には、雲とも白雪とも見ているであろう、すべての人に、吉野山の幾重にも重なる峰に、雲と見えるのは桜ですよ、花なんですよ、白雪は、と呼びかけている。雲とも雪とも見える現象的な見え方を超えて、それが「桜」であると信じ、感動している詠歌主体がここに表現されている。ここにも観念性が顕著である。

花咲きし尾上は知らず春霞千種の色のきゆる比かな（一五）

本歌　春霞色のちくさに見えつるはたなびく山の花のかげかも（「寛平御時后宮の歌合の歌」藤原興風　古今集　春下　一〇二）

高砂の尾上の桜咲きにけり外山の霞たたずもあらなむ（「……遙かに山桜を望むといふ心を詠める」大江匡房　後拾遺集　春上　一二〇）

一五は難解で、諸注を見ても釈然としない。一四は満開の遠山桜、一六は落花であるから、一五が花の移ろいを詠む排列であることは確かである。三句以下は、本歌から、外山にかかる春霞に映る花の影の千種の色が消え、山の花は移ろうてゆく頃になったことだ、の意である。麓の花だけのことではない。「～は知らず」は、たとえば次のように、それはさておく、別扱いとするという気持ちで用いられる表現である。

昨日よりをちをば知らずももとせの春の始はけふにぞありける（「延喜二年五月中宮御屛風、元日」

紀貫之　拾遺集　雑賀　一一五九）

この歌では、今日から「百年の春」は始まると長寿を祝う。「昨日よりをち」を積極的に別扱いすることによって賀意が強調されている。一五では、過去の「し〳〵き」に注意すれば、一、二句は現在の尾上のことではなく、霞が立つ前に確かに見た花の咲いていた尾上の風景を意味していると考えられる。即ち、その心の中の思い出の桜の風景は別にして（それは消えないが）、春霞に映る花の影の千種の色は消えてゆく頃になった、の意となろう。とすれば、これは、現実の花の移ろいは霞の奥に暗示し、移ろわない花を心の中に保つことによって、詠歌主体は花を「つれなく」「み」ることが出来たという歌であると言えよう。

春風や真屋の軒端を過ぎぬらん降りつむ雪のかをる手枕（一六）

ここから本格的な「落花」の歌であるが、A百首は、その散り方や散った花の見方がB百首や「正治百首」と較べても、独特である。一六では、歌詞に「花」は表出されず、「春風」から暗示されるだけである。詠歌主体は真屋（＝切妻造の粗末な家）の中に閉じこもっている。軒端は屋外の気配の忍び寄る場所でありそこに桜木が植わっているのであろう。春風がこの家の軒端を吹き過ぎたのだろうか、独り寝の手枕のもとへ吹き入れられ積もった雪が薫っていることよ、というのである。春風が花の雪を運んできたことを詠み、花の雪は伝統的な比喩であるから、落花であることはすぐにわかるのであるが、花といわずあくまでも雪としている。詠歌主体は、花が花として散るとは詠まず、「雪」が「薫る」と肯定的に詠むことで、「つれなくて見」ることが出来たのである。

残りゆく有明の月のもる影にほのぼの落つる葉がくれの花（一七）

最後は、「月前落花」の歌である。この題で詠まれた歌は、明るい月下での露わな落花であることが多い。しかし一七は「有明の月」と「葉隠れの花」という、花も月も名残のものを照応させる。それらはすでに盛りの時を過ぎて残るものであり、その意味で否定を経たものである。「ほのぼの落つる」という表現の独自性は、夜明けのさまに用いられ、存在が明白になっていく文脈で普通は用いられる

「ほのぼの」の詞を、「落つる」などという消失の方向の詞の形容として用いていることにある。月影に関する「漏る—守る」の掛詞に支えられて、花は月に守られ、救われるように、葉隠れにひそかに散る。そのような落花を詠むことによって、「つれなくて見」ることが出来たのである。A百首は、現実の露わな落花を詠まない。

詠歌主体は、花に物思う春を経て、無常の花への諦めから「花はいさ」と花に関心はありつつ花と距離を持ち、しかしそれでも花に立ち戻って、「つれなく散るをつれなくて見ん」と、自分の心の方を転ずることで花との絆を保とうと決意する。落花は落花として詠まれない。それは、現実の花の無常を見据え、立ち向かい、受け入れるという態度ではなく、心で現実を超えようとする観念的な態度である。そのような詠歌主体を設定して、まさに式子は「花に物思」っている。詠歌主体は、ここでは「花」のテーマのもとに、無常の「花」をどうすれば肯定し、そのまま愛することが出来るか、思惟をめぐらせているのである。これら「花」の歌群における詠歌主体の花への態度は、山家に閉じこもり、関心はありながらも現実に直面せず、心の救いを求めていた、雑歌の詠歌主体の思考回路と通う。

A百首の恋——「忍恋」の徹底

恋部でも、雑歌の詠歌主体の発想は、「恋」のテーマのもとに展開される。現実を遮断して、しかも主観的に恋を全うする詠歌主体が仮構される。A百首の恋部は、男歌で、最初から最後まで、恋の相手に直接に思いを打ち明けないという意志を貫く「忍恋」の連作として読むことが出来る。恋は、成就困難な「つれなかるべき」恋として設定されている。

尋ぬべき道こそなけれ人知れず心は馴れて行きかへれども（七一）
ほのかにも哀れはかけよ思草下葉にまがふ露ももらさじ（七二）

この二首は、絶望的な恋をする男の心を詠む。七一の「道こそなけれ」の諦めは深い。片思いで、自分だけが知る心中の想像のあらましごとの世界だけに慰めを見出し、相手と交渉はないままに、思いだけが深まっていく。七二は、恋の「思ひ」でなくてもよいし、「ほのかに」でもよいから、せめて「あはれ」は私にかけてほしいと願っている。三句以下には、深まった思いを心の奥に隠してひそかに流す涙の露、その思いをつゆも漏らすまい、という、強い忍びの決意が表される。

夏山に草がくれつつ行く鹿のありとはみえてあはじとやする（七三）
知るらめや葛城山にゐる雲の立ゐにかかるわが心とは（七四・新後撰集　恋一　七七九）

恋の相手の女性の様子がわかる二首である。七三の「夏山に草がくれつつ行く鹿」を捉えた序詞は、下句全体にかかり、比喩として働く。鹿が人を恐れて「あはじ」とするように、この女性は、たとえば『源氏物語』の大君のように、結婚はするまいと思っている人が連想される。そのような女性に思いをかけた男は、相手を尊重するならば、忍恋をするほかはないだろう。七四の葛城山は、「よそにのみ見てややみなん葛城や高間の山の峰の白雲」（よみ人しらず　新古今集　恋一　九九〇）など、「よそ」（無関係）という語とともに詠まれ、この恋の相手が、手の届きがたい憧憬の対象であることを示す。「よそに見る恋」であり、雲がつねにその高い山にかかって離れないように、いつも相手のことが心から離れないのに、それを相手が知らないという孤独の思いを訴える。

たのむ哉まだ見ぬ人を思ひ寝のほのかに馴るるよひよひの夢（七五）

宵毎の思い寝に、まだ見ぬ人との出会いを夢見るのだが、宵を重ねるごとにほのかにではあるが、その人との関係が馴れ親しみを増してゆくことに、現実での出逢いの可能性をほのかに感じ、また夢そのものにもはかない夢なりに或る慰めを見出している歌である。「まだ見ぬ人」という表現に、思いの募った淡い期待が見えるようになっており、何か事態が動くことを予感させる。「つれなかるべき」（七七）恋と知っており、それを忍ぶ意志は強くとも、思う心の烈しさは何らかの形で周囲に現れてしまうのである。七五はその予兆を宿している。

あはれともいはざらめやと思ひつつ我のみ知りし世を恋ふるかな（七六）

七六は難解であるが、一～四句までを「世」にかかるものとして解釈すると次のようになろう。

「私の打ち明けずにいるこの深い思いをあなたがご存じなら、けなげだ、愛しいともおっしゃらないだろうか、いやきっとそうおっしゃるにちがいない」と思いながら、私だけが知っていた二人の関係を、（私の恋心がもれてしまった今となっては）恋しく思うことであるよ。

「我のみ知りし」と過去形になっているところからすると、本人が打ち明けずとも、「物や思ふ」と周囲に知られるということもあろう、今は「我のみ知る」という状況ではなく、恋心が不本意にも何らかの形で外部に漏れてしまったのである。心の中だけにけなげに秘めた恋であることの方がよかったとする思いが述べられる。

見えつるか見ぬ夜の月のほのめきてつれなかるべき面影ぞ添ふ（七七）

七七も初二句が特に難解である。七七の状況が生じた一つの可能性として、垣間見をしている場面を想定して次のように解釈してみた。

（私の姿があの人に）見えてしまったのだろうか。まったくあの方の姿を見ない今夜の月が、ほのめかすようにほのかに光を発して、月の面に、きっと私につれないにちがいないあの方の面影が添うて見えることよ。

自分の姿が相手に見られてしまったので、相手が用心してより奥深くにこもってしまったというような状況だろうか。あるいは「あなたの夢に私の姿が見えたのであろうか」(『式子内親王全歌集』)と解してもよい。恋する姿を夢にでも見せてしまったのではないかと、秘する心から危惧していることになる。「つれなかるべき」に、この恋の成就しないことを予知している詠歌主体の心が表現される。

つかのまの闇のうつつもまだ知らぬ夢より夢に迷ひぬる哉(七八・続拾遺集　恋三　九一三)

下にのみせめて思へど片敷きの袖こすたぎつ音まさるなり(七九)

七八は、ほんの短い現実の逢瀬もなく、夢から夢へ自分の心の中だけでさまようている、そのような自分の心を観ている歌である。七九では、ついに忍びあまり、泣く音に顕れることになる。

胸の関袖の湊となりにけり思ふ心はひとつなれども(八〇)

「胸の関」は通常は、恋慕や煩悶などで胸のふさがる譬えであるが、八〇では、自分の思いを堰き止めている所である。「袖の湊」は、『伊勢物語』二十六段の「思ほえず袖にみなとの騒ぐかなもろこし舟の寄りしばかりに」から、湊に打ち寄せて騒ぐ波に、泣き声とともに衣の袖にふりかかる涙を譬える成語になっている。胸と袖を対句として詠む歌は同時代の流行だが(『六百番歌合』七三一、一〇五五など）胸を思いの関と詠むものはない。八〇は、同じ一つのものである「（相手を）思ふ心」なのに、「胸の関」が「袖の湊」ともなって顕れてしまうという心の矛盾したあり方を詠んでいるのである。「忍ぶこと」が「思うこと」と一枚であることを明確に表現している歌で、そこから恋を忍ぶ理由も「思う」がためであることがわかる。

寄る波も高師の浜の松風のねにあらはれて君が名も惜し（八一）

高師の浜の松風を序詞として「顕恋」を詠む。恋の相手の浮き名を惜しむということは『万葉集』から詠まれる恋の純情である。自分からは言わずとも、恋していることが顕れれば恋の相手の詮索はされがちなものであり、相手のためにそれを懼れているのである。

いにしへに立ち帰りつつみゆるかな猶こりずまの浦の波風（八二）

歌枕「須磨の浦」に「こりずま（に）」を掛ける例は、貫之歌などにも早く見られ、『源氏物語』須磨巻、若菜上巻では、光源氏と、彼の須磨退去を余儀なくさせた恋の相手である朧月夜《おぼろづきよ》内侍との間で、この地名が重い意味を持って響く歌が交わされている。この八二においても、一首独立の歌としては、それを本説として読むことが出来る。しかし、連作中の一首としては、忍恋の露見してしまった今、それにも懲りず、七六にあったように「我のみ知りし世」を恋うる我が心を観ている歌と解することが出来よう。取り戻せない過ぎ去った昔に何度も立ち戻っていると見えることよ。こういう結果になったのに性懲りも無い私の心は、須磨の浦の波風のように繰り返し荒れて騒いで立ち返って、と。

そして、この恋は、忍恋のままに恋死を暗示して終わる。

恋ひ恋ひてよし見よ世にも有るべしと言ひしにあらず君も聞くらん（八三）

つらしともあはれともまづ忘られぬ月日いくたびめぐりきぬらん（八四）

恋ひ恋ひてそなたになびく煙あらば言ひし契のはてとながめよ（八五・新後撰集　恋四　一一一三）

八三も難解である。心中で恋の相手である「君」に呼びかけた歌である。「恋ひ恋ひて」の後には、逢うという内容が来ることが普通なのだが、逢わぬままに終わるこの連作ではそうはならない。「世にもあるべしと言ひしにあらず」はこの恋に気づいた第三者に対して、私はきっと生きておりましょうと言ったのではない、とたいへん婉曲に死をほのめかしたことを意味している。そのことをあなたもその人から耳にしておられることでしょう、というのである。「君も聞くらん」の「らん《む》」が重要で、「話し手が実際に触れることのできないところで起こっている事態を推量する意を表わす」（日本国語大辞典）。直接に相手に契った言葉ではない。言葉を補って解釈しておく。

逢うこともなく恋しくのみ思い続けていますが（それは致し方もないと諦めているからよいのです。）とにかく私がどうなるか見ていてください。恋に気づいた人に私はきっと生きておりましょうと言ったのではありません（むしろこのまま生きていてはいけないと思っています）。そのことはあなたの耳にも入っているでしょう。

八四の「月日いくたびめぐりきぬらん」は、何か明確な時点を指定することのできる具体的な恋の出来事——その思い出は「つらし」と「あはれ」という正負の感情の間を揺れつつもとにかく忘れることが出来ない——があったこと、それからすでに相当の月日が経っていることをいう。一首独立の歌としては「逢不会恋」の歌としても解釈しうるが、忍恋の連作の一首としては、名が立ってしまい、逢わないままに、相手からの反応もなく、つれないままになってしまった恋、しかし、詠歌主体にはいまだに忘れられずにいる恋の歌と読むことが出来る。

八五も心の中で恋の相手に呼びかけた歌である。「恋ひ恋ひて」の句が再び繰り返されているのは、「言ひし契」の内容を指すためであると思われる。八三には「世にも有るべしと言ひしにあらず」とあった。とすれば、その内容は、恋の果てに煙と極まること、忍恋を命がけで忍びきること、ということである。相手に直接に言わないのであるから、それは、詠歌主体の心中の誓いといってもよい。たとえば、

下燃えに思ひ消えなむ煙だに跡なき雲の果てぞかなしき（「……寄雲恋」俊成女　新古今集　恋二　一〇八一）

は、恋死の煙という同様の素材を採っているが、成就しそうにない恋において、思い死にしてしまうであろう、我が恋の果てを「悲し」んでいるものである。が、八五は、相手に間接的にであるが露見した後に、恋死を選んでいるものであることが異なる。

A百首恋部においては、このように、成就しがたい絶望的な恋を設定した上で、相手を大切に思うがゆえに忍ぶことを徹底して、恋死に極まる詠歌主体が創造されている。

百首歌の中に恋部を持つ例は多数ある。その場合、特に題は付されなくても勅撰集の恋一～恋五の部立てのように、恋の出会いから別れまで、時間的順序を踏んで詠むのが通例である。また、「忍恋」題がまとまって分量のある例としては、たとえば文治三年（一一八七）「皇后宮大輔百首」の「忍恋」題十首がある。『拾遺愚草』『壬二集《みにしゅう》』に全容が知られるが、当然すべて「忍恋」の歌である。しかし、それらは連作ではないし、相手に忍ぶ恋ではなく、人目を忍ぶ恋が入っていたりもする。式子のA百首のように最後まで相手にも知られまいとする「忍恋」のテーマを時間的順序にしたがって突き詰めるものは、他に例を見ない。

また、この恋部においても、定家をはじめとする同時代歌人との影響関係が見られる（文中に触れた以外にも「夢より夢に」「浦の波風」など）。

花の歌群と恋の連作の表現の基底に、雑歌に表されていたような詠歌主体の人生観、世界観があることを見てきた。それはこの題に限らず、A百首全体に通底している。詠歌主体の人物像は、隠者であったり、在家であったり、と柔軟に変化するが、その世界への構えは似ている。

百首で一つの世界を作る

外界から閉じこもっているが外界の現実に実は大いに関心がある。そこからは、外のかすかな自然の動きに関心し、敏感に反応する歌が生まれる。

鶯はまだ声せねど岩そそくたるひの音に春ぞ聞こゆる（春　二）
色つぼむ梅の木の間の夕月夜春の光を見せそむるかな（春　三）
たたきつる水鶏《くひな》の音も更けにけり月のみ閉づる苔のとぼそに（夏　二七）
みじか夜の窓の呉竹うちなびきほのかにかよふうたたねの秋（夏　三二）
吹く風にたぐふ千鳥は過ぎぬなりあられぬ軒に残るおとづれ（冬　六七）

A百首に限らず式子歌全般に「ながむ」という語彙の多さが指摘されるが、それは、この孤独な住まいにある詠歌主体の外界と内面への視線を表す典型的な詞であるからである。

春ぞかし思ふばかりにうちかすみめぐむ梢ぞながめられける（春　七）

ながむれば月は絶えゆく庭の面にはつかに残る螢ばかりぞ（夏　二八）
ながむれば衣手すずしひさかたの天のかはらの秋の夕暮（秋　三八）
秋はただ夕べの雲のけしきこそそのこととなくながめられけれ（秋　四一）
思ほえずうつろひにけりながめつつ枕にかかる秋の夕露（秋　四二）
とどまらぬ秋をやおくるながむれば庭の木の葉の一かたへゆく（秋　五五）
さびしさは宿のならひを木の葉しく霜の上にもながめつるかな（冬　五九）

雑歌九〇・九一は、漢詩の本説の中に、同じ境遇を見出そうとするのであるが、冬歌にも同様の発想が見える。

さらぬだに雪の光はあるものをうたた有明の月ぞやすらふ（冬　六六）

『蒙求』「子猷尋戴」の故事は、晋の王徽之《おうきし》が、雪後の月夜、独り酒を汲み、詩を詠じているうち共に月夜の雪景色をめでたいと思い、戴安道《たいあんどう》の門前まで出向いたが、月が落ち、興が尽きたので、逢わずに帰ったというものである。「雪月花の友」（二九九）の用例も式子にはある。雪の光と月光の映発する霊妙な美しさを愛でるのは、新古今歌人の美意識そのものであるが、それを踏まえた上で、「さらぬだに……うたたあり―有（明の月）」という、「そうでなくても或る状態であるのに、さらに拍車をかけて、さらに事態が進行し、さらに都合の悪いことになる」という措辞があるのは、この美しい景色が、王子猷の故事を思い出させるからであろう。ただでさえ雪明かりがして、人恋しい気持ちをかき立てるのに、ますます困ったことに、有明の月が止まって雪と映りあい、あの王子猷の故事を思い出させて、友とてない我が身の孤独を思い知らせることだ、というのである。雑歌九〇・九一と同様の詠歌主体の心の動きであろう。

また雑歌八八との関連をうかがわせる冬歌もある。

思ふより猶ふかくこそさびしけれ雪ふるままの小野の山里（冬　六八）

住み馴れて誰ふりぬらんうづもるる柴の垣ねの雪の庵に（冬　六九）

六八は、『伊勢物語』八十三段、小野に隠棲した惟喬《これたか》親王を、馬頭なる翁が、雪踏み分けて訪ねる場面を本説として、雪深く寂しい山里の庵に訪ねてくる人物が詠歌主体として登場する。六九は、山里へやってきた人物が、埋もれた雪の庵を見つけ、こんな寂しい所に誰が年月を重ねているのだろうと思いやっている場面を詠む。雑歌八八で、「訪ふ人あらばあはれとやみん」と庵の中で思っていたその「訪ふ人」を詠歌主体として六九は詠まれているのである。

雑歌で、山家に心澄ましていた詠歌主体の心は次第に揺れ出し世俗に関わる心、人を求める心との葛藤に陥るが、そのような心境は他の部立てにも見られる。

跡絶えて幾重も霞め深く我が世を宇治山の奥の麓に（春　六）

月のすむ草の庵を露もれば軒にあらそふ松虫の声（秋　四七）

六は、『源氏物語』橋姫巻、八の宮の「跡たえて心澄むとはなけれども世を宇治山に宿をこそかれ」を本歌とし、その面影を重ねながら、霞を題材に、出家隠遁している詠歌主体の、俗世から離れる決心と、その離れがたさとの葛藤を表現する。出家して世間との交わりが絶えているが、さらに行方をくらまして、霞よ幾重にも霞めよ。深く私が世を憂しと思って籠っている宇治の奥山の麓に、というのである。「幾重も霞め」などといいつつ、下句で詳しく居場所を述べる措辞が、俗世へ引かれる心を却って示している。第一章第一節で触れた「秋こそあれ人はたづねぬ松の戸を幾重も閉ぢよ蔦のもみぢ葉」の「幾重も閉ぢよ」が六の「幾重も霞め」に重なることは「松の戸」の意味を考える上で注意しておいてよい。

四七は庵に住む人物の心境を風景で表している。月が澄んで照らす草の庵に露が漏ると、軒の所でその月光や露にあらそうように松虫の声がしきりにすることだ――月の澄み渡る草庵に心を澄まして澄んでいるが、わびしい露が漏ったりすると（寂しさに涙が流れたりすると）しきりに鳴く松虫――待つ（虫）――の声のように、人恋しい思いがこみあげてくることだ、というのである。これも、草庵に住む人物の心の葛藤を詠んでいる。

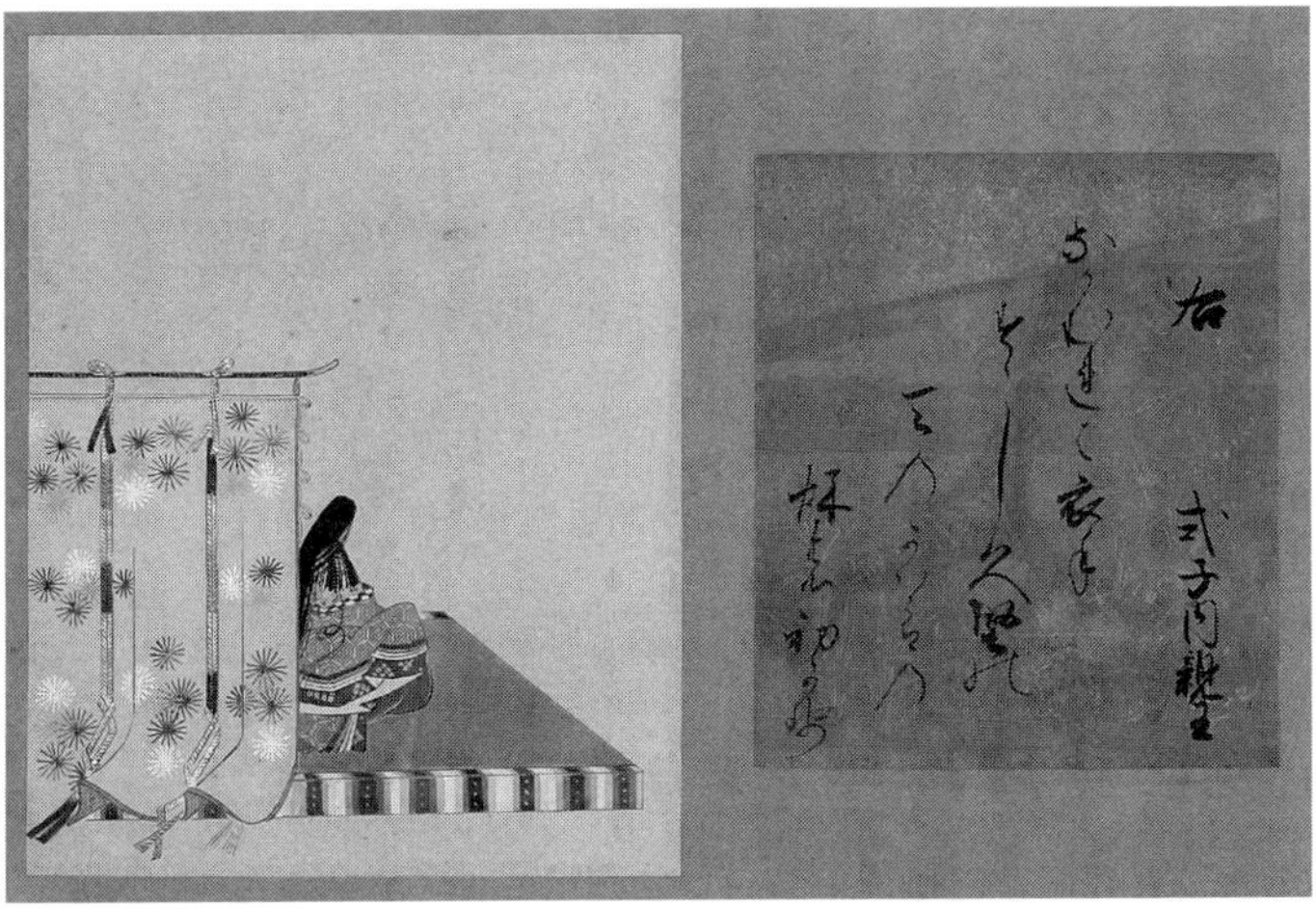

『歌仙絵』式子内親王像「ながむれば」歌（江戸前期　個人蔵）

ながむれば衣手すずしひさかたの天のかはらの秋の夕暮（秋　三八・新古今集　秋上　三二一）

忘れめや葵を草に引き結び仮寝の野辺の露のあけぼの（夏　一二三・新古今集　夏　一八三）

三八は「秋の夕暮」の寂しさの中で、地上の愛の無常に対する天上の永遠の愛への憧憬が詠まれ、一二三は、神事を終えた曙の、何か永遠に触れるような体験を忘れはしないと詠むことで、誇り高く今の自分を支えている。これらは雑歌Ⅰ群Ⅳ群に見られる超俗への志向にも繋がる。

このように、雑歌に表現されていた詠歌主体の人生観世界観は、百首全体にわたって随所に表されている。

A百首の詠まれた時期

A百首の中でもとりわけ一二三は、斎院としての式子の生身の体験詠の色が濃い。百首中においては、それも詠歌主体の過去の体験を詠んだものと考えるべきであり、突如として体験詠が紛れ込んでいるとするのは正しくないだろう。しかし、このような歌が百首中に存在するのは、A百首の詠歌主体が虚構の詠歌主体としていまだ確立しきっておらず、体験詠を詠む式子と連続融即している面を残すということにもなろう。そのような視点から見ると、次の歌は、夏部冒頭の「更衣」題に即して表現された雑歌I群の系列の歌と見られると同時に、あるいは、式子自身が出家して法衣の身になったことが反映されているのではないかと思わせる。

春の色のかへうき衣ぬぎ捨てし昔にあらぬ袖ぞ露けき（二一）

本歌「花の色にそめし袂の惜しければ衣かへうき今日にもあるかな」（源重之　拾遺集　夏　八一）は春から夏の俗世内での更衣である。また、春の色の衣を出家の衣と対照させて詠む伝統がある。二一では、俗世の衣を春の衣で代表させているのである。「昔にあらぬ袖」は出家者の衣であって、この更衣が、捨てて顧みない不可逆であることが、「ぬぎ替えて」ならぬ「ぬぎ捨てし」に明らかである。この更衣を、父院の崩御による藤衣（喪服）に着替えることだとする解釈があるが、伝統的な和歌の用例としてはその逆であって、むしろ喪があけて「服ぬぐ」時に「ぬぎ捨てて」という例は見られるのである。父院の喪に関わらせる体験詠と読むことは出来ない。しかし、式子自身の出家の体験が、百首歌中の詠歌主体の歌として組み込まれているのではないかとは思わせる。春の色の、替えるに替えがたい現世の衣を脱ぎ捨てて法衣の身になった。在家の頃は衣更えになると、春の色の替えるに惜しい衣をやっとのことで脱ぎ捨てて春を惜しんでいたが、そのような昔とはまったく異なったはずの法衣の袖が涙でしおれていることよ。出家しても春の行くのは惜しいもの、世は恋しいものであることよ、という意味に解される歌である。世を捨てて後も、惜春の思いが捨てがたく、世俗への思いも断ちがたく、涙で袖が湿りがちであると、出家後のいまだ葛藤のある心を観ている歌である。

Ａ百首全体に表現されている詠歌主体の心境や、体験詠に連続融即するような歌が見られることからして、Ａ百首は、呪咀した疑いをかけられ出家した式子が、出家して間もない頃の自分の内面を、普遍的な和歌の詞や方法を使い、また時には生硬い表現で、虚構の百首歌として対象化したものと考えるのが自然であるように思われる。その表現が定家をはじめ同時代の歌人たちとの影響関係があることからは、式子の内発的な思いや表現への格闘を定家などはよく知っていたかとも推せられる。この時点では、式子の出家は、出家というよりは、現実からの隔絶、隠遁といった意味合いが強かったであろう。しかし、一つの百首歌の中の詠歌主体へ自己を転移し、題の枠組に沿って考え、対象化することは、新しい自己へ一歩を進めることにもなったであろう。この事件を契機に、式子はさらに和歌の世界に入り込んでいったのではないだろうか。

4　二つの百首歌——B百首

A百首と同じ部立てで詠まれ、「又」と組み合わせられたように続くB百首に構築されているのは、どのような世界なのだろうか。その雑部については、前掲速水論文が、A百首と比較した上で、「B百首は人生の旅にある者の自覚が全体を貫いている。流れゆく人生に対する感慨と、今ある自分の生を受け止める心とが、雑の歌の中で語られている」と指摘する。見解が重なるが、他の部立てにも関わるので、改めて百首の基本となるこの世界を辿る。A百首同様に、歌群に分けて掲げる。

B百首の雑歌

Ⅰ　旅人の跡だに見えぬ雲の中になるればなるる世にこそありけれ（一八七）
いそがずは二夜もみまし草の庵のむかひの山に出づる月影（一八八）
露霜も四方の嵐に結びきて心くだくるさ夜の中山（一八九）
ゆきとまる方やそことも白雲や紅葉の蔭や旅人の宿（一九〇）
ながむれば嵐の声も波の音も吹飯の浦の有明の月（一九一）

Ⅱ　河舟の浮きて過ぎ行く波の上にあづまのことぞしられなれぬる（一九二）

Ⅲ　逢はじとて葎の宿をさしてしをいかでか老いの身を尋ぬらん（一九三）

けふは又昨日にあらぬ世の中を思へば袖も色かはりゆく（一九四）
憂き事は巌の中も聞ゆなりいかなる道もありがたの世や（一九五）
世の中に思ひ乱れぬ刈萱のとてもかくても過ぐる月日を（一九六）
Ⅳ あはれあはれ思へばかなし終《つひ》の果て偲ぶべき人誰となき身を（一九七）
ささがにのいとどかかれる夕露のいつまでとのみ思ふものから（一九八）
きほひつつさきだつ露をかぞへても浅茅が末を猶たのむかな（一九九）
年経れどまだ春知らぬ谷のうちの朽木のもとも花を待つかな（二〇〇）
Ⅴ 鶴の子の千たび巣立たん君が世を松の蔭にや誰もかくれん（二〇一）

なればなるる世

Ⅰ群は、詠歌主体がどのような心の位置にあるかを表す。一八七の本歌は「白雲のたえずたなびく峰にだにすめばすみぬる世にこそありけれ」（惟喬親王 古今集 雑下 九四五）であるが、詠歌主体は、本歌やA百首のように庵に閉じ籠らず、そこを出て、一所不住の人生の旅にある。現実の中に踏み出している。「なればなるる世にこそありけれ」が要である。不安で孤独な旅も、それが常のことになると馴れて、それなりにその状態に堪えている、世の中とはそういうものであったなあ、というのである。一八八は、執着を離れて旅を急ぐ心であろう。草庵は仮の宿り、住み捨てられる所である。一八九は、遠江国歌枕で東海道の難所「さ夜の中山」を舞台に、心砕くる旅のわびしさを具体的に詠む。「四方の嵐」の句には、『源氏物語』須磨巻で、謫所の源氏が聞いている荒涼とした嵐の音が倍音として響く。一九〇は、本歌「世の中はいづれかさしてわがならむ行きとまるをぞ宿とさだむる」（よみ人しらず　古今集　雑下　九八七）が、「行きとまる」所が「わが」「宿」だとするのに対して、「白雲」に「知らず」を掛け、行きとまる方はそこだともわからない、とする。「雨ふらば紅葉の蔭にかくれつつ」（素性集　五七）などというけれど、「紅葉の蔭」が「旅人の宿」なんだろうか、と問う。白雲の中にいて、確固とした自分の安住の場所が見定められない、人生の旅を思う歌である。一九一の旅人も、一八九の「さ夜の中山」の夜のように、強い風の吹く「吹飯の浦」（和泉国歌枕）にいて、その「嵐の声」「波の音」を聞きつつ「なが」めている。一八九と異なる点は、その風波の中で、「有明の月」が現れることである。それはこの旅の果てに遠く望まれる救いのようだ。

しられなれぬる

Ⅱ群に、次の一首のみを当てるのは、A百首雑歌のⅡ群が、本説の中にⅠ群と同様の境遇を探すものであったことと対応する歌だからである。

河舟の浮きて過ぎ行く波の上にあづまのことぞしられなれぬる（一九二）

一九二は、速水氏の指摘通り、遊女詠であり、A百首九一の「琵琶行」の遊女と通じる。直接の本説は「倭琴緩く調べて潭月に臨む　唐櫓高く推して水煙に入る」（「遊女」順　和漢朗詠集　七二二）であろう。また、本歌は「逢坂の関のあなたもまだみねばあづまのこともしられざりけり」（「女のもとにまかりたりけるにあづまをさしいでて侍けれぱ」大江匡衡　後拾遺集　雑二　九三七）である。本歌は「東路《あづま》のこと――和琴《あづまのこと》」の掛詞を効かせて、逢坂の関の向こうもまだ見たことがないから、東国のこと（和琴の弾き方）はわかりません、というのであるが、「しられざりけり」には、先の掛詞に対応して「しらべざりけり」が響く。その本歌の「しられざりけり」を一九二は翻して「しられ馴れぬる」とするのである。遊女は当然、恋の逢坂の関を越えている。一九二は、遊女の私は、河舟の浮かんで過ぎ行く波の上にいて、男女の逢瀬――恋の逢坂の関も越えて「あづまのこと」も自然に身馴れ、あづまの琴（和琴）を弾くことも良く知り、調べ馴れていることですよ、という意味になろう。

一八七の「雲の中」を行く旅人の感慨「なるればなるる世にこそありけれ」が、遊女の身の上において見出されているのである。「琵琶行」を本説とした九一では、詠歌主体はその詠歌する現在に身を置いたまま、「伝へ聞く袖さへぬれぬ」と詠み、本説を外から対象的に見て詠んでいる。しかし、B百首一九二は、歌中の遊女その人の立場で詠んでおり、遊女を詠歌主体とする表現である。B百首の詠歌主体はそれだけ遊女の運命を自分のものとして内から見ているといえよう。このことは、B百首の詠歌主体のあり方を考える上で注意すべきことである。

A百首八九において「住み馴れんわが世は」とその馴れがたさを歎かれた世は、B百首では「なるればなるる世」と詠歌主体において捉え直されている。

「なるればなるる世」からの祈り

雑歌Ⅲ群五首は、波の上に漂う遊女のような、「なるればなるる」「しられなれぬる」世の中における詠歌主体の逃れ難い歎きである。A百首Ⅲ群に対応している。「馴れる」ということも、一つの無常の形であろう。馴れずにはいられない常の無さがある。そこには当然時の経過があり、次に「老い」が詠まれることも自然である。

逢はじとて葎の宿をさしてしをいかでか老いの身を尋ぬらん（一九三）

本歌「老いらくの来むと知りせば門さしてなしとこたへて逢はざらましを」（よみ人しらず　古今集　雑上　八九五）の反実仮想を現実のこととしている。老いが来ることを知っていたので、「葎の宿を鎖」し、強い拒絶の心を表して用心していたのだが、「老い」が避けがたく「身」を訪れたことのどうしようもなさを詠嘆する。心では超えることの出来ない身の老いの実感が詠まれる。

けふは又昨日にあらぬ世の中を思へば袖も色かはりゆく（一九四）
憂き事は巌の中も聞ゆなりいかなる道もありがたの世や（一九五）

一九四は、今日はまた昨日と変わっている世の中の無常をつくづくと思うと、その歎く袖までも涙で色が変わってゆくことだ、というのである。個別的な無常の現実を歎いているのではなく、世の中の無常というものを歎いている、すると、その思いの内容を表すように血涙のために袖の色までも変化する。変わらないものはない逃れがたい無常の歎きである。一九五の本歌「いかならむ巌の中にすまばかは世の憂き事のきこえこざらむ」(よみ人しらず　古今集　雑下　九五二)は、憂き事のきこえてこない巌の中を探そうとしているが、一九五は、巌の中もそのような場所ではなく、逃れる道はないとする。俊成の「世の中よ道こそなけれ思ひ入る山の奥にも鹿ぞ鳴くなる」(千載集　雑中　一一五一)にも通う心である。時間的にも空間的にも憂き事から逃れるすべがないことがこの二首で述べられる。

世の中に思ひ乱れぬ刈萱のとてもかくても過ぐる月日を(一九六)

世の中というものについて、刈萱が乱れるようにあれこれと思い悩んでいる、いずれにしても過ぎてゆくことに変わりはない月日であるものを、というのである。憂き世に処する方向も見出せないうちに時は過ぎてゆくばかりという、老いの迫るなかでの焦りが読み取れる。続く一九七が自分の死後を想像するのは、これも連作の自然のなりゆきである。

あはれあはれ思へばかなし終《つひ》の果て偲ぶべき人誰となき身を(一九七)

「終の果て」は他に例がないが、死後の「果てのわざ」(四十九日や一周忌の仏事)をする時であろう。そのような時でも、自分の事を懐かしく偲んでくれそうな人が誰といってない我が身であることを思えば、「あはれあはれ」と嘆息されるのである。

ささがにのいとどかかれる夕露のいつまでとのみ思ふものから（一九八）
きほひつつさきだつ露をかぞへても浅茅が末を猶たのむかな（一九九）

Ⅳ群は、それでも残るこの世への執着を詠む。一九八では、絶えやすい蜘蛛の糸にかかる消えやすい夕べの露は、この身の命であり、夕暮れになるとますますこぼれる涙である。はかない命はいつまであろうか、とばかり思うものの、それでもこの世に執着してしまうことだ、という。また一九九では、本歌「末の露本の雫や世の中のおくれ先だつためしなるらん」（遍昭　新古今集　哀傷　七五七）を「きほひつつさきだつ露」と踏まえて、先を競うように亡くなっていった人達をあの人この人と数えて、この世のはかなさを思い知っても、その露のすがっていた浅茅の末のようなはかないこの世をやはり頼みにすることよ、という。この執着が、単に量的にすこしでも長く生きていたいというだけのことではないのは、Ⅳ群最後の一首で判明する。Ⅰ群の末に出てきた「有明の月」に対応するように。

年経れどまだ春知らぬ谷のうちの朽木のもとも花を待つかな（二〇〇）

詠歌主体は、その木のもとに庵を結んで住んでいるが、谷のうちの朽木そのものであるといってよい。年を経ても、いまだ花咲く春を知らず、花も咲かずに枯れ果てた朽木は、変わりゆく世の中、憂き事から逃れようもない世の中に絶望して「なればなるる」世を過ごしている。しかし、その朽木は、その不可能の中で「花を待つ」希望を持とうとしているのである。

雑歌最後のV群の一首は、A百首同様に祝題である。常盤の松蔭に巣立つ鶴のように、誰もが君の庇護を求めるであろうと詠み、B百首全体を祝言で締め括る。詠歌主体一人の思いとしてではなく、「誰も」皆がというところに、B百首らしい心の開かれ方が見える。

以上、見てきたように、B百首の詠歌主体は、庵に閉じこもるのではなく、旅人となって人生の旅に出ている。嵐吹く「さ夜の中山」、風波の激しい「吹飯の浦」の厳しい無常の世の現実に心砕けながら、逃れようのないものと認め、そこに波の上に世を営む遊女のように身を投じて「なるればなる」世と観じている。とてもかくても過ぎゆく月日に、老いを意識し、偲ぶ人とてない死後を思うと、この春知らぬ朽木のような絶望的な生のうちに、生きる意味を見出し救われたいと、祈るのである。B百首の他の部立ての歌にも、この雑歌の詠歌主体の心のありようが、題に応じて変奏されている。

A百首における詠歌主体は、花に対して、現実の花の無常にまともに対決することをせず「つれなくて見ん」という態度をとった。しかし、B百首の詠歌主体は、現実の花とその落花にも積極的に関わってゆく。

B百首の「花」の歌群

待たれつる花のさかりか吉野山霞の間よりにほふ白雲（一〇九）
この世には忘れぬ春の面影よおぼろ月夜の花の光に（一一〇）
ふかくとも猶ふみ分けて山桜あかぬ心の奥をたづねん（一一一）

今朝みつる花の梢やいかならん春雨かをる夕暮れの空（一一二）
我が宿にいづれの峰の花ならんせき入るる滝と落ちてくるかな（一一三）
鳥の音も霞もつねの色ならで花ふきかをる春の曙（一一四）
み山べのそことも知らぬ旅枕うつつも夢もかをる春かな（一一五）
尋ねみよ吉野の花の山おろしの風の下なるわが庵のもと（一一六）

一〇九は、類歌も多い歌だが、遠望する吉野山の霞の間から美しくこぼれだした白雲を詠歌主体は「花のさかりか」と素直に肯定的に受けとめている。一一〇は、おぼろ月と花の光の映発の中に春の面影を見、自分はこの世において忘れないと素直な愛着の気持ちを示している。

あかぬ心の奥をたづねん

ふかくとも猶ふみ分けて山桜あかぬ心の奥をたづねん（一一一）

A百首の「尾上の桜」は遠望されるままであったが、一一一では「霞の間よりにほふ」花に誘われるように、山へ分け入ってゆく。一、二句には、困難にも屈せぬ強い意志がある。山の奥へとどこまでも花を求めて踏み分けることが、すなわち我が心の奥を極めることになっており、対象である花に憧れる心という以上に、「あかぬ心の奥をたづねん」と、主体である自己の心を凝視し、その果てを追求することに強い関心がある歌である。

今朝みつる花の梢やいかならん春雨かをる夕暮れの空（一一二）

今朝から夕暮れまでの時間経過があり、記憶の中の花の梢の変化を、花の香のように煙っていると春雨を感じることで名残を惜しんでいる。春雨は、蕾の開花を促進する花の母でもあるが、この一一二のようにすでに満開の花に対しては移ろいを速めるという意味で花の否定的要素でもある。しかし、ここではその春雨が「かをる」と表現され、花の名残を留めたものとして肯定的に捉えられている。落花に対する執着が薄れていることがうかがえる。但し、「夕暮れの空」に想う「春雨」が、記憶の中の花の梢を背景に詠まれたものであり、虚空に降る春雨ではなく、春雨そのものとして表現されているのではないことは注意しておくべきであろう。

落花のただなかで

B百首の詠歌主体は、A百首では直視されなかった落花を、真正面から詠じている。

我が宿にいづれの峰の花ならんせき入るる滝と落ちてくるかな（一一三）

「峰花似滝」を詠む。一一一で山の奥へ向かっていた詠歌主体は、峰に囲まれた谷あいの山家にいる。

その周囲の自然がそのまま宿の庭になっているところへ、わざと堰き入れた滝のように、どの峰の花かわからないが、高いところから花が落ちてくるというのである。落花は、自然がおのずから配慮してくれたことのごとく見られている。落花を積極的に受け止めようという姿勢が見える。

鳥の音も霞もつねの色ならで花ふきかをる春の曙（一一四）

「花ふきかをる」は独自の表現である。花を吹く風は「春の曙」の属性であり（「風」を詞の上に意図的に表出しない歌は式子には他にもある）、それを含んだ「春の曙」という時空全体が、花を吹き、薫っている。そこでは、鳥の声も霞も世の「常の色（＝様子）」ではない。聴覚（鳥の音）・視覚（霞）・触覚（吹く）・嗅覚（薫る）と味覚以外の五感が一体となった共感覚的世界である。A百首一一では「花はいさ」とされた上で「霞ぞかをる」と表現されていたが、一一四では、霞を含めた「春の曙」全体が「かをる」のであり、詠歌主体は、その時空と一体になって、常ならぬ美しさを享受している。

み山べのそことも知らぬ旅枕うつつも夢もかをる春かな（一一五）

詠歌主体はまた旅人となっている。本歌は「おもふどち春の山辺にうちむれてそこともいはぬ旅寝してしか」（素性　古今集　春下　一二六）である。一一五は、本歌の友と一緒にという設定をはずし、

「山辺」をさらに遠い「み山べ」にし、また、「そこともいはぬ」の言い回しを借りて「そことも知らぬ」とし、「てしか」の願望を今は実現したものへと変化させている。春の花を求めて、どことも知れぬ深山に憧れ出ている、そのような旅の非日常にあっては「うつつ」も「夢」も近接し、「かをる春」に一枚である。本歌「春の山辺」からも、「かをる」は花を暗示するが、何が「かをる」かの分析を超えて、一一四同様に、春そのものが薫ると捉えている。「あかぬ心の奥をたづねん」と入って来た奥山で、B百首の詠歌主体は、落花と積極的に向き合い、その結果、「つねならぬ」「春の曙」を体験し、また現も夢も一枚に「かをる春」を享受することが出来たという筋になっている。

尋ねみよ吉野の花の山おろしの風の下なるわが庵のもと（一一六）

花の歌群はこの「尋ねみよ」と人に呼びかける歌で終わる。本歌は「わが庵は三輪の山もと恋しくは訪らひ来ませ杉立てる門」（よみ人しらず　古今集　雑上　九八二）で、三輪の神が人を待つという伝承を生んだ歌である。一一六の詠歌主体は、歌群最初の歌に呼応して、「吉野」の奥に庵を結んでいる。吉野は花の名所であり、隠遁の地でもある。一一三でも、峰の花が庭先に滝と落ちることが詠まれていたように、一一六でも「わが庵」は「吉野の花の山おろしの風」――峰から落花を吹き下ろす激しい風――の下の谷間にある。そのような奥の庵にいる自分を「尋ねみよ」と人に呼びかける詠歌主体は、A百首の「跡絶えて幾重も霞め深く我が世を宇治山の奥の麓に」（六）の心境とは大いに異なる。

前節でも述べたように、六の詠歌主体は、世を厭い、人との交わりを断つ意志が固いのだが、その意志とはうらはらな世俗に引かれる気持ちが存在し、葛藤の状態にあった。「幾重も霞め」と言わなければ世俗に引き戻されてしまいそうなのである。

しかし、B百首一一六の吉野山奥の庵の詠歌主体は、むしろ、人に向かって「尋ねみよ」――探して尋ねて来い――という。「吉野の花の山おろしの風の下」は、覚悟ある者のみが尋ねられる場所であろう。これは単なる人恋しさではなく、自分と同じ覚悟を持つ者を求める心であろう。

A百首の詠歌主体は「つれなく散るをつれなくて見ん」という花への態度をとったが、それではやはり「飽かぬ心」があった。B百首の詠歌主体は「あかぬ心の奥をたづねん」と、現実の花との交流を求めて山の奥に入ってゆく。そこには、花と交歓する「つねならぬ」「春」があった。B百首花の歌群の到達点は、落花の風の下に結ばれた隠遁者の庵である。庵に住む詠歌主体は、落花を避けるのではなく、そのただなかに身を置いている。世俗を捨てた場所で「尋ねみよ」と呼びかけられるのは、同じく世俗を捨て花に「あかぬ心」の奥を尋ねる者でなければならないだろう。

B百首の詠歌主体は、散りゆく現実の花に立ち向かい、その結果、人に対しても「尋ねみよ」と呼びかけ得た。その場所が、世俗を超えた隠遁の地「吉野」であったことは注意されてよい。B百首の詠歌主体は、出家の立場へ覚悟の一歩を進めているようだ。

B百首の恋

現実の相手と関わらないままに終わるA百首の忍恋に対して、B百首の恋は、人目を忍ぶ恋であり、相手に逢ってそのあと別れる通常の恋の経過を辿る。一七二から一八五まで男の歌であり、最後の一首だけが女の歌である。一八四の下句はどの本も欠いていて、惜しいが、趣旨は辿れる。

沖ふかみ釣するあまのいさり火のほのかに見てぞ思ひ初めてし（一七二）
思ふより見しより胸にたく恋をけふうちつけに燃ゆるとや知る（一七三・玉葉集　恋一　一二五六）
哀れとはさすがに見るやうち出でし思ふ涙のせめてもらすを（一七四）
思ひかね浅沢小野に芹摘みし袖の朽ちゆく程を見せばや（一七五）
かりにだにまだ結ばねど人言の夏野の草としげき比かな（一七六）
我が恋は逢ふにもかへずよしなくて命ばかりの絶えやはてなん（一七七）

かりそめに伏見の里の夕露のやどりはかへる袂なりけり（一七八）
浅ましや安積の沼の花かつみかつ見馴れても袖はぬれけり（一七九）
わが袖のぬるるばかりはつつみしに末摘花はいかさまにせん（一八〇）
入りしより身をこそくだけ浅からず忍ぶの山の岩のかけ道（一八一）
年月の恋も恨みもつもりてはきのふにまさる袖の淵かな（一八二）
常磐木の契りやまがふ竜田姫知らぬ袂も色かはりゆく（一八三）
なほさらば御手洗川に御禊せん［　　　　　　］（一八四）

ただ今の夕べの雲を君もみておなじ時雨や袖にかくらん（一八五）
たそかれの荻の葉風にこの比のとはぬならひをうち忘れつつ（一八六）

一七二から一七七までは、まだ逢わぬ段階である。、一七二は恋の始まりが、沖の釣船の漁り火のように、「ほのかに見て」のものだったと詠む。序中の沖で釣りする海人は、心の奥深く辛い恋をする詠歌主体の姿の喩である。

「忍恋」の苦しさ

一七三は、相手に恋心を気付かれた段階を詠み、その恋心の知られ方を問題にしている。ほのかに姿を見、思いを寄せ始めてから胸の火を長く忍んで焚き続けているのに、もしかして今日突然に燃えだした軽薄な思いなのだと思われたのではないか、と、案じている。

一七四は、ほろりと出てしまった恋の涙が、堰き止めていた思いをしいて漏らしてしまうのを見れば、思いを受け入れがたいあの方もそうはいってもやはり可哀想だとは御覧になるだろうか、と恋の困難さに諦めながらも、相手の「あはれ」を願う心を詠む。

「芹摘み」は、漢語「献芹」の故事を踏まえて、かなわぬ恋のために苦労をすることだが、一七五では、何かせずにいられず、遠い浅沢小野で密かに袖を濡らして芹摘みを実際にしたように、涙で「袖が朽ちゆく」状態になっていることが表現される。密かに濡らして朽ちた袖、恋の成就は難しいと思っているが、せめてこの恋の苦しさだけでも解ってもらいたいという気持ちを詠む。

一七六は、相手との約束などは、ほんのちょっとしたことさえ、短い若草のように、結べていないのに、この恋の噂だけは、夏野の草のように次から次へと茂って、煩わしくうるさいこの頃であるというのである。本歌「人ごとは夏野の草のしげくとも君と我としたづさはりなば」（人まろ　拾遺集恋三　八二七・万葉集　巻一〇　一九八三など）は、相思の仲で、人言が繁くとも愛情を貫こうとするものであるが、一七六では、恋は成就しておらず、しかもすでに邪魔する人言がうるさいという悲観的な状況なのである。その絶望的な心が一七七で吐露される。

我が恋は逢ふにもかへずよしなくて命ばかりの絶えやはてなん（一七七）

命を逢うことに換えるという本歌「命やは何ぞは露のあだものを逢ふにしかへば惜しからなくに」（友則　古今集　恋二　六一五）を変化させて、一七七は、私の恋は（決して逢えないだろうから）命を逢うことに換えるということもない、だから、逢うことの代償にもならず何の甲斐もなくて、ただ命だけが絶えはててしまうに違いない、というのである。

「逢恋」の苦しさ

しかし思いがけなくこの恋は進展し、次の歌から恋の相手と逢うことになるのだが、二人の関係は逢ってもそれで満ち足りはしないのである。

かりそめに伏見の里の夕露のやどりはかへる袂なりけり（一七八）

「かりそめに 伏《伏す—伏見》 見の里」は仮初めながら恋の相手との出逢いがあったことを意味する。袂に宿る「夕露」は涙の比喩でもあるが、朝露ではないので、一夜を明かした後朝に恋の相手のもとから帰るのではない。が、その後、逢瀬を重ねるようになったことが一七九の「見馴れても」でわかる。

浅ましや安積の沼の花かつみかつ見馴れても袖はぬれけり（一七九）

「浅ましや」は予想していなかったことが出来したので驚いているのである。浅ましや—あさかの沼、花かつみ——かつみなれても、と序詞の上下に同音を繰り返しつつ述べられるのは逢っているのになぜか苦しく涙が出るという現実であった。「安積の沼の花かつみ」は、都から遠く隔たる陸奥の歌枕に咲く花菖蒲（あるいは真薦）、遙かで遠く、確実に自分のものとならない恋人のイメージであろう。逢えても心が満たされないから袖が涙で濡れるのである。その涙はとうとう血涙となった。

わが袖のぬるるばかりはつつみしに末摘花はいかさまにせん（一八〇）

袖が濡れているだけなら包み隠すことも出来たが、末摘花の紅色に染まるようになっては包み隠すことも出来ないので途方に暮れてしまうというのである。自分の心を顕すまいとする心である。すでに人目を忍んで逢っている上でのことなので、人目への配慮であると同時に、相手に対しても自分の苦しみを顕すまいとしているのである。次の一八一で詠歌主体は、この恋を最初から振り返って感慨を述べる。

入りしより身をこそくだけ浅からず忍ぶの山の岩のかけ道（一八一）

その山へ入ったその時から、ずっと、身を砕くような大変な苦労をしていることよ、深く忍ぶ恋の山—忍ぶの山の岩の間に通う心細く危なっかしい岩のかけ路にいて、というのである。「浅からず忍ぶの山」は心の奥にある。人目を忍んで逢うようになってからも、さらに相手に我が心を忍んで（たとえば悲しみや恨みを隠して）身を砕いてきたのである。その恋も年月が経った。

年月の恋も恨みもつもりてはきのふにまさる袖の淵かな（一八二）

二つの本歌「筑波嶺の峰より落つるみなの川恋ぞつもりて淵となりぬる」（陽成院　後撰集　恋三　七七六）「世の中は何か常なる明日香川きのふの淵ぞけふは瀬になる」（よみ人しらず　古今集　雑下　九三三）を踏まえる。常なき明日香川は、浅くなることもあるのに、この恋は、「恋も恨みもつもりて」、日毎に、歎きの涙の袖の淵が深くなる一方の常なさだというのである。

常磐木の契りと恋の断念

逢っても逢えぬ歎きの辛さに、遂にこの恋には、終止符が打たれることになる。次の一八三は、この連作の鍵になる歌であろう。

下句の「竜田姫知らぬ袂」は、竜田姫が秋になると赤く染める紅葉と異なり、竜田姫が関与しないので常磐木のように紅葉しないはずの袂である。ところがそれも、血涙のために赤く染まって色が変わってゆくというのである。上句「常磐木の契り」は、「常磐木のような愛情の不変の誓い」を意味する。またそれは、常緑の常磐木の性質上「色に出でぬ」という契りでもあったはずである。「まがふ」は「まじりあって区別がしにくい。よく似ていて間違う」の意であって、諸注のいうように「たがふ」の意味ではない。「常磐木の契り」が秋が来れば色づく、いわば「紅葉の契り」ともしや区別がしにくくなっているのではないか、思う心は変わらないのに、変わったように見えてしまうのではないかと懸念しているのである。A百首八〇で「思ふ心は一つなれども」と詠じたことに繋がる気持ちである。この袂はもちろん自分の袂である。竜田姫のせいではなく自分のせいで色変わる袂であり、相手の心のことはここでは第一には問題にしていない。詠歌主体が問題にしているのは、逢っているにもかかわらず流れる自分の涙によってこの恋が破綻してしまうことを心配しているのである。心が変わるということにとても敏感な歌である。辛い忍恋の状況の中で、自分の思いは変わっていないのに、歎きの涙が袂を染めて、「常磐木の契り」がもしかして移ろうて見えているのではないかと危ぶんでいる。一七九で「かつ見馴れても袖は濡れる」ことに驚いた心は、「常磐木の契り」が移ろうたものに紛らわしいかもしれないと疑っている。思う心は変わらないはずなのに、自分の心も相手の心もそのままではいられないという心の変化を悲しく観ている歌である。それなら、変わらぬ思いを大切にして「常磐木の契り」を守るためには、むしろここでこの恋を諦めるほかはないだろう、と心が動いたのが、次の一八四であろう。

なほさらば御手洗川に御禊せん　　　　　（一八四）

下句が欠けているが、恋の断念という趣旨は読み取ることが出来る。「なほさらば」という句は、他に例がない。これは「なほさりとも」という、相手がつれなくても希望を捨てきれない未練の気持ちを表す句を翻した表現で、むしろ未練を断ち切る表現であろう。「なほ」は、一つの状態や心情・意志などが、それを解消する可能性を有する事態を経た後も、引き続き変わることなく持続するさまを表す。とすれば、連作中の意味としては、「なほさらば」は、直前の一八三の状態を受けて、恋を忍ぼうとしたけれども常磐木の契りがまがうようにやはり恋を忍びえず、心が移ろうてゆくものであるならば、という意味になろう。御手洗川は、神社の参拝者が、御禊などして身を清める川である。当然「恋せじと御手洗川にせしみそぎ神はうけずぞなりにけらしも」（よみ人しらず　古今集　恋一　五〇一・伊勢物語　六十五段）が思い浮かべられてよい。「恋せじ」と恋を断つ意志をこの上句が表明していることは確かである。詠歌主体は、恋の心の不変を求め、それに反する状況――涙が袂を染めて色に出てしまうような――になるならば、恋自体を断念しようとしているのである。

「後恋」の二首が、この後に続く。

ただ今の夕べの雲を君もみておなじ時雨や袖にかくらん（一八五）

一八五は別れた後、恋の相手を思う気持ちを詠む。恋の物思いがまさる夕べ、見出した「夕べの雲」、そのまさに同じ雲を今、別れたあの人も見ているに違いないと思っている。そして、詠歌主体の袖にもかかっている、その雲が降らせる同じ時雨が――恋の終わりを歎いて流す涙の時雨が――あなたの袖にもかかっているだろうか、と想像する。「夕べの雲」は、火葬の煙を連想させるもので、二人の関係を断つという恋の終わりに響きあう。恋を断念したからこそ、その歎きにおいて相手との心の繋がりを信じようとし、信じえている詠歌主体が表現されている。ここまで、一貫して詠歌主体は男性として設定されている。恋の歌群は、最後に恋の相手の女性を詠歌主体とする歌に収束する。

たそかれの荻の葉風にこの比のとはぬならひをうち忘れつつ（一八六）

恋はすでに「とはぬならひ」となっている。「たそかれ」に「誰そ彼れ」の意が響き、「荻の葉風」の音は、訪い来る恋人の気配かとふと紛われるものであった。荻の葉風を聞くと、その音に一度ならず、あの方のこの頃訪れないのがならいとなっていることをふと忘れて、つい、おいでなのかしらと思ってしまうことだ、というのである。「とはぬならひ」に一応安定している女の心が、黄昏の人待ち時の荻の振舞いによってふと揺らぐ、その心の動きを捉えた歌である。静かな諦めの中に、寂しく揺れる詠歌主体の「待つ心」を、この恋の余韻のように表現して、B百首恋の歌群は終わる。

B百首の詠歌主体

B百首の雑部・「花」の歌群・恋部を見てきた。雑歌群の詠歌主体の人生観世界観が「花」の歌群や恋部にもテーマに応じて浸透している。A百首で庵に閉じこもっていた詠歌主体は、B百首では、庵から出て人生を旅し、老いを感じ、「なればなるる世」の無常観を深めている。「花」の歌群では落花の現実も直視し、「飽かぬ心」の導くままにその美しさを味わい、吉野の山中に庵を結ぶ。「尋ねみよ」と呼ばれるのは、自らと心を同じうする者である。恋部は、相手と現実に交渉を持つ人目を忍ぶ恋の設定であるが、逢っても満たされない心の無常は逃れえず「常磐木の契り」を大切にするがゆえに恋は断念される。他の部立てについて詳述する余裕がないが、雑歌Ⅰの人生の旅のテーマは、秋の部一三九〜一四四・一四六に、露しげく難儀な野原を分け行く旅として形象化される。

草枕はかなくやどる露の上をたえだえみがく宵の稲妻（秋　一三九）
露ふかき野辺をあはれと思ひしに虫にとはるる秋の夕暮（秋　一四四）

このように、B百首は、無常の旅にあるはかないもの同士の出逢いをいとおしむ。

春秋の色のほかなるあはれかな螢ほのめく五月雨のよひ（夏　一二八）

山賤の蚊遣火たつる夕暮も思ひのほかにあはれならずや（夏　一三〇）

夏の小さな生き物の振舞いや山賤の営みに、「春秋の色のほか」「思ひのほか」の「あはれ」を見出すのも、現実に目を向けているからであろう。

春過ぎてまだ時鳥語らはぬけふのながめをとふ人もがな（夏　一二二・玉葉集　夏　二九六）

春でもなく、かといって夏が来れば鳴くはずの時鳥も鳴かない二重に空白の「けふのながめ」を同じ思いで訪ねる人があってほしい、の意である。時鳥の代わりに人に来てほしいというのではない。A百首八八では「とふ人あらば」と悲観的な仮定で表出された、人への願望は、ここでは「もがな」と率直に述べられている。

B百首に通底するのは、住めば住みぬる無常の現実から目をそむけず、そこに身を置いて、そのなかで「朽木のもとも花を待つ」姿勢——生きる意味を見出そうとする姿勢である。自分に閉じこもり現実を遮断した所から救いを求めるよりも、老い迫る人生の旅人として現実に身を置き、その朽木のような絶望的な状態から「花を待つ」ことの方が、ある意味でさらに難しいことのように思われる。A百首とはずいぶん異なる世界がそこには広がっている。

Ｂ百首が、一首一首に生身の式子ではない「詠歌主体」を立てた虚構の世界であり、定家をはじめ同時代の歌人たちとの影響関係を示す歌語をもち、共通理解の結び目である本歌や本説を駆使した普遍的な世界を表現していることはＡ百首と同様である。

二つの百首歌が組み合わされている理由

内容的には対照的な二つの百首歌だけが、組み合わされたように残っている理由は何だろうか。家集としてまとまったものを作ろうとしたなら、もっと多くの百首歌がまとめられていてもよさそうなものである。また、これらの百首からは、「正治百首」のように特に多くの歌が勅撰集に入集しているわけでもない。そういう意味では、勅撰集的な評価のもとに取り合わせられたとも考えられない。仮に式子自身がこれら二つの百首歌を取り合わせてひと組にしておいたとすれば、どのような意味がありうるだろうか。

Ｂ百首末尾の「建久五年五月二日」という日付に着目するべきであろう。思い合わされるのは、この日付のほぼ一ヶ月後の六月五日に、式子が勘解由小路経房邸で、異母弟の道法法親王から十八道を受けていることである。前述もしたが、姉の亮子は、父崩御後に出家して一週間後の十一月十六日に十八道加行を開始し、その十九日後の十二月五日に守覚から十八道を授けられている（『大日本史料』「後高野御室　加行事其他」）。加行の日数は、人や場合によりまちまちで、決まっているわけではないらしいが、亮子については、白土氏が参考として挙げられた四七日（二十八日）という期間にはやや短いようだ。式子については五月二日に近い時点で加行を開始し、六月五日に満了して十八道を授けられたとすればほぼ一ヶ月で、その可能性はありそうである。とすれば、Ｂ百首は五月二日に近い時点の式子が詠んだものと考えてもよいことになる。

抽象的には、どの時点においてもどのような虚構も想像も可能である。そういう意味では、虚構の百首歌からその詠歌時期を探るのはほとんど無理なことである。しかし、具体的には、その百首歌が詠まれるのは、一回的な人生の旅の途上にあるこの「身」においてであり、その「心」において、である。生きて初めて、人は自らの「身」とともに、「心」も時の中で旅をし、その変化を実感する。式子はB百首の詠歌主体のように、「なればなるる世」の無常の現実の「時」を生きてみて初めて、加行を受ける気持ちになったと考える。

出家が、仮に最も遅く想定される建久二年六月としても、出家してまもなくの作品と考えたA百首からB百首まで、すでに三年が経過している。父後白河院に許可も得たわけでもなく敢行したらしい式子の出家は、親の菩提を弔うためとか、自らの病のためとかいう通常の出家ではなく、基本的にもっぱら「心」の問題であり、現実を遮断する心境にあったがゆえに、「身」の行を伴う通常の「制度」としての十八道次第を受けるという行動にはすぐには繋がらなかったのではないだろうか。

しかし、これ以後、式子がさらに上位の真言の行を受けたという記録は見当たらない。そこからは、この十八道次第を受けるという聖道門の仏教的行為が、式子にとって「なればなるる世」の習いとして受け入れられたものであって、真に「心」を救うものになっていたかは怪しまれるのである。法然の教えとの出会いをこの出来事以後のことと考えたい理由の一つである。
A、B百首は、出家を敢行した後、時を旅する中で現実に目を向け、十八道を受けるという普通の行動をとる気になった式子が、自分の心ひとつに我が人生の「心の軌跡」を振り返り、対象化することによって次の一歩を踏み出そうとして、対にしたものではなかったかと考える。「建久五年五月二日」は、加行を受ける前に、二つの百首歌をとりだしてまとめた時の識語ということになる。

現存の『式子内親王集』は、二つの百首がまとまっていたものに、後人が「正治百首」を、さらに、勅撰集入集歌をも付け加えたものであろう。

5 経房邸で

『民部卿経房歌合』

後白河院は、経房を深く信頼し、後事を託していた。式子の後見として、経房は院没後式子を自邸に引き取り、世話をした。

経房は、公私にわたる縁者を出詠者として、自邸で歌会や歌合を開いている。『吉記』にも数度の歌会が確認され、文治二年十月には定家や寂蓮、顕昭などの歌人も参加した、衆議判の歌合を催している。

建久六年（一一九五）正月、経房は、歌題五、出詠者四十六名、百十五番からなる歌合を主催した。式子が出詠したわけではないが、経房邸にいた時の催しで、式子の身近な所での行事として、注意される。このたびは、俊成は歌人としてだけでなく判者になっている。経房は俊成の甥にあたるという縁もあった。定家、家隆、寂蓮、有家や、殷富門院大輔などの女房も参加している。歌合跋文に、俊成は『六百番歌合』の際には差し障りがあって思うままに言い表せなかったことをも、このついでに正しいと思うところを述べたなどと記しており、また「大形は歌は……ただよみもあげ、うちもながめたるに、艶にもをかしくも聞ゆる姿のあるなるべし」など、二年半後の『古来風躰抄《こらいふうていしょう》』にも繋がる言辞を述べていることなど俊成歌論の上で注目される歌合である。歌のよしあしについても「歌の宜しきを宜しとしるすも、人に心を寄するにはあらず、又とがむべきをとがとあらはすも、毛を吹く心にはあらざるなり、その事をばかくいふにこそ、かかる事をばしかいふなりけりと、各々のちを心え、とまらぬ跡をみても、道を知らむ人は思ひわかむため、善しともしるし、咎ともあらはすなり」と、作者に対する評価ではなく、歌そのものに対しての批評であり、歌道に志す人への指標のために記したものだと言うのである。『古来風躰抄』初撰本はこれより二年後の建久八年七月二十日に成った。後述するが、俊成への執筆依頼者「高きみ山」は、通説の式子か、あるいは弟の守覚法親王か、判断に迷うところである。この歌合跋文を知る可能性も二人ともにあったであろう。

式子が経房のもとに身を寄せてからの歌に関わる出来事として、この歌合は注目される。

橘兼仲妻妖言事件

先に、式子出家のきっかけとなった呪咀の風聞があったことを述べたが、式子は経房邸にいる時にもまた、そういった事件に巻き込まれている。『愚管抄《ぐかんしょう》』に、

> 後白河院ウセサセ給テ後ニ、建久七年ノコロ、兼中《かねなか》(仲)ト云公時二位入道ガウシロミニツカイケルヲトコアリキ。ソレガ妻ニ故院ツキシマセヲハシマシテ、「我祝へ、社《やしろ》ツクリ、国ヨセヨ」ナド云コトヲ云イダシテ、沙汰ニノリテ兼中妻夫《めをと》、妻は安房、夫ハ隠岐へ流罪セラレナドシタル事ノ出キタリシ也。

とある事件である。『皇帝紀抄』には、建久八年のこととして、

三月之比、蔵人大夫橘兼仲幷《ビニ》妻女、依《リ》二謀計《ノ》事《ニ》一被レ配二-流《セ》国々《ニ》一。又、一心房観心、依《リ》二同意事《ノニ》一、被レ召二-禁《セ》武士《ノ》許《ニ》一。

前斎院式子内親王〈後白川院皇女〉、同二-意此事《ノニ》一之間、不《ル》レ可《カラ》レ座《ス》二洛中《ニ》一之由、雖《モ》レ有《リト》二沙汰一、有《リテ》レ議、被《レ》レ止《メ》了《ンヌ》。

と、式子が関わったことが記されている。即ち、藤原公時の家司である橘兼仲の妻に後白河院の霊が憑き、「我を慎み祀れ、社をつくり、国司の得分を寄進せよ」などと妖言を吐いた。式子がこれに連座したとされ、いったんは洛外追放の沙汰があったが、止められたというのである。兼仲の主人公時は、式子母方の縁に繋がる実国の長男で、式子の後見経房の女婿であり、経房亡き後、式子の後見を務めることになる人物で、式子と関わりの深さが推せられ、この事件に式子が連座したとして巻き込まれたのもありうべきことかと思われる。また、『愚管抄』には先の引用部分の後に、後白河院崩御後もいまだ権力を持っていた高階栄子（丹二品。丹後局。後白河院寵妃）もそれに一時的に同調したと読みうる記述がある。この事件の背後に旧後白河院方の勢力と関白九条兼実との確執があるかと推せられ、内親王である式子が巻き込まれたものかと考えられている。兼実は建久七年十一月、いわゆる建久の政変で関白を免ぜられるので、この事件は『愚管抄』の記述のように建久七年のことと考

えるのが自然であろう。

建久七年六月十七日の『明月記』に次のような記述を見る。

去《ヌル》夜、勘解小路殿鵼《ぬえ》鳴《クト》云々。仍《テ》可《キ》二令《メ》レ立《ヲ》給《フ》一之由、人々申《スト》レ之《レヲ》云々。

式子の御所となっている勘解由小路殿で、夜間に鵼が鳴くのを人々が不吉だとして、転居して避難することを人々が勧めたようである。鵼は、『平家物語』の源三位頼政が退治した話で有名だが、不吉とされる鳥であった。兼仲妻妖言事件など身辺に不吉なことがあれば、鳥の声などにも疑心暗鬼を生じることもあるであろう。翌々日の十九日の『明月記』は、式子の転居を伝える。

今夜、斎院、密々渡《ニ》二御《アリ》七条坊門大納言局旧宅《ニ》一。依《リ》レ無《キニ》二其《ノ》所一、戸部可《キ》レ然《ル》由被《ト》レ申《サ》云々。

定家は、経房の了承の上で、経房の勘解由小路邸から、式子に仕えていた姉の龍寿御前（七条坊門大納言局）の旧宅への式子の渡御をはからっている。この数日前から定家が勘解由小路邸に出入りしているのは、この転居に関わる用向きであろう。経房や定家が、式子の後見、家司として対処しているさまがうかがえる。

第五章　晩年の式子内親王

1　大炊殿の日々

大炊御門殿へ

式子が父院から譲り受けた大炊御門殿は、左京二条四坊十町すなわち大炊御門大路の北、富小路と万里小路の間一町を占める。現在の京都御苑の南、京都地方裁判所のある場所にあった。しかし、この邸は、文治四年（一一八八）八月四日以来、関白九条兼実が院から貸与されていた。院崩御後、式子に居住する権利が生じた時、経房を通して返却の催促もしたが、すぐには返却してもらえず、兼実が住み続けてきたのであった。しかし、源通親《みちちか》らによる建久の政変で、建久七年十一月二十五日、兼実が関白職を免ぜられ失脚、弟の兼房《かねふさ》も太政大臣を辞職（同二十八日）、おなじく弟慈円も天台座主を辞めた（同二十六日）。関白の職を解かれ、流罪のことさえ詮議されることになっては、大炊殿に留まる口実もあるはずがない。十二月二十日、式子の大炊殿移徙《いし》は、ようやく実現した（平戸記）。兼実は、九条亭に移った。

年明ければ式子は四十九歳になる。以後、亡くなるまでの四年余り、式子はこの邸で過ごすことになる。

大炊殿の八重桜

大炊殿にはさぞかし美しい八重桜の大木があったのであろう。式子の数少ない対詠歌に、この八重桜が二度、登場する。

後京極摂政大炊殿にはやうすみ侍りけるを、かしこにうつりゐてのちの春、八重桜につけて申しつかはしける　式子内親王
故郷の春を忘れぬ八重桜これや見し世にかはらざるらん（続後撰集　春中　一一二）
返し　後京極摂政前太政大臣（良経）
八重桜をり知る人のなかりせば見し世の春にいかであはまし（同　一一三）

『秋篠月清集』詞書には「前斎院大炊御門におましましけるころ、女房の中より八重桜につけて」とある。女房に託した形での式子の贈歌であろう。式子が大炊殿に移った初めての春、建久八年（一一九七）のことであろうか。美しく咲いた八重桜の枝につけて……。

良経は、内大臣であったが、父の失脚後、籠居している。九条家への風あたりは強くて、建久九年正月には、良経は兼官であった左大将の任を止められた。定家が年賀にうかがっても、その時居住し

ていた一条殿は「南御門等悉く鏁《とざ》され」という閉門の状態で、車を立てるのもままならなかったのである（明月記　建久九年一月八日、十日条）。良経が復権するのは、正治二年（一二〇〇）、勅勘を解かれて左大臣に任じられるまで待たなければならなかった。

昨年の暮れまでは、大炊殿は兼実の住まいであり、良経にとっても大炊殿は「故郷」である。この八重桜を毎年愛でていたに違いない。「いにしへの奈良の都の八重桜」（伊勢大輔　詞花集　春　二九）も思い合わされて、「八重桜」と「故郷」はよく響きあう。「故郷」という表現自体が、良経に身を寄せた優しい言い方である。「春を忘れぬ」にも、菅原道真の「こちふかばにほひおこせよ梅の花あるじなしとて春を忘るな」（「流され侍りける時、家の梅の花を見侍りて」拾遺集　雑春　一〇〇六）を連想させて、同情がこもる。春を忘れず咲いた八重桜を、人の世の無常と対照して愛でている。「これ」は送り届けた八重桜の枝そのものを指してもいる。「見し世」は、かつてそのただなかで生き、身をもって体験した世の中である。今は身の上はまったく変化してしまった。大炊殿の主人が替わったという事実だけではない、良経の身の上の転変を思いやっている。前に住んでおられた古里の、あるじは変わっても春を忘れない八重桜です。世の中はすっかり変わってしまいましたが、これこそが、かつて見た昔の世とすこしも変わらないものなのでしょうか、というのである。これは、大炊殿に住むことが出来るようになった者から、そこから出ていかねばならなかった者への、勝ち誇った歌ではない。ともに同じ無常転変の世を生き、身の上の変化の身にしみている者同士として、同情といたわりが感じられる。

良経の返歌は、「をり」に、時節の意の「折」と枝を「折る」の意を掛ける。「見し世の春」は今は変わり果てた世の中にいて、平穏でめでたかった昔への懐旧の詞である。八重桜を、時宜をわきまえて、枝を折って贈ってくださる方がいらっしゃらなかったら、私はかつて見た世の春にどうして逢えましょうか、おかげさまで、大炊殿の桜を見ていたなつかしい昔の春にまた逢うことが出来ました、と、良経は、式子のいたわりの気持ちを素直に受け止めて、花は咲いても人がいなかったらこの喜びはないと、感謝している。良経は式子より二十歳年下であるが、すでに互いに和歌を通しての交流があってこそのやりとりであろう。

家の八重桜を折らせて惟明親王のもとにつかはしける　式子内親王

八重にほふ軒端の桜うつろひぬ風よりさきにとふ人もがな（新古今集　春下　一三七）

返し　惟明親王

つらきかなうつろふまでに八重桜とへともいはで過ぐる心は（同　一三八）

式子は、甥の惟明《これあきら》親王にもこの八重桜の枝を贈っている。まだ式子に病の兆しのない大炊殿移住直後のやはり建久八、九年のこととすると（山崎桂子『正治百首の研究』）、惟明親王は十九、二十歳である。彼は後鳥羽院の異母兄であるが、皇位継承から外れて寂しい境遇にあった。また、その妻に、式子の後見経房の孫にあたる女性がいることも、式子と親しみやすい関係にある親王であった。

式子は、軒端の桜を日々眺めながら、何となく心待ちにしていたのであろう。幾重にも美しく咲き匂う軒端の八重桜が、盛りを過ぎようとしています、花を散らす風よりも先に訪ねてくれる人があってほしいことです、と、待ちかねて言い送ったのである。花を惜しむ心と、その心をともにしたい人を待つ心の動きが自然である。

惟明親王は、薄情なことですよ、盛りを過ぎてしまうほどまでにこの八重桜を、おいでなさい（「訪へ」に「十重」を掛ける）ともおっしゃらずに過ごしたお心は、と、贈歌に慎ましくこめられた無沙汰を恨む心に、もっと早く呼んでほしかったと恨み返す形で応じている。ともに寂しい境遇にある、年の離れた叔母と甥の交情が偲ばれる。

右は式子から歌を贈ったのだったが、この甥から先に叔母式子に歌を贈った場合もあった。これもやはり同じ頃の秋のことかと考えられる。

長月の有明のころ、山里より式子内親王におくれりける　　惟明親王

思ひやれなにを偲ぶとなけれども都おぼゆる有明の月（新古今集　雑上　一五四五）

返し　　式子内親王

有明のおなじながめは君もとへ都のほかも秋の山里（同　一五四六）

「九月の有明の月」は、和歌に古くから詠まれた晩秋の人恋しさの極まる時節の景物である。山里に

いて都のことがふと思い出されるものとしてふさわしく、歌を贈るに時宜を得ている。また月は、離れた場所にいる人同士が、それを通して心を通わせる伝統もあった。惟明親王は、晩秋の山里の寂しさを思いやって下さい、何を懐かしく偲ぶというわけでもないのですが、晩秋の山里にいて、眺めていると都が思い出される有明の月ですよ、と言い送った。「思ひやれ」とおっしゃるけれど、有明の月を見て、私もあなたと同じ物思いをしているのです、それをあなたも見舞ってくださいよ、私の住まいは、人訪わぬ「都の外」ですから、ここもあなたのおられる秋の山里と同じ寂しい所ですよ、と式子は応えている。大炊殿は、兼実も強く執着したように地理的には洛中であるが、世の外に暮らす心の式子にとっては質的に「人とはぬ都の外」（正治百首　二七〇）なのであった。そのような叔母の心の位置取りを、甥はよく承知していたであろう。

大炊殿の桜を定家が自宅に植えるとして所望したことが『明月記』建久九年二月二十四日条にある。

今日、請《ヒテ》二斎院《ニ》桜木《ヲ》一、栽《ウ》二此《ノ》宅《ニ》一。

「桜」とだけあるが、おそらくこの八重桜を接ぎ木したのではないだろうか。定家にとって大炊殿は、式子が移り住む以前から兼実や良経のもとに通った馴染みの邸宅であり、この桜をたびたび目にする機会にも恵まれていただろう。八重桜の一枝を贈られたこともあった（玄玉集　六一四）。しかし、このたびは、接ぎ木をして自分の身近にそのきょうだい桜を所有することを了解してもらったのだから、その熱意が通じる親しい間柄でなければ言い出せないことであろう。ちなみに、後年の『明月記』には、定家の住まいは変わっているが、八重桜の接ぎ木の記事が散見し（一条殿継木、などもある）、定家の家の庭には八重桜が複数あり、賞翫されていたことが記されている。

八条院を訪ねる

発病までの数年間、父から譲られた邸にようやく住むことが出来た大炊殿での日々は、式子にとってようやく落ち着いた幸せな日々だったのではないだろうか。

『明月記』には、正治元年（一一九九）五月一日、四日、十二日と、肩の雑熱（腫物）と臂下の小瘡（汗疹）の記述が見え、式子の体調不良はこの頃から兆していたらしい。十二月には病状はひどくなっている。この間の『明月記』の記述で注意されることは、九月五日に、式子が八条院を訪ねていることである。定家はそれを八条院蔵人（同年二月二十二日条）の光資《みつすけ》から聞いている。

光資来《タル》。昨日斎院渡御《アリ》、御《ハスト》二八条殿《ニ》一云々。自《リ》二昨日一供花云々《ト》。（九月六日条）

十四日に大炊殿に参じた定家が「夜部、還御ありと云々」と記しており、式子は、八条院御所に十日ほども滞在したようである。八条院での供花会に式子は出向いたのかもしれない。呪咀の疑いをかけられて出家してから十年近くの日々が経っている。なぜこの時点で八条院へ行く気持ちになったのか、その心の動きはわからないが、すでに病の兆候が出ており、一年あまり後に亡くなることになった結果から思うと、偶然のことではなさそうに思う。この世で傷ついた関係の現実面での元通りの修復は

暲子内親王陵墓（京都市右京区鳴滝中道町）

難しいものである。時が経ち、かつて親しかった者の心中の思いは複雑であろう。十日の間には、二人は親しく言葉を交わしえたのであろうか。仏に生花を供養する法会に参加し結縁する、という儀式が、二人の距離を可能な限りで引き寄せたのではないだろうか。式子五十一歳、八条院暲子は六十三歳になっている。翌年詠まれることになる「正治百首」の歌境とも重ね合わせて、式子のこの行動に響きあうものがあるようである。八条院は、式子の死後十年あまりを生き、七十五歳で没した。生前所領豊かであった八条院の御陵は、右京区鳴滝《なるたき》の住宅地の裏に囲まれた狭い場所にある。

2　月次絵巻

後堀河院・藻壁門院の絵巻制作

『明月記』貞永二年（一二三三）三月二十日条に、式子内親王自筆の月次絵巻のことが記されていて、大炊殿での式子の日々を偲ばせる。式子自身が表現したものは和歌だけではなかった。実物は残されていないが、その絵巻の内容を、式子の死後三十二年、七十二歳になる定家が書き残しているのである。『明月記』によれば、この絵巻は、今は、後堀河院中宮藻壁門院竴子《しゅんし》に女房として出仕している定家の娘の民部卿典侍因子を、そのまだ幼い頃、定家が式子の所へ連れて行った際に、式子から下賜されたものである。年来所持していたそれを、このたび、藻壁門院竴子に進上することになったとある。

典侍往年幼少之時、令《ムル》レ参《ラ》二故斎院《ニ》一之時、所レ賜《ハル》之月次絵二巻〈年来所持也〉、今度進《メ》二入《ル》宮《ニ》一。

因子は建久六年（一一九五）生まれ、式子はその六年後の正治三年には亡くなる。因子がこの絵巻をもらったのは、田渕氏の指摘通り、正治元年十二月着袴の儀の後、正治二年頃だろう。

　定家は息子清家も式子に引き合わせており（明月記　正治元年一月十六日条）、前節に見た桜の木をめぐる記事と合わせて、式子と定家の、単なる主家と家司の関係以上の親密な交流がうかがえる。式子は正治三年正月二十五日に亡くなるから、絵巻を因子がもらったのは、式子の最晩年のことである。丹精こめた自作の絵巻を贈るのは、定家を、その中身を理解し嘉する相手として信頼していたからであろうし、また定家に対する感謝の気持ちがなければ、そのようなことはしないであろう。その心に応えるように、すでに形見となったその絵巻を、因子は秘蔵していた。

　このたびこの絵巻を藻壁門院竴子に進上することにしたのは、この当時、後堀河院と藻壁門院とが、大規模な絵巻制作の企てをされており、定家がこれに深く関わっていたという経緯からである。この後堀河院の催しについては『古今著聞集』に「絵づくの貝おほひ」とあり、この伝承が事実ならば、絵巻物が貝覆いの遊びの景品として出されるという趣向だったようである。『源氏物語』絵合巻などを意識した催しであったろう。同日の『明月記』は次のように記述する。

日来選《ビ》出《ダス》物語《ノ》月次〈十二月各五所〉、不レ入《レ》二源氏幷《ビニ》狭衣《ヲ》一〈於《テハ》レ歌《ニ》者抜群《ナリ》、他事雖《モ》レ不レ可《カラ》レ然《ル》、源氏當時《ハ》中宮《ノ》被《レ》二新《タニ》圖《セ》一、狭衣又院《ノ》御方別《ニ》被レ書《カ》〉。此《ノ》所《ノ》レ撰《ブノ》夜寝覚、御津《ノ》濱松、心高《キ》東宮《ノ》宣旨、左右《ノ》袖湿《ル》、朝倉、御河爾開留《（みかはにさける）》、取替波也《（とりかへばや）》、末葉《ノ》露、海人《ノ》苅藻、玉藻爾遊《（たまもにあそぶ）》、以《テ》二十《ノ》物語《ヲ》一撰《ビ》二毎《ニ》レ月五《ツヲ》一、金吾清書訖《シンヌ》。又、加《ヘテ》二一見《ヲ》一返《スヲ》レ之。付《ケテ》二繁茂《ニ》一進入《メルト》云々。以《テ》二取《リ》交《フルヲ》一為《ス》レ興《ト》、……（三月二十日条）

定家の新作した物語日記絵巻は、『源氏物語』と『狭衣物語』は別にしてここに挙げられている『夜寝覚』以下の十の物語から各月五場面（計六十画面）を撰んだものであった。為家も清書して協力している。定家は、月次の屛風絵や屛風歌の伝統に立ちながら、因子の秘蔵していた式子の絵巻物をも参考にして、企画したのではないか。定家にあっては、絵巻物を改めてながめながら、式子について思い出されることも多かったであろう。

式子内親王の月次絵巻（二）

その体裁や内容についてすでにいくつかの論究があるが、改めて私見を加えつつ具体的にしてみる。絵についての記述らしきものもないではないが、定家のメモは簡略なので、想像するしかない。

……月次絵二巻《ナリ》……詞同《モジクノ》　彼御筆也。垂露殊勝珍重之由、上皇有《リト》二仰事一云々。件《ノ》絵《ニ》被レ書《カ》二十二人之歌〈被《ル》レ宛《テ》二月々《ニ》一〉《ヲ》一

正月　敏行云々　　二月　清少納言、斉信卿、参《ル》二梅壺《ニ》一之所、但《シ》無《シ》レ歌

三月　天暦、藤壺《ノ》御製　　四月　実方卿、祭《ノ》使、神館《ノ》歌

五月　紫式部、日記《セル》暁《ノ》景気　　六月　業平朝臣、秋風吹《クト》告《グ》レ鴈《ニ》

七月　後冷泉院御製　　八月　道信朝臣、虫《ノ》声

九月　和泉式部帥宮叩《ク》レ門《ヲ》　　十月　馬内侍、時雨

十一月　宗貞少将未通女之姿　　十二月　四条大納言北山之景気

二巻《ノ》絵也。表紙〈青紗、鏤《ニ》有《リ》レ絵〉　軸〈水精〉

絵も字も式子筆である。後堀河院が式子の筆跡を非常に素晴らしいとおっしゃったそうだ、と定家

は記す。「垂露」とは、縦の画の下端を筆をおさえて止める筆法をいうらしい。絵巻の装丁は、巻子本が二巻で、一〜六月と、七〜十二月の上下であったのだろう。表紙は「青き紗」つまり青色の薄絹、「鏄《はく》に絵有り」とあるのは、表紙裏に金か銀の箔をのべてあり、そこに絵が描いてあったことを示しているか。軸は水精であった。

定家のメモによれば、内容は、月次絵（一年十二ヶ月の各月を代表する場面を順々に描いた絵）で、十二人の歌を各月に当てたと記すが、二月には詞だけで歌が無いようである。『明月記』の記述は、各月とも、基本的には歌人の名と、詠歌の内容ないし絵の場面とを書き留める簡単なものだが、月次という条件があるので、おおむね歌を特定できる。しかし、「十二人の歌」とあることを重視すれば、贈答歌の場合などでも一首だけだったのだろうか、あるいは「十二首の歌」ではないから、複数の歌があったのだろうか、詞書も書いてあったのだろうか、など疑問が残る。典拠についてこれまでにも推定があるが、確定しうる月としにくい月がある。改めて、まずは異論のない月から確認していこう。

正月。「敏行云々」の「云々」は、定家は実際にこの絵巻を見ているはずなので、ここは伝聞ではなく「以下これこれ」の省略と考えざるをえない。明月記伝本の中には不審からか「云々」を「朝臣」とするものがあるが、自筆本ではやはりそうは読めない。始めは簡単に書こうと思ったが、やはり思い直して要点ははずさず書いたのかとも思われる。正月の歌が、『後撰集』巻頭歌で、『奥義抄《おうぎしょう》』などの歌学書にも採られ、俊成、定家も秀歌として『古来風躰抄』『定家八代抄』に入れている次の歌であることは動かない。

正月一日、二条のきさいの宮にてしろきおほうちきをたまはりて　藤原敏行朝臣

ふる雪のみのしろ衣うちきつつ春きにけりとおどろかれぬる（後撰集　春上　一）

元日に二条の后宮で、祝宴の録として白い大袿を賜って詠んだ歌である。「蓑代衣」の「しろ」に雪の白と袿の白を響かせる。また、「うちきつつ」には物名として袿《うちき》が隠されている。降る雪を防ぐ蓑代衣ならぬ白い大袿を賜り、それを何度も肩にかけつつ、温かいご厚情に、わが身にも春が来たことよと驚いているのでございますよ、というのである。詞書がどの程度絵に任されていたのか不明だが、拝領した白い大袿を肩にかけて拝舞する様子が描かれていたのだろうか。元日の絵には雪が描かれることが多いが、これは雪の衣であって、単なる自然の春ではない、君臣の間で、臣下に訪れた「人の春」を撰んでいる。

二月は、歌はなく、清少納言の『枕草子』の一節が書かれていたか、あるいは絵だけかもしれない。「返る年の二月二十余日」で始まる一幕――清少納言を訪ねてくる斉信卿の魅力的な姿を描写している――であることは諸説一致する。

返る年の二月二十余日、……局をや引きもやあけたまはむと、心ときめき、わづらはしければ、梅壺の東面、半蔀上げて、「ここに」と言えば、めでたくてぞ歩み出でたまへる。桜の綾の直衣の、いみじうはなばなと、裏のつやなど、えも言はずきよらなるに、葡萄染のいと濃き指貫、藤の折枝

おどろおどろしく織り乱りて、紅の色、打目などかがやくばかりぞ見ゆる。白き薄色など下にあまた重なりたり。せばき縁に、片つ方は下ながら、すこし簾のもと近う寄りゐたまへるぞ、まことに絵にかき、物語のめでたき事に言ひたる、これにこそはとぞ見えたる。御前の梅は、西は白く、東は紅梅にて、すこし落ちがたになりたれど、なほをかしきに、うらうらと日のけしきものどかにて、人に見せまほし。

などとあるところで、この「まことに絵にかき、物語のめでたき事に言ひたる」とある風情を絵に描いてみたのであろう。絵の力量も試される場面である。斉信卿の様子は、たとえば国宝『源氏物語絵巻』竹河《たけかわ》巻の玉鬘《たまかづら》邸訪問の薫《かおる》のような図を連想させる。紅白の梅も描かれていたはずである。簾の内には、喪服姿の清少納言がいるのであるが、それは清少納言自身が、「外より見む人は、をかしく、内にいかなる人あらむと思ひぬべし」と書いているように、その姿は描かれていないだろう。詞があったとすれば、枕草子のその箇所とわかるように、絵と補い合う形で書かれていたであろう。機知に富んだ会話を交わす宮中の男女の友人を取り上げる面白い場面である。

三月は、後に『新古今集』にも入れられた村上天皇歌と特定される。

天暦四年三月十四日、藤壺にわたらせたまひて花を御覧じて

まとゐしてみれどもあかぬふぢなみのたたまくをしきけふにもあるかな（村上天皇御集　八二・新

古今集　春下　一六四）

藤花宴の美しい藤の花や団居の様子が描かれていたか。古今集の本歌「思ふどちまとゐせる夜は唐錦たたまくをしき物にぞありける」（よみ人しらず　雑上　八六四）の、唐錦を裁つことに譬えられた「思ふどち」の宴を閉じる名残惜しさを引き継ぎつつ、これは眼前の藤花の興趣つきぬ心に、その団居の座の名残つきぬ気持ちを重ねたものである。御製であるが少しくだけて、風流を楽しむ人の和を詠んだ歌である。

四月の歌も次に特定される。

祭の使にて、神館の宿所より斎院の女房につかはしける　　藤原実方朝臣
ちはやぶるいつきの宮のたびねにはあふひぞ草の枕なりける（千載集　雑上　九七〇）

賀茂祭は四月中酉日、式子もその昔、祭に奉仕した。実方が勅使の時、上賀茂の神館で一泊したその宿所から斎院に仕えている女房に送った歌である。斎院の居所での旅寝では、祭に用いる葵草が草の枕になりますが、とすると、折角の逢う日があいにくの旅であるということになりますね、と、「葵《あふひ》」と「逢ふ日」の掛詞を効かせている。二葉葵や桂で飾られた賀茂社の御簾、瑞垣などが描かれていたのだろうか。勅使と斎院女房の祭の夜の艶な風情である。

もろかづら（二葉葵を桂の枝につけたもの）
（上賀茂神社）

六月は、『伊勢物語』四十五段や『後撰集』（秋上　二五二）、『業平集《なりひらしゅう》』（一〇）に出る在原業平《ありわらなりひら》の「ゆく螢」の歌と確定される。

むかし、男ありけり。人のむすめのかしづく、いかでこの男にものいはむと思ひけり。うちいでむことかたくやありけむ、もの病みになりて、死ぬべき時に、「かくこそ思ひしか」といひけるを、親、聞きつけて、泣く泣くつげたりければ、まどひ来たりけれど、死にければ、つれづれとこもりをりけり。時は六月のつごもり、いと暑きころほひに、宵は遊びをりて、夜ふけて、やや涼しき風吹きけり。螢たかく飛びあがる。この男、見ふせりて、

ゆく螢雲の上までいぬべくは秋風ふくと雁につげこせ

暮れがたき夏のひぐらしながむればそのこととなくものぞ悲しき

（伊勢物語　四十五段）

ある人の娘が男に恋をするが、打ち明けられぬまま、恋死してしまう。死の間際に、娘の気持ちを知った親が、この男にそのことを告げたので、男は娘のところにかけつけるが、娘は死んでしまう。

「ゆく螢」伊勢物語第四十五段
（鉄心斎文庫旧蔵）

「時は六月のつごもり、いと暑きころほひに、宵は遊びをりて、夜ふけて、やや涼しき風吹きけり、螢たかく飛びあがる」という情景とそれを見て男が詠んだ歌が採り上げられているのである。飛んで行く螢よ、おまえが雲の上まで行くのであれば、こちらではもう秋風が吹いているので早くいらっしゃいと雁に告げておくれ、というのである。伊勢物語絵にもよく描かれている場面で、一首ならこちらだろう。自分にひそかに恋心を抱く女性がいて、逢わないままに死んでしまった。二人の間に具体的な想い出があるわけではない。秋の気配が忍び寄る六月の晦日に、そのような恋死もする「人」というものの純情に思い入り、物思いをしている男の気持ちがこの二首の歌にはこめられている。恋といっても、通常の恋愛関係ではない、逢わぬままの恋。忍恋の歌人といわれる式子らしい場面を採っているといえよう。式子はこの「ゆく螢」歌を本歌として次のような歌も詠んでいる。

秋風と雁にやつぐる夕暮の雲ちかきまで行く螢かな（夏　二三六・正治初度百首二三八・風雅集　夏　四〇一）

どんな絵を描いたのだろうか。物語は絵を見ながら読まれたから、『伊勢物語』にも物語絵があったであろう。現在古いものは残っていないが、式子は目にしていたかもしれない。絵は、現存の嵯峨本や伊勢物語絵巻などに描かれているように、男が一人、夕暮れに、屋内か縁から、庭に螢が飛んでいるのを眺めているところでもあろうか。

七月は、記されているのは作者名のみだが、月次屛風の伝統からしても、七夕の次の歌であろう。

七月七日、二条院の御かたにたてまつらせ給ける　　後冷泉院御製

逢ふことはたなばたつめにかしつれど渡らまほしきかささぎの橋（後拾遺集　恋二　七一四・栄花物語　暮まつ星・定家八代抄　一一八九）

後冷泉院が東宮であった時に、妃である章子《しょうし》内親王に贈った歌である。七夕の今宵、恋人と逢うことは織女に貸したけれども、わたしも鵲《かささぎ》の橋を渡ってそなたに逢いたい、というのである。天上の二人のような出会いでは今日はないけれど、やはり逢いたいという夫婦の情愛のこもった歌である。それは天上の出会いを祝福する優しい心と無関係ではない。式子はまた異なる人間関係において詠まれた歌を撰んでいる。前述したように、式子自身にも、七夕の天上の出会いを思いやる歌があった。

ながむれば衣手すずしひさかたの天のかはらの秋の夕暮（秋　三八・新古今集　秋上　三二一・定家

（八代抄　二九八）

『上代倭絵年表』に登場する七夕の月次絵には、天の川を見る人や七夕祭りのさまが描かれているものがあり、ここもそのような絵であったのだろうか。

十一月も、一首が確定できる。これは定家が後に『百人一首』にも入れた次の歌である。

五節の舞姫を見てよめる　　良峰宗貞

天つ風雲の通ひ路吹きとぢよをとめの姿しばしとどめむ（古今集　雑上　八七二）

月次絵の十一月の景物は、賀茂の臨時祭、神楽といった例が多いが、式子は十一月中辰日の豊明節会の舞姫を題材にした。舞姫を天女に見立てた歌そのままに、美しい乙女の姿が描かれていたのだろうか。五節舞姫は式子にとって重要な素材であったらしく、この歌を本歌にした歌が二首ある。

雲の上の乙女の姿しばしみむ影ものどけき豊の明かりに（冬　一六六）

天つ風氷を渡る冬の夜の乙女の袖をみがく月影（冬　二六七・正治百首　二六九・新勅撰集　雑一　一一一二）

以上は、二月を別として、作者名があり、一首が特定できる月であるが、他の月は、このあたりを典拠としているとは推察がつくとしても、一首だけを撰んでいるとすれば、どの一首であったかは推察に異論もあるところであろう。

「五月　紫式部、日記せる暁景気」。定家が『明月記』の他の箇所で「紫日記」と称しているので、「紫式部日記」の書名ではなく、他と同様、作者名がまず書かれていると見ておく。「紫日記」に書いた暁のたたずまいの歌の意であろう。この日記は現行の『紫式部日記』ではなく、前紫式部日記かともいわれている。ここにあたる本文は散逸しているので、『紫式部集』の該当部分を引用する。

やうやう明けゆくほどに、渡殿にきて、局の下よりいづる水を、高欄をおさへて、しばし見ゐたれば、空の景色、春秋の霞にも霧にも劣らぬ頃ほひなり、小少将のすみの格子をうちたたきたれば、放ちておしおろしたまへり、もろともにおりゐてながめゐたり

かげ見てもうき我が涙おちそひてかごとがましき滝の音かな（紫式部集　六八・続後撰集　雑上　一〇一二）

五月六日暁の情景である。「空の景色、春秋の霞にも霧にも劣らぬ頃ほひ」、親友の小少将の格子をたたき、憂いをともにして眺めている様子である。歌は、遣水に映る自分の姿を見ても、つらいと思う我が涙が遣り水の流れに加わって恨み言を言っているように響く滝の音であるよ、というのである。

「ひとりゐて涙ぐみける水の面にうきそはるらん影やいづれぞ」（六九）という小少将の返歌が『紫式部集』にはある。ここでは、式子は女性の友人同士の心の通い合いの場面を採り上げている。このすぐ後には、上東門院小少将の方からの贈答歌があり、それは後に『新古今集』（夏　二二三・二二四）に入っている。こちらの方を田渕氏は、月次歌として想定している。

局並びにすみ侍りけるころ、五月六日、もろともにながめ明かして、朝にながき根をつつみて、紫式部につかはしける　上東門院小少将

なべてよのうきになかるるあやめ草けふまでかかるねはいかがみる

返し　紫式部

何事とあやめはわかで今日もなほ袂にあまるねこそたえせね

一首とすれば返歌の方、あやめ草が絵になりそうだが、「日記」「暁景気」とあるのにひかれて、「かげ見ても」歌を推しておく。

八月は、「道信朝臣、虫の声」。道信は法性寺太政大臣為光の息で和歌の上手、二十三歳の若さで亡くなるが、二十一歳の時、父為光に死別している。為光が亡くなったのは正暦三年（九九二）六月十六日で、四十九日の法要が八月五日に法性寺で行われている。『道信集』にあるその折の歌に虫の声が詠まれている。式子が撰んだのは次の一首かと思う。

かくて、寺よりかへりて、世の中心ぼそくながめらる、
虫の音もさまざまきこゆる夕暮に、権少将のもとへ
声そふる虫よりほかにこの秋は又とふ人もなくてこそふれ（四一）

これは対詠歌であるが、あるいは先後不明の類歌、

一条殿の服なる秋ごろ
この秋は虫よりほかの声ならでまた訪ふ人もなくてこそふれ（一〇）

であるかもしれない。田渕氏は、四一番歌を含む三首を挙げる。『今昔物語』には「藤原道信朝臣父におくれて和歌を詠むこと」という話もある。式子は、親に死なれた子の孤独感を取り上げている。絵は不明だが、「虫の音もさまざまきこゆる夕暮」に、男がひとり眺めている秋草の庭の情景でもあろうか。九月には「和泉式部、帥宮門を叩く」とある。『和泉式部日記』から、和泉式部の歌と、帥宮が和泉式部の家の門を供の童に叩かせている場面だろう。「九月二十日あまりばかりの有明の月に」で始まる段である。「長月の有明の月」の頃は、和歌の世界では最も哀れ深い時節とされている。この月を見ているに違いないと帥宮は式部を訪ねる。式部は寝てはいなかったが、侍女が目を覚まさないので、訪問者は諦めて帰ってしまう。式部は、自分と同じ気持ちでまだ寝なかった人のことを思い、そ

のまま寝ずに暁起きのことを手習いの文にしたためていると、帥宮から文があり、その歌から、訪問者が帥宮であったことを式部は知るのである。二人が同じ心で有明の月を見ていたことが嬉しく、式部はその手習いの文をそのまま結び文にして帥宮に差し上げたのであった。哀れ深い有明の月に同じ思いを抱いて夜を明かし、宮は現に「門を叩かせたま」い、式部はひとり手習いに「ただ今、この門をうち叩かする人あらむ、いかにおぼえなむ」と書き付けていた、その「おなじ心」であることの感動を伝える場面であろうか。式子にも「浅茅原初霜結ぶ長月の有明の空に思ひ消えつつ」（秋　一二五四正治百首）、「長月の有明の空にながめせし物思ふことのかぎりなりけり」（万代集　秋下　一二三三）という歌がある。また、前に述べたように、『新古今集』には、式子と甥の惟明親王の「長月の有明のころ」の贈答歌が入っており、そこで式子が「おなじながめ」という詞を使うのは、あるいはこの和泉式部と帥宮の「おなじ心」を思い浮かべているのか、とも思う。絵巻の中に書かれていたのも「おなじ心」という詞を持つ手習文末尾の次の式部の歌ではないだろうか。「ただ今、この門をうち叩かする人あらむ、いかにおぼえなむ」云々とある次にこの歌は出ている。

よそにても同じ心に有明の月を見るやとたれに問はまし（和泉式部日記　六八・和泉式部集　八八九・「長月有明のころよみ侍りける」続千載集　恋三　一四二〇・万代集・雲葉集）

絵には有明の月が描かれていたか。恋の「心」に重い意味のある、感動的な場面を採っている。田渕氏は、同じ場面ながら、『新古今集』（恋三　一一六九）の帥宮の歌を挙げる。

十月は、「馬内侍、時雨」。「神無月」という詞を、歌ないし詞書に含む馬内侍の歌は二首ある。『千載集』他にも入る時雨の歌「ねざめして誰か聞くらん此ごろの木の葉にかかる夜半の時雨を」（千載集　冬　四〇二・「十月ばかり、思へること詠みてと宮より仰せられしかば」馬内侍集　一四三　など）も捨てがたいが、これまでの歌にあったドラマ性ということを勘案すれば、田渕氏も挙げる次の歌だろう。

十月ばかりにまうできたりける人の時雨のし侍りければ佇み侍りけるに
かきくもれ時雨るとならば神無月けしきそらなる人やとまると（後拾遺集　雑二　九三八・「十月ばかりに、あからさまにきたる人の帰りなんとするに、時雨のすこしすれば」馬内侍集　一八）

神無月らしく、空よかきくもっておくれ、もしも時雨れてくるならば、上の空になっているあの人も帰らずにとまるかもしれないから、という、帰ろうとする恋人を遠回しに引き留める女性らしい歌である。時雨に佇んでいる人が描かれていたのであろうか。『上代倭絵年表』によれば、時雨にあう人の絵もあったようである。紅葉や残菊なども描かれていたかもしれない。

十二月は「四条大納言、北山の景気」。歌は藤原公任《きんとう》、庵などもみえる冬の北山長谷のたたずまいが描かれていたのだろうか。万寿二年（一〇二五）十二月十九日、公任が出家するとは知らせずに北山長谷に籠った時の、子である定頼とのやりとりから採った場面であろう。『公任集』『定頼集』『栄花物語』などにも見える親子の贈答であるが、『千載集』の本文を挙げておく。田渕氏は「十二月」の文言の入る『続詞花集』本文を挙げている。

前大納言公任、長谷に住み侍りけるころ、風激しかりける夜のあしたに、つかはしける
中納言定頼
故郷の板間の風に寝覚めして谷の嵐を思ひこそやれ（雑中　一〇九八・「長谷に住み侍りける比、風激しかりける夜の朝、中納言定頼もとより」公任集　五六四・「前大納言公任、長谷に住みける比十二月ばかりいひつかはしける」続詞花集　八一八　第三句「ね覚めつつ」・「長谷より帰り給ひてりしの御もとに」定頼集一二〇　第三句「ねざめつつ」・栄花物語・後葉集）

返し
前大納言公任
谷風の身にしむごとに古里のこのもとをこそ思ひやりつれ（雑中　一〇九九・「返し」公任集五六五・「返し」続詞花集　八一九・「御返し、入道殿」定頼集一二一　第二句「身にしむことは」・栄花物語・後葉集）

一首なら当然「四条大納言」公任の返歌の方が撰ばれたのだろう。風が激しく吹いた翌朝、長谷に籠る父公任を思いやった定頼の歌に対して、公任は、「このもと」に、「木の下」と「子の許」を掛詞にして、ご想像通り谷風が身にしむたびごとに、都の旧邸の木の下の子供達はどうしているのかと、こ

ちらも思いやっているというのである。この世の絆に引かれつついよいよ出家しようとする親の、子を思う心がこめられている歌を撰んでいる。八月は亡くなった親を思う子の情、十二月はそれとは対照的に、俗世に子を置いて出家する親の情を取り上げているのである。

絵についてはまったくの想像であるが、式子の月次絵巻の姿を出来るだけ具体的にしてみた。十二の場面に撰ばれている歌は、すべて叙景歌ではなく、また、『伊勢物語』からとった六月以外はすべて、さまざまな実際の人間関係や年中行事の中で詠まれた贈答歌、体験詠である。『源氏物語』絵合巻で、虚構の物語も出されるなかで、源氏の須磨絵日記が勝ちを得たことも思い合わされ、題詠を基本とする時代であり、自身も虚構の歌を詠むのであるが、詠み歌というものについての式子の評価、価値観がうかがわれるのではないか。なお、谷山茂旧蔵寿本『新古今集』(室町写)の奥書に、その親本であった定家自筆本の表紙の画図が式子筆であると伝えているよしである。『新古今集』の成立は式子没後なので、事実としてはこれはありえないが、室町当時には伝式子内親王筆の絵などが他にも残っていたのかもしれない、と田渕氏は記している。

式子は十二ヶ月の季節の移り変わりの中で、どれひとつ同じではないバラエティに富んだ人間関係、人間の営みを選んでいる。それは時の流れの中にこの世の人間関係のさまざまなあり方を描き出したいという意図を想像させる。「女性は勅撰集を編纂することはあり得ず、私撰集や撰歌合などを編纂したことも、中古・中世には殆どないのだが、この絵巻の撰歌は非常に周到であり、精緻である。単に絵画化する十二ヶ月の和歌を集めたというよりは、宮廷和歌を編纂する行為に近いように思える」

〔田渕氏〕という指摘も、内発的な行為の結果がそのような形になった、という意味であれば、私には納得しやすい。式子の構成力は、一首の和歌、一組の百首歌にとどまらなかった。

さまざまな出典を持つ歌を撰び取っているこの絵巻からは、式子の古典に対するなみなみならぬ造詣の深さはもとより、その撰歌の仕方から、人間関係や心理への強い関心、鋭い観察があることが注目される。また、歌を撰ぶという行為は、よき歌についての撰者なりの自問を伴い、決断を迫ることでもある。古典への親しみは、知識・博学的なことを超えて、人間というもの、自然というもの、それらがあるこの世そのものへ、また、古人が和歌という表現においてそれらをどのように把握したのか、に目を向けていくことに繋がっただろう。

3　俊成『古来風躰抄』

『古来風躰抄』の下命者

俊成の歌学書『古来風躰抄』の初撰本の成立は、序文と識語から、建久八年〔一一九七〕七月二十日頃と知られる。俊成八十四歳の著である。この書は、「高き御山」とも「宮」とも呼ばれる皇族から、「おほきなるさうし」をいただいて、「歌の姿をもよろしといひ、詞をもをかしともいふことは、いかなることをいふべき事ぞ、すべて歌を詠むべき趣」を記述して奉れ、と命を受けたということからまず書かれた。また、この人物は俊成八十八歳の建仁元年五月執筆の再撰本識語に「又御らんぜんとあれば、いまさらになをすべきにあらで」とあるように、再度俊成に提出を依頼している。初撰本と再撰本に大きな違いはなく、なぜ再提出を求めたのかもわからない。

再撰本伝本に「式子内親王の仰せに依り、之を進ぜらる」とある本がある（静嘉堂本等）。ゆえに、この依頼者が式子内親王であるというのが通説であるが（松野陽一「古来風躰抄の成立過程について」など）、近年、弟の守覚法親王という説も提出され、支持も得ている（五味文彦『書物の中世史』）。式子とする場合、再撰本識語の日付「建仁元年五月」が式子の死後であることが問題になる。五月を式子臨終の正月の誤写と考える松野氏説に対して、冷泉家時雨亭叢書『古来風躰抄』解題（赤瀬信吾氏執筆）は、再撰本識語が「かの宮」という遠称を使っていることに注目し、それは完成が式子没後であったからであり、再撰本は式子に親しい誰かに贈られたか、俊成の手許に残されたままになったかの可能性もあるとしている。

両者とも出家者ながら、守覚説の言うように「高き御山」は仁和寺御室の守覚にふさわしいようではある。また、しかし、再度提出の理由がわからない以上、病床の式子が再び提出を命じたことに無理があるとも言い切れまい。顕昭との関係、守覚の蔵書目録とされる『古蹟歌書目録』に記載される「古来風躰抄〈二帖〉俊成入道撰　又二帖」の位置づけ、「仁和寺法親王〈守―〉」という敬意を含む省略表現についても、両方の立場から解釈が提出されている。

守覚は、すでに治承二年（一一七八）に俊成に家集『長秋詠藻』を奉らせてもいて、『古来風躰抄』成立の同じ建久八年の十二月五日には、俊成・定家に『御室五十首』詠進の依頼をしており、さらに後にその五十首から撰歌結番した『御室撰歌合』を主催し、俊成に加判させている。『古来風躰抄』

の依頼との関係があるかもしれない。一方、式子は、建久の政変により、前年建久七年の年末、懸案だった大炊殿移住を果たし、落ち着いた日々を迎えようとしている時期である。改めて歌について師に問う気持ちになろうかとも想像できる。

歌の姿詞のよしあしの判断、歌を詠むための心得を問う

この書は歌道の初心者に向けて書かれたものではない。俊成の表現の誇張は割り引かねばならないにしても、「世にある人は、たゞ歌はやすく詠むことぞとのみ心を得て、かくほど深くたどらむとまでは思ひ寄らぬもの」なのに、「大和言の道の風をも深く知ろしめせるあまりに」、また、「この道を筑波山の繁り、わたつみの底までも深く知ろしめしたるあまりに」、この下命者は、俊成に「歌の姿をもよろしといひ、詞をもをかしともいふことは、いかなるをいふべき事ぞ、すべて歌を詠むべきおもむき、海人のたく縄こと長くとも、藻塩草かきのべて奉るべき」というような和歌の享受と創作の本質に関わるような難しい問いを、問うたのである。二人の父後白河院が今様についてどこまでも深く追求したように、式子と守覚と、どちらがこの問いを改めて問うても不思議ではないだろう。俊成は、これについて、「年ごろもいかで申し述べんとは思ふ給ふるを、心には動きながら言葉には出だしがたく、胸には覚えながら口には述べがたくてまかり過ぎぬべかりつる」と、実は自分でも言葉にしがたいながら思うところがあったと言う。依頼はよいきっかけだったのである。

言葉をもて説き述べがたし

『古来風躰抄』とは、「いにしへよりこのかたの歌の姿の抄」（再撰本）という意味である。俊成は、序文で「たゞこの歌の姿詞におきて、吉野川良しとはいかなるをいひ、難波江の葦の悪しとはいづれを分くべきぞといふことの、なか〱いみじく説き述べがたく」といい、「この歌の良き悪しき、深き心を知らんことも、言葉をもて述べがたきを」と、それを言葉で説明することの難しさを重ねて述べる。

「この道の深き心」を「書き述べんことは難かるべければ」として、俊成は『万葉集』から始めて「いにしへよりこのかたの」具体的な歌を挙げ、「姿も詞もあらたまりゆくありさま」を示すことで答えている。ここには、和歌の伝統というものを重要視する態度がある。何度も、俊成は「説き述べがたく」といいわけのように言っているが、元来それは具体的な秀歌を挙げるという、そのような方法によってのみ表現しうることだったのであろう。和歌の伝統に根ざしながら、主体的な表現を追求すれば、その集積からはおのずから「姿も詞もあらたまりゆく」歴史が形成されよう。作者の主体性は、その都度一首の形をとるしかないのである。

和歌と仏道との類比

仏教天台の『摩訶止観《まかしかん》』の「止観の明静なること、前代もいまだ聞かず」の言葉が、「まづうち聞くより、事の深さも、限りなく奥の義も推し量られて、尊くいみじく聞こゆる」ことと重ねて、俊成は、この難問に答えようとする。

俊成は和歌を仏道に比すべき価値のある「心の深さ」を持つものとして、提示する。和歌の悠久の歴史を、「尊」い仏法伝授の次第に類比してその連続性を示し、また「歌の深き道も空仮中の三躰に似たるによりて通はして記」すとして、その超越性を示す。仏道との類比には、連続性と超越性という重い意味がある。「空仮中」は、天台の仏教教理。『仏教語大辞典』によれば「一切の存在は本来、空無であることを空といい、その空であるものが因縁の和合によって仮に生じて、現にあるものとして存在していることを仮というが、空にせよ仮にせよ、それらは一切の存在の一面であって、空・仮を超えた、空でも仮でもない絶対の真実は中である、とするもの」という。「歌道の深き心」は、仏教的真理に擬えられるほどに深遠なものだというのである。俊成が「空仮中」を引き合いに出した背景に、渡部泰明氏は、「空仮中」の詞を含む通憲の「春日天台山に遊ぶ」（本朝無題詩　巻十　山洞）のような詩の表現があるのではないかと述べられ、「俊成の「歌観」がどのようなものであるかはさておき、もしこのような表現を背景におくとするなら、少なくともここで強調されているのは、俗界を離れ俗念を払い、心を空しくして、何か超越的な価値に心の奥底まで貫かれた状態であろうと思われる。それが歌の道に拘わる根本的な姿勢であることを、論理によってではなく、読み手の身に直接実感させようとしたのではないか」という。俊成が普賢観の「我心自空」を引用する所にも、心が何者にもとらわれず「空」であること、を重要とする主張が読み取れる。西行の言談を蓮阿が筆録したとされる『西行上人談抄』の「昔上人の言はれしは、和歌は常に心澄む故に悪念なくて、後世を思ふもその心進むと言はれき」というくだりも思い合わせられることである。

続いて俊成は、よき歌について、「歌はたゞよみあげもし、詠じもしたるに、何となく艶にもあはれにも聞こゆる事のあるなるべし。もとより詠歌といひて、声につきて良くも悪しくも聞こゆるものなり」という。技巧や趣向の理屈では説明できない歌の「姿」のもつ全体的な深い詩的表現を、「声につきて」と、身における「体得」という形で伝えようとしているようである。またこのくだりは、

「慈鎮和尚自歌合」では、「よき歌」については、右の引用文の「艶にもあはれにも」が「艶にも幽玄にも」となっている同趣旨の一文に続けて、「よき歌になりぬれば、その詞姿のほかに景気のそひたるやうなることあるにや」と、「景気のそひたる」という詞で説明しようとしている。「例へば、春の花のあたりに霞のたなびき、秋の月の前に鹿の声を聞き、垣根の梅に春風の匂ひ、峰の紅葉に時雨のうちそそぎなどするやうなることの浮かびてそへるなり」と説明を加えているのだが、このような発言は、『新古今集』の象徴的表現へも繋がってゆく言説として注意される。

浮言綺語の戯れには似たれども、ことの深き旨も顕れ

さらに、仏道との関連で言えば、『古来風躰抄』には、『和漢朗詠集』にも採られて人口に膾炙した白居易の、「願はくは今生世俗の文字の業　狂言綺語の誤りを以て　翻して当来讃仏乗の因　転法輪の縁と為む」（和漢朗詠集　仏事　五八八）に基づく考えが見られる。この詩は、仏教の立場から詩文を仏の教えに反した「狂言綺語の誤り」とし、しかしそれをこれからの仏法讃美の縁に転じて行きたいという意であるが、『古来風躰抄』では「これ（和歌）は浮言綺語の戯れには似たれども、ことの深き旨も顕れ、これを縁として仏の道にも通はさんため、かつは煩悩即菩提なるが故に」と述べられる。「戯れに似たれども、ことの深き旨も顕れ」という表現は、和歌にさらに積極的な意味を付与しているように読める。和歌を詠むことによって「ことの深き旨」（詠歌対象の奥深い意味）が顕れるというのであるから。また、迷いと悟りの一致を意味する「煩悩即菩提」は『摩訶止観』にも多用される天台教学の成句であるが、和歌の価値をいうために援用されていると思われる。

このように、和歌と仏道とは類比されるのであるが、和歌を詠む主体の心が、宗教的求道心そのものではなく、和歌的世界は宗教的世界から自律したものとされていることには、注意しておくべきであろう。

もとの心をめぐって

『古来風躰抄』を俊成歌論の真髄として最初に着目したのは、窪田空穂《くぼたうつぼ》だった。空穂は、次の冒頭部分に、俊成の和歌本質論を読み取った。

> やまとうたの起り、そのきたれること遠いかな。ちはやふる神代より始まりて、敷島の国のことわざとなりにけるよりこのかた、その心おのづから六義にわたり、その詞よろづ代に朽ちず。かの古今集の序に言へるがごとく、人の心を種としてよろづの言の葉となりにければ、春の花をたづね秋の紅葉を見ても、歌といふものなからましかば、色をも香をも知る人もなく、何をかはもとの心ともすべき。この故に、代々の帝もこれを捨て給はず、代々の諸人も争ひもてあそばずといふことなし。
>
> （古来風躰抄　上巻）

この特に傍点部の一文に着目し、俊成が、古今集序「人の心を種としてよろづの言の葉とぞなりにける」の「種」を「本《もと》」とし、一切の自然は心の生み出すものだという天台仏教の三界唯識の考えを踏まえて、自然の美即ち艶は一に我が心のものであり、その美は歌を離れては解せられないし、存在しない、と主張していると解釈したのである。また、『古来風躰抄』下巻冒頭に春夏秋冬の風物の一つ一つを仔細に挙げ、それに擬えた多趣の歌の差別相を挙げていることに関しても、歌の表現は、心の一部であるところの理知的な態度を排し、心の全体を働かせたものでないといけないという俊成の主張を読み取る。それは仏教にいう「物心一如」にも似ているとも指摘している。

この空穂の論を発展させて、『古来風躰抄』研究は、田中裕氏、藤平春男氏らによって和歌史・歌論史を踏まえて精緻に進められた。俊成歌論の本質に迫り、『新古今集』への指導的役割を果たした俊成の意義を、和歌史に位置付けた意味は大きい。近年、傍点部から和歌本質論を読み取るこれらの説に対して、主題と執筆方針を説明した序文全体の議論の流れからこの傍点部を読み直そうという、山本一氏、加藤睦氏の新説が出た。『古来風躰抄』のこの一文の「分析から一挙に俊成歌論の核心を捉えることは、無理ではないか」というのである。新旧両説の違いは、冒頭近いこの部分の解釈、とくに「もとの心」の意味に現れる。旧説は「もとの心」を歌合判詞に使われる「本意」（事物の美的本性。物がその特色を最もよく発現している状態）の和訓としており、伝統への認識なくしては事物の美的本性に迫りえないことを言っているとする。また「もとの心」とは事物の美的本性であり、事物の美的普遍的な美的本性に迫っていく主体的な心の働きでもあるとする。新説は、「もとの心」を、歌語として使われる意味「昔から変わらない心」（山本一氏）とし、和歌が詠まれなければ、その風物に対してどう思ったのか、他者にはわからないというような、和歌の社会的機能としての価値を謳っていると、この部分を解釈する。両説ともに反論も出て、決着していない。

これについて渡部泰明氏は、「もとの心」を「詠者の本来の心」として基本的に後者の立場に立つものの、自ら「和歌を詠むという行為、それによる心情の伝達に文意を限定しうるかという疑問」を呈し、「もとの心」には、「古来和歌に詠み継がれることではじめて伝えられてきた、人々の変わることのない本来の心」、すなわち「（よりどころとなる）古人の心」の意も含まれ、この二つの含意が錯綜し、どちらかに限定されないところに、俊成の戦略があるという。氏によれば、古歌の「姿」を「身」につけることによって、新たに優れた歌を詠むことが出来るというように、享受から創作への橋渡しの役割を果たすのがキーワードの「姿」なのだというのである。氏が「身」という詞に重い意味を込めて使っていることに共感する。

『古来風躰抄』のこの文脈上の「もとの心」の意味は仮にさておいても、和歌史における「本意」の持つ意味と、本意を追求するところに働く主体性の重要なことは動かないだろう。

以上、難解な『古来風躰抄』に不十分ながら立ち入ってしまったのは、仮に式子が依頼したのでないとしても、若い時から俊成の教えを受けて歌道に邁進してきた式子の和歌の詠み方や心構えに、俊成の教えは反映していると考えられるからである。古歌に習熟し、その伝統的な本意や詞続きを踏まえながら、新たな歌の心を見出して、主体的に個性的な歌を創造している式子は、すでに俊成の言うところを式子なりに実践してきていると思われる。この著作を読むことを通じて、改めてそれは自覚されただろう。

『古来風躰抄』には依頼人以外の人の目にふれることを予想する文言も見られることであり、守覚と式子とどちらが求めたにせよ、「なかなかいみじく説き述べがた」き問いに答えようとしたこの著作を、式子は読んでいるはずである。

後鳥羽院と大炊殿

後鳥羽天皇は、高倉天皇の第四皇子、惟明親王の一歳年下の異母弟であり、二人はともに式子の甥である。安徳天皇の都落ちに伴う皇位争いの候補に五歳と四歳という幼い二人が挙がり、皇位に就いたのは年下の後鳥羽天皇の方だった。後白河院亡き後、親政とはなったが、実権は兼実から、養女在子が為仁《ためひと》親王（後の土御門天皇）を産んだ源通親へと移った。

建久九年（一一九八）一月十一日、十九歳の後鳥羽天皇は土御門天皇に譲位し、院政をひらく。この後、院は、建仁二年（一二〇二）に通親没して以降、強く政治を主導して、承久の乱を起こすまで二十三年間にわたって治天の君となるのである。

譲位後に移り住まれたのが、式子の大炊殿であった。九日に行幸があるというので、式子はその暁には経房の吉田邸に移っている（明月記）。譲位後の後鳥羽院は、御幸に明け暮れる毎日で、常時大炊殿にいたわけではないが、四月二十一日に、完成を待望していた二条殿に移徙するまで、ここを御所としていた。二条殿は、後に、その広御所に新古今和歌集親撰のための和歌所が設置されることになる御所である。

大炊殿は、後鳥羽院が天皇の位にある時にも里内裏としたり、方違えに使ったりしていて、後鳥羽院にとって馴染みのある邸第である。式子が住むようになってからも譲位前に大炊殿に滞在している。

従《リ》二閑院一、遷《スト》二御大炊御門《ノ》斎院御所《ニ》一云々。或《イハク》云、為《メト》二蹴鞠《ノ》一云々。或《イハク》云、有《リ》二御夢想《ノ》事一、但秘《シ》蔵《スト》

云々。　　　（玉葉　建久八年三月十六日条）

蹴鞠のためとも、あるいは夢で神仏の示しがあったためともいうと『玉葉』は記す。この時は、一ヶ月半後の翌四月三十日に閑院に還御している（猪熊関白記　建久八年四月三十日条）。後に和歌所開闔《かいこう》となる源家長が、その『源家長日記』に、式子の死を悼む一節の中で、大炊殿行幸に供奉した折のことを記すのは、記した時点では上皇なので御幸と記しているが、この折のことであろう。

斎院失せさせ給にし前の年、百首の歌奉らせ給へりしが、「軒端の梅も我を忘るな」と侍しが、大炊殿の梅の、次の年の春ここちよげに咲きたりしに、今年ばかりはとひとりごたれ侍し。ひととせ弥生の廿日ころに、御鞠あそばさせ給とてにはかに御幸侍りしに、庭の花、跡もなきまで積もれるに、松にかかれる藤、籬の内の山吹、心もとなげに所々咲きて、妙香の香の花の匂ひに争ひたるさま、御持仏堂の香の香も劣らず匂ひ出でて、世をそむきける住みかはかばかりにてこそ住みなさめと、心にくく見え侍き。ものふりたる軒に、忍、忘れ草、緑深く繁りて、あたらしく飾れるよりも中々にぞ見

後鳥羽院像
（伝藤原信実筆　水無瀬神宮蔵）

え侍し。御鞠始まりて人がちなる庭のけしきを、さこそはあれ、人影のうちしてここかしこの立蔀に立ちかかり覗く人も見えず。人のするかとだに覚えで、日の暮るるほどに奥深く鈴の声して、打ち鳴らしたる鉦の声も、心細く尊かりき。いくほどの年月も隔たらで、ぬしなき宿と見るぞ悲しく、涙もとどまらず覚ゆる。

この一節は、実務官人から見た類型的な外側からの描写という指摘がある（三好千春「准母論からみる式子内親王」、田渕氏前掲書）。また、『源家長日記』が、「朝恩を賜う聖主後鳥羽院」像を描き出す意図をもって作為的に記されたものであるという指摘もあり、（田村柳壹『後鳥羽院とその周辺』・吉野朋美『後鳥羽院とその時代』・木下華子「『源家長日記』の方法と始発期の後鳥羽院像」）。寂蓮や具親が、ことさらに草庵の遁世者・隠士として描かれているのも、その意図によるものとされる。

式子に関するこの描写も、そういった点を考慮して読むべきなのではあろう。しかし、大炊殿の梅を実際に見ての、「正治百首」の一首「ながめつるけふはむかしになりぬとも軒ばの梅はわれをわするな」を引きながらの愛惜の気持ちの表明は、「正治百首」を知る者の目によるもので、気持ちのこもったものと思われる。また、家長は蹴鞠に供奉して実際に見た式子の住まいの印象を、「心にくき「世をそむきけるすみか」と回想する。これは、都の外に世を捨てて山家にいる心境を詠む式子の和歌からくる表象である要素が強いであろう。しかし一方では、春のものふりたる大炊殿の印象が、詩中の山家と大炊殿という邸第と、という現実の違いを超えて、式子の和歌の世界とどこか通じるものがあったがゆえのことではないだろうか。和歌が人の内面を表現するものであるならば、それに通じる印象を感じ取った可能性のある描写であり、外側から見た無関係のものとばかりはいえまい。家長の文章は、式子の大炊殿での暮らしの一面をやはり想像させはするのである。

式子のいる大炊殿と後鳥羽院の関わりは、譲位の後、急速に和歌活動へ発進し、勅撰集編纂に邁進する後鳥羽院が、その最初の企画となった『正治二年初度百首』の作者として式子を加えるに至る、親しみの風景を髣髴させるように思われる。

4　最後の百首歌

『正治二年初度百首』

譲位して治天の君となった後鳥羽院は、源通親の独占的勢力を抑え、多様な芸能を通じてさまざまな勢力を自らの王権のもとに再編成してゆく。譲位後の院が急速に没入したのは和歌であった。勅撰集の親撰に向かう過程は、院の和歌への精進の文芸的な道のりであるとともに、和歌を統治の装置ともする政治性を伴っていた。

正治二年（一二〇〇）には、『初度百首』と『後度《ごど》百首』と呼ばれる二度の応制百首の催しがあった。式子が詠進することになる『初度百首』は、当初は、六条家に篤い源通親主導で進んでいたようである。正治二年七月十四日に沙汰があったが、その最初の人選は、後鳥羽院自身のほか、四十歳以上の熟練歌人という年齢制限が設けられていて、定家ら御子《みこ》左《ひだり》家の新進は排除されていた。そこで俊成はその人選を批判する『正治仮名奏状』を書き、後鳥羽院に訴えた。その結果、院は、定家、家隆、隆房《たかふさ》を加え、以後、さらに人数を増やして、自ら積極的にこの企てを主導していくようになる。この企ては、皇室、権門《けんもん》、女房を含む二十三人が出詠する大きな催しとなり、それはまさに、院の目指した多様な勢力を院のもとに再構成して統治する世界の、和歌における縮図となった。八月二十五日に詠進した定家の百首は、昇殿を許されるまでに、いたく叡慮に叶った。この二人の出会いが『新古今集』の誕生に果たした役割の大きさは周知のことである。『初度百首』は、選ばれた熟練歌人たちの力量を改めてはかることになった。

『明月記』によれば、この応制百首に対して、定家、俊成、良経、兼実は、九条家に関わる歌人たちの歌稿を協力して慎重に下見している。定家は、讃岐、丹後、良経、俊成、式子の歌稿を見ている。式子の詠草を定家が見たのは九月五日のことで、この時までまだ提出せず手許にあったことがわかる。

九月五日　参《リ》二大炊殿《ニ》一、給《ハリ》二御歌《ヲ》一見《ル》レ之《ヲ》。皆以《テ》神妙《ナリ》。

定家は「神妙」（殊勝、立派である）と、式子の歌にたいへん感嘆している。「神妙」という詞の使用例は『明月記』にわりあい多く、蹴鞠や儀式の所作などに対してのほか、歌の評としては九条道家に対して使用している。ちなみに良経の「正治百首」に対しては、定家は、「殊勝不可思議」とこれも大いに感心している。

式子にはいつ下命されたか

『正治初度百首』の下命時期については、有吉保説を承けて山崎桂子氏が参加時期を三期に分けた想定を呈示している。式子は第一次下命に入っていてもよい歌人として、第一次参加の十四名のうちに入っており、それに従えば、七月十四日に命を受けたことになる。九月五日に定家に百首を見せるまでに、一ヶ月半以上かかっており、山崎氏も「詠作所要日数が長い気がする」とは言われるが、式子が病気であったことを考えれば「問題とするにはあたるまい」（山崎氏）と思われる。ちなみに定家は下命から詠進まで十五、六日かかっている。この七、八月の『明月記』に式子の病気に関する記載はないが、病をかかえての詠進は多大な気力を要したことであろう。式子が優れた百首歌を詠むことを後鳥羽院は知っていたことからの推挙であろう。後鳥羽院は、百首の詠進の後すぐに、十月一日には、皇大弟守成《もりなり》親王（後の順徳天皇）の准母に、式子を内定している（式子が病気になり亡くなったため実現はせず、後鳥羽院の准母でもあった姉の亮子になったのであったが）。

後鳥羽院の思惑

准母内定については、歴史学の方から三好千春氏が詳しく考察されている。春宮《とうぐう》准母になるということは女院の地位に至る可能性が現実味を帯びることであり、丹後局らの呪咀を招くほどに価値のある処遇であった。後鳥羽院には、実母殖子《しょくし》が立后を経ずして女院になったという自身の国母事情があり、それゆえに順徳准母にも立后を必要としない内親王を選ぶという条件があった。すでに出家していた式子はその条件を満たしていた。その上に、和歌を統治手段の一つと捉え、その世界においても諸勢力を再編成してゆこうとする後鳥羽院は、「正治百首」の成果を契機に式子独自の和歌の才能を愛でて式子を取りたてたということである。守成親王の帝王たるに必須の和歌の教育を式子に期待したこともあったであろう。後白河院が晩年寵愛した丹後局所生の宣陽門院覲子は、前年に順徳天皇の同母弟雅成親王の准母になっている。式子亡き後も、春宮准母には覲子を選ばず亮子を選んでいる。丹後局・宣陽門院と一定の距離を保つことを後鳥羽院が意識しており、式子も、丹後局ら旧後白河近臣勢力が後白河院の霊託を言い立てた時も（後述）、高柳祐子氏が『柳原家記録』所収『玉葉』から論じるように、春宮准母という自分の立場をわきまえ、自分の意志を明確に主張する発言をしている——三好氏はおよそこのように述べている。

後鳥羽院はもともとそのようなつもりであり、百首への褒賞をきっかけにしたのである。後鳥羽院の和歌への傾倒と卓越した政治的バランス感覚のもと、式子の初めての応制百首は生まれたのであった。その内容については章を改めて述べる。

後鳥羽院の「正治初度百首」

後鳥羽院はまだこの時期、和歌を学び始めたばかりで、習作期にあるといってよい。院自身の「正治初度百首」に、古典和歌の摂取はもとより、定家をはじめとする当代歌人からの影響が顕著に見られることが知られている。提出させたばかりの詠からの影響が見られる歌が院自身の百首中に散見し、院が皆の百首を見た後に触発されて詠んだとその経緯が推察されている。たとえば、次の歌が挙げられる（寺島恒世『後鳥羽院御集』和歌文学大系24）。

花か雪かとへど白玉岩根ふみ夕ゐる雲に帰る山人（後鳥羽院御集　一〇　正治初度百首編纂本では別

歌）

夏か秋か問へど白玉岩根より離れて落つる滝川の水（定家　正治初度百首　一三三七・拾遺愚草　九三四）

院の「正治初度百首」には、当代歌人の中で、特に定家、次いで良経、慈円らの影響が強く認められる。しかし式子の「正治初度百首」からの明確な影響はそれほど指摘できない。ただ、田渕氏は、式子の歌にも院がすでに学んでいたという例として、院の百首中の「さりともと待ちし月日もいたづらに頼めしほどもさて過ぎにけり」（八二）を挙げている。式子の「さりともと待ちし月日ぞ移りゆく心の花の色にまかせて」（新古今集　恋四　一三二八）に影響を受けたとする。『六百番歌合』で兼宗《かねむね》も「さりともと待ちし月日もすぎぬればこやたえはつるはじめなるらん」（七五二）と詠んでおり、式子歌と先後は不詳である。「移りゆく心の花の色」を「待つ」女と「頼めし」男の双方に開いたものとすれば、兼房歌より式子歌の方に関連が強そうである。また院は、

虫のねはほのぼの弱る秋の夜の月は浅茅が露にやどりて（五三）

という歌で、「ほのぼの弱る」という先行例のない詞続きを使用している。「ほのぼの」は院の「愛用語」（寺島恒世前掲書）であるが、普通は、夜明けなど、ほのかに明るいさまや、物がぼんやり見える

さまなど、存在がほのかに知られる様子にいうことが多く、「弱る」といった消失の方向の語にかかるということは珍しいのである。負の方向の語にかかる先行例として式子のA百首に「ほのぼの落つる」という例があったことは、院が式子歌をよく読んでいたとすれば、示唆を得た可能性があろう。

ちなみに、田渕氏は、院の「正治初度百首」の恋部に女歌が多いことに着目して、「後鳥羽院は、式子の男歌から大きな刺激を受けて、院にとって初めてのこの百首の恋歌で、女歌の連作を試みたのではないか」という試案を提出している。この点に関して寺島恒世氏は、「その狙いは、仮託する面白みを求めたとも、単に詠み易さに任せたとも考えられ、ここから遊びの要素や初学期の未練を窺うことも可能である」「この女性仮託の姿勢は、こののち後鳥羽院が「女房」名で出詠することを考える手がかりになるかもしれない」と言われている。院のこの時点での式子の和歌への理解の問題としてさらに考える余地があるだろう。同年続いて催された『正治後度百首』、建仁元年(一二〇一)に詠まれた『内宮御百首』『外宮御百首』以降になると、院が確実に式子の歌を参考にしたとわかる歌が散見するようになってゆくのである。

『新古今集』親撰の過程を経て、歌道に急速に熟達した院は、のちに『後鳥羽院御口伝』で、鋭い歌人評を展開し、式子については「斎院は、殊にもみ〳〵とあるやうに詠まれき」と評する。「もみ〳〵と」は、俊頼《としより》や定家の評にも用いられている評語であり、箏の演奏や能楽の演技、連歌の付合などのさまにも援用されるようになる語彙である。具体的には俊頼とも定家とも式子の歌は異なるけれども、詞にも心にも、思惟の効いた、緊張感のある巧緻な表現のことであるとすれば、よく、式子の歌の特徴を捉えた文言であると思われる。

最後の百首歌

いくつもの百首歌を詠んできた式子であるが、公の要請に応じて、題を賜って詠む、晴れの百首歌は初めてのこと、どれほど光栄に感じ、心血を注いだことだろう。しかし、式子は前年五月あたりから体調を崩し始めており、百首の沙汰があった頃には、病状は悪化していたと思われる。

『正治初度百首』の沙汰があるまでの、式子の病に関する『明月記』の記事を拾うと次のようである。

正治元年五月一日　大炊殿《ノ》女房告送《ゲリテ》云《ハク》、雑熱事御《ハス》之間、召《スト》二医師等《ヲ》一云々。

五月四日　参《ルニ》二大炊殿《ニ》一、御雑熱、昨今無《シト》二御増一云々。

五月十二日　巳時許《リニ》参《ル》二大炊殿《ニ》一。御肩《ノ》雑熱、自《リ》二一日一止《メ》二大黄《ヲ》一被《ルル》レ付《ケ》二膏薬《ヲ》一之間、又左《ノ》御臂《ノ》下《ニ》被レ見二出《サ》小瘡《ヲ》一。仍《テ》又被《ルト》レ付《ケ》二大黄《ヲ》一云々。依《リ》二此事《ニ》一驚《キテ》参《ルニ》、女房《ノ》云《ハク》、但《シ》別《ノ》事不《ト》レ候《ハ》。

十二月四日　即《チ》参《ル》二大炊殿《ニ》一。令《メ》レ悩《マ》給《フ》事、逐《ヒテ》レ日《ヲ》如《シト》レ増《スガ》云々。

十二月八日　入《リ》レ夜《ニ》参《ル》二大炊殿《ニ》一〈騎馬〉。御不例猶有《リテ》レ増無《シ》レ減。又依《リ》二雑熱《ニ》一被《ルト》レ付《ケ》二御薬《ヲ》一云々。〈被《ルル》レ充《テ》二御焼石《ヲ》一之間、火フクレ出来之間、又被《ト》レ冷《ヤサ》レ之《ヲ》云々〉。

正治二年二月三十日　早旦参《ル》二大炊殿《ニ》一。自《リ》二一昨日一御足又被《ルル》レ休《メ》レ薬《ヲ》之由、聞《ク》レ之《ヲ》。仍《テ》驚《キテ》参《ル》。

閏二月二十四日　参ル㆓大炊殿ニ㆒。御乳、御薬猶無シト㆑減云々。
三月六日　相次イデ　参ル㆓大炊殿ニ㆒。御乳ノ物六借ク御ハス　之由、聞ク㆑之ヲ。

「雑熱」というのは腫物、できものを意味するが、「御乳物六借」とあるのを見れば、悪性腫瘍だったのかとも推せられる。三月にこのような病状であれば、『正治初度百首』の沙汰があった七月以降、体調が良かったとは思えない。また、式子の年来の後見である吉田経房も、正治二年閏二月十一日に亡くなっており、定家は「是猶末代の重臣也。惜しむべし、惜しむべし」と記している。式子の落胆が思いやられる。そのような中で、取り組まれた百首歌であった。九月五日に定家に百首歌を見せた後、百首の完成に向けて集中し、無理もしてはりつめていた気が、ほどけたのであろう、九月九日には、「大炊殿昨日より殊に重く悩み御はすと云々。去る二日より御鼻垂れ、此の両三日温気ありと云々」と定家は記している。一週間ほど前から鼻水が出ていたし、ここ二、三日は熱もあった。そのような状況で、百首に集中していたのである。一段落した途端に熱も出てきて、ひどく苦しんでいる。

おそらく渾身の力で詠んだであろうこの百首が式子の知られる歌では最後になる。B百首から六年の月日が経過している。この百首歌からは『新古今集』にその四分の一である二十五首が採られている。勅撰集全体としては、『続千載集』を除くすべての勅撰集に全部でその七割近い六十八首が入っている。A百首が十三首、B百首九首という勅撰集入集数と比較しても、その質の高さが推測されよう。とはいえ、基本的なところで歌の読み方が変わったわけではない。しばらく、式子の「正治百首」の表現に分け入ってみたい。

三たび「山深み」歌を取り上げるのは、その表現が、A、B歌群でも詳説した「花」歌群に繋がってゆく境位にあるからである。

陵園妾のゆくえ

山深み春とも知らぬ松の戸にたえだえかかる雪の玉水（二〇三・新古今集　春上　三）

冒頭の一節で概略を述べたとおり、A百首「山深く」歌、「秋こそあれ」歌（新勅撰集　秋下　三四五）を経て、この歌の「松の戸」はすでに、陵園妾の御陵から隠者の心を澄ます山中の庵へと変貌している。また、前の二首は詠歌主体が作品の内部に人物として立っていないが、この歌では、歌の中に「松の戸」に住む人物として立って――「松の戸」自体が人物相当になって――作者である式子の意識は、背後から深くその風景全体を統覚する。松の戸の人物は、詠歌主体と連続融即しておらず、より普遍性をもって表現される。

「春とも知らぬ」の意味する「春」は世俗の都の春、暦の春である。「「春とも知らぬ」と能動態で表現したところに……隠者的志向が幽《かす》かに匂い出る」（上条彰次・片山亨・佐藤恒雄『新古今和歌集入門』）との指摘もあり、この句は「春が来たともわからない」という消極的な意味ではなく、「都で迎えられる世俗の春には関知しない」という、世俗の春を否定した表現である。しかし、この人物は、都の春を待つのとは異なる待ち方で、やはり「春」を待っている。「松」と「待つ」は掛詞になっているのである。その「待つ」心に応えて、「たえだえ」に雪解けの雫が落ちてくるというのである。「雪の玉水」の象徴する春は、上句の世俗の春ではなく、雪が水に変わる深い自然の力そのものであろう。最も早く融けるとされてきた「松の雪」のようでもあり、庵の上に積もっていた雪から落ちる軒の玉水のようでもあるが、明確にどこからとは示されていない。「松の戸」が人物相当であることからは、「松の戸」の人物の身のうちに直接触れ感じられるものとして表現されている。「たえだえ」は空間的な意味ではなく、時間的な意味で、そこには祈りがある。一滴落ちてきたら、次の一滴が約束されていないのが、「たえだえ」なのだ。「雪の玉水」という語は、後に制詞——主ある詞——とされる(『耳底記』『詠歌制之詞』『和歌呉竹集』)独創的表現である。雪は雪、玉水は玉水なのだが、その変化の不思議さを感じる身のうちに、都の春とは異なる深い自然の力を感じている表現である。世俗を捨てた隠者の祈りに応じて訪れる「雪の玉水」は、人に代わる自然であり、あたかも来迎する仏のようなこの世の外から訪れる救いを象徴しているように思われる。「雪の玉水」の語は、為家が学んでおり、その後もいくつかの用例があるが、いずれも単に雪が溶けた雫を意味するだけで、式子の「雪の玉水」にあるような「雪」が「玉水」になる春の力への新鮮な驚きを上下句の詞続きから必然的に読み取れるものはない。

むなしき空の春雨

「正治百首」の春の歌には、これも『新古今集』に入る歌であるが、「雪の玉水」の持つ意味の奥行きと同様の霊妙さを表現する歌がある。

花は散りその色となくながむればむなしき空に春雨ぞふる（二一九）

「花」はこの世の形あるもの（仏教でいう「色即是空」の色、第二句の「色」である）の代表である。「花は散り」の切れの後には、花だけではなく「色」そのものへの深い諦めがある。その心からでなければ「その色となくながむれば」という視線は出て来ない。花が散ってしまった深い諦めの中で、特に何を求めるともなく、何を探すともない無欲の視線でながめると、というのが上句の意味である。下句は、その態度でながめた時、おのずからながめることになったものである。「むなしき空」は仏教語の「虚空」に拠る表現である。単に花が無いという意味では、すでにない。「その色となくながむれば」からは、色なるものの何もない絶対的な虚空の意味になろう。しかし、そこに「春雨」が登場する。

春雨は、和歌史において、空に降っている状態では目に見えぬものとして詠まれるものであった。

春雨は色も見えぬをいかにして野辺の緑をそむるなるらん（「春雨」隆源　堀河百首　一七三）
その色とめには見えぬを春雨の野辺の緑をいかでそむらん（「春雨」顕輔集　九一）
春雨の降るとは空に見えねどもさすがにきけば軒の玉水（宮内卿　三百六十番歌合　六二一）

式子にもこの歌の他にそのような用例がある。

春雨は降るともなくて青柳の糸につらぬく玉ぞ数そふ（前斎院　三百六十番歌合　六一）

「野辺の緑」が濃くなることで、あるいは「軒の玉水」の落ちる音、「青柳の糸につらぬく玉」の数で春雨は知られる。措辞の上で影響があるかと思われる俊成歌、

思ひあまりそなたの空をながむれば霞をわけて春雨ぞふる（「雨降る日、女につかはしける」新古今集　恋二　一一〇七・長秋詠藻　三二八）

では、空に霞があり、「霞をわけ」ることによって、春雨は見えて知られている。式子歌では「むなしき空」に降る状態なのに、春雨が認識されていることが重要なのである。とすれば、この春雨は、上句の「色」とは別次元の、見えないけれど身に感じられているものと言えよう。春雨に濡れているのである。春雨は対象的に見られているのではなく、身を濡らし、体感されている。「山深み」歌の上句の「春」と、「雪の玉水」の象徴する春が上句の世俗の春とは異なるものであったように。春雨は、「色」の一つではなく、目には見えないが、身のうちに確かに感じられるものと読みうる歌である。春雨は次元を異にして花に代わるものになっていると解することが出来る。

釈教歌的奥行き

このように考えると、「花は散り」歌は、どこまでも春の歌でありながら、上句は「色即是空」下句は「空即是色」という釈教歌的奥行きを持つということが出

来よう。

B百首でも、式子は「むなしき空」という語彙を使っていた。

霞とも花ともいはじ春の色むなしき空にまづしるきかな（春　一〇一）

最初に際立つ春の様子として、代表的に言われる「霞」とも「花」とも自分は言うまい。その春の様子は、なんと何もない空に真っ先にはっきり目に見えることだ、という意である。季節は空からやってくるという伝統的な発想に立ちながら、様子をいう「色」は「空」と相俟って、「色即是空　空即是色」という仏教的観念を連想させる。次の歌などのようにこの観念を詠んだ釈教歌も詠まれた時代である。

むなしきも色なるものと覚れとや春のみ空のみどりなるらん（「色即是空　空即是色の心をよめる」

摂政家丹後　千載集　釈教　一二二九）

「霞とも」歌では、霞もなにもない「むなしき空」（無）にまっさきに「春の色」（有）が生まれるという不思議を釈教歌ではなく春の歌として詠んでいるのである。しかし、「花は散り」歌に比較すると、この歌の詠歌主体は「春の色」を探す意欲を残しており、「その色となく」の無欲の諦念には至らない。また「色即是空」の観念性が、春の歌ではあるものの露わである。「花は散り」歌ではその観念性は歌の奥行きとして表面からは後退し、花が散った後の空に降る見えない春雨と、それを見えないままにじかに身に感じ、確信していることを表現する詠歌主体の、自然な具体的な風景が浮かびあがる表現になっている。象徴性が高まっているのである。それは詠歌主体の心のあり方と無関係ではない。

恋歌的奥行き

その高い象徴性からは、恋歌としての奥行きもそこに見出すことができる。この歌に恋歌的要素が微妙に内在することは、本歌とされる、『伊勢物語』四十五段の歌、

暮れがたき夏のひぐらしながむればそのこととなくものぞ悲しき（在原業平　続古今集　夏　二七〇）

や、前掲俊成「思ひあまり」歌との関連から、すでに指摘されてもいる（上条彰次他前掲書）。前述の解釈に即して、その「人への思い」を読み取れば、「花は散り」からは或る特定の人との現実での出会いがすでに断たれている状態が想定される。生別、死別、忍恋などさまざまな状況が考えられる。「その色となく」は、現実での全き出会いへの執着を、その不可能さを思い知ったことによって断ち切った態度である。そのことによっておのずからに出会うことになった、見えないが確かにあると感じられる「むなしき空」に降る「春雨」は、別れた相手との間に心の通い合うことを信じる気持ちで

あり、あるいは幽冥境を隔てた相手に心ざしが通うことを信じる気持ちであり、相手を思う忍恋のままで打ち明けずともよしとする気持ちであろう。人と人との間に架ける橋への祈りのような思いが、恋歌としての奥行きとして読み取れよう。

「山深み」歌の「雪の玉水」、「花は散り」歌の「むなしき空に降る春雨」に、身のうちに感じるあたかも来迎の仏を思わせるような象徴性を認めるならば、B百首「年経れどまだ春知らぬ谷のうちの朽木のもとも花を待つかな」（二〇〇）に待たれていた「朽木に花の咲く春」が、ここに至って、和歌の世界の中に訪れていると言えないだろうか。

「正治百首」の「花」の歌群

「花は散り」歌は、「正治百首」の「花」の歌群の最後に位置している。この歌群はどのような連作になっているのか改めて見てみよう。

いま桜咲きぬと見えてうすぐもり春にかすめる世のけしきかな（二一〇・新古今集　春上　八三）

今しも桜が咲いたと見えて、空は花曇りに薄曇り、一面立ちこめた春によって霞んでいる世の中の様子であることよ、というのである。「世」は人の営みと、ともにある四方の自然で、人の生きる世界である。下句で詠歌主体は、そこに春の来ていることを、大きく見渡して詠嘆している。その霞の中で桜が咲いたことを詠歌主体は「と見えて」と確かに見、知っている。今、桜、咲きぬと、見えて、の小刻みなリズムは、桜が咲いたことにはずむ心のリズムである。桜が咲いたことで花曇りになり、世界全体が春そのものである霞に包まれているというのである。桜は有機的に「世のけしき」に関わっている。A百首の「花はいさ」との世界の捉え方との差は顕著である。なお、「春にかすめる」という表現は、定家の「春にうづめる」（拾遺愚草　六〇六）や「春にこもれる」（拾遺愚草　八一〇）などからの影響がある表現であるが、この一首の中でよく生かされている。

まつほどの心のうちに咲く花をつひに吉野へ移しつるかな（二一一）

花を待ちかねた心の中で咲いた花を、とうとう花の名所吉野へ移し植えたことだよ、想い描いていた通りの美しい花が吉野に咲き出したよ、皆々御覧ぜよ、というほどの意味であろう。移し植えるのは普通は我が庭へであるが、これは逆に皆の知る歌枕へであって、「我のみはあはれとは言はじ誰も見よ夕露かかる大和撫子」（新拾遺集　夏　二八六）と同様に、人も自分もともに同じ花を賞翫しようという開かれた心がある。

峰の雲麓の雪にうづもれていづれを花とみ吉野の里（二一二）

み吉野の里は、遠望すれば、峰の雲と麓の雪にすっかり埋もれてしまっているように見える。さて里では、どれを花だと見ているのであろうか、という意であろう。遠望すれば自分には雲とも雪とも見えるが、しかしそこに住む里人は花を見分けているだろう、という見方が、自分とは異なる立場——この場合本当の花を知る立場である——があることを認めていることに注意される。A百首で、「雲ぞ桜よ花ぞ白雪」と、遠望している自分の判断に立って「誰も見よ」と呼びかけていたのとは対照的な態度である。

高砂のをのへの桜たづぬれば都の錦いくへかすみぬ（二一三・新勅撰集　春上　六二）

「都の錦」は素性《そせい》法師の「見渡せば柳桜をこきまぜて都ぞ春の錦なりける」（古今集　春上　五六）の縮約表現で、雅びな都という世俗の世界を表現しているが、この詠歌主体は、そこを後にして、世俗を離れた高い山の桜を訪ねていく。本歌の「高砂の尾上の桜咲きにけり外山の霞たたずもあらなむ」（大江匡房　後拾遺集　春上　一二〇）の、まだ立っていない霞を、すでに立っているものに変化させ、その霞を通して本歌とは逆方向に振り返っている。山へ向かいながら、後にした都を振り返る余裕がある。「跡絶えて幾重も霞め」（六）と振り返って見ることが出来ない葛藤に満ちていたA百首の心境とは異なる。

「正治百首」の「花」の歌群の特徴は、右の詠歌主体以外の人物が登場することである。

とふ人のをらでをかへれ鶯の羽風もつらき宿の桜を（二一四・玉葉集　春下　一四七　初句「とふ人

も」）

連作としては、二一三の「たづぬれば」に応じて「とふ人の」と受ける二一四の詠歌主体は、桜の咲く宿で桜を大切に守る山守《やまもり》であると考えられる。というのは、二一三の「高砂のをのへの桜」はこれも素性の「山守はいはばいはなむ高砂のをのへの桜をりてかざさむ」（「花山にて道俗さけらたうべけるをりに」素性法師　後撰集　春中　五〇）を連想させるからである。尋ねてくる人の折らないで帰ってくれよ、鶯のはばたく風さえも花を散らすかと心苦しい我が庭の桜であるものを、と、二一三で桜を尋ねて行った人は山守に折らないで帰れと言われたのである。「をのへの桜」は折り取って下界には持って帰れない超越的な存在、そこへ行って「見る」ことは許されるが、所有することは出来ない俗世を超えたものの象徴のように描かれる。

霞ゐる高間の山の白雲は花かあらぬか帰る旅人（二一五・新勅撰集　春上　六二）

「高間の山」は大和国歌枕で、名の通り高山の観念があり、霞んでいるのである。たとえば「よそにのみ見てややみなん葛城や高間の山の峰の白雲」（よみ人しらず　新古今集　恋一　九九〇）などと詠まれるように、その山に咲く桜やかかる雲は、近づけず「よそにみる」ものとして詠まれる。しかし、ここでは、旅人がそれを山に登って近くまで行って見たものとしたところに独自の意味があろう。

「高間の山の白雲」は、一一三の「高砂のをのへの桜」の変奏である。「花かあらぬか」は、「秋風の吹上にたてる白菊は花かあらぬか波の寄するか」（道真　古今集　秋下　二七二）から詞を取り、花を菊から桜に変え、また、自分が迷っていることから、答えを知るはずの旅人に尋ねて明らかにしようとしていることへと変化させている。「帰る旅人」の句は初出で後にも順徳院に一例ある程度のまれな詞である。桜を折らずに都へ帰る旅人に向かって、別の都人が問うていると考えられる。

旅人である都人と、山守と、問いかける都人と、詠歌主体が複数登場することに注意したい。詠歌主体と即自的に連続するような場所ではなく、これら立場の異なる複数の視点を設定し構成できる、より深い場所に、「正治百首」の作者である式子はいるのである。

夢のうちもうつろふ花に風吹きてしづ心なき春のうたたね（一一六・続古今集　春下　一四七）

歌の排列は落花に移り、舞台はまた都の住まいになる。「しづ心なき」落花を詠む紀友則歌「久方の光のどけき春の日にしづこころなく花の散るらむ」（古今集　春下　八四）を想起しつつ、夢へとテーマが変わることによって、ここまでの旅が夢の中の出来事だったような効果がある。夢自体はかないものであるが、貫之の「宿りして春の山辺に寝たる夜は夢のうちにも花ぞ散りける」（古今集　春下一一七）の旅寝をさらにはかない「うたた寝」に変化させ、二、三句は、古今集の「鶯のなく野べごとに来てみればうつろふ花に風ぞ吹きける」（よみ人しらず　春下　一〇五）の下句を取る。花とともにあって、花を思う心深く、ふとまどろんだつかのまの夢にも花を見るが、夢の花もうつつの花同様移ろうており、そのうえ風さえ吹いて、さらに花をはかなくするというのである。重層表現によって主題を明確にする式子らしい表現である。「春のうたたね」の句は、先例が定家にあり（拾遺愚草　六二八）、同時代には定家と式子以外に用例がないことも注意される。「あくといへばしづ心なき春の夜の夢とや君を夜のみはみん」（大納言清蔭　大和物語）とも詠まれるように「春の夜」は「しづ心なき」もの、まして、かりそめの「春のうたたね」はそもそも「しづ心なき」ものであろう。上下句の繋がりは、下句の内容を上句が具体的にしているという関係で、その上下句の切れ続きが連歌の付合に近い深さにあることにも注目したい。

今朝見れば宿の梢に風過ぎてしられぬ雪のいくへともなく（二一七・風雅集　春下　二二五）

「今朝見れば」は今朝一番に見出した庭の変化を捉える。「しられぬ雪」は、貫之の「桜散る木の下風は寒からで空にしられぬ雪ぞ降りける」（拾遺集　春上　六四）による表現である。普通は表出される「〜に（知られぬ）」が省かれているのは、何にも誰にも知られぬ雪という妙なる雪を表現しているのであろう。宿の梢には花はすでに無く、空しく風が吹きすぎている。それは、花がすべて「しられぬ雪」に転生し、深く重なって積もっている庭上の風景と対照的で鮮やかである。散りきったすがすがしささえ感じられる、初雪の朝のような妙なる花の雪の美しさである。二一六からは、目覚めれば散りきっていた、というような運びで二一七に繋がっている。

今はただ風をもいはじ吉野川岩こす花にしがらみもがな（二一八・続後撰集　春下　一三七）

風によって花がすっかり散ってしまった二一七からの続きである。

第四句は、「岩こす波に」の本文を持つ諸本が多いが、『正治初度百首』編纂本では「岩こす花に」となり、出光美術館蔵式子内親王集断簡（伝光厳天皇筆）や『前斎院百首』諸本、また『続後撰集』に「岩こす花の」の本文がある。「に」か「の」かは決定しにくいが、「岩こす花」としてよいのだろう（武井和人『中世古典籍之研究――どこまで書物の本姿に迫れるか』）。「花」が本文に含まれないのも不自然ではあるし、「岩こす花」とすれば吉野川を激しく流れる花の波を一語で的確に表現する独自の歌語となる。「今はただ風をもいはじ」は風に対する心の変化をいう一首の眼目である。今までは花散らす風を厭うていたが、もうそれは諦めて花散らす風のことも非難がましくいうまい。吉野川の激流にのって岩を越してゆく花に、それを留めるしがらみがあってほしいよ、というのである。吉野川の落花を「しがらみ」で留めるという類想の歌は、

吉野川しがらみかけよ花盛り峰の桜に風わたるなり（重家集　九九）

吉野川しがらみかけて桜咲く妹背の山の嵐をぞ待つ（「依花不厭風といふこころを」長明集　六八）

などあって、長明歌の題は参考になるが、式子歌の「今はただ」にある風に対する心の変化を重視すれば、「山川に風のかけたるしがらみは流れもあへぬ紅葉なりけり」（春道列樹　古今集　秋下　三〇三）が本歌として想起される。風は自分の散らした紅葉でしがらみをかける。風で散った花の波は「流れもあへぬ」ものではなく、「岩こ」して激しく流れてゆくが、それなら花を散らしたその風が、花をとどめてくれないだろうかという絶望的な一縷の望みがこの「しがらみもがな」には表現される。花の散ることを諦めた心にそれでも残る花への名残惜しさを素直に表明している歌である。「つれなく散るをつれなくて見ん」と詠んでいたA百首の花への態度との径庭は歴然としている。

「花」の歌群最後の「花は散り」には、こうして深い諦めが託されて歌い出されたのであった。

「正治百首」の恋

A百首では忍恋を徹底することによって、恋の不変を祈る連作が試みられた。またB百首の恋の歌群は、成就した恋が変わらぬことを祈って、同じ心に別れることを決断するという連作として読むことができた。では、「正治百首」ではどのような恋が描かれているのだろうか。

しるべせよ跡なき浪にこぐ舟の行くへも知らぬ八重の潮風（二七二・新古今集　恋一　一〇七四）

本歌は「白浪のあとなき方に行く舟も風ぞたよりのしるべなりける」（藤原勝臣　古今集　恋一　四七二）で、三句末「も」一つで恋の歌になっている。式子歌はそれをさらに推し進めて全面的に舟の歌であるように詠む。しかも、それがすなわち行方も知らぬ恋そのものである。象徴的手法である。「しるべせよ」と風に願い、祈る心は、「行くへも知らぬ」が舟だけでなく、風にもかかることによって強調される。行方も知らぬ風に任せるほかない心細さは、本歌の単純に信じられた風のしるべにはない。「正治百首」の恋は行方も知らぬ舟として恋の不安を形象化する歌に始まる。

かくとだに岩垣沼のみをつくし知る人なみに朽つる袖哉（二七三）
夢にてもみゆらん物を歎きつつうちぬるよひの袖のけしきは（二七四・新古今集　恋二　一一二四）
わが恋は知る人もなしせく床の涙もらすな黄楊《つげ》の小枕（二七五・新古今集　恋一　一〇三六）

忍恋の苦悩を詠む歌が続く。二七三は、「岩垣沼の澪標」という比喩が独創的である。岩垣沼は岩に囲まれて人目につかない沼、「かくとだに言はず」といいかけられており、忍恋の心の沼である。「澪標」は水深を示して舟の航行を導くものであるが（二七二の舟からの連想も働く）、恋歌では水の中に立ち尽くして朽ち果てる属性に重ねられ、「身を尽くし」の掛詞として使われる伝統がある。三句まで「知る人なみに朽つる」に掛かる序詞の形である。岩垣沼にある澪標は、知られない恋心の、行方を導きようもない無用なあり方、身を尽くして朽ちるほかない自分自身である。「知る人なみ」も「無み」と「波（涙の比喩）」の掛詞で、知る人がないゆえに身を尽くして朽ちてゆく「岩垣沼の澪標」に即した表現であり、眼前の、涙で「朽つる袖」へと収束する。「知る人なみ」の語は独創で、後には伏見院が学んでいる。

二七四は、その袖から続いて発想される。人に思われるとその人が夢に見えるという俗信を踏まえている。あの方の夢の中では見えているでしょうに。かくとだに言わぬ忍恋であることに何度も歎きのため息をつきながら寝る今夜の、我が袖が涙にぐっしょり濡れている様子は、というのである。知らせてもいない恋であり、相手のつれなさを恨むのではない。忍ぶ心と葛藤して知られたい気持ちは当然あり、夢の中では自然に自分の恋を伝えられているはずなのにそれでも慰められず、歎かれるというのである。


思ふとはみゆらむものをおのづからしれかしよひの夢ばかりだに（「恋」拾遺愚草 一六二一 文治二年）

定家歌は二七四に影響したであろう（久保田淳『新古今歌人の研究』）。定家歌が、夢によっておのずから私の恋心に気づいてくれと、積極的に知られたい気持ちを前面に出しているのに対して、式子歌はそうではない。

二七五では、強い忍びの意志を伝える。本歌「わが恋を人知るらめや敷妙の枕のみこそ知らば知るらめ」（よみ人しらず 古今集 恋一 五〇四）「枕より又知る人もなき恋を涙せきあへずもらしつるかな」（平貞文 古今集 恋三 六七〇）にあるように、枕だけが知る恋である。本歌では涙を堰ききることが出来ず漏らしてしまったというのを、強く漏らさぬように枕に禁じている。その枕も「告げ」の名を持つ「黄楊《つげ》の小枕」、用心する心が強くうかがえる。

続く三首は、忍ぶ心に思いがまさり、相手に知らせたい、と願う心を、それぞれに序詞に工夫しつつ詠む。

知らせばや菅田の池の花かつみかつみるままになにしをるらん（二七六）

我妹子が玉裳のすそによる波のよるとはなしにほさぬ袖かな（二七七・新勅撰集 恋三 八四七 二句「玉藻の床に」）

逢事は遠津の浜の岩つつじいはでや朽ちんそむる心を（二七八）

二七六は、下句に同音繰返しで続く序詞になっている「菅田の池の花かつみ」に恋の相手の女性の姿を重ねる。花菖蒲または真薦の異名とされる「花かつみ」は遠い陸奥の安積沼のものが名高いが、それを大和国歌枕の「菅田の池」のものに変更して「姿」の掛詞を効かせる。池の面に姿を映す花かつみは、近くて姿を見ることが出来る女性の暗喩であろう。下句は、あなたの姿を見ていると、見る見るうちに、なぜ私は悲しみがこみあげて涙に萎れてしまうのだろうか（あなたの姿も、わが涙のために見る見るうちに萎れたように滲んで見えるよ）というほどの意であろう。姿を見ているのに悲しく、知らせばや、の思いが募る心を詠む。

二七七では、これも下句に同音繰返しでかかる序の「我妹子が玉裳の裾に寄る波」が、二七六の池の畔に立つ女性から、連想として自然に繋がる。『万葉集』の「娘子らが玉裳の裾に潮満つらむか」(巻一　四〇)などのイメージを揺曳させつつ、この歌では恋の相手の女性の身につける玉裳の裾の海浦の文様とも解せられる。いとしいあの人の美しい裳の裾に寄る波、私はその波のようにあの人に近寄るわけでもなくて、(かえって私に波が寄ってきたように)乾くまもないわが袖であることよ、というのである。

次の二七八では、逢うことは遠い、と言い掛けられた「遠津の浜の岩つつじ」を「いはで」の同音繰返しによって下句の序詞としている。「正治百首」の歌には総じて万葉歌からの影響が強いが、「遠津の浜の岩つつじ」も『万葉集』に詠まれたものである(巻七　一一八八)。真紅の岩つつじは深く染めた恋の思いを暗示する。あの人に逢う事は遠い望み、私の心は遙かな遠津の浜の紅の岩つつじ、その「いは」ではないけれど、「言は」ないままで朽ちはててしまうのだろうか、あの人に紅深く染めた思い、深い心の色であるものを、というのである。

ただひとたび逢う「忍恋」　次の二七九は、この岩つつじの紅から、紅色の浅葉の野らの紅色の夕露に繋がってゆく。

我が袖はかりにもひめや紅の浅葉の野らにかかる夕露(二七九・新拾遺集　恋二　一〇一四)

これは、万葉歌を本歌としている。

紅の浅葉の野らに刈る草《かや》の束の間も我を忘らすな（作者不詳　万葉集　巻十一　二七六三）

「かりにもひめや」は他に例のない句で、上二句は、我が袖は一時でも乾くことがあるだろうか、いやあるまい、という、今までもそうだったし今後も、という恋の歎きの予想をいう。「仮―刈り」の縁語があり、下句は、表面上は本歌の序詞からも、上二句の状態の理由――浅葉の野らの草刈りをしている袖だから――を述べていることになる。しかし、三句以下は、夕暮れに袖に落ちかかる紅涙を、暗喩として忍恋らしく密かに表現しているのである。本歌では、「束の間も我を忘らすな」という相手への願いを述べる。それに対して二七九は、「我が袖はかりにもひめや」と、たとえば仮に相手との出逢いが成就したとしても、我が袖は一時的にでも乾くことがあるだろうか、とこの恋心の行く末を見通している。私の袖は、たとえ一時でも乾くことがあるだろうか、いや絶対に乾くことはあるまい（これまでもそうであったように、これからも涙でいつも濡れているにちがいない）。紅の浅葉の野らを刈る袖にかかる紅の夕露よ（夕暮に落ちる私の紅涙よ）というのである。

この「かりにもひめや」の思いが、次の二八〇歌を導く。

あふ事をけふ松がえの手向草いく夜しをるる袖とかは知る（二八〇・新古今集　恋三　一一五三）

これも次の万葉歌を本歌とする。

白波の浜松が枝の手向くさ幾代までにか年の経ぬらむ（「幸于紀伊国時、川島皇子御作歌」川島皇子

万葉集　巻一　三四）

「逢ふことをけふ待つ―松」と言い掛けられている。「待ち続けた結果、逢う瀬が今日と熟した時点での作という設定が作者によってなされている」（『新古今和歌集全注釈』）と考えられる。本歌の詞「松が枝の手向くさ」は、序詞としてこれも本歌の詞である「幾代―いく夜」に掛かる。本歌で、常緑の松とも関わって旅の無事を祈る手向草は、二八〇歌では、そこに恋の永遠の祈り――恋の成就とその心の不変――がこめられている。しかし、この恋は、本旨の「いく夜しをるる袖とかは知る」の解釈から、一度だけの逢瀬であり、以後再び逢うことがないことを覚悟の上の逢瀬であると考えられる。諸注は「いく夜しをるる」が現在形であることに疑問を呈しているが、この現在形（＝原形）の意味を積極的にとるならば、それは、これまでの長く久しい逢えぬ歎きと、これからの、思い出に生きる長い逢えぬ歎きをすべて含めた表現であると考えられる。そこに一貫しているのは変わらぬ自分の恋の心である。相手に自分の心を知られない恨みを訴えるのが主眼ではなく、自分の変わらぬ心を自分自身確認するのがこの歌の主眼である。あなたと逢うことを今日まで（長い間）待っておりました。松の枝に付けられた手向草が幾代にも久しく祈りの姿を伝えているように、これまで幾夜逢えぬ歎き

にしおれきて、そしてこれからも幾夜、恋しく思う涙でしおれるであろう私の袖であることを（いく久しくあなたを恋し続けてゆく私であることを）、あなたはご存知でしょうか、いやご存知ないでしょう（今日一度だけの逢瀬であるのですから）、というのである。

ただ一度の出逢いであることは、次の二八一の歌が――B百首同様、恋部最後の一首だけが女性の立場の歌である――「逢不会恋」の歌であることからも確認される。

待ちいでていかにながめん忘るなといひしばかりの有明の空（二八一・続後拾遺集　恋四　八九八）

本歌「今こむといひしばかりに長月の有明の月を待ちいでつるかな」（素性法師　古今集　恋四　六九一）では男が「今こむ」と言ったばかりに、秋の夜長を待ち明かしたが、ついに相手は来ず、月は、期待外れを決定的にするものとして出て来ており、相手への恨めしい気持ちがそこに漂う。しかし、二八一では、男はただ一度の出逢いであることを決意して、「忘るな」と願ったのである。当然「忘れじ」と誓ってそう言った男の言葉に応えて、詠歌主体である女は、眠らぬ夜を明かしたのである。目の前の有明の月の出ている空は、あの後朝の朝の、名残つきぬ思い出の空であり、女が自分の責任において見た空である。「いかにながめん」は、思い出の中にのみ、その人との確かな出逢いを見出さざるを得ない女の、形見というにはあまりに悲しい有明の空に対する思いを表現している。あの人のことを忘れず、一晩起きていて、出てくるのを待っていた有明の月が出てきても、それをどのように（どのようなものとして）眺めようか。ただ「私のことを忘れないでください」とだけいってあの人が別れていった、有明の月の出ている朝の空よ、という意味の歌である。

このように、「正治百首」の恋歌を連作として見た場合、式子は「強い忍びの果てにただ一度だけ出逢う恋」という劇を創作していると思われる。そこに、恋の無常に対する深い洞察と、恋の不変への祈りを見ることが出来る。

残された三つの百首歌は、奇しくも、それぞれに異なる恋の出逢いを設定している。A百首は出逢いがこの世で存在しない場合、B百首は一度の出逢いが、二回、三回と重ねられてゆく相対的な質のものである場合、そして「正治百首」の出逢いは、その一度がすべてであるような絶対的な質のものである場合。『式子内親王集』は他撰であり、式子自身がまとめたものではないが、結果としては、式子の「恋というもの」についての思索の過程を示すものとなっており、「正治百首」がその思索の到達点のように読み取れる。

「正治百首」の雑歌

A、B百首とは異なり、「正治百首」は題を給わっての出詠である。題は雑歌にあたる部に特徴がある。「旅」「山家」「鳥」「祝」題各五首という細かい設定になっている。中でも特異な、詠物題志向の「鳥」題は六条家の季経《すえつね》や内府通親ら院周辺の企画者によって提案されたものとみえるが、後鳥羽院の好みを迎えたものであっただろう。ありふれた歌材である「雁《かり》」「千鳥《ちどり》」を詠むことが停止されていたところにも（俊成・定家一紙両筆懐紙）、新奇な題材を求める意図が読み取れる。その結果、雷鳥、鸚鵡、てりましこ、みなくちまもり、などという珍しい鳥が詠まれた。定家はひとり、あえて制せられていた千鳥と雁を詠み、しかもそこに沈淪を歎く述懐の心をこめることによって、題材に寄りかかって詠じることをよしとしない、和歌というものへの見識を示し、それを俊成も勘返状に合点をつけることで肯っている。式子はといえば、「ゆふつけ鳥」（正治百首中五名が鳥題で詠む。以下同）「鶴」（たづ一名、つる六名、あしたづ三名）「鴫《しぎ》」（二名）「鳰《にお》」（二名）「鶉《うずら》」（一名）を詠んでいる。この中で「鶉」は「鳥」題では式子以外には詠まないが、秋の景物として一般的な鳥で、『正治初度百首』内だけでも十三例ある。「ゆふつけ鳥」は『古今集』から詠まれている。鶴も鴫も鳰も、『正治初度百首』中の別の箇所でも詠まれているものであり、定家のように「雁」「千鳥」をあえてここで詠んだりはしないが、式子も特に珍しい題材を選んでいるわけではない。そこに詠まれているのは、定家の、昇進への訴えという現実的な述懐とはまったく異なる、鳥に寄せて表された述懐であり、式子のこの世を見る目である。A、B百首から変わらぬ一貫した態度である。

雑歌から「鳥」題を取り上げる。

暁のゆふつけ鳥ぞあはれなるながきねぶりを思ふ涙に（二九二・新古今集　雑下　一八一〇　第五句「おもふ枕に」）

「長きねぶり」は無明長夜で、釈教歌的に詠まれている。「木綿付け鳥」は暁を告げる鶏の異名。「夕告げ鳥」が掛けられており、「暁」とは飛躍のある詞続きであるがそれは単に詞の上の興味だけではなく歌の心と深く関わっている。暁に鳴く木綿付け鳥の声が身にしみて聞こえるよ、あれは夜明けを告げて目覚めを促す鳥だけれど、私には「夕告げ鳥」と聞こえて。無明長夜の眠りから覚めることが出来ない我が身を思い、涙していると、という意である。

あくるをぞおのが八声に人はしるゆふつげ鳥といかにいふらん（慈円　正治初度百首　六九五）
あふさかの関もる神にあけぬとやゆふつけ鳥のあかつきの声（静空　同　一八九六）
いとひけん昔おもふぞあはれなるゆふつけ鳥にめをさましつつ（讃岐　同　一九九六）
たのもしやゆふつけ鳥のなくなくも道ある御代に相坂の関（信広　同　二二九六）

他の出詠者の歌を挙げてみた。慈円歌は、「明くる」と知らせるのに「夕告げ鳥」という、名の興味につきる。静空歌、信広歌は、四境の祭における本来の木綿付け鳥を詠み、治世を祝う。讃岐歌は、後朝を告げる鳥の声を厭うた昔との、今昔の感を詠む。「暁・明くる・目を覚ます」と「夕告げ鳥」を組み合わせた詞続きに信広歌以外の四首は意味を持たせているが、式子の歌ほどその詞続きに歌全体のテーマと関わる深い意味をこめたものはない。長き眠りから覚めえない自分を強く意識しているところからこのような歌が生まれるのである。この冒頭の釈教的述懐が、基調低音として鳥題全体に響く。

なく鶴《つる》の思ふ心は知らねども夜の声こそ身にはしみけれ（二九三・新続古今集　雑下　一九八八）

「夜の鶴　子を憶《おも》て籠の中に鳴く」（「管弦」白居易　和漢朗詠集　四六三）と漢詩にもあり、和歌にもそれを受け継いで、鶴は夜、子を思って鳴くという観念がある。式子歌は、「鳴く鶴の思ふ心は知らねども」という。子を思って鳴くというのは人の側からの想像であり、自然の鶴には鶴で人にはわからない思いがあるだろう、と自然を自然として、人の解釈と切り離して観る目がある。その立場から改めて鶴の声を捉えたのが下句である。自然を自然として観、既成の観念を取り払った上で、「夜の声」の「身にしむ」哀れ――鶴の思いは不明ながら、何か人にも通じる生あるものの哀れ――を感じとっている歌である。それはその観念が生まれた場所へ直接に参ずる態度である。自然と人間の関係への思索がうかがわれる歌といえよう。鶴は『正治初度百首』の鳥歌で取り上げられることが多かった鳥である。しかし、式子以外に、自然の鶴に直接に向かった歌い方をした歌はない。「つる」は、「万代」「千歳」と取り合わされて賀歌とされ、「和歌の浦」と取り合わされて歌人の思いを託されている。「たづ」と詠まれる場合も「ながゐの浦」と詠まれて長久を表す景物である。「さはべ」の「あしたづ」は不遇を歎く思いを託される。二九三番歌において、式子の観ている風景はほかの新古今歌人とは異なっているようである。

身のうさを思ひくだけばしののめの霧まにむせぶ鴫の羽がき（二九四）

鴫は、川原や干潟に群棲する渡り鳥で、嘴と足が長く、飛翔力が強い。「鴫の羽がき」は、鴫の羽ばたきをいう。我が身の辛さやりきれなさを、さまざまに思って、寝付かれず、心を乱していると、折しも夜も明けようとする東雲の霧の間から、霧にむせび泣くように鴫の羽ばたきの音が聞こえる、というのである。「鴫の羽がき」は、恋の思いに寝床で輾転反側することに譬えたりするが、ここではその意味ではない。自分が身の憂さに心乱していると、「羽がき」をする「鴫」の心はわからないけれども、「むせぶ」ように「鴫の羽がき」の音が、身にしむように、聞えてきたというのである。比喩ではない。鳥は鳥、人は人で、思いは異なることを知りながら、その上で、何か共通する生きるもの哀れを感じ取っている歌であろう。このような感性は、自然からの働きかけに素直に応じ、そこに自然と自然の響きあいを聞き取っている次のような歌をも、この百首歌において生んでいる。この響きあいを聞き取る契機になった行動は、「〜ば」という継起的関係を表す条件句で表される。

いにしへを花橘にまかすれば軒の忍ぶに風かよふなり（夏　二二九・三百六十番歌合　二〇六）

すずしやと風のたよりをたづぬればしげみになるる野辺のさゆりば（夏　二三二・風雅集　夏　四〇二）

我が宿の稲葉の風におどろけば霧のあなたに初雁の声（秋　二四一・玉葉集　秋上　五七八）

はかなしや風にただよふ波の上に鳰の浮巣のさても世にふる（二九五・新千載集　雑上　一八二四）

これは、風に漂う、波の上の鳰の浮巣（かいつぶりが水の上に作った巣）に、人生を象徴的に観ている歌である。「はかなしや」と歎かれているのは、「さても世に経る」こと——鳰の浮巣が風に漂うという不安な心細い状態でも世に経ていることである。どこまでも鳰の浮巣のことを「はかなしや」と表現しながら、そのままで人事を髣髴させる表現となっていることは、十分注意されてよい。やはり鳥部で「鳰の浮巣」を詠む讃岐の歌が、

おのづからたちよるかたもなぎさなる鳰の浮巣のうきみなりけり（正治初度百首　一九九五）

鳰の浮巣（湖北野鳥センター提供）

と、「鳰の浮巣」が「憂き身」の比喩の位置でしかないのと比較すれば、「鳰の浮巣」を観る立場の違いは明らかである。「ゆふつけ鳥」歌の無明の人生への歎きは、確かなものが見えない不安な状態でそれでも「世に経る」ことのはかなさへの詠嘆と同質のものである。

打ちはらひ小野の浅茅に刈る草の茂みが末に鶉立つなり（二九六・風雅集　秋中　五七二）

詠歌主体は、小野の浅茅を袖で払い草を分けながら、草刈りをしているのである。草の根元を刈る視線で見上げると、その草の茂みの末に、鶉が音を立てて飛び立ったよ、というのである。草原に突然飛び立つ鶉を詠む歌は例があるが、飛び立つ原因を、詠歌主体の草刈りの仕事に求めているものはない。近くに迫る人間を避けて飛び立つ鶉で、人と鶉の関係は、どちらもそうするほかない、利害の対立する厳しいものになっている。その立場を思い知った上で、草を刈ることで鶉を思いがけなく驚かせて追い払ってしまったことへ思いを致している歌である。A百首四五では「旅枕露をかたしく磐余野の同じ床にも鳴く鶉かな」と鶉を同じ生きものとして、「同じ床に」「鳴く」と捉えていたのと比較すれば、その対象の捉え方の差異は明らかである。

この世を超えたものを感じる心

雑歌鳥題は、珍しい素材を求められ、雁・千鳥題は停止されるという制限があった。他の出詠者が新奇な題材を詠むことへ向かう中で、定家と式子二人の態度の違いは目立つ。定家は、あえて和歌に対する矜持ある態度を保って禁を破り、昇進の期待や後鳥羽院への讃美といった現実的な述懐の歌を詠んだ。式子は、禁を破ることはしないが、珍しい題材を詠むことを意図せず、今までの詠歌の姿勢を少しも変えず、それぞれの鳥の本意を十分に生かして、この世に対する見方や態度を示している。ともに述懐の歌を詠んだという点は共通しているが、その関心の向かう所はまったく違っていると思われる。

式子歌「鳥」題の冒頭に置かれた釈教歌は、その世界観の基調をなし、「花」の歌群や「恋」の歌群とも合わせて、詠み重ねてきた歌の道のりと、それに伴うその世界の捉え方の深まりを告げているだろう。『古今集』から『新古今集』へ繋がる王朝和歌の歴史は、大きく捉えれば象徴歌への階梯であったとも言えるが、式子の和歌もその一生の中で、同じような道を辿ったように思われる。二つの異なる体系を深く切り深く繋ぐ心は、あらゆる生命を生かしているこの世を超えたものを想い観られる位置にあるのではないだろうか。それは神仏といった観念的なものではなく、何か具体的な生活実感から得た超越的感覚が和歌の背景に感じられるように思うのである。その感覚は、斎院時代から変わらないもののように思われる。

他の部立ての歌については、しばらくおいて、先を急ぐ。

『前斎院百首』

家集『式子内親王集』、編纂本『正治二年初度百首』のほかに、『前斎院百首』という式子の「正治百首」のみを内容とする写本が伝来している（口絵参照）。『正治二年初度百首』には作者個人の単独百首がいくつか伝来しているが、その中には、守覚法親王自筆と伝える資料もある。したがって、これらの単独百首が、編纂本『正治二年初度百首』や家集『式子内親王集』からの抜き書きではないという蓋然性があることになる。『前斎院百首』には、本文異同からもそれを検証しうる二系統――内題を「式子内親王百首」とするものと「前斎院百首御歌」とするもの――があること、誤写とは処理できない異同を持っていることを指摘し、そこに式子の推敲の形跡を認める見解が出されている（武井和人『中世和歌の文献学的研究』）。そうであるならば、死に至る病の中でも、推敲を重ねていた式子の、歌にかける思いの深さがそこにうかがわれるということになる。武井氏は「壮絶な歌人魂」と言う。

5 臨終の床で

病と呪咀と――春宮猶子不調

「正治百首」を完成して以後、式子の病状は悪化する一方であった。病状に関する『明月記』の記述を拾っておく。

正治二年九月九日 大炊殿、自《リ》二昨日一殊《ニ》重《ク》悩《ミ》御《ハスト》云々。自《リ》二去《ル》二日一御鼻垂《レ》、此《ノ》両三日温気御《ハスト》云々。

十二月五日 京《ノ》使《ノ》便《リニ》聞《ク》、大炊殿《ノ》御足大《イニ》腫《レ》御《ハスト》云々。驚《キ》不レ少《ナカラ》。

十二月七日 大炊殿大事御《ニハス》之由、宗(家ノ誤カ)衡来《タリテ》告《グレバ》、巳《ノ》一点《ニ》参入《ス》。今日有《リト》二御灸一云々。……近代《ノ》医家、於《テ》レ事《ニ》不レ可《カラ》レ憑《ム》。雅基偏《ヘニ》申《シテ》二御熱之由《ヲ》一、奉《ル》二-許《リ》冷《ヤシ》一、頼基《ハ》申《ス》二御風・脚気《ノ》由《ヲ》一。而《ルニ》不《ト》レ被《レ》レ用《ヰ》云々。午《ノ》時許《リニ》被《ル》レ始《メ》二御灸《ヲ》一。但《シ》更《ニ》熱《ク》不《ト》二思《シ》食《サ》一云々。

十二月八日 御有様大略同事《ジト》云々。

十二月十日 御足只同事《ジト》也云々。夕参《リ》二春宮《ニ》一、入《リ》レ夜帰《ニ》二-参《ス》大炊殿《ニ》一。今夜、宿二-候《ス》乾《ノ》角《ノ》進物□屋《ノ》北方《ニ》一。

十二月十三日 午《ノ》時許《リ》参《ル》二大炊殿《ニ》一。昨日頼基参《ル》。但《シ》申間又不《ト》レ被《レ》レ用《ヰ》云々。雅基奉《ル》レ加《ヘ》二火針《ヲ》一。今日無《シ》二別《ノ》事一。

十二月十四日　秉燭以後参《ル》二大炊殿《ニ》一。二位《ニ》謁談《シ》、良久《ややシク》述懐《ス》。此《ノ》御事猶以増《テスハ》、更《ニテ》以不レ足《ラ》レ言《フニ》。……

十二月十九日　昨今御有様只《ダ》同《ジ》事也。但《シ》人《ノ》気色頗《ル》似《タリ》レ宜《シキニ》。

十二月二十六日　御足《ノ》事大略御減之由医家申《スト》レ之《ヲ》云々。喜悦無《シ》レ極《マリ》。

十二月二十八日　事《ノ》外御減之由、医家申《スト》レ之《ヲ》云々。承悦無《シ》レ極《マリ》。申《ノ》時許《リニ》退出《ス》。

正治三年一月十七日　早旦参《ル》二御所〈大炊殿〉《ニ》一、御悩只《ダ》同《ジ》事也。

二十一日　只《ダ》同事《ナリト》云々。

正治二年の年末には、病状はいったん小康状態になったようだが、年明けて再び悪化し、一月二十五日に亡くなるのである。一月二十二日、二十三日の『明月記』断簡が存在するが、そこに式子に関する記載はない。

先にも述べた通り、当時、春宮猶子の話が起きており、『明月記』十月一日条には、女房の云うには、猶子は決定し、大炊殿に迎えるために御所の修理や女房の身づくろいやら、あれこれと大事な用事があるとのことと記す。定家は、春宮の陪膳などもしており、猶子の事もあって頻繁に大炊殿に出入りする。この慶事に、式子の容態がいっそう悪化していくことに心を痛めていたことであろう。

この猶子の話をめぐっては、当時すでに力が弱くなっていたらしい旧後白河院方勢力の、丹後局が羨み、呪咀したと、春宮周辺で噂していたという（明月記　建仁二年八月二十二日条）。春宮周辺には源通親と縁の深い人々がいた。猶子のことはその春宮側と連携して進められていた。式子の病が悪化し、死に至ったのは、猶子の話が進んでいる時であったから、その死は、呪咀が原因だとも思われたのであろう。建久七年に式子が連座したとされ、あやうく洛外追放になろうとした橘兼仲妻妖言事件にも、丹後局は関係していたようであったが、さらに、この頃また、同様に後白河院の託宣を持ち出して「種々雑言し、懇望述懐」していたという源仲国《なかくに》妻のことが『明月記』に記されている（正治二年十二月十五日条）。仲国妻は「二品縁者」とあり、丹後局の縁者なのである。定家は、大炊殿に行って、公時からそのことを聞いている。

公時は、前述の通り、三条大納言実国の息で、式子没後、その中陰の仏事を奉行しており（明月記　建仁元年四月二十六日条）経房没後の式子の後見役であったらしい。丹後局は、式子の病状が急激に悪化した十二月七日の翌日、大炊殿に見舞いに（あるいは偵察に）やってきてもいるが（明月記　同日条）、一方で、式子に対する呪咀の噂もあり、またその縁者が後白河院の託宣と称していろいろな要望を言い立てていたのである。この霊託について、通親は信じていなかったし、式子も疑わしいと言っていたことが、『柳原家記録』所収『玉葉』の建仁元年正月三十日条の記事を解読した高柳祐子氏によって明らかにされた（「晩年の式子内親王」）。その記事は次のようである。

今夜下名《ト》云々、見《ル》二聞書《ヲ》一、辰剋程□云々、（中略）又衛府一度《ニ》被《ル》レ捕《ヘ》二廿余人《ヲ》一。教成任《ズ》二中将《ニ》一。

被《ルル》レ恐《レ》二霊託《ヲ》一歟。趙高、始《メ》不レ信《ゼ》二此《ノ》霊託《ヲ》一。仲国殆欲《ク》レ処《スト》レ　科《セラレントニ》云々。而依《シテリ》二前斎院〈同《ジク》霊託《ニ》被《ルル》二猜仰《セ》一之人也〉《ノ》御事《ニ》一、始《メテ》以《テ》有《リト》二信伏之気一云々。仍《テ》驚《キテ》而有《ル》二此《ノ》恩一歟。天下之為《ていたらく》レ体、如《キ》レ赴《クガ》二冥途他界《ニ》一歟。不レ能□右——□□——　辛酉之年、可《シト》レ被レ行《ハ》二善政一云々。此《ノ》事等、可《キ》レ叶《フ》二天意《ニ》一哉。

「前斎院御事」は正月二十五日の式子の死を意味している。『玉葉』の筆者兼実は、除目《じもく》で、「教成」が中将に任じられたのは通親（＝趙高）が「霊託」を恐れたためなのかと推測している。霊託の内容には、丹後局の息子の教成の昇進の要望が含まれていたと推測される。通親は初めはこの霊託を信じていなかった。式子についても、「同霊託被猜仰之人也」とある。高柳氏は、「猜」字について、「神仏と関わるような人知の及ばない事柄を疑う場合には、「疑」よりも「猜」字を使用する傾向があるように思われる」とし、この注を、「通親と同じく式子内親王も、霊託には『疑う』とおっしゃっていた（疑わしいとおっしゃっていた）人である」と大意をとるのが妥当としている。それに従えば、式子もこの霊託に疑いをもっていることが知られていたらしい。ところが、その式子の死によって、通親は霊託が本物だと思った、という話だというのである。通親は、式子の死は仲国妻の託宣を疑った報いだと思ったのである。

高柳氏は、この一件に関する式子の態度から、春宮猶子といった世俗的な事柄にもきちんと向き合い、自らの意志で通親と同じ態度を選び、それを表明もする、積極的に社会と関わってゆこうとする式子の一面を読み取り、新しい式子像を描いている。また、この論を受けて三好千春氏は、「仲国夫妻の霊託に「猜仰」ことは、その背後の丹後局ら旧後白河近臣勢力に同調しないという宣言であり、彼ら前時代勢力の肩入れをせず、後鳥羽後継者という次世代勢力側の立場を鮮明にすることは、彼女の政治的表明なのである」と言う。この時、世俗的な問題について自分の立ち位置をはっきりさせることが出来る社会性を式子が持っていたということに私も異論はない。数年前に起きた橘兼仲妻妖言事件における式子の具体的な対応が不明なので想像の幅が広がるが、『正治二年初度百首』詠進者に選ばれたこと、春宮猶子の決定を経たことは経験として大きいものであり、式子をとりまく政治的力関係が急速に変化していることは確かである。どちらの事件にも関わった丹後局の勢いも衰えていたということもあろう。丹後局の関わる妖言事件は、式子にとってはすでに苦い経験となっていた。

秉燭以後参《ル》大炊殿《ニ》一。二位《ニ》（注　公時）謁談《シ》、良久《ややシク》述懐《ス》。此《ノ》御事猶以増《テスハ》、更《ニ》以不《テ》レ足《ラ》レ言《フニ》。卿典侍（注　兼子）、以《テ》二少納言内侍《ヲ》一、有《リ》下被《ル》二伝申《ヘサ》一事上。仍申《テシ》二-入之《レヲ》一、承《リ》二御返事《ヲ》一、又参《リ》二二条殿《ニ》一、達《シテ》レ之《ヲ》退出《ス》。此《ノ》事始終不　去（吉ノ誤カ）歟。吉事之聞《エ》、折節魔姓所為、猶々不レ足《ラ》レ言《フニ》。傍家定《メテ》解□歟。可レ哀《シトシム》云々。

（明月記　正治二年十二月十四日条）

定家は仲国妻の託宣のことを聞いた前日も公時と謁談している。しばらく愚痴を聞いたのだが、その内容は次のようである。、式子の病状が重篤になっていくことは、何とも言いようがないこと、卿典侍（後鳥羽院乳母藤原兼子）が少納言内侍を通じて伝えて来られたことがあったので、このことを式子に申し入れて御返事を承ったこと、その御返事をもって、再度、院御所に参上し、卿典侍にお伝えして退出したということである。公時は続けて、このなりゆきは不吉なのではないか、この吉事について世間では、折も折「魔姓《(性)》の所為」との評判で、返す返すも何とも言いようのないひどいことだ、何とも嘆かわしいことだとこぼした。兼子（卿典侍）からの申し入れは、式子の春宮猶子の件にさしさわるような不快な話だったのであろう。欠字もあり、不明な点もあるが、「折節」の「魔姓《(性)》の所為」や「傍《(謗)》家」などの文言は、翌日に公時が定家に語る仲国妻の託宣事件などに関わることであろうかと推せられる。あるいは、兼子はまさにそのことについて、式子に尋ね、式子が「猜仰」の見解を述べたのがこの時なのかもしれない。式子の病状が一気に悪化したこの頃から、猶子の話は不調になっていくのである。

式子の信仰

『明月記』の記述は七日ほど遡るが、式子の病状が重篤になっている十二月七日条は、定家のみた式子の信仰のあり方が記されている点でよく引用される。

……大炊殿大事《ニ》御《ハス》之由、宗《(家ノ誤カ)》衡来《タリ》告《グレバ》、巳《ノ》一点《ニ》参入《ス》。今日有《リト》二御灸一云々。此《ノ》事極《メテ》有《リ》レ怖《レ》、折節浅《あさ》猿《まし》。偏《ヘニ》是大《(天)》魔《ノ》所為也。此《ノ》吉事定《メテ》難《カラン》レ被《レ》レ遂《ゲ》。御所《ノ》修理掃除、御悩之間《ニ》始《ムルハ》不《ル》二相応《セ》一歟。近代《ノ》医家、於《テ》レ事《ニ》不レ可《カラ》レ憑《ム》。雅基偏《ヘニ》申《シテ》二御熱之由《ヲ》一、奉《ル》二許《リ》冷《ヤシ》一、頼基申《ハス》二御風・脚気《ノ》由《ヲ》一。而《ルニ》不《ト》レ被《レ》レ用《ヰ》云々。午《ノ》時許《リニ》被《ル》レ始《メ》二御灸《ヲ》一。但《シ》更《ニ》熱《ク》不《ト》二思《シ》食《サ》一云々。

此《ノ》条又有《リ》レ恐《レ》。此《ノ》御辺《ニハ》本目《(自)リ》無《ケレバ》二御信受一、惣《ジテ》無《シ》二御祈一。今日《ハ》、人々依《リ》レ申《スニ》、如《ク》レ形《ノ》被二(行)《ハ》御祈等《ヲ》一〈二位《ハ》、土而《(公ノ誤カ)》御祭。予《ハ》、呪咀《ノ》御祭。女房《ハ》、参《[泰]》山府御祭之。又御修法《ニ》一壇《ノ》事、□□申《シ》行《フ》事未《ダ》レ定《マラ》。申《ノ》時許《リニ》退出《ス》〉。

病状の悪化に、春宮猶子の吉事が遂げられないのではないかと危惧し、医者が頼りにならないことを歎き、その末尾に定家は、「此の御辺には本より御信受無ければ、惣じて御祈無し」と記す。「御信受」は、『明月記』の他の用例をみても、「信仰」の意味ではなく、単に信じて受け入れるという意味である。要するに、式子は、以前からそれを信じて受け入れていなかったので、だいたい加持祈禱をするということがない、というのである。しかし、この日は、周囲の人々の進言によって、その「祈等」――土公祭、呪咀祭、泰山府君祭、御修法――を行ったという記事である。また、次の『明月記』の記事も、式子の信仰に関わることとして注目されてきた。

今日欲《スル》レ出《デント》レ京日《ニ》也。辰《ノ》時許《リニ》、青侍等云《フ》、坤《ノ》方《ノ》竹《ノ》内《ニ》有《リ》二穢物一、人頭也。喚《ビテ》二木守丸《ヲ》一令《ムルニ》レ見、実正《ナリト》云々。適《マ》出京《スルニ》、又穢気《ナルハ》、極《メテ》無骨《ノ》者也。即《チ》令《ム》二取《リ》弃《テ》一〈嵯峨《ノ》辺《ニ》、称《スル》二浄目《ト》一物、居住《ス》。給《ヒテ》二小分物《ヲ》一、令《ム》レ取《ラ》レ之《ヲ》〉。

未《ノ》時許《リニ》出《デ》二嵯峨《ヲ》一、入《リ》レ京《ニ》、路次、参《ル》二大炊殿《ニ》一。此《ノ》御所《ハ》本日［自］《リ》不レ被レ忌《マ》レ穢《ヲ》。仍《テ》所レ参《ル》也。

（正治二年閏二月十三日条）

嵯峨から京へ向かおうとする日、嵯峨の山荘の南西にある竹の内に人頭が発見され、定家は具合悪く穢気に触れてしまう。午後、京へ帰り、穢を祓うこともしないで、式子の大炊殿へ参上した。その理由は、この御所は、以前から穢れを忌まない所だから、というのである。当時、死穢、弔喪、血穢などに触れると、一定期間忌み慎み、朝参や神事などはしてはいけなかった。定家は翌日外出を控えたりしている。式子は常日頃から触穢を気にしないというのである。

この態度は確かに当時の貴族のあり方とは異なっている。これは異端の皇女の「特異な価値観」なのだろうか。『明月記』の記述からは、定家と式子は、宗教という点ではまったく異なる立場であることがわかり、定家の目からは、式子の態度は確かに特異と見えたと思われる。当時の貴族達は一般的に、先の「祈等」にも挙げられているようなさまざまな陰陽道の祭や密教の修法、また医術などが総合的にうまく機能することによって、結果的に身の安全が守られればよいと考えていたようである。

しかし、式子が、すでに法然の専修念仏に帰依していたとすれば、後述するように、このような態度もありうることであろうと思われる。

なお、『明月記』正治二年三月十三日条に、国書刊行会本などに依って式子が仏事を忌むという記載があるとする説は誤りで、「御心(仏ノ誤カ)事被忩云々」と翻刻される内閣文庫慶長本の本文が正しい。

「忌」ならぬ「忩」はいそぐの意。当日は範円律師が説法している。この日は父後白河院の命日で、その法事を式子は大炊殿で営んでいるのである。

式子が法然に帰依した可能性を示すのは、法然の一通の手紙の存在のみである。

「シヤウ如ハウ」へつかはす御文——法然の手紙

そもそも法然の自筆は、残っているものが極端に少なく、法然伝の研究を困難にしている。『一枚起請文』（金戒光明寺蔵）は自筆とされるが、主著『選択本願念仏集《せんちゃくほんがんねんぶつしゅう》』も、内題のみが自筆とされている（廬山寺本）。消息は多数伝わるが、自筆書状は清涼寺蔵「熊谷直実入道蓮生へつかはす御返事」と奈良市興善寺蔵「正行房へつかはす御返事」の二通のみで、式子宛といわれている消息「正如房へつかはす御文」（『昭和新修法然上人全集』）は、法然の弟子の親鸞が康元（一二五六、七年）年間に書写したものである。三重県津市高田《たかだ》専修寺《せんじゅじ》蔵『西方指南抄《さいほうしなんしょう》』に、それは収められている。『西方指南抄』には「シヤウ如ハウ」、『和語燈録』（文永十二年〔一二七五〕序）には「正如房」、『勅修御伝』（徳治二〔一三〇七～〕着手、十年余経て完成）では「聖如房」と異なる漢字が当てられていくが、これが法名を「承如法」（『賀茂斎院記』）という式子内親王であろうということが指摘され（小川龍彦『新定法然上人絵伝』）、改めて検証されている（岸信宏「聖如房に就て」）。

それは、臨終の床に伏す「シヤウ如ハウ」が、法然に最後の対面とあわせて善知識の役割をつとめてくれることを請うたことに対する、参上しない旨を伝える手紙で、丁重にして長文にわたる。シヤウ如ハウの方からの手紙も存在するわけではないし、書き出しの文面からは書面に対する返事ではなく、あるいは、シヤウ如ハウが信頼する女房を通じて事情を伝えさせたことに対して書面で返事をしたためたものかと思われる。この手紙の他には、法然と式子の繫がりの可能性を示唆する資料はない。手紙が式子宛であるならば、法然から受戒したとも考えられるが、式子が法然から受戒したという証拠になる記録はこの他にはあると聞かない。法然との関係を認めるならば、受戒したと考えるだけではなく、この手紙の内容に立ち入るほかはないと思われる。「承如法」が「シヤウ如ハウ」であるとして、即ち「式子内親王として、内親王の伝記をふり返つてみる時に、法然上人との関係に於て歴史的矛盾を見出せないということが最も強みである」と岸氏は言っている。法名の一致以外の点を改めて確認しておく。

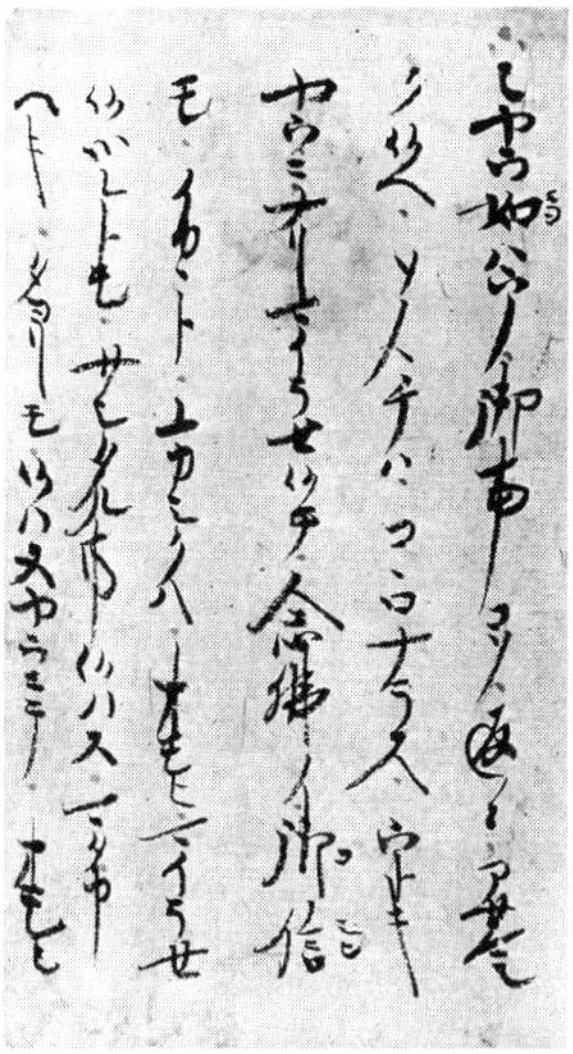

法然のシヤウ如ハウ宛消息冒頭
（『西方指南抄』）

丁重さという点で、高貴な女人に対する手紙としてよい。また、参上を断る直接の理由「別時念仏」も、法然が毎年正月の初めから恒例の行事としていたので、式子の命日が正月二十五日であったことに矛盾はしない。前述の加持祈禱をしないという態度については、岸氏は「浄土教は大體に於て祈りなき宗教である。……内親王が病気平癒の祈願の行事に関心のうすかつた御心境が、生死を超えた浄土欣求の念佛行者の平安から来ているとすれば式子内親王を聖如房とするに都合がよい」とされている。

念仏の申されん様にすぐべし

法然の専修念仏の要諦は、『選択本願念仏集』内題に自筆で書かれた「南無阿弥陀仏〈往生の業には念仏を先とす〉」に尽くされている。当時の公家社会は天台、真言などの聖道門が大勢であり、それは穢土《えど》において仏果を求め、難行道《なんぎょうどう》を行うものであった。それに対して法然の教えは、この末法においては、すべての人間が救われるには、阿弥陀の本願を信じて称名する易行《いぎょう》こそが勝行であるというものであった。次のような法然の法語がある。

……現世をすぐべき様は、念仏の申されん様にすぐべし。念仏のさまたげになりぬべくば、なになりともよろづをいとひすて、、これをとゞむべし。いはく、ひじりで申されずば、めをまうけて申すべし。妻をまうけて申されずば、ひじりにて申すべし。住所にて申されずば、流行して申すべし。流行して申されずば、家にゐて申すべし。自力の衣食にて申されずば、他人にたすけられて申すべし。他人にたすけられて申されずば、自力の衣食にて申すべし。一人して申されずば、同朋とともに申すべし。共行して申されずば、一人籠居して申すべし。衣食住の三は、念仏の助業也。これすなはち自身安穏にして念仏往生をとげんがためには、何事もみな念仏の助業也……

（「禅勝房伝説の詞」『昭和新修法然上人全集』）

法然の教えは、人生のあらゆる生活面をも助業として念仏の中に含みこみ、念仏の中に意味付けているのである。『百四十五箇條問答』という問答集で、法然は、おそらく庶民の信者のさまざまな質問に相手に応ずるように答えている。その中にこのような問答もある。


一。韮《にら》、葱《き》、蒜《ひる》、ししを食ひて、香《か》失せ候はずとも、つねに念仏は申候べきやらん。

答。念仏はなに丶もさはらぬ事にて候。

一。七歳の子死《しに》て忌《いみ》なしと申候はいかに。

答。仏教には忌《いみ》といふ事なし、世俗に申したらん様《やう》に。

一。月の憚りの時、経よみ候はいかゞ候。

答。苦しみあるべしとも見へず候。

一。忌《いみ》の者の、ものへ参《まい》り候事（物詣）は、あしく候か。

答。くるしからず。


建仁元年十二月十四日、見参《げざん》に入《いり》て、問参《とひまい》らする事。

臨終の時不浄の物《もの》丶候には、仏の迎に渡《わた》らせ給ひたるも、返らせ給ふと申候は、実《まこと》にて候か。

答。仏の迎におはします程《ほど》にては、不浄の物有《ものあ》りと云《いふ》とも、なじかは返らせ給べき。仏はきよききたなきの沙汰なし。皆《みな》されども観ずれば、きたなきもきよく、きよきもきたなくしなす。たゞ念仏ぞよかるべき。きよくとも念仏申さゞらんには益なし。万事を捨《すて》丶念仏を申すべし。証拠のみ多《おほ》かり。

このような答を知ると、式子が穢れを忌まないというのも、その教えに添ったことのように思われ、「シヤウ如ハウ」はやはり「承如法」ではなかったかと推せらるのである。

ちなみに、この問答の中に、歌を詠むことについて、法然は次のように答えている。

一。歌よむは罪《つみ》にて候か。

答。あながちにえ候はじ、たゞし罪も得《え》、功徳にもなる。

式子が、このような専修念仏の法然に帰依していたとするならば、式子にとって和歌は、和歌を詠まずに念仏することは出来ないことであり、さらには、和歌を詠むことで心を澄まし、人や自然のあり方について思索を深め、祈るような歌も詠んでいたことからすれば、和歌を詠むことは念仏することに限りなく等しいことだったと言わなければならないだろう。

法然との出会いはいつか

シヤウ如ハウが式子であったとして、しかしながら、法然と式子の出会いの時期を特定しうる資料はない。

式子出家の戒師が法然であったとする説は、出家は「建久二年ごろかとする説が最も説得力をもつ」とする『日本古典文学大辞典』第三巻（昭和五十九年四月）の「式子内親王」項（森本元子担当）や、

「式子が法然に出会ったのも文治四、五年ごろか」とし、出家を文治六年として「戒師は法然か」としている石丸晶子説（『式子内親王伝　面影人は法然』）がある。石丸氏は、式子が法然と出会った後で密教の十八道を受けたとしても、法然に深く帰依していた兼実でさえも法然から「祈病のための授戒」を受けているのだから、法然との出会いを十八道以前として矛盾しないと言う。しかし、式子の場合、十八道を受けているのは法然からではなく、道法法親王からである。

一方、村井俊司氏は式子の後見である吉田経房が氏の長者を務める勧修寺一門に法然の帰依者が多かったことに着目し、後見経房との関係から、式子が法然の教えを得る機会を持ったとし、父後白河院をはじめとして、当時の公家社会に法然の支持者が少なかった中で、建久五年に式子が十八道を授けられたことなども勘案して、式子が法然の教えを得る機会があったのは、後白河院没後ではないかと推察している（「式子内親王の信仰とその周辺」）。

手紙の趣旨から考える

たとえば「出家の戒師」が法然であったなどとして、なるべく早い段階で式子との関わりを設定しようとすることの根拠の一つは、法然の手紙の中に、

一向専修ノ念仏ニイリテ、ヒトスヂニ弥陀ノ本願ヲタノミテ、ヒサシクナラセオハシマシテ候。

という一節があることであろう。古くは、岸信宏氏は、出家の年月を建久八年とされてのことであるが、薨去まで「五ヶ年の歳月しかない」こととの整合性を求められて、この一節について、「専修念

仏に入られたのを出家以前よりと見れば差支はないが、……建久五年六月五日には……真言の十八道の伝授をうけていられるのである。当時の貴顕の人々の念仏門帰入をば浄土宗教団の文献に伝うる如く直ちに専修の形に持ってゆくことは困難であるかも知れない」（前掲論文）と言っている。

不明な点が多いが、次のようには考えられないだろうか。

「ヒサシ」というのがどれほどの時の経過を意味するのか、この手紙全体の趣旨から考えると、それはかならずしも客観的な時間の長さではないだろうと思われる。法然の手紙が、シヤウ如ハウの信心を励まし、安心を与えるために一所懸命であるという点を考慮して考えてみたい。

先に引用した箇所は主文の最後の部分にある。ここは、シヤウ如ハウのこれまでの人生を振り返り、往生疑いなしと強く信じることを促しているところである。そのひとまとまりを引用する。

> 五逆《ごぎゃく》・十悪《じゅうあく》ノオモキツミツクリタル悪人、ナヲ《（ほ）》十声《とこえ》・一声《ひとこえ》ノ念仏ニヨリテ、往生ヲシ候ハムニ、マシテツミツクラセオハシマス御事ハ、ナニゴトニカハ候ベキ。タトヒ候ベキニテモ、イクホドノコトカハ候ベキ。コノ経ニトカレテ候罪人ニハ、イヒクラブベクヤハ候——①
> ソレニマヅコヽロヲオコシ、出家《しゅっけ》ヲトゲサセオハシマシテ、メデタキミノリニモ縁ヲムスビ、トキニシタガヒ日ニソエ《（へ）》テ、善根《ぜんごん》ノミコソハツモラセオハシマスコトニテ候ハメ。——②
> ソノウヘフカク決定《けつじょう》往生ノ法文ヲ信ジテ、一向専修《いっこうせんじゅ》ノ念仏ニイリテ、ヒトスヂニ弥陀ノ本願ヲタノミテ、ヒサシクナラセオハシマシテ候。ナニ事ニカハ、ヒトコトモ往生ヲウタガヒオボシメシ候

ベキ。――③

「専修ノ人、百人ハ百人ナガラ、十人ハ十人ナガラ、往生ス」ト、善導ノタマヒテ候ヘバ、ヒトリソノカズニモレサセオハシマスベキカハトコソハオボエ候ヘ。善導オ《を》モカコチ、仏ノ本願オ《を》モセメマイ《ゐ》ラセタマフベク候。コ、ロヨハ《わ》クハ、ユメ〳〵オボシメスマジク候。アナカシコ〳〵。

①でまず、重罪の悪人も念仏によって往生する、あなたの罪など仮にあっても軽いものだから、往生を疑ってはいけないと説く。②は、発心して出家も遂げ、尊い仏法に縁を結んで、時が経つにつれて日増しに善根《ぜんごん》ばかりを積んでおられることだろうというのである。善根とは貪瞋痴《とんじんち》の三毒が無いこと。善根を積むとは来世で善い果報を招く原因となる善い行い――写経や供養、造像など―をすることである。この部分は、出家から十八道加行までを、法然と出会う以前のこととしても、それをも含めて、今までのこととして読むことが出来よう。旧来の仏教でも勧められる「善根を積む」行為だけでも往生の因になると説得しているのである。しかもその上、というのが③で、決定往生の専修念仏に帰依しても「ヒサシ」いではないか。というのである。言わば出家時点からも含める勢いで、一所懸命安心させようという気持ちから出た「ヒサシ」は、もう十分に長いことになるではありませんか、という口吻と読める。専修念仏に帰依したのが十八道を受けた建久五年以後として、六年くらいにはなるのかもしれない。

また、体験詠ではないけれども、建久五年以前の詠であると思われる特にA百首の発想は自力行的傾向が強いように思われ、出家の戒師が法然であったということには、私は違和感をもつ。また、一向専修の念仏門に入った後で、従来の聖道門の十八道を受けるというのも、加持祈禱を拒否するような態度からは、考えにくいように思う。

式子と法然の接点に関連しては、人脈の上で、後白河院満中陰における式子施主の法要の導師澄憲や、その次の月忌における式子施主の法要の導師公胤《こういん》が、法然と関係が深いことも指摘されている（岸氏 前掲論文）。法然は、後白河院との間にもいくつも接点があったとされている（五味文彦『後白河院──王の歌』）。人脈の上でいろいろな可能性が考えられるが、法然との邂逅は、後白河院没後に、後見吉田経房の縁であろうと推察されている村田氏の見解に近く、十八道加行以後のことである蓋然性があると私には思われる。

さらに、この手紙からわかることは、臨終迫る時になるまで、両者の接点は「ソノ、チ」しばらくなかったことである。久しぶりの連絡が善知識の依頼だったことに法然は驚いている。連絡がない状態だったのは、特別の用事もなく、よい便宜もないままに「ナニトナク」「コ、ロナラズウトキヤウニナリマイ《ゐ》ラセテ」と法然はいう。身分の高い、臨終迫った女性の頼みを断る手紙であり、相手の心に添いながら非常に気を遣って書かれた優しい手紙である。臨終迫ったシヤウ如ハウが自分のことを頼りにし「コ、ロニカケテ」「ツネニ」「タヅネ」ていると聞いては、「イマ一度ハミマイ《ゐ》ラセタク」とも臨終の念仏のことも当然心配してさしあげるはずであるのにとも思い、「マコトニアハレニモコ、ログルシクモ」思っているというのである。三年前の建久九年、六十六歳の法然は風邪から病状を悪化させて死を思い、「没後遺誡文」を作っている。疎遠になったことにはこのような事情もあったのかもしれない。

丁重な断りの手紙

「式子にとって法然が、単に教えを説いてくれる師父以上のものでなく、また法然にとって式子が、その教えをうける信徒以上のものでなかったならば、法然はこのとき、別時念仏を中断して駆けつけた筈だ。……式子の面影びとはこの法然であったのではないか。そして法然も式子のこの心を知っていたし、彼自身、ひとりの男性として式子を愛する心が、心中深くには隠されていたにちがいない」とし、つまり双方に男女の恋愛感情があったから法然は別時念仏を中止して式子の臨終の枕辺に駆けつけなかったのだという石丸氏の見解（前掲書）には仏教学の方からも、国文学の方からも異論が出ている。手紙の解釈が重要で、その内容からしても、信仰上の師父と帰依者の関係としてよいと考えられる。式子が法然の教えに深く帰依していたからこそ臨終に際して来臨を求めたのであり、法然は法然で、師としてその教えを徹底したからこそ別時念仏を中止して駆けつけたりしなかったのだと考えられる。この際、行くことによっては却って救済が徹底しないと考

房籠りの法然
（芹沢銈介『極楽から来た挿絵集』）

えたのである。

手紙は、まことに意を尽くしたものであった。行けば行けないことはないが、「セムジテハ、コノヨノ見参ハトテモカクテモ候ナム」（この世での対面はあってもなくても所詮どちらでもよいことでしょう）、それは「カバネオシヨスルマドヒ」（『和語燈録』では「カバネオ執スルマドヒ」）となってしまうという。亡骸を葬るにあたっては、自分も善知識として看取ったとしても心が乱れてしまうというほどの意味であろう。ここには、式子に対する法然の人間としての親しみが率直に現れている。しかし、いわゆる恋愛感情をここに読み取るのは間違いであろう。法然は、手紙の後文で、凡夫の善知識を否定するが、その伏線としてここで、自分もまたこの世の別れに心を乱し哀しむ「凡夫」の善知識にすぎないのです、と言っているのである。

初めから法然の話をよく理解して仏の本願に信の心を起こしていたのに、どうして今になって往生を疑い出したのか、あなたは、よく往生の道も知り念仏の功も積もっているのだから、「カナラズマタ臨終ノ善知識ニアハセオハシマサズトモ」往生は一定であるから、常にお仕えしている人に念仏を称えさせて、それを聞いて、心一つを強くもって「凡夫ノ善知識ヲオボシメシステ、、仏ヲ善知識ニタノミマイ《ゐ》ラセサセタマフベク候」と法然は言う。

しかし、「カナラズマタ臨終ノ善知識ニアハセオハシマサズトモ（必ずしも臨終の善知識は必要でない）」から、「凡夫ノ善知識ヲオボシメシステ、」へは、飛躍がある。死を前にした不安な人の枕元に法然が善知識としていても邪魔にはならず、心強いではないかという考えも入る余地があるからである。それなのに、なぜ法然は行かなかったのか。

往生ハセサセオハシマスマジキヤウニノミ、申キカセマイラスル人々

式子の周囲には、宗教上の同朋はいなかったようだ。式子が法然を呼び求めたのは、枕元に「往生ハセサセオハシマスマジキヤウニノミ、申《もうし》キカセマイラスル《（ゐ）》人々」——往生はきっとなさらないでしょうというようにばかり、式子に言い聞かせ申し上げる人たち、がいたために、往生の不安、不信を覚えたためである。

これらは聖道門の人々と考えられている。「サトリアラズ、行《ぎょう》コトナルヒト」「イカナル智者《ちしゃ》メデタキ人トオホセラルトモ」ともあり、身分高い高僧——あるいは式子の同母弟の守覚か道法かもしれない——をはじめとする、加持祈禱を勧めた人々であろう。周りで看病している人の言葉として、その真意はどこにあったであろうか。

聖道門の考え方では、往生のためには、死に行く者の臨終正念が第一とされた。「日ごろ念仏申せども、臨終に善知識にあはずは往生しがた」く「やまひ大事にて心みだれば、往生しがたし」という通念があった（『往生浄土用心』）。しかし法然は、「自らの臨終正念にして初めて仏の来迎があり、そのうえで極楽往生できる」という通念を翻して「平生の念仏により、臨終の時、仏の来迎に恵まれ、正念に住して必ず極楽往生できる」としたのである。確かに、加持祈禱や密教の修法をしたがらない式子の態度は、聖道門の人から見れば往生には程遠いと思われたに違いないが、その耳もとで「往生はきっとなさらないでしょう」などと、周りで看病している近しい者が言い聞かせたのだとしたら、それは、式子には極楽に往生は出来ないという無慈悲な意味ではなくて、今のまま亡くなっても極楽往生は望めないですよと、聖道門の立場から説得して、加持祈禱や修法をすることを強く勧め、その効果に一縷の望みを繋ぎ、死の病からの回復を願い励ます言葉としてしかありえないのではないだろうか。式子周辺の人々は、春宮猶子の好機を逃さぬことを強く願っていただろうからである。ましてや、式子の死後通親が怯えた丹後局の呪咀の噂も聞こえてくれば、周囲の人々の式子への圧力は強くなったと思われる。いよいよとなれば通常の臨終行儀を勧めることにもなったであろうにしても。

法然はなぜ行かなかったのか

このような「凡夫ノハカラヒ」によって「往生イヒサマタゲム」とする周りの状況は、式子に「コノゴロノ凡夫ノイカニモ申《もうし》候ハムニヨリテ、ゲニイカヾアラムズラムナド、不定《ふじょう》ニオボシメス御コヽロ」を起こさせたであろう。そのような不安の中で式子は法然を善知識として呼び求めたのである。

しかし、法然は行かなかった。その理由は、宗教者法然を考える時、帰依者式子に即する形で考えられなければならないだろう。法然は対機説法（相手の素質、能力にしたがって法を説くこと）をしたのである。法然は、理を尽くし、十分な往生の資格があるのに、それでも周囲に惑わされて揺れる式子の心を救わなければならなかった。それは結局のところ、式子自身の中にある周りに共鳴してしまう自力の心を、阿弥陀仏の本願に乗じる他力の心へ転ずることである。聖道門の善知識でよければ近くにいたはずであるのに、法然でなければならないと呼んだことの中に、式子に残る自力の心と表裏一体の過誤を法然は見出していたのである。生身の法然を来迎の仏と混同することは、限界のあるこの世の存在を絶対視するという点で、同じことなのだから。法然が自分を「凡夫ノ善知識」とことさらにいうのは、式子に気付かせようとしているのである。

モトヨリ仏ノ来迎《らいごう》ハ、臨終正念《しょうねん》ノタメニテ候也。……コレヲヨク〳〵御コヽロエテ、ツネ（ニ）御メヲフサギ、タナゴヽロヲアハセテ、御コヽロヲシヅメテ、オボシメスベク候。ネガワ《（は）》クハ阿弥陀仏ノ本願アヤマタズ、臨終ノ時カナラズワガマヘニ現ジテ、慈悲《ジヒ》ヲクワエ《（はへ）》タスケテ、正念ニ住セシメタマヘト、御コヽロニモオボシメシテ、クチニモ念仏申サセタマフベク候。コレニスギタル事候マジ。コヽロヨワクオボシメスコトノ、ユメ〳〵候マジキナリ。

心を鎮めて、心をしっかり持って仏に直接せよと、法然は言う。また法然は、自分が別時念仏に入っている折に式子のこのような知らせがきたことも、仏縁だと思い、一念も残らず式子の往生のために廻向するとも言う。さらに、式子が法然の教えの一言を心に留めていることも前世からの縁だとも思うと述べて、次のように述べる。

ツイ《（ひ）》ニ一仏浄土《いちぶつじょうど》ニマイ《（ゐ）》リアヒマイ《（ゐ）》ラセ候ハムコトハ、ウタガヒナクオボエ候。ユメマボロシノコノヨニテ、イマ一《いち》ドナドオモヒ申《もうし》候事ハ、トテモカクテモ候ナム。コレオ《（を）》バヒトスヂニオボシメシステテ、イヨ〳〵モ、フカクネガフ御コヽロオ《（を）》モマシ、御念仏オ《（を）》モハゲマセオハシマシテ、カシコニテマタムトオボシメスベク候。返々《かえすがえす》モナホ〳〵往生ヲウタガフ御コヽロ候マジキナリ。

ついには私もあなたも、同じ阿弥陀仏一仏の浄土に参ってそこでお目に掛かることは疑いもないと法然は言う。この手紙の最初と最後に繰り返されている「コノ世ノ見参ハトテモカクテモ候ナム」と「コノヨニテ、イマ一《いち》ドナドオモヒ申《もうし》候事ハ、トテモカクテモ候ナム」は、会いに行けば私も心が乱れるから、という凡夫の立場からの否定的な意味から、いずれ浄土で必ず会えるのだからこの世での出会いにこだわることはないのだという、弥陀の本願を信じ切った肯定的な意味に高められていることは注意されてよい。法然は、式子が助けを求めているその悲しみの場所まで凡夫たる「十悪の法然房、愚痴の法然房」（「つねに仰られける御詞」）として降りてゆき、そこから始めて共に念仏する先達の同行として決定往生の信を励ましたのである。その思いの頂点に達した主文の最後は――先にも引用したが――これまで使ってきた「疑うな」「信じよ」「頼め」という表現と比較すればはるかに強く積極的な「かこち、責めよ」という表現で締め括られる。それは自らを省みぬ絶対他力の信を表現する言葉として選ばれている。

善導オ《（を）》モカコチ、仏ノ本願オ《（を）》モセメマイ《（ゐ）》ラセサセタマフベク候。コヽロヨハ《（わ）》クハ、ユメ〳〵オボシメスマジク候。

「かこつ」は、相手に関係があるとして、自分の行為の口実にし、また、相手に原因や責任をかぶせるようにして頼みにするという意味、「責む」も、強要する、うながす、せがむ、といった意味、大意をとれば、なにしろ善導和尚が責任を持ってそう言っているのだから善導を頼みにせよ、なんといっても弥陀の本願は成就しているのだから、安心なのだから、本願の実現をせきたてよ、そのように心を強く持て、と法然は結ぶ。

その決定往生の信への最後の一歩は、人の力ではなく、式子自身の内部で起こるべきことだった。

善知識となった手紙

行くことによって凡夫と仏の混同が起こってはならない、また、行かないことは、浄土再会の確信を伝えることでもあり、別時念仏の意味を式子が理解するであろうという強い信頼の表明にもなったのである。法然は善知識として行く代わりにこの手紙を書いた。

自力を残していた式子の念仏が、そのために行き詰まった時に、それを他力の念仏に廻向するに力を添えたのが法然の手紙であり、その意味で、この手紙はまさしく「善知識」たりえたと言えよう。

追伸として、長文になったことわりを法然は書いているが、最後に、

ウケタマハリ候ママニ、ナニトナクアハレニオボエ候テ、オシカヘシマタ申《もうし》候也。

とある。この「ナニトナクアハレニ」を、「何となくあなたがしみじみと愛《いと》しく思はれ」（石丸氏）と

凡夫の詞として訳すのは賛成できない。仏の慈悲にも似た感情——慈しみであり、苦しみをとりのぞきたいという気持ちを表すものと解せられる。

「オシカヘシマタ」というのは、ここに書いたことは、すでに「ハジメヨリ（申）オキ候シ」ことだからである。

……タヾカマヘテオナジ仏ノクニ、マイ《(ゐ)》リアヒテ、ハチスノウエ《(へ)》ニテ、コノヨノイブセサオ《(を)》モハルケ、トモニ過去ノ因縁《いんねん(を)》オモカタリ、タガヒニ未来ノ化道《けどう(を)》オモタスケムコトコソ、返々《かえすがえす》モ詮《せん》ニテ候ベキト、ハジメヨリ（申《もうし》）オキ候シガ、
マタハジメヨリ仏ノ本願ニ信ヲオコサセオハシマシテ候シ御コヽロノホド、ミマイ《(ゐ)》ラセ候シニ、

ここに書かれたことは、承如法がはじめからよく頭で理解しておられたこと、よくご存じのことなのだというのである。だから、本当にお身体が弱っていらっしゃったら、要点をとって伝えてさしあげてくださいと追伸している。

式子の臨終の様子を語る資料はないが、優しく厳しく情理を尽くした法然の手紙は、むなしき空に降る春雨のように、式子の心にしみとおったのではないだろうか。

式子の墓

正治三年正月二十五日、式子は生涯を閉じた。享年五十三歳。公時が中陰の仏事を奉行した。一周忌は、出家後も世の尊敬を集めていた三条実房が営み、三条家一門の人々が

数多く参列した。定家は、午の時許りに束帯の出で立ちで参列したが、その場の人々には交じらず、式子に長く出仕してきた姉の龍寿御前に会って退出したという（明月記　建仁二年一月二十五日条）。

定家は、龍寿御前について「尼大納言殿」と記している。龍寿は式子逝去に際して出家していたものであろう。一周忌の今日を期して、龍寿はこの御所を出て、「左女牛小家」に住むことになるので、定家が車を貸したようだ。

式子の墓は、白河常光院にあった。龍寿は、式子の月命日に常光院の墓に詣でていたようで、定家に車を借りることもあった（明月記　建仁二年四月二十五日、五月二十五日、九月二十五日条に墓参の記事がある）。

元久二年（一二〇五）一月、吉田社の南に院御所を建てることになり、諸人の領地を差し出させることになったという話を定家は聞く。それを聞いた龍寿は、八条院蔵人光資を通じて八条院にこのことに関して嘆願した（明月記　同十七日条）。推測だが、白河の地にある常光院も院御所の用地となる場所にあるので、旧主の墓の行く末を案じたのであろうか。新造なった白河新御所に後鳥羽院が移るのは、承元元年（一二〇七）七月二十八日のことである（明月記　同日条）。式子の墓はどうなったのだろう。

第六章　伝説の式子内親王

1　謡曲「定家」

式子内親王の墓と伝えられる石塔がある。蓮台野にも近い京都市上京区今出川通千本東入北側にある般舟院陵《はんじゅいんりょう》、その片隅の、弥勒仏とも伝えられる石仏が守るように下方を支える墳の上にある、小さな五輪塔である（口絵参照）。墳のあたりを定家葛《ていかかづら》が這うように覆い、時雨の頃には傍の紅葉が美しい。

定家葛の墓

現在般舟三昧院《はんじゅざんまいいん》のある場所には、もと大聖歓喜寺《だいしょうかんきじ》、大歓喜寺《だいかんきじ》があったが、洛中焼土となった応仁の乱でここも焼失した。その境内に「定家葛の墓」があったと『応仁記《おうにんき》』（文明五年〔一四七三〕頃）に記す。

千林［本敷］ニ両歓喜寺。此ノ寺ニ定家葛ノ墓アリ。（『応仁記』三「洛中大焼之事」）

現在の石塔は、その頃の面影を残すものであろうか。

金春禅竹（応永十二年〔一四〇五〕～文明三年〔一四七一〕）作の夢幻能鬘物「定家」は、室町期以前からあったであろう、元の曲名もそうであった「定家葛」の由来にまつわる藤原定家と式子内親王の恋の伝説をもとにしている。

旅僧（ワキ）が、都千本のあたりで降り出した時雨の雨宿りをしたのは、定家ゆかりの時雨の亭だった。それを教えた女（前シテ）は、式子内親王の墓の石塔に案内し、墓に纏い付く葛の名を「定家葛」というと告げる。謂われを問われた女は、定家と式子内親王の昔の恋物語――賀茂の斎院を退いた内親王と定家の悲恋と、死後も定家の執心が葛となって内親王の墓に這い纏わること――を語り、自分は式子内親王であると名乗り、旅僧に救いを求めて消え失せる。僧の弔問に、墓から式子内親王の霊（後シテ）が、定家葛に呪縛された姿を現す。僧が法華経薬草喩品を読誦すると、葛は解けてゆく。シテは、草木成仏してともに解脱の身となることを喜んで、報恩の舞を舞うが、その姿を恥じつつ、夢のうちに、その姿はもとの墓の中に消え失せ、墓はまた蔦葛に覆われた。

葛の巻きついた塚の作り物と、白い長絹に、緋の大口、泥眼（霊女、痩女）の面をつけた後シテの印象深い能である。

後シテのクセの語りには、主体が式子内親王とも定家ともとれる表現があるが、それは「杜若《かきつばた》」

のシテが在原業平とも二条后とも渾然一体の性格を付与された杜若の精として表現されていることとも合わせて、シテを葛の精的に設定した作者の意図的方法であるといわれている（伊藤正義「作品研究《定家》」）。禅竹は「和歌は能の命」として、歌道を尊重した。その根底には、定家への強い傾倒があった。「定家」という能を創作したこと自体それを示すが、詞章に『拾遺愚草』の歌を引用したことからも、禅竹が定家に強く傾倒していたことは明らかである。その詞章は、『拾遺愚草』の三首そのままに引用された歌や、式子の「玉の緒よ」歌を核に、『伊勢物語』や『文選《もんぜん》』高唐賦《こうとうふ》の故事、葛城の一言主《ひとことぬし》の説話など、歌への造詣の深さを思わせる詞句によって織り上げられている。

定家と式子の恋物語

定家と式子の間には、和歌を介して特別の親しさや敬愛の気持ちがあったとは思われるが、いわゆる恋愛関係があった、という証拠は見当たらない。しかし、室町時代には両者の間の恋愛譚が出来上がっていた。それは、いろいろな形で、『古今集』の注釈書や、『自讃歌注』『謡曲拾葉集』などに散見される。定家葛の巷説や、謡曲「定家」が生まれる直接的なきっかけの一つかとして、佐藤恒雄氏が『後深草院御記《ごふかくさいんぎょき》』文永二年（一二六五）十月十七日の記事を紹介されているのが注目される。入道西園寺実氏《さいおんじさねうじ》（建久五年〔一一九四〕〜文永六年〔一二六九〕）が、後深草院に語ったことの中に次のようなくだりがあるという。

又入道語《リ》申《シテ》云《ク》、イキテシモアスマテ人ハツラカラシ、此《ノ》歌者式子内親王被《ル》レ遣《ハサ》二定家卿《ノ》許《ニ》一歌也。正《ニ》彼《ノ》卿《ノ》所《ナリト》レ語《ル》云々。自《リ》レ院被《シ》レ申《サ》レ歌《ヲ》之時、恋題之時、此《ノ》歌被《ル》二詠進《サ》一者後事也《ト》云々。先《ヅ》遣《ハスト》二定家卿《ノ》許《ニ》一云々。

実氏は定家から直接このことを聞いたのだという。しかし、定家は、仁治二年（一二四一）に亡くなっているのだから、直に聞いたとしてもずいぶん昔の話であり、実氏の記憶が危ぶまれるところもある。「イキテシモ」歌は、『新古今集』に入集した百首歌中の、

生きてよもあすまで人もつらからじこの夕暮をとはばとへかし（恋四　一三二九）

を指すのだろうが、後鳥羽院から歌を召された時、恋題の歌にこの歌を詠進されたのは後のことで、まずは定家に贈った歌だというのである。佐藤氏は、「ことの真相は、式子内親王が定家に批評を求めたのかもしれないし、あるいはまた秘儀めかした戯れであったのかもしれないが、事実はいかにあれ、かくのごとき「恋歌」を式子が定家の許に遣わした、という御記が伝えるところと、彼女と定家との間に恋愛や妄執に織りなされた関係があった、という風聞巷説との間の距離は至って近い」と述べている。田渕氏も指摘されるように、この「生きてよも」歌は、式子の唯一の応制百首である「正治百首」とは別の、後鳥羽院歌壇が始まる前の百首歌中の歌であり、事実とは異なる。そのことから、確かに、「この逸話全体が、定家が語ったということも含めて、やや信憑性が疑われてしまう」（田渕氏前掲書）のももっともである。「生きてよも」歌を百首歌中の一首に式子が入れていることは事実で、

式子自身が詠進したという形ではないが『新古今集』には後に入集している。重要な点は、二度書かれている「遣定家卿」ということで、これはこの歌に限らぬことだったのではないか。式子の歌と定家をはじめとする新古今歌人たちの歌に密な影響があることは確かであるから、歌を定家に見せたという少なくともこの点は真実の話なのであろう。「生きてよも」歌は、『時代不同歌合』『定家十体』『自讃歌』『三五記』などにも採られて、秀歌の誉れ高い歌であるが、「とはばとへかし」という強い特徴的な詞句は、定家と式子にしか用例がないのである。

きのふけふとはばとへかし雲さえて雪ちりそむる峰の松かぜ（「冬」拾遺愚草員外　二八五　建久二年）

ちりぬれば恋しきものを秋はぎの今日のさかりをとはばとへかし（「秋」拾遺愚草　二三三五　建久七年）

「生きてよも」歌との先後関係は不明だが、特に後者は、恋と秋と題は異なるものの、散ってしまえば恋しいのだから、秋萩の盛りのうちに訪ねるのなら訪ねよという論法は、式子歌によく似ている。二人が作歌において影響しあったさまを、実氏の言談は具体的に想像させるものである。

二人の恋愛関係を前提とする中で定家のもとに式子の歌があることが語られる伝説は、江戸中期の公卿歌人、中院通茂《なかのいんみちしげ》の口述筆記である『渓雲問答《けいうんもんどう》』にも出てくる。そこでは二人の関係を心配していた俊成が、式子の手跡の「玉の緒よ」の歌を定家の住まいで見かけて、その歌に感じ、定家の気持ちを察して、諫めなかったという話である。そこでは歌を見たのが父俊成という確かに事実でありそうな話に発展している。或人が伝説として語ったことを、通茂が門人菅真静《すがましず》から又聞きしたのだが、通茂自身は二人の恋愛について懐疑的である。

歌稿は恋の歌ばかりではなかっただろうが、男女を主人公とする俗伝となる時は、恋の歌としてとりなされることになったと思われる。

式子が恋歌を定家に送ったことが伝えられる中で、二人の恋愛はあたかも事実となり、「とはばとへかし」の歌をめぐって、まさに「定家葛」の伝説を記した『源氏大綱』という書物がある。

一、ある物語に、式子内親王に定家の卿、心をかけて、しのび契結ふを、後鳥羽院聞召て、内親王をめして、大いに誓《ちか》いをさせ給へり。内親王明るより契《ちぎ》るべからずとて、誓文《せいもん》をたて、扨、其暮《くれ》に内親王、定家卿へ、

ながらへてあすまで人はつらからじ此夕暮にとはばとへかし

御門《みかど》の前にて誓《ちか》いを立《た》つる程に、明るより参合《あ》ふべからずといふ歌也。其暮に、定家卿来り給へば、内親王手をとり、涙をはらく〳〵と流《なが》し、面《おもて》をも胸《むね》に押《を》しあて、件《くだん》の意趣《いしゅ》を語給へり。此思が始《はじ》めと成て、定家卿後に死せり。内親王も果《は》て給ふ。されば定家卿の思《おも》ひ、葛《かつら》と成て、内親王の墓《はか》をとりまき給へりと也。其時、定家卿、歌に、

せめてげに今一度のあふ事は渡《わた》らん川やしるべなるらん

（稲賀敬二編『中世源氏物語梗概書』による）

式子歌も定家歌も、詞句が多少わかりやすくなっている（定家歌は「せめて思ふ今ひとたびのあふことは渡らむ川や契なるべき」。拾遺愚草員外　二四六・定家卿百番自歌合・源氏物語河海抄）。その交友関係から『源氏大綱』を禅竹が披見した可能性は高く、禅竹は謡曲「定家」の素材をこのような所から得たのであろうとされている（伊藤正義『謡曲雑記』）。

近世になると、定家と式子はすでに一対として語られることが固定してくる。

さればこそ夜とは契れかづらきの神も我が身も同じ心に

という歌が素材となった説話がある。「葛城の神」とは大和葛城山にいる一言主の神。役行者《えんのぎょうじゃ》の命で、葛城山から吉野金峰山《きんぷせん》まで岩橋をかけようとしたが、醜い顔を恥じて夜しか働かなかったので橋は完成せず罰せられたという伝説である。この歌は、醜い顔の男が恋をした女性に「その顔で」と相手にしてもらえずに詠んだ歌として語られる。これは失恋譚である。今川了俊《いまがわりょうしゅん》『和歌所《わかどころ》へ不審《ふしんの》条々《じょうじょう》』（応永十年〔一四〇三〕）では為兼の衣かつぎへの懸想の話、『正徹物語《しょうてつものがたり》』（文安五年〔一四四八〕頃）では、為重の内裏女房への懸想の話になっている。このように、登場人物、歌の詠み手も流動的であった類話を、定家の式子内親王への失恋譚に取りなした話が、織豊時代成立かともいわれる説話集『雑々集』に見られる。この説話集は『謡曲拾葉集』（明和九年〔一七七二〕刊）に引く『雑文集』とおぼしく、また、『女郎花物語』（万治四年〔一六六一〕刊）とも重複する説話を多くもつ説話集である。この話も、重複している。

廿三、定家《ていか》卿しよくし内親王（へ）けさうの事

いまはむかし、後白河院の皇女式子《しよくし》内親王と申たてまつるあり。はじめは、かものいつきの宮にそなはり、程なくおりゐさせ給しに、定家卿、をよばずながら御心ざしあさからざりけり。ある時まいり給て、

なげくともこふともあは（ん）ぬみちやなき君かづらきの峯《みね》のしら雲

と口ずさぶやうにて申給。此卿はけしからず、みめわろき人なりければ、斎院御返しにもをよばず、その御つらにてや、とばかり仰られて、うちそぶかせ給へば、御言葉の下より、定家、

さればこそ夜《よる》とはちぎれかづらきの神も我身（も）おなじ心に

と、よみ給けるとなん。

確かに「なげくとも」歌は定家の恋の歌である。恋の相手の君は、高い葛城山の峯にかかる白雲のように、よそに見る手の届かない存在で、歎いても恋しく思っても会うすべがない、というのである。

本来は、手の届かない絶望的な状況でひとり悲しむ忍恋の歌であるが、この歌物語ではそれを恋の相手に贈った歌としている。「葛城」という詞がこの歌に入っていたのも類型を利用するに好都合だったのだろう。「あはん道やなき」の予想通り、失恋するという運びになる。俗化され、類型化されたストーリーの中で、一首の歌の意味は、本来の重さ、深刻さを減じている。

近世初期になると、事実とはかけ離れて、定家と式子が恋仲であったということはすでに周知の事実となっており、彼らを主人公にした、その恋模様に新しい話の展開が期待されたのであろうか。

2　浄瑠璃の世界の二人

すでに、実像とはさまざまな面でかけ離れてしまった定家と式子が、江戸時代には浄瑠璃の世界で類型的な相思相愛の恋人として登場し、横恋慕する仇役さえ設定される。

古浄瑠璃『小倉山百人一首』

古浄瑠璃『小倉山百人一首』と、それを継承した土佐浄瑠璃『定家』という演目がある。『小倉山百人一首』は、寛文十二年（一六七二）刊（山本九兵衛板）の天下一上総少掾藤原正信正本で、五段からなる。長くなるが、あらすじを紹介する。

第一段　定家は容姿も優、めでたき歌人であったが、その歌風が後白河法皇の御心に叶わぬことを悲しみ、小倉山に隠り、百人一首を撰んで秘蔵している。源平の兵乱やまぬ世の乱れに、法皇は、摂政藤原基通の勧めで、賀茂の斎宮を復活する。斎宮には美しく、和歌の名手の女三の宮式子内親王、奉幣使には和歌の達人定家が選ばれる。

内親王に玉梓を送っても無視された橘諸賢は、定家に嫉妬し、内親王と定家が和歌の指南にかこつけて密通していると、証拠の和歌（「うへしげる垣根隠れの小笹原知られぬ恋はうきふしもなし」「忍恋」拾遺愚草　一四五三）を提出して、神慮をたてに式子の斎宮起用に反対する。定家が、歌道の奥義は心を心に伝えるので、恋の歌から入って教える必要があるのだと陳じ、諸賢は却って勅勘を受ける。

賀茂社奉幣に際し、定家が斎宮に忌詞を教える機会に二人は恋心を打ち明け、逢瀬を約束する。神前には神楽がめでたく奉納される。

第二段　自分には返事すらしない内親王が定家に靡いた上に、恋心ある女子を斎宮にするのは神の咎めがあると諫言した自分に勅勘が下った恨めしさを晴らそうとする諸賢。定家は、小倉山を忍び出て北野千本松の「うほうとう」（注　雨宝堂か）で斎宮を待つ。斎宮が約束通り現れた感激に「偽りのなき世なりけり神無月たがまことより時雨そめけん」と詠じ、逢う夜のしるしにと「時雨の亭」の額を宿りに上げる。そこへ諸賢の郎等が、二人を捕らえようと襲う。定家の臣、藤内、菊若は防戦して、二人に逃げるよう勧めるが、斎宮は恥をみるよりはと、動かない。藤内も菊若も負傷し、追い詰められた時、振動雷電して賀茂の末社の神童子二人が現れ、和歌の正統たる定家を守り、斎宮も定家に賜るとの賀茂明神の神勅を下し、二人は救われる。

第三段　小倉山への道すがら、御簾を高く上げて景色を尋ねる式子に、定家は、人目を忍ぶように促すが、式子は聞き入れず、「玉の緒よ絶えなば絶えねながらへばしのぶることの弱りもぞする」と詠む。その歌に感じた定家はそれをもらいうける。

小倉山荘のありさまに感じた式子を、定家は、百人一首の似せ絵の間に案内し、式子の詠んだ「玉の緒よ」歌も似せ絵の中に書き入れる。定家は、百人一首撰集の由来を語り、その大事を伝授する際の受け答えに式子の和歌の才能を見て感嘆し、さらに契りを深める。

第四段　斎宮が小倉山にいることを世間と大内に憚って、定家の父俊成が教訓しにくるとのことなので、藤内は、斎宮をひとまず賀茂へ帰すように定家に進言する。不孝の罪と互いの浮名が立つことを厭い、斎宮は泣く泣く賀茂へ帰ってゆく。定家は悩んだ末、斎宮のため老父母のため、出家して嵯峨野の奥の清滝川のほとりの草庵に行いすます。

二人の密通は、斎宮は法皇の寵愛の姫、定家は和歌の正統ということでこのたびは許されたが、重ねて不義ある時は罪科たるべしと宣旨があった。諸賢は、密通が事実だったことがわかり勅勘を許されたが、斎宮は賀茂に帰り、定家は出家したものの、今も忍びあっていると讒奏《ざんそう》する。諸卿信じないが、諸賢は証拠を探して恨みを晴らそうと心に誓う。

菊若から定家の形見の黒髪を届けられて姫宮は乱心する。今一度の出会いをと心を砕く乳人の衛門の介を頼りに、姫宮は定家の草庵に辿り着く。「後の世を頼みになして恋ひしなん生きてまつべき契りならねば」(「契不逢恋」前大納言為氏　新千載集　恋二　一二二二)と口ずさみ、念仏する定家。その声を聞きつけて戸を叩く姫宮に、定家は涙しつつも心強く逢おうとせず、住持に頼んで高野に登ったと偽って二人を帰そうとする。形見の文に書かれた歌を口ずさむのを聞いたにもかかわらず、居ないと偽られたつれなさに、姫宮が滝壺へ身投げしようとする。それを止めた乳人は、姫宮が滝に身投げしたと偽って定家を誘い出し、無理やり京へ連れ帰る。

第五段　さもあらんと用意していた諸賢は、郎等をして京へ帰る定家・内親王・乳人を捕縛して内裏に訴え出る。法皇は不憫と思うが、内親王は土佐、定家は佐渡へと流されることになる。本望を遂げたと喜ぶ諸賢を人々は憎む。そこへ賀茂神主が駆けつけ、賀茂の明神の神託を告げる。「歌道を道とする我が国において、定家と内親王のみが和歌の徳を備えているので、賀茂の明神は二人を娶せたのである、愚かにも彼らを流罪にしたのは却って神明に背く、流罪をやめよ」という神託に、一同は二人を放免し敬う。諸賢が神主に抗議すると、神主の祈りに応じて、大雨雷電おこり、賀茂神の神童に断罪された諸賢は、雷に打たれて虚空に微塵となる。内親王は斎宮を退下してちがやの宮として仰がれ、定家は和歌所を給わって神のように大切にかしづかれる。

主人公が和歌の達人である定家と式子なので、普通は斎宮に恋は許されないのだが、この二人の恋を神は守るのである。また、世間の常識としては正しい理屈を立てて二人を陥れようとする者を、神はその常識を超えて罰を下す。古浄瑠璃『小倉山百人一首』は和歌功徳譚、賀茂明神の霊験譚である。

定家の歌として転用した為氏の「契不逢恋」題の「後の世の」の歌は、歌の内容が筋にふさわしく撰ばれているが、定家「偽りの」歌と、式子「玉の緒よ」歌は、本来の一首の意味ではなく、その詞句の一部が利用される形で、話に組み込まれている。定家歌は、本来は「時雨知時」題の歌で、三句以下は「いったい誰のいったことが本当で、神無月になるとともに時雨しはじめたのだろう」という意味である。それを浄瑠璃では、「偽りのなき世なりけり」の部分を、斎宮が約束を違えず賀茂から出てきてくれたという意味として使っている。また式子歌では、定家が人目を忍べと御簾を下げるのに対して、斎宮が逆に御簾高く上げる際に詠むわけで、「しのぶることのよわりもぞする」という下句を、本来の忍ぶ意志の強さの表現から変更して、忍ぶことが弱る＝忍ばない、の意として用いている。近世の想像力は、定家と式子が恋仲であるという設定のもと、その歌も、その表現の一部をうまく主題に合わせて自由に利用するという形で解釈を改変し、活用して、新しい浄瑠璃の世界を創造している。

『小倉山百人一首』（霞亭文庫蔵）

土佐浄瑠璃『定家』

さらに、この古浄瑠璃を下敷きに創作された『定家』という土佐浄瑠璃もある。『定家』は土佐節としては相当流行し、初代土佐少掾の元禄中頃の代表的な語り物の一つであったといわれているものである。この作品は、内題は「定家」、尾題が「新道成寺」となる通り、定家と式子内親王の恋愛譚に、後半、道成寺物ともいうべき、式子内親王の女房だった野分の局の嫉妬譚が挿入されている。

『小倉山百人一首』は賀茂明神の霊験譚、和歌功徳譚の要素が大きく、その点が中世的ともいえるが、『定家』にはその両要素とも無く、近世的な合理的精神に支えられた恋愛譚になっている。

あらすじは以下のようである。

第一段　後鳥羽院は七歌人を選び新古今集を撰した。なかでも藤原定家は歌道の名哲なので、主上をはじめ公卿たちに和歌を講じている。後白河第三皇女式子内親王も、賀茂斎宮であったがあまりに美しかったので、浮名が立ち、斎宮を退いて、この席に連なっている。定家は内親王を恋慕し、野分の局を通じて文を届け、色よき返事をもらう。明夜、大内の長谷の御堂で鰐口を鳴らし、式子が「年もへぬいのる契りははつせ山」と吟じれば「をのへの鐘のよその夕暮」と定家が下句を付けると合言葉を決めて逢瀬の段取りを申し合わせる。

好色の悪性者、禁裏北面侍平時国は、賀茂競馬の時に見初めて以来、内親王に恋慕していたが、内親王が長谷の御堂へお忍びと聞き、これを強奪することを企む。

春の夕闇、時国は二人の郎等とともに長谷の御堂へ行き、合言葉に返事をせぬままに内親王を強奪するが、定家の後見大江左衛門忠重が、格闘の末、姫を取り返す。定家と内親王は契りをかわす。

第二段　逃げ帰った時国は、郎等の話から、恋敵は定家と知り、無念を晴らし、内親王を奪う計略をめぐらす。郎等の一人が岩波弥七を語らうことを提案する。時国は摂政良経を訪れ、たわいもない世間話に興を催す折柄、縁の下から大男が飛び出して、良経を鑓で突くのを、時国が組み伏せる。捕らえられた男は実は弥七だが、別名を名乗り、定家が良経を妬み、自分を使って暗殺を企てたと白状する。時国は、良経をそそのかして自分勝手に討手を引き受け、二百騎の軍勢で定家の館を攻める。

勅命と偽り切腹を迫る時国に、忠重は時国の讒言に疑いなしとして、定家を逃がし、奮戦する。そこへ五条三位家隆が、仲裁に入り、戦いは止む。

第三段　内親王は定家を恋しく思い、小夜島勾当を使いに、小倉山時雨亭の定家のもとへ「玉の緒よ」歌を書いた文に一節切の笛を添えて送った。

思わぬ椿事に遭った定家は、引き籠って、内親王から贈られた色紙と一節切を手元に、「玉の緒よ」の歌を吟じて歎く。小夜島勾当の申し出に、定家は勾当の琴に合わせて一節切を吹いてしばし慰む。内親王は、野分の局とともに男装して、時雨亭の様子をうかがう。美少年を目にとめた定家が招じ入れたところ、それは内親王で、ここまで尋ねてきた心ざしの真実を訴える。定家は「偽りのなき世なりせば神無月たがまことより時雨そめけん」と詠じつつ招じ入れ、盃をかわす。

定家は百人一首の色紙の中に「玉の緒よ」の歌も加え、なからいも風雅に、契りを結ぶ。後朝の別れを惜しむ二人、と、定家の袂から、文が落ちる。それは定家に拒まれた野分の局の、血書の恨みの文であった。定家がその文を焼くと、煙の中から恨めしげな女が現れ近づくので、太刀で切りつけると、次の間で野分が血を流して倒れていた。内親王は野分を勘当する。定家は手負いの野分をひとまず縁者のもとへ送る。内親王は迎えの女房達と帰り、定家は寂しさをかこつ。

第四段　家隆は、定家と良経を和談させて内々に事を収めようとするが、時国が、奏聞して討手となって攻めてくることになる。定家は、駿河国藤川の寂蓮法師のもとへ忠重を供に落ちのびてゆく。都から男装した女馬子が付いてきたが、池田の宿で褒美をやって帰そうとすると、それは、煩悩の鬼となった野分であった。定家は、明日の逢瀬を約束して野分をだまし、夜中に忠重とともに忍び出て、藤川へ急ぐ。野分に追いつかれそうになり、忠重は定家を肩に負い、大井川を泳ぎ渡る。野分は追いかけ、川に飛び込み、妄執の一念から蛇身となり、たちまち川を渡り忠重に飛びかかるが、忠重は大蛇を散々に切り散らして、大井川に投げ入れ、定家を負うて寂蓮のいる藤川へ急ぐ。

第五段　事情を聞いた寂蓮は、女人の妄執を断つために、固く女人禁制として、法華経千部供養を始める。ところが、若い僧が、舞を奉納するという白拍子を、うかつに門内に入れてしまう。白拍子は野分の死霊の正体を現し、取り殺そうとするのを寂蓮が仏法の法力で怨霊を成仏させる。

第六段　家隆は、定家の無実を証そうと、関白に定家と時国の対決を願い出る。その相談の最中、時国の郎等岩波弥七がいきさつをあかす一通を差し出し自首、家隆は弥七を保護する。対決の場に呼び出された弥七の証言により、時国の陰謀は暴露され、時国は定家に引き渡される。陰謀に協力した弥七を時国が裏切ったため、弥七が自白したのであった。
定家は大和に三千町を賜り、両家もむつまじく豊かに栄えた。

『定家』では、式子内親王はすでに斎宮も退下した後で、定家との恋に何の禁忌も葛藤もない。横恋慕する時国と野分という敵役との戦いが中心で、忠重の忠、家隆の友情、寂蓮の法力など人間の力が、霊験の代わりになっている。定家と式子を和歌が結びつけているのは確かだが、その具体的な使い方を見ると、やはり、一首独立しての全体の意味ではなく、その表現の一部をうまく筋に結びつけることに手柄があるような使い方をしている。「年も経ぬ」歌の歌全体の意味は、恋の成就を祈ったがその効験もなく、恋人が出会う夕暮れを告げる鐘も自分には関係がないということだから、これから出会う二人の合言葉としてふさわしいかどうか疑問だが、この歌が撰ばれているのは、「はつせ山」「をのへの鐘」という「長谷の御堂」「鰐口」に縁のある詞が含まれているからであろう。その上で、上句と下句を合言葉として使うという趣向が大事にされ、観客にも受けたのであろう。また、男装した内親王が定家を訪れた場面で詠まれる「偽りのなき世なりせば」という歌の初二句は、本来は「偽りのなき世なりけり」であるのを、反実仮想に変更しているのである。それは、男装という偽りがもしなかったら、真実の心ざしにまみえることもなかっただろうというような意味で詠じられていて、話の内容に貢献しているのだが、これでは三句以下の意味はいかにも取りにくい続き柄になる。「玉の緒よ」歌も、「忍恋」というより「逢不会恋」の状況で使われている。一首独立の本来の意味は、命をかけた忍ぶ意志の強さであるが、作品の文脈の中では、逢えない苦しさに死んでしまいそうだという意味で使われている。以上のように、ここに至っては、和歌の表現の一部に新しい解釈や変更を施し、浄瑠璃の世界に生かすという機知をめでる価値観が生まれていると言えようか。

定家も式子も、その歌も、本来の姿から遠ざかり、浄瑠璃の世界で期待される姿に生まれ変わって、近世庶民文化の中に伝わることになった。

光明三昧院五輪石塔
（広島県尾道市瀬戸田町御寺）

法然と式子に関わる伝説

石丸晶子氏が、式子と法然に関係する二つの伝承の存在を報告されている（朝日文庫版『式子内親王伝　面影人は法然』）。

一つは、広島県生口島《いくちじま》光明三昧院《こうみょうさんまいいん》に伝わる、法然と、式子のことかと思われる皇女に関する伝承である。法然・如念・松虫・鈴虫の四つの五輪石塔があり、如念の塔には「後白河皇女」と刻まれているという。建永二年（一二〇七）の法難で法然は讃岐国に流された。その法然を追ってきた如念尼公が式子だというのである。式子は正治三年（一二〇一）にすでに亡くなっているから、そんなことはありえないのだが、法然の流罪に関わってこのような話が瀬戸内海の小島に口承されているのである。

定家との関係でもそうであったが、世俗の口の端に上ると、浪漫を求められて、大方は類型的な色恋の話になってしまう。法然と式子の関わりの可能性を示すものは、あの手紙一通のみであるが、しかし、このような伝説が存在することは、二人の間に恋愛はともかく交流はあったということの傍証とはなりえようか。

また、大分県別府市観海寺《かんかいじ》には、式子がここに下向して、ここで没したという伝承があるようだ。これも実際にはありえない話である。これら二つの口承がこの場所に生まれた理由を、石丸氏は推量しておられるが、それを証明するのは難しそうである。

第七章　式子内親王と和歌

1　式子内親王の歌

百首歌を詠む皇女

式子が百首歌に打ち込んだのは、その虚構性の中に皇女たる自己を自由に解放することを好んだためのみであったのだろうか。

斎院という「身分」であったから忍恋の歌を詠んだ、というのは、題詠を体験詠として読むという間違いをしている。一方、皇女の桎梏から放たれて自由に虚構の歌の世界に飛翔したのであって、その歌の激しさは誇り高い皇女であることと響きあっているとのみ考えるのも、皇女という「身分」から式子の歌をみていることになろう。たとえば身の上における事件であったはずの「出家」という出来事も、歌からはまったく切り離して考えることになる。虚構の歌なのだが、一回的な人生の旅の途上、自由に、ということも含んで、その身に、その時、そのように動くことでのみ自己を表現しうる創造力がある、と考える方が、具体的なのではないだろうか。

父後白河院は、今様に没頭し、身分卑しい者を師匠として心から敬い、その死を丁重に悼み、声わざの消えゆくことを惜しんで、自ら膨大な『梁塵秘抄』を編纂した。身分などおかまいなく、今様の奥義を知ろうとするその意欲、純粋さは、皇女では他には詠む人もいなかった百首歌に身分などおかまいなくうちこんだ式子の和歌に対する態度を髣髴させる。誰もそんなことはしなかったのだから異端の皇女であることに間違いないが、百首歌に求めた意味はまた別の所にもあったのではないかと思う。

「春・夏・秋・冬・恋・雑」という部立ては、自然と人間からなる世界の枠組である。厳密にいえばそれも虚構の題詠であるが、詠歌主体の人生観が最も現れるのは、述懐性の高い「雑歌」である。雑歌に現れる世界の見方をもつ詠歌主体が、四季や恋題に向かい、思索した結果が、百首で完結した普遍的な世界となっているのではないか。底に流れているのは、現れ方はさまざまであるが、超越的なものへの志向、生の意味を問い求める姿勢である。古歌に習熟し、古歌と対話し、和歌史に詠まれた歌語の本意を伝統を辿ることによって確認し、そこから主体的に新しい意味を見出すという正統な方法をとって、和歌は詠まれた。

百首歌は、連作という形で、その思索が辿れる形式でもあった。残された百首歌の、恋部、春の「花」の歌群について、その一端をすでに具体的に観てきた。その時の世界の見え方が式子の百首歌にはあるようだ。百首歌という形式にあるそのような魅力を見つけた式子がその形式を選ぶことにためらいはなかっただろう。

式子が、自分の意志で行動できないような内向的な人ではなかったことは、生涯を辿る上で、何度も確認した。しかし、自分の心を——ひいては人の心というものを——よく観、知ることのできる内省的な思考をする詩人であった。

心を観る心

春くれば心もとけてあは雪のあはれふり行く身を知らぬかな（A百首　春　四）

春がくれば、一つ年をとり「古りゆく」ものであるのに、まるでその観念を知らぬかのように春に感応して、淡雪がとけるようにうちとける心の動きを反省的に観る視点からこの歌は詠まれている。

今はただ心の外に聞くものを知らずがほなる荻の上風（正治百首　恋　三一六・新古今集　恋四　一三〇九）

荻の上風は、訪れる恋の相手の気配かと紛われるものであった。しかし、恋の相手の来訪を諦めきった今はただ、我が恋とは無関係な自然の風の音として聞き流しているのである。その心の変化も知らぬげに、以前と同じように荻の上風は吹いている。来訪と聞き紛えたりしたあの頃の辛い心が哀れに思い出されるのである。期待の再燃ではない。心の外に聴いている心の内に、自分の心の変化を見、また、荻の上風によって昔の自分の心を思い出すことの中に、特定の誰を待つともない人恋しさその

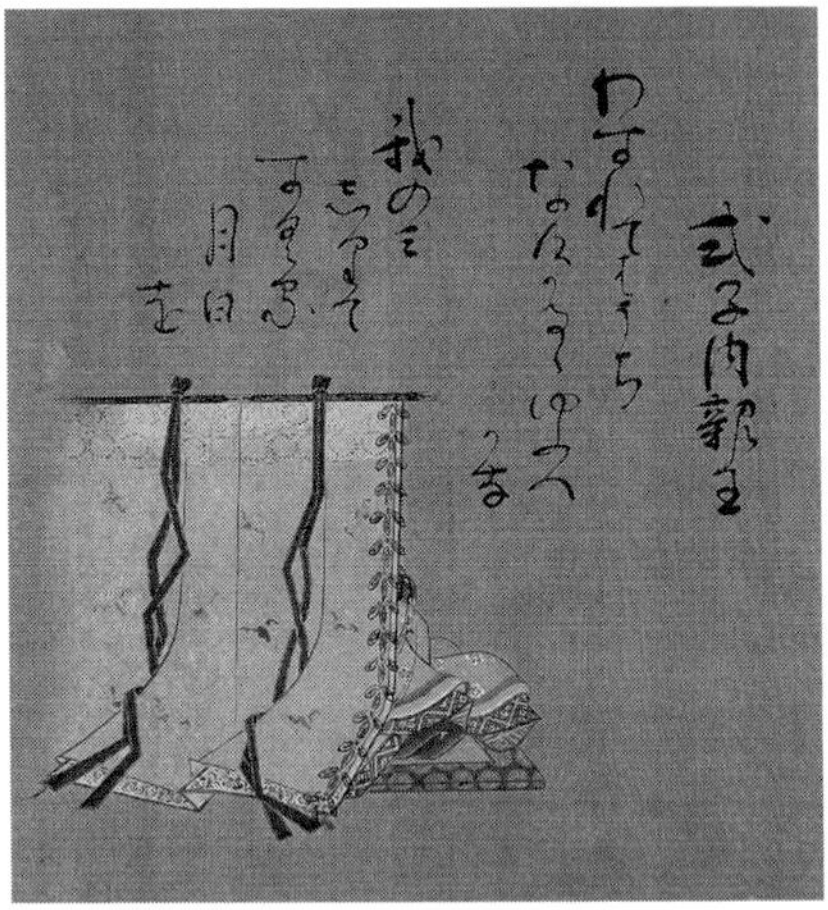

『歌仙絵』式子内親王像「わすれては」歌
（江戸前期　個人蔵）

ものの存在が見つめられる。心の内をよく省みた歌である。

わすれてはうちなげかるる夕べかな我のみ知りて過ぐる月日を（「百首歌の中に、忍恋を」新古今集　恋一　一〇三五）

恋心を久しく忍ぶうちに、心中で親しみが増し、すでに成就している恋のような錯覚を持ってしまう。夕べになると、ついついため息が出ている自分に気が付くのである。そういう自分を「我のみ知りて過ぐる月日」であるものを、と反省的に観ている歌である。

桐の葉も踏み分けがたくなりにけりかならず人を待つとなけれど（正治百首　秋　二五五・新古今集　秋　五三四）

本歌　わがやどは道もなきまであれにけりつれなき人を待つとせしまに（遍昭　古今集　恋五　七七〇）

本歌は、人の秋―飽きの深まりを詠む「恋」の歌であるが、この歌は、「秋」の心を詠む。人を待つ、待たないということから距離を置き、秋の自然を友としてきた詠歌主体が、桐の葉落ち積もる秋の深まりに、誰と特定しない人恋しさがおのずから心の中にわき上がってきたことを詠む。「桐の葉」を和歌に詠むのも新鮮である（山崎桂子『正治百首の研究』）。落葉の深さをいう「踏み分けがたく」が、「人」の面影を宿す表現であることと、下句の部分否定にこめられた人恋しさの質はよく呼応している。心の奥底にある心をよく観ている。

A百首に関してすでに触れたが、「ながむ」――観る人の思いと視線の先の風景とのさまざまな関係を示す――という語彙が式子に目立つことは、従来から指摘されてきた。心の中の深い心を観る心は、外に向かっては自然の動きにつれて自然に動く心を観る。

秋はただ夕べの雲のけしきこそそのこととなくながめられけれ（A百首　秋　四二）

郭公忍び音や聞くとばかりに卯月の空はながめられつつ（B百首　夏　一二二）

特別の様子をしているわけでもない秋の夕べの雲に、自分にも特別な思いもないのに、気が付けば秋になると夕べの雲の気色に惹かれながめている自分がいる、というのである。また、憂き月である卯月になれば、つい空をながめている自分にたびたび気付くのだが、それは時鳥の忍び音をもしや聞くのかと思うくらいだ、というのである。自然の対象におのづから響きあう自分を「られ〳〵らる」の自発が示し、それを観ている立場から歌は詠まれている。

ながむれば月は絶えゆく庭の面にはつかに残る螢ばかりぞ（A百首　夏　二八）
とどまらぬ秋をやおくるながむれば庭の木の葉の一かたへゆく（A百首　秋　五五）
暮れて行く春ののこりをながむれば霞の奥に有明の月（B百首　春　一八）
ながむればわが心さへはてもなく行くへも知らぬ月の影かな（B百首　秋　一五一）
花は散りその色となくながむればむなしき空に春雨ぞふる（正治百首　春　二一九）
ながむれば木の間うつろふ夕月夜ややけしきだつ秋の空かな（正治百首　秋　二三八）

「ながむ」という語彙は「物思いに沈みながらぼんやりながめる」という主体の心情に重心を置いた意味から「感情をこめて、あるものを見つめる」という客体に重心のある意味への幅をもつ。右の例でもその意味の位置どりはそれぞれであるが、この表現の背後には、「ながめる」詠歌主体を対象化して観うる反省的創造的な主体がいて、心情と風景の照応を統合し、統一している。「ながむれば」の句をもたない式子歌で、純然たる叙景歌を見つけるのが難しいのは、その背後に心情がこめられている場合が多いからであろう。

詞続きの伝統を止揚する

式子の手元には、歌集も物語も、多数存在していたと思われる。依頼して書写させた場合もあった。『紫式部日記』や『和泉式部日記』、『枕草子』などもあったことは、式子制作の月次絵巻からも推測できる。和歌の詞も心も、これらの古典から学ばれ、自家薬籠中のものとなった。

和歌の詞には、伝統がある。歌合判詞用語の「本意」は、詠むべき対象や感情の本性であり、事物がその特色、そのものらしさを最も発揮している状態で詠むことが求められた。題詠においてこれを外せば難ぜられた。たとえば『天徳内裏歌合』で判者実頼は、兼盛の「一重づつ八重山吹はひらけなんほどへてにほふ花と頼まむ」（一七）に対して「八重山吹の一重づつひらけんは、一重なる山吹にてこそはあらめ、心はあるにたれども、八重咲かずは本意なくやあらん」と評して負にしている。俊成の例を挙げれば、『別雷社歌合』の「花」題で、智将の「をしみつつをらで帰らばあぢきなく風にまかすと花や恨みん」（一一〇）に対して「をしみつつといへるを、風にまかすと花やうらみむと思ひながら帰りこん程や本意なく侍らん」と、これでは花を惜しんだことにならないと負にしている。『六百番歌合』でも、「新樹」題で、たとえば経家の「夏ごろもうすもえぎなるわかかへで秋そめかへん色ぞゆかしき」（一八四）について、「新樹をば賞せずして、「秋染め替へん色ぞゆかしき」といへる、本意なくや、「ゆかしき」も、もとより不足の詞なるべし」として負にしている。これでは新樹の歌にならない、というのである。

本意が厳しくいわれることは、一方では桎梏ともなり、そこに俊成や定家の新風が生まれる要因もあった。題の本意とも関わるが、和歌の詞続きも、かく詠むべきの伝統の流れの中で、一定の使われ方をするようになる。

式子の歌には、この伝統を踏まえた上で、あえてそれを覆すような詞続きをしている歌が見られる。「春の光」は春らしい光で、和歌史では普通は「日光」を意味し、それはしばしば君恩の喩であった。

いづことも春の光はわかなくにまだみ吉野の山は雪降る（「おなじ御時、御厨子所にさぶらひける頃、沈めるよしをなげきて、御覧ぜさせよとおぼしくて、ある蔵人に贈りて侍りける」凡河内躬恒　後撰集　春上　一九）

式子はこの語句を、早春の梅の木の間から射す「夕月」のほのかな光に対して用いる。

色つぼむ梅の木の間の夕月夜春の光を見せそむるかな（A百首　春　三）

春の大変かすかな兆しにも覚える喜びが、恩寵としても使われてきたこの詞を用いることによって、より含蓄深く表現される。詞続きは伝統に従わないが、早春の本意に背かないばかりか、その本意をさらに深め、新しくしている。

夕立の雲もとまらぬ夏の日のかたぶく山にひぐらしの声（「百首歌の中に」新古今集　夏　二六八）

「夏の日」は長く暮れがたく、暮らしわびるものとして詠まれてきた。しかし、ここには、慌ただしく暮れていく「夏の日」が詠まれる。第三句「夏の日」は上句では「夏の一日」、下句へは「夏の陽」の意として働く。過ぎ行く雨の「夕立」に「雲もとまらぬ」と過ぎ行く詞を重ねて、「夏の日」が暮れゆくさまを上句は表現する。「かたぶく」は、伝統的には「月」が西の空に傾くとして詠まれるのを、「夏の陽のかたぶく」と続ける。「陽」も傾くのである。伝統的に「日暮らし」と掛詞になる「ひぐらしの声」は、日のすでに傾いている山にさらに加速度をつけるようである。時の過ぎ行きが惜しまれるのは春秋だけではないのだ。伝統を踏まえながら、それを詞続きにおいて転じて、「夏の日暮れ」の本意を新しくしている。

秋の夜の雲なき月をくもらせて更け行くままにぬるるがほなる（A百首　秋　五一）

雲のない月を自分の涙で曇らせて月に対していたのだが、夜が更けゆくに従って月の顔が涙でぬれている様子であるという。「更け行くままに」は月についていう場合、月が晴れていく方向で詠むことが多いのである。しかし、この歌では、晴れるどころか、月は自分に同情してくれたかのように、自ら涙していいるように見える、と逆転させて、人の代わりになってゆく自然を詠む。

伝統的な詞続きを踏まえて転換し、新たな意味を開くこの方法は、「正治百首」まで一貫して見られる。

にほの海や霞のうちにこぐ舟のまほにも春のけしきなるかな（正治百首　春　二〇五・新勅撰集　春上　一六）

本歌　しなてるやにほの湖に漕ぐ舟のまほならねどもあひ見しものを（薫　源氏物語　早蕨巻）

本歌の恋を春に、「まほならねども」を「まほにも」と変化させる。上句は霞のうちに漕ぐ順風満帆の舟の様子を想い描く。序詞の形式を取って「真帆」を「真秀」に転じ、下句の本旨は「すっかり十分に春のけしきであることよ」の意になる。注意すべきは、「霞のうちにこぐ舟」である。これは、霞や霧のためにむしろ「まほにもみえぬ」ものであった。『新勅撰集』の「霞のをちに」の本文も同様である。式子歌では、その、まほにもみえぬ「霞のうちにこぐ舟」が、見えないままに、「真秀にも」──十分に──春の気色であるとしているのである。下句の普遍的抽象的な「まほなる春のけしき」を、上句のにほの海の霞の中を真帆かけて漕ぎゆく舟によって代表させ、具体的個別的な象徴として表す方法にも注意したい。

我が恋は逢ふにもかへずよしなくて命ばかりの絶えやはてなん（B百首　恋　一七七）

本歌　いのちやはなにぞはつゆのあだものをあふにしかへばをしからなくに（友則　古今集　恋二　六一五）

本歌をはじめ、逢えれば死んでもよい、それほどに逢いたい、という「逢ふに命をかふ」という発想が伝統的にある。式子歌は、逢うことに絶望しており、「命」を「逢ふにもかへず」と歎いている。この歌は伝統的な「逢ふに命をかふ」を「逢ふに命をかへず」と翻して、命に換えて逢おうとする恋の歌を忍恋の歌としたものである。ここからは、「逢ふに命をかふ」から「忍ぶるに命をかふ」という、冒頭にも取り上げた「玉の緒よ」歌への発想の転換は、すでに近いと言えよう。

玉の緒よ絶えなば絶えねながらへば忍ぶることの弱りもぞする（新古今集　恋一　一〇三四）

「我が恋は」歌では、詠歌主体に「よしなくて」と代償を求める気持ちが残っている。しかし、「玉の緒よ」歌では、そのような気持ちは微塵も詠まれておらず、命が絶えることよりも恋を忍ぶ意志が強く表明される。どのような男の状況を想定するかにかかわらず――柏木の恋のような露見すれば破滅するに違いない恋であれ、神に仕える斎院に恋心を抱く禁断の恋であれ、――この忍ぶ意志は、自分の身を守るためではなく、相手を思いやるものでなければ、歌の心として恋の本意に反し、恋の歌になりはすまい。「玉の緒よ」歌において、伝統的な発想を否定するのではなく止揚することによって、式子は、「忍恋」題の本意をその究極にまで高めているのである。

生きてよもあすまで人もつらからじこの夕暮をとはばとへかし（「百首歌中に」新古今集　恋四　一

（三二九）

この歌は前にも定家との関係で取り上げた。「玉の緒よ」歌と同様の強さと言い回し「とはばとへかし」をもつこの歌は、男のつれなさに命が絶えんとする極みにおいても、どこまでも相手の優しさをどこか信じて待ちたいと願う「逢不会恋」題の究極を詠む女歌である。自分の死後にはさすがにあわれには思うであろうという、男の示しうる最後の愛情を信じようとし、そこにまさかの一縷の望みを繋いで、その心があるならば、この最後の夕暮れに私を訪ねてきてほしい、と心中で相手を説得し、同意を求めている。この歌の方法は、伝統的な詞続きを翻して新しい意味を見出す上述の方法とは異なるが、この複雑な内容を、一首にこめ、やはり「逢不会恋」に新しい本意を見出している力量は感嘆に値する。直接的な影響はともかく、また男女の立場も超えて、命の間際「あはれとだにのたまはせよ」と懇願する文を女三の宮に送った柏木の恋をはじめ、悲恋の物語を熟読し、それに強く共感する所から、このような想像力は生まれるのであろう。

詞続きの緊張を通して

また、式子には、一種矛盾を含んだ詞続きを用いて、さらに複雑な心を表現するものもある。

さびしさは馴れぬるものを柴の戸をいたくな訪ひそ峰の木枯し（「百首歌中に」続後拾遺集　雑　中　一〇六九）

隠者の「柴の戸」を叩く木枯しの風。「訪ふ」の使い方に緊張がある。訪問は俗世間では寂しさを慰めるものなのだが、木枯しの訪問は、かえって寂しさをかき立てる。しかし、「いたくな吹きそ」ではなく「いたくな訪ひそ」と表現しているところに、単なる荒涼の風ではない、山中の友とみるような余裕が表現される。「峰の木枯しよ、この柴の戸をそんなに激しく叩いて訪れてくれるなよ、訪れのない寂しさには馴れているのだから。お前が訪ねてきてくれるのにかえって寂しくなってしまいそうだよ」というような複雑な「山家の寂しさ」が表現される。

日数経る雪げにまさる炭竈の煙もさびし大原の里（正治百首　冬　二七〇・新古今集　冬　六九〇）

この歌では「まさる」と「さびし」が逆説的な緊張をもつ。そこにこの歌独自の寂しさの質が表現されている。

これは単に寒さがまさる大原の里の風景を詠む歌ではない。大原は隠者の住む山里であり、また炭焼きが炭竈で炭を焼いている所でもある。

寂しさに煙をだにもたたじとて柴折りくぶる冬の山里（和泉式部　後拾遺集　冬　三九〇）

この和泉式部の歌が、隠者の目が炭竈の煙に親近感を持つのに影響を与えたと考えられるが、新古今時代には、次の西行歌のように隠遁の山家と炭竈の類比ないし対比の上に立って発想する歌が目立つようになる。

山ごとに寂しからじとはげむべし煙こめたりをのの山里（山家集　冬　五六六）

西行は、炭焼き人を自分と同様に寂しさを感じる人格として立て、そこに隠者的な共感を覚えており、式子歌の参考になる。式子歌は、もう幾日にもなる雪もよいの寒さのために——炭焼きが仕事にはげんでいるのであろう——日増しに多く盛んに立つ炭竈の煙もかえって寂しいことだ。大原の里よ、という意であるが、炭焼きに隠者の姿を重ねれば、「まさる」には「寂しさに煙をだにもたたじ」と「柴折りくぶる」姿があり、「寂しからじとはげむ」姿がある。炭竈の煙は、まさればまさるほど、寂しさに堪えようとする意志を伝えて、いっそう寂しいという人の営みの寂しさを表現するのに、この逆説的詞続きが力を発揮している。

伝統の根源に帰る

また、式子には、伝統的に形成されてきた類型的観念を言わば遡及的に見直し、その観念の生まれる始原から、初めてそれを詠んだように、直に対象を詠んでいる場合がある。

あしびきの山の端かすむ曙に谷よりいづる鳥の一声（正治百首　春　二〇六・三百六十番歌合　三六）

本歌は「鶯の谷よりいづる声なくは春くることをたれかしらまし」（大江千里　古今集　春上　一四）であるが、本歌通りの「鶯の声」ではなく「鳥の一声」とした所に「春告鳥」である鶯の本性が鮮やかに表現される。

山の端が春を知らせる霞に霞んだ曙に、折しも、谷から出てきた鳥の春を告げる一声が響くことよ、の意だが、「谷よりいづる鶯」の類型を知る読者には、この鳥が鶯であることは明白である。しかし、式子はそれをあえて「鳥」と表現することによって、既成の観念の鳥ではなく、まさに春を告げる声を発する鳥であり、「鶯」と名付けられる以前の鳥そのものであることを表現する。しかし、それが可能なのは、古歌の伝統があるからなのである。「鳥の一声」は『正治初度百首』に範光の用例があるが、違いは歴然としている。

ふるすいでてまだ里なれぬみ山べの霞のうちの鳥の一こゑ（範光　一五〇八）

これも「ふるすいでてまだ里なれぬ」の措辞からこの鳥が鶯であることがわかるが、それを「鳥」と表現する必然性が曖昧である。「霞のうち」にいて見えないから、とでもいうのであろうか。

「山深み」歌において、「春ともしらぬ」と否定された上で下句に現れる「雪の玉水」の象徴する「春」が、都で「春」と名付けられる以前の「春」を表現していたことも思い合わされてよい。また「花は散り」歌の下句に降る「春雨」は、伝統的には「降るとは空に見えぬ」ものとして、詠まれてきたのを、「むなしき空」に降るとしたことで、身に感じて認識されるものとして表現した。そこに、奥深い象徴的意味も生じたことも思い出したい。

式子は、その内省的な思考の仕方を基本に、虚構の百首歌の世界において、伝統的な詞、ないし詞続きを踏まえた上で、さらにそれを相対化し、一首の全体的な「姿」において、詞の意味を新しく甦らせている。

異なる立場に立って
――本歌取、本説取

本歌取（本説取）をしている歌に関しては、すでに多くの例を挙げてきたが、式子の柔軟な発想が劇的場面を創作している例を紹介する。『新後拾遺集』に入る歌である。

おのづから逢ふ人あらばことづてよ宇津の山辺をこえわかるとも（羈旅　八七九）

これは、『伊勢物語』第九段「東下り」の「宇津の山」の一節を本説とする。

ゆきゆきて駿河の国にいたりぬ。宇津の山にいたりて、わが入らむとする道はいと暗う細きに、蔦かへでは茂り、もの心細く、すずろなるめを見ることと思ふに、修行者あひたり。「かかる道はいかでかいまする」といふを見れば、見し人なりけり。京に、その人の御もとにとて、文かきてつく。

駿河なる宇津の山辺のうつつにも夢にも人にあはぬなりけり

宇津の山は、駿河国歌枕で、静岡県安倍《あべ》郡と志太《しだ》郡の境、宇津谷峠を越える。『伊勢物語』の男は、そこで出逢った修行者に「その人の御もとに」と都の女性に文を言伝てた。この段を本説として取った歌は新古今時代に多数見られるが、宇津の山を越える際の旅の詠であったり、昔男の立場で詠まれた歌であったりするものばかりである。ところが、式子歌は、東に行く男の出立に際しての都の女性の立場で詠んだと解されるのである。『伊勢物語』という古典から形成されている「宇津の山は東下りする旅人が、都へ帰る知人に逢う所」という観念を踏まえて、この歌は、なりゆきでおのづからにして都の人に逢うということがありえたならば、私に言伝てしてくださいよ。自分は今日、宇津の山辺を越えてさらに遠くへ向かって行くとでも、という意と考えられる。旅立ちに際して、旅先を思いやり、旅にある人の何らかの消息を知りたいと思う、待つ女の切実な気持ちを詠んだものであろう。そのように考えると「離別」部に入る方がふさわしい内容であるが、『新後拾遺集』が「羈旅」部に入れているのは、この歌の直前に「宇津の山」の歌が並ぶためであろうか。個性的な発想である。さまざまな立場に立って

「宇津の山」伊勢物語第九段
（鉄心斎文庫旧蔵）

詠じる柔軟な心がある。虚構の中で想像し、考える力は、このようにして育つのだろう。

「正治百首」には、作品の内部に人物が立ったり、複数の人物が登場したりする歌がみられた。それだけ普遍的で自由な場所から、和歌が詠まれているのである。そのことを景物「露」について見てみる。

景物の扱い――「正治百首」の露はバラエティに富む

秋部は三つの百首歌を通して、前半は「露」後半は「月」が詠まれる構成である。「露」と「月」は式子にとって重要な景物だったことが知られ、この構成自体にも意味があろうが、今は触れない。「露」は堀河百首題の一つであるが、テーマになるばかりではなく、別の主たる題材と組み合わせて詠むという方法がとられることも多い。式子の場合もそのような詠み方もあるが、それにしても、秋の部二十首のうち、「露」の語を含むものは、A百首で七首、B百首で六首、正治百首で六首と約三分の一の一定数を占めている。

「露」を詠む和歌は、A、B百首では一首も勅撰集・秀歌撰に入らないが、「正治百首」の「露」を詠む歌は、すべて勅撰集や秀歌撰に入集しているのである。日常の百首であったA、B百首の位相が知られるとともに、六年の歳月は和歌の練達にとって大きかったとも思われる。

「露」は伝統的に涙の譬喩として詠まれてきた。A百首では、自然の露も、人の涙も、ともに秋という季節が結ばせるものという発想を詠んだ歌が半数を占め、旅枕に置く露と涙、草庵の軒端にあらそう露と松虫の声に、葛藤する草庵の心を詠む歌が続く。B百首では、雑歌で人生を旅と観ていたことと関わって、露は涙なしには辿れない秋の旅路の景物となる。旅の途次に出会う景物の見方はA百首よりも開かれた心を感じさせるが、ともに露の詠み方は、涙の譬喩という伝統的な発想から出ていない。「正治百首」の「露」の語を含む歌は六首すべてが勅撰集に入る。露は種々の植物と組み合わされてそれぞれに個性的で、多様性に富む。

跡もなき庭の浅茅にむすぼほれ露の底なる松虫の声（一二四〇・新古今集　秋下　四七四）

「露の底なる」は、為家の『詠歌一体』で制詞（＝主ある詞、独創的表現）とされた。「露の底」は、「紫藤の露の底の残花の色」（「藤」相規　和漢朗詠集　春　一三四）などと使われる漢語「露底」を訓読した歌語で、A百首においても、「夕霧の底」「心の底」という詞がみられたが、千載、新古今時代に、「○○の底」の形の歌語が流行する、これもその一例である。これらの詞の源泉や影響関係については、佐藤恒雄氏、石川泰水氏に詳しい論考がある（佐藤恒雄『藤原定家研究』、石川泰水「式子内親王の『第一の百首』と定家の初期の作品」）。「露の底なる」は露のしとどに置いた草陰、茂って見えない深い奥底を意味し、松虫の居場所である。「跡もなき庭の浅茅」とあるから、人の踏み跡もないこの庭は、浅茅がほしいままに生い茂る草深い庭なのである。「むすぼほれ」は、凝固する意で「露」の縁語、心情語としては心の鬱屈していることをいう語である。浅茅も「結ぶ」と縁がある（堀河百首　一三九三）。

こよひこそなきはじむなれ下草にむすぼほれたる虫のこゑごゑ（「夜虫鳴初」讃岐　天喜四年六条

などを参考にすれば、明るい透るような声ではなく、押し殺したような「微かな」「くぐもり声」（新大系『新古今和歌集』）で鳴いていることを表現しているのであろう。松虫は伝統的に「人待つ虫」である。人が訪れた跡もなく生い茂る庭の浅茅に心もふさぎ、浅茅に覆われふさがれてくぐもった声で、浅茅にしとどに結んだ露の奥底の草陰から、聞こえてくる、人を待ちわびているような松虫の声よ、というのである。一首は、終始松虫の歌として読めるが、「跡もなき庭」「むすぼほれ」「露（涙）」などの措辞から、この「松虫の声」は、「松虫の声」のままで、人の訪れもない寂しい住まいにいる女性の心情と重なってくるところが重要なのである。その「露の底なる」の待つ声は、浅茅生い茂り、訪れる人も絶え果てて絶望の涙を流している心の奥底からの、それでもまだ湧き上がる人待つ心であると解される。自然は自然のままで人事の意を漂わせる象徴的な歌になっている。為家は「露の底なる」を制詞としているが、自分でも次のように使っている。

秋のよは露の底なる草葉までとほりてすめる月のかげかな（「草露映月」為家集　二〇四〇）

松虫と月の違いではあるが、「露の底なる」に託された意味は大いに異なる。
伝統的な取り合わせの「萩」と「露」の歌にも、式子の独自の表現がある。

よせかへる浪の花ずりみだれつつしどろにうつす真野のうら萩（二四二一・夫木抄　四一四六）

この歌の詞の上に露は表出されないが、「浪」にそれは暗示される。浪はまた、風に大きくしなる萩の様子でもある。この歌の眼目は「真野のうら萩」という造語にある。歌枕「真野の浦」（摂津、近江など諸説ある）は、尾花と詠まれてきたもので、萩は詠まれなかった。しかし「真野のむら萩」なら、早く『堀河百首』にも詠まれている。一方大和国歌枕「真野の萩原」は多数の例がある。これら定着していた「真野」に関わる歌語から、おそらく造語したのが「真野のうら萩」であろう。「浦」と「浪」の縁語を生かして、弧を描く萩の枝が、置く露を浪しぶきのようにこぼしながら風に浪のように揺られる様子を、「よせかへる浪の花ずり」と表現したのである。「萩の花ずり」は、萩の花を衣に擦りつけて染めることで、定着した表現であるが、ここで式子は「浪の花ずり」という虚構の花染めを創り出す。萩が「みだれつつしどろにうつす」ので、不規則なランダムな模様なのだろう。見立てなのだが、技巧が目立つわけではなく、萩の風に乱れ靡くさまを巧みに捉える。この歌は勅撰集には採られていないが、「真野の浦萩」は、市民権を得たらしく、以後「露ふかきまの浦萩」（越前　正治後度百首　九二四）などと、踏襲されている。「浪の花ずり」の方は、花を波に譬えるのでなく、波を花に譬えた後の例はある。

かり衣みだれにけらし梓弓ひくまの野辺の萩の下露（二四六・続古今集　秋上　三二七）

三河国歌枕「引馬野」は萩の名所である。狩に連想が働く地名でもあり、「引く」の掛詞でかかる「梓弓」も狩に関連した語である。初句「狩衣」は、狩の時などに使用する軽快な服装。『伊勢物語』初冠の男も乱れ模様の「しのぶもぢずり」の狩衣を着ていたように「乱れ」に縁のある、動きやすい「乱れ」やすい衣である。また、みだれ咲く「萩」もみだれ落ちる「下露」も「乱れ」と縁が深い。一首は、萩の咲く引馬野を舞台に、その地名にふさわしい狩する人物を配し、その狩のさまを「狩の衣もみだれてしまっただろう」とその野辺の萩の下露において想像する。伝統的な詞のイメージを緊密に組み合わせているが、自然で無理がない。

萩の上に雁の涙のおく露はこほりにけりな月に結びて（二四七・風雅集　秋中　五四七）

「萩の上に雁の涙のおく露」は、本歌「なきわたる雁の涙や落ちつらむ物おもふやどの萩の上の露」（よみ人しらず　古今集　秋上　二二一）の縮約表現である。物思う折しも雁も鳴いて萩の上に落していったその涙の露が、月の光によって、冷たく凍っているというのである。「雪の内に春は来にけり鶯のこほれる涙いまやとくらむ」（二条后　古今集　春上　四）以来、鶯の涙が凍ると詠まれるのは一般だが、雁の涙が凍るというのは例がなく、しかもそれは物思う宿の萩の上の露が、それと見られたものである。「こほれる露」の例はあるが、月光によって露が凍ったとする例はない。本歌にはない「月」が、雁の涙を凍らせることで、物思う宿の秋の悲しみがさらに添う。式子は月光が凝固したような

「露」のイメージを作り出している。この歌は続く月の歌群への橋渡しの役も果たしている。

為家は「月前雁」の題で、「なく雁の涙しられて萩原や月にこぼるる秋の白露」（為家集　六六六）と詠む。式子歌の影響があろうか。

白露の色どる木々はおそけれど萩の下葉ぞ秋を知りける（二四三・続後撰集　秋上　二八五）

本歌「いと早やも鳴きぬる雁か白露のいろどる木々ももみぢあへなくに」（よみ人しらず　古今集　秋上　二〇九）では「白露のいろどる木々」もまだ紅葉してしまっていないのに、早くも雁が来て鳴いたという。二四三の「おそけれど」は下句から「秋を知るのが遅いけれど」という意味になろう。それは白露に彩られるという受動的な秋の知り方だからなのである。それと対照されている「萩の下葉」が色づくのは、自ら秋を知っていたからだ、というのである。『拾遺集』にある次の一連の歌がそのように解釈するための参考になる。

躬恒、忠岑にとひ侍りける　　参議伊衡

白露は上よりおくをいかなれば萩の下葉のまづもみづらん（雑下　五一三）

こたふ　　躬恒

さをしかのしがらみふする秋萩は下葉や上になりかへるらん（同　五一四）

秋萩はまづさす枝よりうつろふをつゆのわくとは思はざらなむ（同　五一五）

忠岑

白露は上葉から置くのに、なぜまず最初に萩の下葉が黄葉するのだろうという伊衡の問いに、躬恒は鹿がしがらみふせるせいで、秋萩の葉の上下が逆になったのだ、と答え、忠岑は、秋萩は先に出た枝の下葉から移ろうのであって、露がとりわけ下葉から染めるのではない、白露のせいではないと答えている。一方は、白露が黄葉させるという和歌の類型に従い、一方はそれには従っていないが、二人とも理屈で答えている。式子の歌は「萩の下葉」は自ら身の内に「秋を知」っているから早く色づくのだと答えていることになる。季節の秋を自分で感じて知っている、という意味だけでなく、「萩の下葉」は萩の下葉ながら、人生の秋を身のうちに知る人さながらに思わせる詠み方である。すでに和歌史において、「わが身の秋」「わが世の秋」など詠む歌があるために、そのような奥行きが読み取れるのである。この歌は、露を詠みこんではいるが、主役は「萩の下葉」である。自然の歌ながら、背後に人生的な奥行きを感じさせる歌である。

さらに「露」は「花薄」とともに詠まれる。

花すすきまた露ふかしほにいでてながめじと思ふ秋のさかりを（二四五・新古今集　秋上　三四九）

「今よりは植えてだに見じ花薄ほに出づる秋はわびしかりけり」（平貞文　古今集　秋上　二四二）、「しのぶれば苦しかりけり篠薄秋のさかりになりやしなまし」（勝観　拾遺集　恋二　七七〇）という二つの本歌がある。穂が出ていない薄を「篠すすき」、穂が出た薄を「花すすき」といい、「篠すすき」は忍んでいること、「花すすき」は色に出る、態度に出すことに譬えて詠まれる。後者の本歌がそうであるように、これらの薄は恋の陰影をもつ素材である。一首は、篠薄は花薄となって穂を出し、その上露も深くおいている、自分は、薄が忍びがたくて穂を出すわびしいその景色を、あらわには眺めまいと思っている秋の盛りであるものを、という意である。「ほにいでて」は、穂を出している花薄のことと、詠者の心情としての「あらわに表に出して」の意が掛けられているが、後者の意には「ながめじ」と打ち消しがあるので、穂を出した薄と、あらわにはながめまいとする心情の間に対照がある。自分は「ほにいでてながめじ」と、秋のさかりのわびしさを忍ぼうとしているのに、花薄は穂を出した上に露も重げにおいて（心を忍ばず、態度に表して、涙を流して）いる。花薄と自分とを区別した上で、花薄に誘われそうになっている、秋を感じる心であろう。花薄の「露」は、自然の露であるが、忍恋に関わる詞が紡がれる中で、微妙に涙の陰影を帯びる。

秋の露は、「正治百首」では、月の歌群中にもう一度詠まれる。木枯しの歌である。

とけてねぬ袖さへ色に出でねとや露吹き結ぶ峰の木枯し（二五一・風雅集　秋下　六九三）

山家の辺りはすっかり紅葉している。物思いのために心安らかに寝てはいない袖までも、露によって紅葉の色に色づいてしまえというのだろうか、吹きすさんで露を結ばせる（袖に涙の露を結ばせる）峰の木枯しよ、という意である。「とけて（寝ぬ）」と「（吹き）結ぶ」の詞の照応がある。紅涙を誘って吹く激しい木枯し、とけてねぬ物思いを投げ出して表してしまえ、というがごとくに吹く木枯しである。紅い露の玉のイメージを浮かばせる。同様の紅い露は、すでに解説した「正治百首」恋部の「紅の浅葉の野らにかかる夕露」（二七九・新拾遺集　恋二　一〇一四）にも見られた。「正治百首」は、夏歌にも、清らかな「露」を詠む。

池寒み蓮の浮き葉に露はゐぬ野辺に色なる玉やしくらん（夏　二三四）

蓮は、『堀河百首』夏題に入る。「池寒み」は、初出例だが、夏の歌に詠まれるのは珍しく、『和漢朗詠集』の「池冷やかにして水に三伏の夏なし」（「納涼」英明　夏　一六四）からの影響があろうか。涼しい池の水面である。蓮の浮き葉は、蓮の根茎から出た若葉で水面に浮いている葉。成長すると立ち葉になる。蓮の浮き葉の露は、

風ふけば蓮の浮き葉に玉こえてすずしくなりぬひぐらしのこゑ（「水風晩涼といへる事をよめる」源俊頼　金葉集初度本　夏　二一一）

夕立の晴るれば月ぞ宿りける玉揺り据うる蓮の浮き葉に（「雨後夏月」山家集　夏　二四九）

のように、動きをもって詠まれているが、式子歌の露はひと粒じっとしている。「池」の「（白）露」と「野辺」の「色なる玉」、また、「ゐぬ」の静と「しく」の動の対照がある。「色なる玉」は「秋近い野原の花の色を宿した露」（『式子内親王全歌集』）であろう。俊成の、

野辺におく同じ露ともみえぬかな蓮の浮き葉にやどる白玉（「蓮」五社百首　一三三一　文治六年）

蓮の浮き葉の露（大覚寺大沢池）

の影響がある。「蓮の露」は、極楽往生への願いの詞として用いられるもので、ここでもそのイメージがあろう。俊成歌は蓮の浮き葉の清浄な露を「白玉」と表現し、野辺の露の美しさの方は特に認めていない。しかし、式子歌は、「蓮の浮き葉の露」の表す出家の世界に軸足を置きつつ、そこから、「野辺」の俗の世界を「色なる玉やしくらん」と美しく想像する。俗なる野辺をもやさしく観る目がある。どこまでも自然の「露」を詠んだ歌なのだが、同時に人事的意味を髣髴とさせる。

「正治百首」の露は、どれも個性的である。それは、「正治百

首」を詠む式子の心の位置が、一首の詠歌主体と連続融即しない普遍性を持つ深さにあることから生まれたと思われる。一つの素材が、和歌の伝統的な詞と心を透過して象徴的意味を帯びて立体化してくるまで、詞を磨き、思惟を効かせているのである。

象徴的手法とそれを駆使する心　掛詞、縁語、本歌取などさまざまな修辞は、和歌史の必然から生まれた技術であるが、技術の背後には必ずそれを駆使する心がある。もっとも技術が出来上がってしまえば形骸化も起こりうるのではあるが。式子歌における象徴的手法とそれを駆使する心についても、もう少し補足しておく。

しるべせよ跡なき浪にこぐ舟の行くへも知らぬ八重の潮風（正治百首　恋　二七二・新古今集　恋一　一〇七四）

この歌は恋歌であるが、行くべき方向がわからない海上を行く舟の歌として一貫している。舟人が恋をする者自身にすぐに重なるのは、本歌「白浪のあとなき方に行く舟も風ぞたよりのしるべなりける」（藤原勝臣　古今集　恋一　四七二）や、「由良の戸を渡る舟人梶を絶え行くへも知らぬ恋の道かも」（曾禰好忠　新古今集　恋一　一〇七一）を踏まえているからである。本歌は「も」一つで恋歌になっているが、式子歌ではそれもない。本歌の風が単純に信じられた「しるべ」であるのと異なり、式子歌では風の行くえもわからない。そのような風に祈らざるをえない、本歌よりさらに深くリアルな恋の不安を形象化しているのである。本歌の存在が「恋」への省察をさらに進めて象徴的な歌を生んだのである。右の歌は、海上をゆく舟を詠むが、もともと恋題であり、本歌などからそれが恋歌であることが明示されているものである。しかし、次の歌は夏の螢の歌なのであるが、その世界全体に人生的な奥行きが重層するというあり方にある。

水暗き岩間にまよふ夏虫のともしけちても夜を明かすかな（正治百首　夏　二二七・新後拾遺集　夏　二五五）

「水暗き」は、「蒹葭《けんか》水暗うして螢夜を知る　楊柳風高うして雁秋を送る」（「螢」許渾　和漢朗詠集一八七）に拠る表現を式子が最初に使ったのであるが、夏虫（螢）の迷う闇の表現としてふさわしい。「ともしけち」は螢の点滅をいう。暗い水面、岩と岩の間をさまよいながら飛ぶ螢は、火を点したり消したりして、夜を明かすことよ、という意味であり、どこまでも夏の螢の歌でありながら、同時に、無明の闇にさまよい息づくこの世の衆生の姿を髣髴させる。和歌史における「まよふ夏虫」に自らを譬喩する歌などの集積が、このような理解を可能にするのである。象徴的な歌と言えよう。二つの意味は、深く切れているが、深く響きあっている。螢も人もともに生かしているものを感じている実感から、このような歌は生まれるのではないか。

そのような感覚は、秋を感じる心を詠んだ次のような歌にも感じられる。

我が宿の稲葉の風におどろけば霧のあなたに初雁の声（正治百首　秋　二四一・玉葉集　秋上　五七八）

「稲葉の風」は秋を知らせるものとして詠まれてきた。また「稲葉の風」と「雁」も縁あるものとして詠まれてきた。そのような伝統を踏まえてこの歌ではどのように詠んでいるだろうか。「おどろけば」と「初（雁）」の響きあいに注意される。我が家の表の稲葉を吹く風に、はっと季節が秋であることに気付くと、折しも稲葉の上に立ちこめた霧の彼方から今年初めて渡ってきた雁の声がするよ、というのである。雁の姿は見えない。稲葉の風に秋を感じた瞬間、間髪を入れず、聞こえる初雁の声。季節を感じる心と季節を知らせる自然との交響、自然と自然との交響が詠まれる。

秋風と雁にやつぐる夕暮の雲ちかきまで行く螢かな（正治百首　夏　二三六・風雅集　夏　四〇一）

本歌の、「ゆく螢雲の上までいぬべくは秋風ふくと雁につげこせ」（伊勢物語　四十五段・業平　後撰集秋上　二五二）では、詠歌主体が螢に雁への伝言を頼んでいるのであるが、式子歌ではそれを踏まえた上で、螢が高く飛び上がるのを、雁に秋風が吹くと知らせるのかと想像したのである。本歌を踏まえていることで、螢も雁もさらに内面化されたものとなり、単なる擬人法を超える。夏の部最後の歌に、いち早く秋風を感知したという意味で「夕暮れ」という時間設定をしたのも周到である（続く秋部最初の歌は、「朝け」の「秋の初風」を詠む）。季節の到来を生き物が頼まれたのでもなくおのずから知らせ合うとする調和的な世界を描く想像力からは、それらをともに生かす根源への視線が感じられる。その生き物へ向けられた視線が、単純に擬人的なものではないのは、

なく鶴の思ふ心は知らねども夜の声こそ身にはしみけれ（正治百首　鳥　二九三・新続古今集　雑下　一九八八）

に関して述べたように、人と鶴とは厳しく区別された上で、響きあう見方が存在することからもわかるのである。

2　和歌史の歩みとともに

譬喩から象徴へ――『古今集』から『新古今集』へ　式子の歌だけではなく、新古今集時代の歌が、さまざまな方法をとって、象徴的になっていることは、周知のことである。それに関しては、『古今集』以来の王朝和歌史を、詳述する余裕はないが、振り返らなければならない。『古今集』から『新古今集』への和歌史は、自然と人事を重ねる表現の技術から大きく言えば、譬喩から象徴へ深まる歴史であった。それは、表現の技術を駆使する心のあり方の問題でもある。『古今集』において、言語の世界が発見され、虚構の文学空間が開かれることになった。そこに発

達した技法は「掛詞」「縁語」であり、「譬喩」「見立て」であった。

浅緑糸よりかけて白露を玉にもぬける春の柳か（僧正遍昭　古今集　春上　二七）

「西大寺のほとりの柳をよめる」と詞書にあるが、その露に濡れた浅緑の柳の美しさは、柳に即して描写されるのではなく、西大寺のほとりの柳にふさわしい水晶の数珠のようだと「見立て」て表現される。柳の枝はその「しなやかな細さ」という部分的属性が抽出されて「糸」の属性と重ねられ、「露」は、「丸く光る」という部分的属性が取り出されて、「玉」のそれと重ねられ、糸に玉が貫かれているさまに、柳の枝に露が連なるさまが見立てられるその面白さこそが一首の眼目をなすのである。自然が自然の風景として詠まれるというあり方ではない。譬喩は、詠者の表現のために、対象の部分的属性を知的に利用するもので、対象の全体をそのままに表現するものではない。「露」を「玉」と表現することは、和歌の伝統となり、新古今時代へと受け継がれてゆく。しかし、新古今時代には、その見立て自体が一首の眼目とされるのではなく、さらに複雑な一首の意味の構築に資する使い方となってゆくのである。もう一つ例を挙げる。

冬の池に住む鳰鳥のつれもなくそこにかよふと人にしらすな（躬恒　古今集　恋三　六六二）

二句までが鳰鳥を景物とする序詞で、どこで恋の心情と連結しているかといえば、「つれもなくそこにかよふ」という部分である。序詞の鳰鳥の文脈の「独りで連れもなく水底に通う」と、恋の文脈の「そしらぬふりで独りひそかに其処に通う」が掛詞になり、この長い掛詞が一首の手柄ともなって「そのように他人に知らせないでほしい」という心情表現に収束するのである。鳰鳥は恋する自分の譬喩でもあろうが、そこに生じる詞の重層の占める位置が大きいという意味で、心情表現のために都合のよい景物の部分を利用しているといえよう。式子「正治百首」の「鳰の浮巣」の表現と比較すればその違いは明らかである。掛詞や縁語は、新古今時代にもさらに巧緻に使われるのであるが、しかしそれは一首の中で眼目として目立つことはない。

『新古今集』に至る和歌史において、一方ではたとえば「朝ぼらけ宇治の川霧たえだえにあらはれわたる瀬々の網代木」（定頼集　四五四・千載集　冬　四二〇）のような純然たる叙景歌も詠まれるようになるが、他方、一首全体が叙景歌でありつつ、そのままで背後に人事的な意味を連想させるような象徴的な歌が現われてくる。二つの意味は、よく切れてよく続いている。「本歌取」という、古歌と新しい歌を、それぞれの独立を保ちながら響きあわせる技法も、異なる二つの個を切って続けることの出来る心の駆使する技法として、象徴歌の生まれる時代に必然の技法ともいえるであろう。「大空は梅の匂ひに霞みつつ」（定家　新古今集　春上　四〇）などという視覚と嗅覚という異なる感覚を重ねて統合し、表現する共感覚的表現もそれに関連して考えられるのである。

新古今和歌の象徴性

定家は、詞の技巧を尽くして意識的に情緒を構成し、自然と人事を重ね、新しい歌を詠んだ。

春の夜の夢の浮橋とだえして峰にわかるる横雲の空（藤原定家　新古今集　春上　三八　御室五十首）

『源氏物語』の最後の巻名である「夢の浮橋」という辞句を使い、はかない春夜の恋の逢瀬の夢がふとさめるという人事を詠む上句は、「橋が絶える」という自然の景に関する語彙で語られる。下句はそれに照応する自然の景で、春夜の夢が覚める曙に、夜間は山に沈んでいた横雲が峰から離れてゆくありさまであるが、これは上句とは逆に「別るる」という人事の語彙で語られる。『古今集』の「風吹けば峰にわかるる白雲のたえてつれなき君が心か」（壬生忠岑　恋二　六〇一）などに用いられてきた言い回しを用い、恋の中絶の感を暗示する。下句には『文選』高唐賦の故事が引かれ、雲には楚王が夢に見た巫山の神女の形見の面影が重なる。一首は、春の曙の風景を詠むというだけでなく、途絶えた恋の歎きの気分、春の夜の艶麗な夢の名残ないし余韻、その複雑な情緒を、重層する和歌や物語の詞を使って、構築しているのである。

しろたへの袖の別れに露おちて身にしむ色の秋風ぞ吹く（藤原定家　新古今集　恋五　一三三六　水無瀬恋十五首歌合）

「寄風恋」。「吹きくれば身にもしみける秋風を色なきものと思ひけるかな」（古今六帖　あきの風　四二三）を本歌とする。「しろたへの袖の別れ」は、『万葉集』から出た歌語で、男女の後朝の別れを袖によって代表させ具象的に表現する。真っ白な袖である。「露おちて」の「露」は秋の暁の露と涙の二つの意味をもつ。その涙は、深い歎きの紅涙である。下句の秋風は、「飽き」を暗示し、また、本歌では「色なきもの」とされるが、それを「身にしむ色」として、紅涙を吹く色ある風としている。「白妙の袖と袖との別れ、すなわち暁の別れに、その袖の上に、おりからの露とともに、別れを悲しむ紅涙が置いて、身にしむ様子の秋風が、さびしく袖に吹くことであるよ」（『完本新古今和歌集評釈』）という意である。別れの悲しみの情緒は、秋風が露を吹く、紅と白の色彩感を伴う袖の別れの鮮明なイメージとして、よく考えられて構成されている。

きえ《露の縁語》わびぬうつろふ人の秋《飽き―秋》の色に身をこがらし《焦らし―木枯し》のもりのした露（藤原定家　新古今集　恋四　一三二〇　千五百番歌合）

女性の立場で詠む。わびはててもう消える気力さえない、心変わりしたあの方が、私に飽きた様子―秋の色―を見せるので、身を焦がし涙にぬれて、私は木枯しの森の滴り落ちた露のようだというような意味である。「表現は、男を秋の景色に、自身をその時の露に譬えて、句句すべて、掛詞にして、複雑をきわめた、逐語訳のできないまでのものにしている。……句句譬喩にはなっているが、譬喩を超えた気分の表現で、象徴というべきものである」（同）。「木枯しの森の下露」という自然と女の歎きという人事の重ね方は詞の二重性を極限まで駆使してその結果、木枯し吹く秋の色濃き森の、草木から落ちる雫に下草のしとどに濡れた風景が、わびはてた女の心の形となっている。定家は、意識的に情緒を構成するという方法で、自然と人事を一枚にする象徴的表現をなしえた人であった。『新古今集』の歌の中には、右のように詞の技巧を強く表に出すのではないが、やはり風景を詠んでいる背後に人事的意味を髣髴させる歌もあるのは、式子歌についても見た通りである。

きえかへり岩間にまよふ水のあわのしばし宿かる薄氷かな（良経　新古今集　冬　六三二　南海漁夫百首）

大井河かがりさしゆく鵜飼舟いくせに夏の夜をあかすらむ（俊成　新古今集　夏　二五三　千五百番歌合）

良経歌は、「消え失せたり岩間にさまよったりしている水の泡が、束の間取りついている薄氷よ」（新大系『新古今和歌集』）の意で、冬の水面の風景なのだが、仏説に無常の譬えとされる「水の泡」は、はかないこの世の存在である「人」を連想させよう。俊成歌は「大井川を篝火をたきつつ行く鵜飼舟よ。幾つ瀬を越して短い夏の夜を明かすのであろう」（同）の意で、夏の短夜の労働の哀れさをいうのでもあろうが、鵜飼が闇夜に行われる殺生で罪業深きものであるという理解があること（二五四など）からは、詠歌主体が対象的に見たのではなく、自分自身も含めた、罪深い人間存在の、短くはかないこの世（＝夜）でのあわただしい営みに思いを致しているとも考えられる。

さらに、『百人一首』にも採られる寂蓮歌、

村雨の露もまだひぬ真木の葉に霧立ちのぼる秋の夕暮（新古今集　秋下　四九一　老若五十首歌合）

は、秋の夕暮の、村雨が露になりまた霧になる山気の絶えざる動きを表現する。まったく自然の風景の歌なのだが、この歌は、「幽玄」と評されて、そこに或る精神性が感じられてきた。そのような享受が生まれる要因は、この歌の詞と詞続きにある。『新古今集』に並ぶ三夕歌を含む「秋の夕暮」の歌は、単に寂しさの極まる時節というイメージを継承するだけでなく、「対自的な視線というものを仮構し」、その視線が「叙景的に構成された歌についても、それが歌人の内部世界の象徴的表現となることを保証していたものと考えられる」（高橋介「春のあけぼの　秋のゆふぐれ――新古今歌人の一視座」）。「秋の夕暮」は自らの内なる風景である。この歌は奥山の風景を詠むが、奥山や深山が、人の心の奥の譬喩となる伝統もあった。一方、山は俗を離れ、人との関係を断ち、世を捨てて入る場所でもある。奥山は、孤独を選んだ者が、自分の心というものと対面せざるをえない場所である。このような和歌の伝統を踏まえて、絶えず動いていることにおいて寂しい秋の夕暮の山の風景全体の背後に、雑念を生じて常に定まらぬ、寂しい無常の心の全体が髣髴する。自然の自然らしい動きを叙すること

が、おのずからに人の心というものを背後に浮かばせる歌である。

また、三夕の歌に入る定家の、

見渡せば花も紅葉もなかりけり浦のとま屋の秋の夕暮（新古今集　秋上　三六三　二見浦百首）

は、高い思想性を持ち、後世、茶道で重んじられたりもするようになる。単に海辺の寂しい秋の夕暮の風景を叙したのではないのである。「見渡せば」は自分の内面を見渡す視線であり、下句「浦のとま屋の秋の夕暮」の風景は、「花も紅葉もなかりけり」という絶望のとった形であり、内面の風景である（拙稿「にほてるや――西行生涯の結句について」）。

自然と人事との重ね方には、詞の技巧を駆使したことの目立つものから、両者をともにあらしめている超越的なものを感ずるところから詠まれたものまで、さまざまな表現のあり方があるが、新古今時代においてこのような象徴的表現が生まれたのは、古今集以来の王朝和歌の歴史において、自然のありさまや人の心についての思索が深まっていったこと、その中で歌語が錬成され、譬喩が工夫され、本意が追求されていったことに起因するであろう。

式子の古典の学びは、そのような和歌史を追体験することであっただろう。式子の最後に至りついた「正治百首」の歌々から、『新古今集』に二十五首の多きが入集されたのも、ゆえなしとしない。

その和歌の歴史の背景には仏教があった。仏教を精神の支えにする時代であった。前述したが、狂言綺語を翻して讃仏乗の因としたいという白居易の句は後世への影響が多大であった。後白河院は和歌ではなく今様についてであるが、『梁塵秘抄口伝集』で、「この今様を嗜み習ひて秘蔵の心深し。さだめて輪廻業たらむか」と自問した上で「世俗文字の業、翻して讃仏乗の因、などか転法輪とならざらむ」と今様によって極楽往生することを確信し祈る。俊成の『古来風躰抄』は、「かれ（仏道）は法文金口の深き義なり。これは浮言綺語の戯れには似たれども、ことの深き旨も顕はれ、これを縁として仏の道にも通はさんため」と、歌道を説明するのに、「ことの深き旨も顕はれ」という点で仏道との類比関係を指摘し、その結果、仏の道にも通わすことになる、とも言っていた。西行の詞を伝えたとされる蓮阿の『西行上人談抄』には、西行の到達した和歌観とも言うべき和歌即陀羅尼という思想が記されている。

時代は、源平争乱の乱世であり、末法末世の無常観は深まっていた。末法劣機のすべての衆生の魂の救済が切望される中で法然やその弟子親鸞のような浄土門の易行の教えも生まれた。宗教において個人の心の救済が切実に求められる。末法であることの認識は、難行を教えとした明恵や、栄西、道元、日蓮らにおいても共通していた。

式子も、そのような時代の流れにあった。

式子と和歌

多感な少女時代に斎院を勤めた感覚は、「わすれめや」歌や「ほととぎす」歌にもあるように、式子の身において、最後まで生き続けたのではないかと思っている。「かりねの野辺」の清浄な朝の自然の奥にある何か超越的なものに触れたような感覚は、神、仏という宗教的枠組を超えて身にしみ、忘れられないものになっていたのではないか。

一方、斎院時代に式子は和歌と出会い、斎院女房であった娘を通して、俊成を和歌の師とした。俊成が、後に『古来風躰抄』で開陳している和歌というものへの考えは、体系的にではなかったかもしれないが、式子の身についていっただろう。百首歌という舞台を見つけた時期は不明だが、斎院時代の可能性もある。その魅力はますます式子を和歌に引き込んでいっただろう。

病気が理由とされる斎院退下も、父院の出家と『梁塵秘抄』編纂に刺激されて、和歌に没入したい気持ちが動いたかと疑われる。師の俊成の活躍も、あるいは背景にあったかもしれない。退下後、草子を写させて、資料収集している様子が見えるのも、何か示唆的であった。

八条院を呪咀したという疑いがかけられた時、父の不請にもかかわらず、またしても自分の意志を通して出家した。それは、進退谷《きわ》まった物語の女君がこういう場合どうしたのか、日頃親しんでいる物語の中に答えを見出そうとするかのような、観念的な出家だったのではないか。A百首雑歌は、詠歌主体として山家に隠遁した人の面影が色濃い。百首歌は、題詠なのであるから、実際に出家などしなくてもそのような心を表現する歌は詠みうるが、式子は、実際にも自ら出家して、しかし、すぐに仏道修行に向かうわけではなく、逆に虚構の和歌の世界にますます没入していった。十八道を受ける覚悟が決まるまでに数年を要したのは、身をもって人生を旅してみないと「なるればなるる世」の現実において身の行を実践する心境にはなれなかったからかと思う。その頃の心境はB百首にうかがわれる。

通常の儀式として聖道門の修行である十八道加行も受けたが、その後は、加持祈禱に信を置かず、穢れも忌まぬという当時の通常の貴族の信ずる聖道門の信仰に反する行動をとるようになっている。浄土門の法然に帰依したのは、十八道を受けて以後かと思われるが、末法の衆生のすべてが救われると説いた法然の教えは式子の心を強く動かしたに違いない。

「正治百首」に至るまで、式子の歌には、超越的なものへの志向が底流している。それは、観念ではなく、生活の中での実感から来るものではなかったか。和歌の世界と宗教の世界は異なるが、類比的でもある。斎院であった頃からの何かこの世を超えたものへの感受性と志向のゆえに、出家もし、十八道も受け、聖道門から浄土門へ信仰も変化したのである。見かけの行動は変わってみえるけれど、基本は変化していない。法然の教えは、和歌を詠むことが生きることと直結しているような式子の態度を許容するものであったと思う。

A、B百首の歌にはすでに、定家をはじめ、新風歌人との間に影響関係を指摘できる詩句が多数含まれる。式子は彼らとの交流を通じて、これまでも多く詠んできた虚構の百首の中にそれを生かした。そこには資質の違いもあり、新風歌人の方法をこの時点で式子がどれだけ身につけていたかは考慮の余地があるにしても。

百首歌は自然と人事からなる世界を表すものであるから、古歌の伝統を踏まえ題に応じて詠歌する虚構の営みの中にも、一回的な人生を生きた人のその時に生まれる思考の仕方が反映されよう。その自由度は、歌を生む心の深さに比例して変化するが、単なる知的な机上の想像ではない。特に、雑歌はその述懐性の高さから、どのような人生観世界観をもっているかの指標となる。時には、連作という形を取って、物語を作り、考えを深められるのも、百首歌の舞台の広さである。虚構の百首歌の中で、内省を深め、本意を探り、無常のこの世のある意味や生き方について考えをめぐらすことは、不変への祈りの姿勢でもあり、強い生きる力のなせるわざであったのではないか。

式子の古歌の学びは、伝統の追体験であり、その伝統を踏まえて、主体的に新しい意味を見出していった。最晩年の「正治百首」に到って、歌の象徴性が高まり、対象と深く切れ、深く続ける場所へと、歌を生む心の場所は、最も深くなっている。式子はここでようやく歴史的な新古今時代に追いついたように見える。形だけ真似したような新古今風ではなく、古歌の伝統を自ら生きた結果であろう。真に自由な虚構の歌を生むことが出来る場所である。

山深み春とも知らぬ松の戸にたえだえかかる雪の玉水
花は散りその色となくながむればむなしき空に春雨ぞふる

「正治百首」の中には、対象的に見られたのではなく、「身」に感じられる「雪の玉水」「春雨」が詠まれた。どちらもどこまでも自然の春を詠む歌だが、「身」のうちにあたかも来迎する仏を感じるような奥行きをもつ、新しい春の歌である。陵園妾に強く関心していた詠歌主体のありようからここに至るまでの歩みを振り返る時、式子にとって詩作は思索であり、詩作という行為に没入する「身」において、和歌はすでに生きる意味となっており、生きた証になったのではないだろうか。

参考文献

1　主なテキスト・注釈書

錦仁『式子内親王全歌集——改訂版』桜楓社　一九八八年
小田剛『式子内親王全歌注釈』研究叢書173　和泉書院　一九九五年
石川泰水ほか『式子内親王集／俊成卿女集／建礼門院右京大夫集／艶詞』和歌文学大系23　明治書院　二〇〇一年
奥野陽子『式子内親王集全釈』私家集全釈叢書28　風間書房　二〇〇一年
平井啓子『式子内親王』コレクション日本歌人選10　笠間書院　二〇一一年
窪田空穂『完本新古今和歌集評釈　上・中・下』東京堂出版　一九六四〜六五年
上條彰次・片山亨・佐藤恒雄『新古今和歌集入門』有斐閣新書　有斐閣　一九七八年
田中裕・赤瀬信吾校注『新古今和歌集』新日本古典文学大系11　岩波書店　一九九二年
峯村文人校注『新古今和歌集』新編日本古典文学全集43　小学館　一九九五年
久保田淳『新古今和歌集全評釈　一〜六』角川学芸出版　二〇一一〜一二年
片野達郎・松野陽一校注『千載和歌集』新日本古典文学大系10　岩波書店　一九九三年
久保田淳『訳注藤原定家全歌集　上・下』河出書房新社　一九八五年

寺島恒世『後鳥羽院御集』和歌文学大系24　明治書院　一九九七年

川村晃生ほか『長秋詠藻／俊忠集』和歌文学大系22　明治書院　一九九八年

谷知子ほか『秋篠月清集／明恵上人歌集』和歌文学大系60　明治書院　二〇一三年

高柳祐子ほか『正治二年院初度百首』和歌文学大系49　明治書院　二〇一六年

三木雅博『和漢朗詠集』角川ソフィア文庫　角川学芸出版　二〇一三年

高木正一注『白居易　上・下』中国詩人撰集　岩波書店　一九五八年

佐久節訳註『白楽天全詩集』続国訳漢文大成　日本図書センター　一九七八年

渡辺実校注『伊勢物語』新潮日本古典集成　新潮社　一九七八年

伊藤正義校注『謡曲集　中』新潮日本古典集成　新潮社　一九八八年

吉田幸一編『雑々集』古典文庫288　古典文庫　一九七一年

横山重校訂『古浄瑠璃正本集　四』角川書店　一九六五年

鳥居フミ子編『土佐浄瑠璃正本集　一』角川書店　一九七二年

松野陽一ほか校注『歌論集　一』中世の文学　三弥井書店　一九七一年

有吉保ほか校注『歌論集』新編日本文学全集87　小学館　二〇〇二年

渡部泰明ほか校注『歌論歌学集成　七』三弥井書店　二〇〇六年

石田吉貞ほか『源家長日記全註解』有精堂　一九六八年

福田秀一ほか『源家長日記／いはでしのぶ／撰集抄』冷泉家時雨亭叢書43　朝日新聞社　一九九七年

国書刊行会『明月記　一〜三』国書刊行会　一九七〇年

今川文雄『訓読明月記　一〜六』河出書房新社　一九七七〜七九年

冷泉家時雨亭文庫編『明月記　一〜五』冷泉家時雨亭叢書　朝日新聞社　一九九三〜二〇〇三年
稲村榮一『訓注明月記　一〜八』松江今井書店　二〇〇二年
明月記研究会編『明月記研究提要』八木書店　二〇〇六年
冷泉家時雨亭文庫編『翻刻　明月記一』冷泉家時雨亭叢書別巻2　朝日新聞社　二〇一二年
国書刊行会『玉葉　一〜三』名著刊行会　一九七一年
高橋貞一『訓読玉葉　一〜八』高科書店　一九八八〜九〇年
増補史料大成刊行会編『山槐記　一〜三』増補史料大成26〜28　臨川書店　一九六五年
増補史料大成刊行会編『兵範記　一〜五』増補史料大成18〜22　臨川書店　一九六五年
上横手雅敬『人車記　四』陽明叢書記録文書篇五　思文閣出版　一九八七年
増補史料大成刊行会編『吉記　一・二』増補史料大成29・30　臨川書店　一九六五年
高橋秀樹編『新訂吉記本文編　一〜三／索引解題編』日本史史料叢刊3〜6　和泉書院　二〇〇二〜〇八年
東京大学史料編纂所『愚昧記　上・中』大日本古記録　岩波書店　二〇一〇〜一三年
高橋昌明「『愚昧記』治承元年秋冬記の翻刻と注釈」神戸大学大学院文化学研究科『文化学年報』19　二〇〇〇年
髙橋昌明・森田竜雄「『愚昧記』安元三年（治承元）春夏記の翻刻と注釈（上）（下）」神戸大学大学院文化学研究科『文化学年報』22・23　二〇〇三〜〇四年
髙橋昌明・樋口健太郎「国立歴史民俗博物館蔵『顕広王記』応保三年・長寛三年・仁安二年巻」『国立歴史民俗博物館研究報告』第153集　二〇〇九年
岡見正雄ほか校注『愚管抄』日本古典文学大系86　岩波書店　一九六七年
古代学協会編『後白河院　動乱期の天皇』吉川弘文館　一九九三年

小松茂美・前田多美子補訂『後白河法皇日録』学芸書院　二〇一二年
石井教道編『昭和新修法然上人全集』平楽寺書店　一九五五年
大橋俊雄校注『法然　一遍』日本思想大系10　岩波書店　一九七一年
赤松俊秀ほか編『親鸞聖人真蹟集成　六』法藏館　一九七三年

2　主な研究書・研究論文（著書、論文に分け、著者の五十音順）

浅田徹『百首歌――祈りと象徴』原典講読セミナー3　臨川書店　一九九九年
石丸晶子『式子内親王伝　面影人は法然』朝日文庫　一九九四年
石丸晶子編訳『法然の手紙――愛といたわりの言葉』人文書院　一九九一年
伊藤正義『謡曲雑記』和泉選書44　和泉書院　一九八九年
伊藤正義『謡曲入門』講談社学術文庫2049　二〇一一年
稲賀敬二編『中世源氏物語梗概書』中世文芸叢書2　広島中世文芸研究会　一九六五年
今村みゑ子『鴨長明とその周辺』研究叢書382　和泉書院　二〇〇八年
上横手雅敬『権力と仏教の中世史――文化と政治状況』法藏館　二〇〇九年
小川龍彦『新定法然上人絵伝』理想社　一九五五年
小田剛『式子内親王―その生涯と和歌』新典社選書52　新典社　二〇一二年
勝浦令子ほか『日本史の中の女性と仏教』法藏館　一九九九年
窪田空穂『古典文学論Ⅱ』窪田空穂全集10　角川書店　一九六六年
久保田淳『新古今歌人の研究』東京大学出版会　一九七三年
久保田淳『藤原定家とその時代』岩波書店　一九九四年

五味文彦『藤原定家の時代――中世文化の空間』岩波新書　一九九一年
五味文彦『書物の中世史』みすず書房　二〇〇三年
五味文彦『後白河院――王の歌』山川出版社　二〇一一年
佐藤恒雄『藤原定家研究』風間書房　二〇〇一年
武井和人『中世和歌の文献学的研究』笠間叢書221　笠間書院　一九八九年
武井和人『中世古典籍之研究――どこまで書物の本姿に迫れるか』新典社研究叢書277　新典社　二〇一五年
竹西寛子『式子内親王・永福門院』日本詩人選14　筑摩書房　一九七二年
田中洋己『中世前期の歌書と歌人』和泉書院　二〇〇八年
赤瀬信吾解題『古来風躰抄』冷泉家時雨亭叢書1　朝日新聞社　一九九二年
田渕句美子『新古今集――後鳥羽院と定家の時代』角川選書481　角川書店　二〇一〇年
田渕句美子『異端の皇女と女房歌人――式子内親王たちの新古今集』角川選書536　角川書店　二〇一四年
田村圓澄『法然』人物叢書　吉川弘文館　一九五九年
田村柳壹『後鳥羽院とその周辺』笠間書院　一九九八年
角田文衛『日本の女性名　上』教育社歴史新書　教育社　一九八〇年
角田文衛『王朝文化の諸相』角田文衛著作集4　法藏館　一九八四年
寺島恒世『後鳥羽院和歌論』笠間書院　二〇一五年
寺本直彦『源氏物語受容史論考　正編』風間書房　一九八四年
錦仁『中世和歌の研究』桜楓社　一九九一年
西口順子編『仏と女――中世を考える』吉川弘文館　一九九七年
馬場あき子『式子内親王』紀伊國屋書店　一九六九年

馬場光子『梁塵秘抄口伝集』講談社学術文庫　二〇一〇年
平井啓子『式子内親王の歌風』翰林書房　二〇〇六年
藤平春男『新古今歌風の形成』藤平春男著作集1　笠間書院　一九九七年
藤平春男『新古今とその前後』藤平春男著作集2　笠間書院　一九九七年
藤平春男『歌論の研究』ぺりかん社　一九八八年
峰岸純夫編『家族と女性――中世を考える』吉川弘文館　一九九二年
三宅和朗『古代の神社と祭り』歴史文化ライブラリー111　吉川弘文館　二〇〇一年
森重敏『文体の論理』風間書房　一九六七年
森重敏『発句と和歌』笠間叢書52　笠間書院　一九七五年
山崎桂子『正治百首の研究』勉誠出版　二〇〇〇年
山本一『藤原俊成――思索する歌びと』三弥井書店　二〇一四年
吉野朋美『後鳥羽院とその時代』笠間書院　二〇一五年
渡部泰明『中世和歌の生成』中世文学研究叢書8　若草書房　一九九九年

池見澄隆「看とりの精神――現代と中世の交響」『仏教文化研究』一九九〇年三月
石川泰水「式子内親王の『第一の百首』と定家の初期の作品」『和歌文学研究』一九八〇年十一月
伊藤正義「作品研究《定家》」『謡と能の世界（上）』中世文華論集一　和泉書院　二〇一二年六月
岩佐美代子「『たまきはる』考――特異性とその意義」『明月記研究』8　二〇〇三年十二月
榎村寛之・後藤祥子ほか「記念講演とシンポジウムの集い（賀茂斎王――千二百年の歴史と文学）」『京都産業大学日本文化研究所紀要』16　二〇一一年三月

奥野陽子「式子内親王の歌――「忍ぶ」と「知らる」をめぐって」『叙説』3　一九七九年四月
奥野陽子「式子内親王の歌――「むなしき空」をめぐって」『叙説』4　一九七九年十月
奥野陽子「式子内親王の歌――「煙もさびし」と「つれなくぞ見む」」『叙説』5　一九八〇年十月
奥野陽子「君おもひいでば――西行両宮歌合について」『新見女子短期大学紀要』4　一九八三年三月
奥野陽子「にほてるや――西行生涯の結句について」『ことばとことのは』1　一九八四年十月
奥野陽子「雪の玉水――式子内親王の歌」『叙説』11　一九八六年三月
奥野陽子「夕立・夏の日・ひぐらしの声――式子内親王の歌」『光華女子短期大学研究紀要』26　一九八八年十二月
奥野陽子「寂しさの形――寂蓮「むらさめの」歌について」『光華女子短期大学研究紀要』28　一九九〇年十二月
奥野陽子「式子内親王の歌――A百首早春三首について」『光華女子短期大学研究紀要』31　一九九三年十二月
奥野陽子「式子内親王の歌――心を観る心」『光華女子短期大学研究紀要』32　一九九四年十二月
奥野陽子「正如房へつかはす御文――式子内親王と法然上人」『真宗文化』4　一九九五年五月
奥野陽子「「さざれ石の中の思ひ」について」『光華女子短期大学研究紀要』34　一九九六年十二月
奥野陽子「式子内親王集A百首の歌境――詠歌主体と花との関わりを通して」『光華女子短期大学研究紀要』36　一九九八年十二月
奥野陽子「式子内親王集の歌境（続）――詠歌主体と花との関わりを通して」『光華女子短期大学研究紀要』37　一九九九年十二月
奥野陽子「式子内親王と歌枕――「宇津の山」と「玉の井」について」『光華女子短期大学研究紀要』38　二〇〇〇年十二月

奥野陽子「言葉集所収式子内親王周辺歌――高倉三位と前斎院帥の歌」『大阪工業大学紀要』56―2　二〇一一年二月
加藤睦「『古来風体抄』試論――序文冒頭部の一文をめぐって」『国語と国文学』63―6　一九八六年六月
兼築信行「式子内親王の生年と『定家小本』」『和歌文学研究彙報』3　一九九四年七月
兼築信行「もう一人の如覚――『夫木抄』所載歌をめぐって」『国文学研究』140　二〇〇三年六月
川出清彦「斎院内の生活をしのぶ」『神道史研究』16―1　一九六八年一月
岸信宏「聖如房に就て」『仏教文学研究』5　一九五五年（『法然上人伝の成立史的研究Ⅳ』に加筆再録　一九六五年）
木下華子「『源家長日記』の方法と始発期の後鳥羽院像」『国語と国文学』93―4　二〇一六年四月
国島章江「『式子内親王集　守覚法親王集』解説」『式子内親王集　守覚法親王集』古典文庫　144　一九五八年七月
国島章江「式子内親王集――形態と成立について」『国語と国文学』37―3　一九六〇年七月
国島章江「式子内親王――御伝記に関する資料」『平安文学研究』27　一九六一年十二月
久保田淳「『粟田口別当入道集』解題」冷泉家時雨亭叢書27『中世私家集　三』朝日新聞社　一九九八年十二月
久保田淳「式子内親王の生と歌」『久保田淳著作選集　二』岩波書店　二〇〇四年五月
後藤祥子「女流による男歌――式子内親王歌への一視点」『平安文学論集』風間書房　一九九二年十月（田渕句美子ほか編『世界へひらく和歌』に同題改稿　勉誠出版　二〇一二年五月）
座田司氏「御阿礼神事」『神道史研究』8―2　一九六〇年
坂本和子「賀茂社御阿礼祭の構造」『國學院大學紀要』3　一九七二年
佐藤恒雄「後深草院御記の一断面」『和歌史研究会会報』52　一九七四年四月

高井茂子「式子内親王――その新風歌人としての側面」『国文』54　一九八一年一月
髙橋介「春のあけぼの　秋のゆふぐれ――新古今歌人の一視座」『文学史研究』20　一九八〇年七月
高柳祐子「中世和歌の史的研究」東京大学学位論文　二〇一一年三月
高柳祐子「晩年の式子内親王」『和歌文学研究』88　二〇〇四年六月
高柳祐子「歌人式子内親王の揺籃期をめぐって」『和歌文学研究』106　二〇一三年六月
武井和人「式子内親王集再攷」『中世古典籍之研究――どこまで書物の本姿に迫れるか』新典社研究叢書277　二〇一五年九月
田渕句美子「後堀河院時代の王朝文化」『平安文学の古注釈と受容　二』武蔵野書院　二〇〇九年九月
田渕句美子「百首歌を詠む内親王たち――式子内親王と月花門院」『集と断片』二〇一四年六月
伴瀬明美「『明月記』治承四五年記にみえる「前斎宮」について」『明月記研究』4　一九九九年十一月
鳥居フミ子「土佐浄瑠璃の脚色法（四）――新道成寺「定家」の位相」『東京女子大学紀要論集』33―2　一九八三年三月
永井陽子「式子内親王――その百首歌の世界」『なよたけ拾遺』短歌人会　一九七八年七月
速水淳子「式子内親王A・B百首雑部の構成」『和歌文学研究』74　一九九七年六月
松野陽一「古来風躰抄の成立過程について」『立正女子短大紀要』10　一九六六年十二月
三好千春「准母論からみる式子内親王――後鳥羽院政下における不婚内親王の存在形態」『女性史学』19　二〇〇九年
村井俊司「式子内親王の社会的位置――御子左家との関係を含めて」『中京国文学』12　一九九三年三月
村井俊司「式子内親王の後見――吉田経房を中心として」『中京国文学』14　一九九五年三月
村井俊司「式子内親王の信仰とその周辺」『中京国文学』15　一九九六年三月

村井俊司「式子内親王周辺の人々――序論・後白河院」『中京大学教養論叢』40―4　二〇〇〇年四月
脇谷英勝「千載和歌集とその特質――「都」憧憬の歌・配流の述懐歌及び保元の乱以降治承寿永の争乱にかかわる人々とその歌をめぐって」『帝塚山大学紀要』14　一九七七年十二月

＊本書の和歌の引用は、『式子内親王集』については『式子内親王集全釈』、その他は、参考文献に挙げた注釈を参考にしたが、基本的に『新編国歌大観』に依った。表記については私意により変更した場合がある。

あとがき

つくつくほうしが鳴くころになって、ようやく宿題のまとめにとりかかっていた中学生の夏休みを思い出していた。

残されている言葉といえば、おおかたは体験詠ではない虚構の歌だけ、という人の伝記を書くというのは難題である。外側の史料からわかることも、もちろんあるのだが、歌によってこそ歴史に残り、その歌が今も心を打つのであるなら、結局は、その歌の声を深く聞き取り、虚構の背後にある心をうかがうことでしか、この難題の答えは出せないのではないかと思い定めた。そのとき、百首歌の世界が虚構であることは、重要な意味を持っている。伝統を踏まえた上の虚構であることを通してこそ歌の心を普遍性をもって伝えることが出来るという意味で、それは自覚的な方法であった。和歌として必ずしも上出来とはいえないA、B百首の歌を相手にして紙幅を費やさざるを得なかったのは、正治百首に至る式子の世界観の変化の階梯を具体的にしたかったからである。

題詠でありながら、式子の歌には「時」の中で生きた「身」を通しての思索から生まれた切実さがある。古歌の学びは単なる知識の修得ではなかった。それゆえに、和歌は生きる力ともなり、ひいては臨終の力ともなったであろう。

おそまきながら、ともかく宿題が提出できてほっとしている。恩師、先学、友人、職場の同僚、振り返れば「あらましかば」の思いもあるが、それらもふくめて、式子内親王が引き寄せてくれたあまたの出会いに感謝している。敬遠しがちだった歴史の分野に踏み込む勇気と機会をミネルヴァ書房からいただいたこと、編集担当の田引勝二氏の、要所でのご助言、ご協力がありがたかった。

ひさしぶりに上賀茂神社に詣でて、おみくじをひいた。

あめのした　めぐむ草木の　めもはるに　かぎりもしらぬ　みよの末々
新古今和歌集に採られた式子内親王の賀歌。式子の生きていた時代は遠くなったけれども、今も末法、遍き恵みの春雨は、私の祈りでもある。

平成三十年五月十五日

奥野陽子

式子内親王略年譜

和暦	西暦	齢	関係事項	一般事項
久安五年（近衛）	一一四九	1	式子誕生。父、雅仁親王（後白河院、23）、母藤原季成女、成子（24）。同母姉亮子（3）、好子（2）。	九条兼実、源通親誕生。
六年	一一五〇	2	同母弟守覚誕生。	9月法然（18）西塔黒谷の叡空の室に入り、法然房源空を名告る。『久安百首』を詠進。
仁平元年	一一五一	3	同母弟以仁誕生。	『詞花和歌集』（藤原顕輔撰）撰進。
久寿二年（近衛・後白河）	一一五五	7	7・24雅仁親王（後白河天皇）践祚。藤原忠通、関白。10・20忻子（公能女）入内、女御。10・23藤原公光（成子弟）正四位下。10・26後白河天皇即位。	7・23近衛天皇崩御（17）。9・23守仁親王を皇太子とする。
保元元年（後白河）	一一五六（4・27改元）	8	4・19亮子内親王宣下、斎宮卜定（10）。成子、従三位に叙せらる（高倉三位）。10・27忻子を中宮とする。11・27守覚、仁和寺に入る。	7・2鳥羽法皇崩御（54）。7・11保元の乱。7・14藤原頼長没。7・23崇徳上皇配流。

				9・18新制七箇条を下す。10・20記録所設置。
二年	一一五七	9	1月後白河天皇、乙前から今様を習う。	5月暲子内親王出家（21）。10・8天皇新造大内裏に移る。新制三十五箇条を下す。
三年（後白河・二条）	一一五八	10	8・11後白河天皇、守仁親王（二条天皇）に譲位。亮子斎宮群行を遂げず、野宮より退下。12・25好子内親王（11）、斎宮卜定。式子の女房となる定家姉、龍寿御前誕生。	1・22内宴を復活して行う。12・20二条天皇即位。
平治元年（二条）	一一五九（4・20改元）	11	10・25式子に内親王宣下、斎院卜定。	12・9平治の乱。12・26平清盛、叛徒を討つ。藤原通憲（信西）、信頼没。
永暦元年	一一六〇（1・10改元）	12	2・17守覚（11）、仁和寺北院にて出家。9・8好子斎宮群行、式子は大膳職を初斎院としている。	3・11藤原経宗を阿波、藤原惟方を長門、源頼朝を伊豆へ配流。11・23美福門院得子没。
応保元年	一一六一（9・4改元）	13	4・16式子、紫野本院入御。4・19斎院となって初めて賀茂祭を行う。	9・3小弁局（平滋子）、上皇の皇子憲仁（高倉天皇）を産む。12・16暲子内親王を八条院とする。
二年	一一六二	14	藤原定家誕生。2・12後白河上皇、熊野新宮で今様	3・7経宗を召還。

長寛二年	一一六四	16	を謡い明かす。2・16最雲法親王没、以仁（12）、遺領城興寺を相続。	2・19藤原忠通没（68）。8・26崇徳法皇讃岐にて崩御（46）。9月平家納経。11・14順仁親王（六条天皇）誕生。12・17後白河上皇の平清盛に造営させた蓮華王院供養。二条天皇は臨幸申請にも沙汰なし。
永万元年（二条・六条）	一一六五（6・5改元）	17	2・1（1・29顕広王記）母成子の父季成没（64）。4・16斎王御禊。4・19賀茂祭。12・6好子斎宮帰京。12・16以仁王（15）、二条后多子の大宮御所にて元服。12・27多子出家。	6・25二条天皇譲位。7・27六条天皇（2）即位。7・28二条上皇崩御（23）。12・25平滋子所生憲仁（5）に親王宣下。
仁安元年（六条）	一一六六（8・27改元）	18	4・6母の弟、従二位権中納言左衛門督公光（37）解官。4・24賀茂祭 12・30定家（5）従五位下。	3・29藤原惟方を召還。7・26摂政基実没（24）、清盛女白河殿盛子遺領を受く。10・10憲仁立太子。11・11平清盛内大臣。兼実右大臣、東宮傅。
二年	一一六七	19	4・30賀茂祭、甚雨。院御見物。	1・2平滋子（26）女御となる。2・11平清盛、任太政大臣、

三年（六条・高倉）	一一六八	20	3月頃定家姉健御前、平滋子に初出仕。4・18賀茂祭。	5・17病により致仕。12・24藤原顕広（54）、俊成と改名。2・11平清盛（51）、出家。2・19六条天皇譲位、憲仁親王（高倉天皇）受禅。3・9平滋子（27）中宮となる。3・20高倉天皇即位。平滋子皇太后となる。
嘉応元年（高倉）	一一六九（4・8改元）	21	3月頃『梁塵秘抄口伝集』巻九まで成立（一説に巻十まで成立し、治承三年に増補完成とする）。『梁塵秘抄』もこの頃成立か。4・23賀茂祭 6・17後白河院（43）出家。法名行真。7・24式子、病を理由に斎院を退下する。唐崎祓の翌日、双林寺みこ（高陽院姫宮阿夜御前）との贈答歌あり。この頃定家姉龍寿（12）式子のもとに出仕か。10・20二条天皇皇女僐子内親王、斎院となる。12・11守覚、仁和寺寺務となる。	4・12建春門院（平滋子）院号宣下。この年、藤原良経誕生。
二年	一一七〇	22	4・20後白河法皇、東大寺で受戒。正倉院の宝物を見る。4・28守覚（21）に親王宣下。	5・29清輔判『左衛門督実国歌合』。7・3（〜10・21）摂政基房と平氏の間で殿下乗合事件

承安元年	一一七一（4・21改元）	23		起きる。10・9俊成判『住吉社歌合』。10・19俊成判『建春門院北面歌合』。この年、藤原雅経誕生。1・3天皇元服。12・14平清盛女徳子入内、12・26女御となる。
二年	一一七二	24	1・18守覚（23）、六勝寺長吏となる。	2・10平徳子、中宮となる。俊成、皇后忻子の皇太后になるにより皇后宮大夫より皇太后宮大夫となる。3・19藤原清輔ら、尚歯会を催す。12・8俊成判『広田社歌合』。
三年	一一七三	25		3・1清輔判『右大臣兼実歌合』。4・12法住寺北殿焼亡。6・12女御藤原琮子、病により出家。8・15俊成判『三井寺新羅社歌合』。この年、明恵・親鸞・藤原任子（宜秋門院）誕生。
四年	一一七四	26	2・19後白河院の今様の師、乙前（84）没。10・10	3・16法皇・建春門院、福原・

			異母弟道法（9）、仁和寺に渡る。	厳島御幸、平氏一門随行。9・1～15後白河院今様合。
安元元年	一一七五（7・28改元）	27	12・8定家（14）、侍従に任ぜられる。この年、法然（43）、専修念仏を称え、浄土宗を開く。	7・23、閏9・17、10・10清輔判『右大臣兼実家歌合』。7・28疱瘡流行により改元。9・12京、大風。
二年	一一七六	28	3・4後白河院五十賀。法住寺殿に行幸。守覚、勧賞により二品。9・28俊成（63）病により出家、法名釈阿。美福門院加賀源氏一品経書写供養を主催（～文治五年閏4月以前）。	4・27法皇延暦寺で天台戒を受く。7・8建春門院滋子没（35）。7・17六条上皇崩御（13）。12・5京官除目で法皇、平家の希望を退ける。
治承元年	一一七七（8・4改元）	29	式子、三条殿に住み、三条実房の次女を養育していたか。3・11母、高倉三位成子没（52）。	4・28安元の大火、大極殿焼失。5・21前天台座主明雲流罪、5・23延暦寺僧これを奪還。6・1鹿ヶ谷事件、清盛陰謀を知り、藤原成親らを捕え、西光斬首。6月俊寛、平康頼、藤原成経を鬼界島に配流。6・20藤原清輔没（70）。7・29故上皇に崇徳院の諡号を奉る。12月京

二年	一一七八	30	1・12公光没（49）。6・23俊成、歌道長者として兼実に招かれる。この夏、俊成、『長秋詠藻』を守覚に献上する。この年、『梁塵秘抄口伝集』完成。式子、嘉応元年斎院退下後からこの年公重没までの間に、公重や惟方らに草子の書写を依頼する。	中に強盗横行。3・15俊成判『別雷社歌合』。閏6・7新制十七条を下す。9月藤原公重没（60か）。11・12平徳子、言仁（安徳天皇）を産む。12・15言仁親王を皇太子とする。
三年	一一七九	31	2・9定家、俊成より『古今集』の伝授を受ける。4・11高倉天皇第三皇子惟明親王誕生。11・20清盛、院政を停止し、後白河院を鳥羽殿に幽閉。	7・29平重盛没（42）。8・30新制三十二箇条を下す。10・18俊成判『右大臣兼実家歌合』。11・15平清盛の奏請により関白を替補し、11・17太政大臣以下法皇の近臣三十九人の官を解く。
四年（高倉・安徳）	一一八〇	32	2・5定家『明月記』この日より現存。2・21亮子、言仁親王の准母となる。3・27定家、俊成の命にて八条院暲子に参る。4・9以仁王令旨、東国の源氏に下される。5・15以仁王配流の宣旨。以仁王園城寺に逃亡。5・26以仁王・源頼政ら、奈良へ逃れる途上、宇治川で敗死。6・17定家、俊成の供にて好子に参る。12・18清盛、後白河院の幽閉を解き、院	2・21高倉天皇譲位。4・22安徳天皇（3）即位。6・2清盛の請により福原遷都。7・14尊成親王（後鳥羽天皇）誕生。8・17源頼朝伊豆に挙兵。9・7木曾義仲信濃に挙兵。10・6頼朝鎌倉に入る。10・20富士川

			政再開を要請。	の戦。11・26京都還都。12・28平重衡、南都焼討。
養和元年（安徳）	一一八一（7・14改元）	33	1・3定家、式子（三条前斎院）に初参。1・17後白河法皇院政再開。3・15定家、後白河院・八条院に初参。4月定家「初学百首」を詠む。9・27俊成、式子（萱御所斎院）に参る。御弾箏ありとのこと。10・5丹後局、後白河皇女（宣陽門院覲子）を産む。	1・14高倉上皇崩御（21）。閏2・4平清盛没（64）。8月重源、宣旨により東大寺再興勧進を命じられる。11・25建礼門院（平徳子）院号宣下。この年、諸国飢饉。
寿永元年	一一八二（5・27改元）	34	8・14亮子を皇后とする。定家、この年「堀河題百首」を詠む。	飢饉のため死亡者多数。
二年（安徳・後鳥羽）	一一八三	35	2月俊成（70）に、後白河院より『千載和歌集』撰進の命下る。春、定家姉健御前、八条院に出仕。11・19法住寺合戦。木曾義仲法皇御所を襲う。円恵法親王、明雲ら討死。11・28義仲、法皇近臣を解官。この年、定家、藤原季能女と結婚か。	5・11木曾義仲、砺波山合戦に平家軍を破る。5・18宋人陳和卿、東大寺大仏鋳造。7・25平家、天皇・神器を奉じて西国へ都落。7・28木曾義仲入京。8・20後鳥羽天皇（4）践祚。
元暦元年（後鳥羽（安徳））	一一八四（4・16改元）	36	式子、年末頃から八条院に同宿。	1・20源範頼、義経軍入京、木曾義仲近江国粟津で敗死（31）。1・22頼朝に平家追討の宣旨下

				る。2・7一ノ谷合戦にて、平忠度、平経正ら敗死。7・28後鳥羽天皇、神器なきまま即位。
文治元年	一一八五（8・14改元）	37	1・3「八条院前斎院等御同宿云々」（吉記）。八条院御所の東洞院に面する殿舎に住まう。7・9京都大地震。7・12地震止まず。八条院の殿舎被害甚だしく、八条院、式子は庭上の仮屋に避難。8月式子、准三后宣下を受ける（8・10前斎院准后之御封事、8・14准后となり初めて院御所へ渡御）。11・22定家、源雅行と殿上で闘諍、除籍さる。	2・19義経、屋島の戦で平家を破る。3・24壇ノ浦に平家滅亡。安徳天皇（8）入水、平経盛（62）資盛（25）ら没。5・1建礼門院徳子（31）出家。8・28東大寺大仏殿落慶法要。11・12源義経、行家追討の院宣。11・29守護地頭を設置。12・28頼朝の要請により兼実を内覧とし、ついで兼実ら議奏公卿を置く。
二年（後鳥羽）	一一八六	38	3月初旬頃定家、殿上に還昇。10・22衆議判『太宰権帥経房家歌合』。秋法然大原談義。12月後白河院六十賀。	3・12この頃、定家、兼実に初参か。初秋西行、二度目の奥州下向。この年、定家、西行の勧進により「二見浦百首」を詠む。俊成『保延のころほひ』、この年以降文治五年までに成る。

三年	一一八七	39	6・28准母皇后の亮子を殷富門院とする。11・27守貞親王、殷富門院御所にて着袴。法皇密々臨幸。	2・19丹後局を三位に叙す。この年、西行の、俊成判『御裳濯河歌合』成るか。定家は西行に『宮河歌合』加判を求められるか。
四年	一一八八	40	2・19兼実嫡男、藤原良通没(22)。4・22俊成『千載集』奏覧(序文では前年9・20とする)。式子九首、定家八首入集。8・4兼実、冷泉殿は死穢により使用不能となったので、後白河院から貸与された大炊御門殿に移る。	2・21源義経追討宣旨。12・19後白河院、新造六条殿に移る。
五年	一一八九	41	2月中旬藤原惟方『粟田口別当入道集』。8・1兼実、法然を請じ、法文の語及び往生の業を談ず。8・8兼実、法然に受戒、念仏。	4・3兼実女入内の院宣。閏4・30義経、衣川に敗死。7・20上西門院没(64)。10月後半定家判の西行『宮河歌合』。これ以前に西行『贈定家卿文』。11・19守貞・惟明に親王宣旨。
建久元年	一一九〇(4・11改元)	42	1・3式子、八条院に同所。1・11兼実女任子入内。この儀に殷富門院、前斎院、姫宮らが使を参列させている。前斎院が式子ならばこれ以後、遅くとも建久二年六月までの間に出家。呪咀の噂により、八条	1・3後鳥羽天皇元服。1・11兼実女任子入内。2・16西行河内国広川寺にて没(73)。4・22七条院(殖子)院号宣下。

			院を退去し、押小路殿に移る。法名承如法。A百首は出家してまもなくの詠か。7・23兼実、法然に受戒。	4・26任子中宮となる。9・13良経・定家・慈円ら、良経邸にて「花月百首」披講。10・19東大寺大仏殿上棟。法皇御幸。11・9源頼朝、法皇に謁見。
二年	一一九一	43	8・21兼実、法然に受戒。9・29中宮任子、法然を請じ受戒。10・6兼実、法然に受戒。	6・26丹後局所生の准三宮覲子内親王を宣陽門院とする。12月後白河法皇発病。平癒を祈り、故崇徳天皇・安徳天皇らを祀り、怨霊を鎮める。
三年	一一九二	44	2・18後白河法皇、御領の処分を定める。式子には、大炊殿、白川常光院の外、二、三の御庄が配分される。3・13後白河院、六条西洞院御所にて崩御(66)。亮子、式子もこの時同居。3・30俊成、後白河院哀傷長歌を詠み、静賢、通親も唱和する。4・28定家、式子に水精念珠十二を奉る。5・2後白河院七七日法会。式子、鴨東の吉田経房邸へ還御。7・3姉好子没(45)。8・8兼実、法然を請じて受戒。11・9亮子(46)出家。	7・12源頼朝、任征夷大将軍。
四年	一一九三	45	2・13俊成妻美福門院加賀没(70前後)。式子は俊	8・17頼朝、源範頼を伊豆国に

			成の歌に応える形で十一首の弔歌を贈る。3・8式子、後白河院一周忌法要のため蓮華王院に行啓。4・7経房、兼実に大炊殿明け渡しについて交渉するも、兼実に説得され、成らず。	追放し討つ。秋、俊成判『六百番歌合』、良経、慈円・定家・家隆・顕昭ら百首を詠む。給題は建久三年、歌合は本年或いは建久五年成立か。
建久五年	一一九四	46	5・2B百首はこれ以前の近い時期に詠まれたか。出家以後の心の軌跡として、A、B百首をこの時点でまとめたか。6・5式子、勘解由小路経房邸にて、仁和寺の異母弟道法に十八道を受く。式子が法然に帰依するのは、これ以後のことか。	4・23八条院三位局所生兼実四男良輔（10）八条院にて元服。8・17八条院御所焼亡。8・28八条院三位局所生兼実五男良恵、殷富門院の猶子となる。8月良経、慈円『南海漁夫北山樵客百番歌合』（最終的には建久六年三月以降の成立）。
六年	一一九五	47	1・20俊成判『民部卿家歌合』この年定家に長女因子（後堀河院民部卿典侍）誕生。3・29惟明（17）、元服。この年、源智、法然の門弟となる。	3・12東大寺再建供養。後鳥羽天皇行幸、源頼朝参列。3・29頼朝、丹後局を六波羅に招く。4・21頼朝、宣陽門院の長講堂領七ヶ所復活に同意。5・22頼朝、関白兼実と都鄙理世事を談ず。8・13任子中宮、皇女を産

				む（昇子内親王）。11・1源通親養女宰相君、皇子を産む（為仁親王、土御門天皇）。11・10良経、任内大臣。12・5昇子、八条院の猶子となる。
七年	一一九六	48	1・12八条院、病により、以仁王姫宮に内親王宣旨を要請するも断念。兼実、父親王にあらざる人にその例なしと難ずる。八条院、以仁姫宮を御領の相続者とする。3月橘兼仲妻妖言事件（愚管抄はこの年とする。皇帝紀抄は建久八年とする）。橘兼仲妻、後白河法皇の託宣と称し、妖言を発し、夫妻は流罪となる。式子は関与を疑われる。6・17式子御所の勘解由小路殿で鵄が鳴くのを人々が不吉とし、6・19経房の差配により、龍寿御前旧宅へ移る。11・25建久の政変。兼実関白罷免、慈円天台座主辞任（同26）、良経籠居。中宮任子は八条殿へ行啓（同24）。通親が実権を掌握。藤原基通、関白氏長者となる。12・20式子、大炊殿に移住。	3・1良経、作文和歌会。4・16昇子内親王准三宮、入内。9・13良経家月五首歌会。9・18良経家韻歌百廿八首和歌。この冬、源頼朝、娘大姫の入内を図る。
八年	一一九七	49	3・16後鳥羽天皇、大炊殿に蹴鞠を遊ぶ。7・20頃俊成『古来風躰抄』初撰本成立。この年、弁長、法	3・20法然、兼実に授戒。7・14頼朝女、大姫没。9・10守成

			然の門弟となる。	親王（順徳天皇）誕生。12・5寂蓮、俊成・定家に「御室五十首」への詠歌を求める。
九年（後鳥羽・土御門）	一一九八	50	1・9譲位のため、後鳥羽天皇大炊殿に移る。式子は、吉田経房邸へ（～4・21）。2・24定家、斎院（式子か）に桜の木を請い、自宅に植える。3月法然、兼実の求めにより『選択本願念仏集』を著す。4月法然「没後遺誡文」を作る。	1・5源通親、任後院別当。1・11後鳥羽天皇譲位。土御門天皇（2）受禅。1・17後鳥羽院、院政開始。2・14範子内親王入内。3・3土御門天皇即位。範子皇后。4・21後鳥羽院、造営なった二条殿へ遷御。5・2良経『後京極殿自歌合』成立。この年、定家嫡男為家誕生。
正治元年（土御門）	一一九九（4・27改元）	51	3・13定家、式子の後白河院忌日仏事に参仕。5・1式子、雑熱のため医師を召す。明月記5・4、5・12条にも病状の記述あり。9・5式子、八条院に渡御（～9・14）。供花会に際してか。9・12龍寿御前、定家に大炊殿の怪異を語る。12・4式子の病悩、日増しに重くなる。明月記12・8にも病状の記述あり。12・11定家、為家の魚食、女子（因子か）の着袴を行う。12・15二宮長仁、三宮守成に親	1・13源頼朝没（53）。3・19文覚、佐渡国へ配流。6・22良経、任左大臣、通親、任内大臣。7・4八条院三位出家。

			王宣下。	
正治二年	一二〇〇	52	2・30式子、一昨日より足の薬の処方を中断。経房、病状重篤。閏2・11式子後見、吉田経房没（58）。閏2・24式子の病状、「御乳御薬猶無減」。3・6式子の病状、「御乳物六借御」。3・13後白河院忌日仏事。定家参仕。7月中旬式子に『正治初度百首』の沙汰があったか。9・5定家、式子の「初度百首」を拝見し、「皆以神妙」と感嘆。9・9式子の病状、前日より特に重篤。以後、式子の病状は明月記12・5、12・7、12・8、12・10、12・13、12・14、12・19、12・26、12・28条にうかがえる。10・1春宮守成を式子の猶子とする話がすすみ、御所・女房等の準備など大事な様子。11・24式子後見公時、定家に春宮猶子の大事に欠けていることを語る。11・25定家、春宮の陪膳を初めて勤める。以後、定家の春宮と大炊殿の行き来頻繁。11・30龍寿御前宅焼亡。12・7式子の病状重篤。定家は、春宮猶子の大事をなしとげ難いと案ずる。式子は加持祈禱をしない主義だが、人々が申し立てて、祈禱などあり。12・8実快法眼と丹後局、式子を見舞う。12・14公時、定	4・15守成親王立太子。6・28宜秋門院（任子）院号宣下。7・13良経室没。8・4源通親室（藤原範子）没。9・30兼実室重態、法然に受戒。

			家と謁談述懐、吉事の折天魔の所為かと歎く。公時、後鳥羽院乳母卿典侍藤原兼子からの申入れを式子に伝え、その返事を院御所に伝えたとのこと。12・15源仲国妻、後白河院託宣と称し雑言するとの噂あり。年末式子の病状が軽快したと聞き、定家喜ぶ。	
建仁元年	一二〇一（2・13改元）	53	年初から再び式子病状悪化か（明月記1・17、1・21条）。式子、法然に善知識としての来訪を願う。1・25別時念仏中の法然から長文の手紙をもらう。1・25式子没。1月『古来風躰抄』再撰本成立。	3月親鸞（29）、法然（69）の門に入る。7・27後鳥羽院、二条殿に和歌所設置。10・17宜秋門院任子（28）法然を戒師として出家。11・3後鳥羽院『新古今和歌集』撰進を命ずる。
二年	一二〇二		1・25定家、大炊御門殿における式子の一周忌仏事に参仕。出家した龍寿御前は、大炊御門旧院を出て左女牛の小家に移る。4・25龍寿御前、定家に車を借り、式子墓のある常光院に参る。月命日ごとに参るか。8・26守覚没（53）。	2・27兼実、法然を戒師として出家。
三年	一二〇三		12・4定家、火事の夜、清水谷尼上（義兄養母）を見舞った帰路、式子の女房であった周防を訪ねる。	
元久元年	一二〇四（2・20改元）			11・7法然『七箇条制誡』を著し、門弟を戒める。11・30俊成

二年	一二〇五	3・26『新古今和歌集』竟宴。	没（91）。10月興福寺宗徒、専修念仏禁断を訴える。
建永元年	一二〇六（4・27改元）	3・7藤原良経没（38）。5・20源仲国妻、後白河院の託宣と称し、御廟建立のことを唱える。朝議、これを妖言とし夫妻を恐懼に処す。	2・14興福寺の訴えにより、法然門下配流と定まる。
承元元年	一二〇七（10・25改元）	4・5九条兼実没（59）。	2・18専修念仏を停止。前年末、熊野御幸の間に院女房が安楽房遵西、住蓮の別時念仏に結縁した件が院の逆鱗に触れる。法然を土佐に、親鸞を越後に配流、安楽房遵西、住蓮は斬られる。3・26法然、兼実の配慮で讃岐に留め置かれる。12・8法然、赦免されるも、入京は許されず、摂津国勝尾寺に止住。
建暦元年（順徳）	一二一一（3・9改元）	6・26八条院暲子没（75）。	11・17法然、親鸞の入京が許される。法然、東大谷に住する。
二年	一二一二	1・25法然没（80）。大谷に葬る。	

建保四年	一二一六		4・2殷富門院亮子没（70）。この年、丹後局（高階栄子）没。

＊廣池千九郎　橋本富太郎
岩村　透　今橋映子
＊西田幾多郎　大橋良介
＊金沢庄三郎　石川遼子
柳田国男　鶴見太郎
厨川白村　張　競
村岡典嗣　水野雄司
大川周明　山内昌之
西田直二郎　林　淳
折口信夫　斎藤英喜
シュタイン　瀧井一博
＊西　周　清水多吉
＊福澤諭吉　平山　洋
成島柳北　山田俊治
福地桜痴　山田俊治
＊村山龍平　早房長治
島田三郎　武藤秀太郎
田口卯吉　鈴木栄樹
＊陸　羯南　松田宏一郎
黒岩涙香　奥　武則
長谷川如是閑　織田健志
＊吉野作造　田澤晴子
山川　均　米原　謙
＊岩波茂雄　十重田裕一
＊北　一輝　岡本幸治
＊穂積重遠　大村敦志
中野正剛　吉田則昭
＊満川亀太郎　福家崇洋
エドモンド・モレル　林田治男
＊北里柴三郎　福田眞人

高峰譲吉　木村昌人
田辺朔郎　秋元せき
＊南方熊楠　飯倉照平
石原　純　金子　務
＊辰野金吾　河上眞理・清水重敦
＊七代目小川治兵衛　尼崎博正
本多静六　岡本貴久子
ブルーノ・タウト　北村昌史

現代

昭和天皇　御厨　貴
高松宮宣仁親王　後藤致人
＊李方子　小田部雄次
吉田　茂　中西　寛
マッカーサー　柴山　太
鳩山一郎　楠　綾子
＊石橋湛山　増田　弘
重光　葵　武田知己
市川房枝　村井良太
＊池田勇人　藤井信幸
高野　実　篠田　徹
和田博雄　庄司俊作
朴正熙　木村　幹
田中角栄　新川敏光
宮沢喜一　村上友章
竹下　登　真渕　勝
＊松永安左エ門　橘川武郎

鮎川義介　井口治夫
＊出光佐三　橘川武郎
松下幸之助　米倉誠一郎
渋沢敬三　井上　潤
＊本田宗一郎　伊丹敬之
井深　大　武田　徹
＊佐治敬三　小玉　武
幸田家の人々　金井景子
＊正宗白鳥　大嶋　仁
＊大佛次郎　福島行一
＊川端康成　大久保喬樹
＊薩摩治郎八　小林　茂
坂口安吾　千葉一幹
太宰　治　安藤　宏
松本清張　杉原志啓
安部公房　鳥羽耕史
＊三島由紀夫　島内景二
井上ひさし　成田龍一
R・H・ブライス　菅原克也
柳　宗悦　熊倉功夫
バーナード・リーチ　鈴木禎宏
イサム・ノグチ　酒井忠康
熊谷守一　古川秀昭
川端龍子　岡部昌幸
藤田嗣治　林　洋子
＊井上有一　海上雅臣
＊手塚治虫　竹内オサム
古賀政男　藍川由美

＊吉田　正　金子　勇
＊武満　徹　船山　隆
＊八代目坂東三津五郎　田口章子
＊力道山　岡村正史
＊西田天香　宮田昌明
＊安倍能成　中根隆行
サンソム夫妻　平川祐弘・牧野陽子
＊天野貞祐　貝塚茂樹
和辻哲郎　小坂国継
矢代幸雄　稲賀繁美
石田幹之助　岡本さえ
＊平泉　澄　若井敏明
＊早川孝太郎　須藤　功
安岡正篤　片山杜秀
青山二郎　田野　勲
島田謹二　小林信行
田中美知太郎　川久保剛
前嶋信次　杉田英明
＊唐木順三　澤村修治
亀井勝一郎　山本直人
知里真志保　北原治郎太
＊保田與重郎　谷崎昭男
石母田正　磯前順一
＊福田恆存　川久保剛
井筒俊彦　安藤礼二
佐々木惣一　伊藤孝夫
＊小泉信三　都倉武之
＊瀧川幸辰　伊藤孝夫
式場隆三郎　服部　正

大宅壮一　有馬　学
清水幾太郎　庄司武史
＊フランク・ロイド・ライト　大久保美春
＊中谷宇吉郎　杉山滋郎
今西錦司　山極寿一

＊は既刊
二〇一八年六月現在

＊岩瀬忠震　小野寺龍太
＊栗本鋤雲　小野寺龍太
大村益次郎　竹本知行
河井継之助　小川和也
＊西郷隆盛　家近良樹
由利公正　角鹿尚計
＊塚本明毅　塚本学
＊月性　海原徹
＊吉田松陰　海原徹
＊高杉晋作　海原徹
久坂玄瑞　一坂太郎
＊ペリー　遠藤泰生
ハリス　福岡万里子
オールコック　佐野真由子
アーネスト・サトウ　奈良岡聰智
緒方洪庵　米田該典

近代

＊明治天皇　伊藤之雄
＊大正天皇　F・R・ディキンソン
＊昭憲皇太后・貞明皇后　小田部雄次
大久保利通　三谷太一郎
山県有朋　鳥海靖
木戸孝允　落合弘樹
井上馨　伊藤之雄
＊松方正義　室山義正
北垣国道　小林丈広
板垣退助　小川原正道

長与専斎　笠原英彦
大隈重信　五百旗頭薫
伊藤博文　坂本一登
井上毅　大石眞
＊井上勝　老川慶喜
＊桂太郎　小林道彦
＊渡邉洪基　瀧井一博
＊乃木希典　佐々木英昭
星亨　小林道彦
林董　奈良岡聰智
＊児玉源太郎　小林道彦
＊高宗・閔妃　木村幹
山本権兵衛　室山義正
＊金子堅太郎　松村正義
高橋是清　鈴木俊夫
小村寿太郎　簑原俊洋
＊犬養毅　小林惟司
原敬　季武嘉也
＊加藤高明　櫻井良樹
牧野伸顕　小宮一夫
田中義一　黒沢文貴
内田康哉　高橋勝浩
石井菊次郎　廣部泉
平沼騏一郎　堀田慎一郎
＊鈴木貫太郎　小堀桂一郎
宇垣一成　北岡伸一
＊宮崎滔天　榎本泰子
＊浜口雄幸　川田稔
幣原喜重郎　西田敏宏
関一　玉井金五
水野広徳　片山慶隆

広田弘毅　井上寿一
安重根　上垣外憲一
＊グルー　廣部泉
＊永田鉄山　森靖夫
東條英機　牛村圭
今村均　前田雅之
蔣介石　劉岸偉
石原莞爾　山室信一
近衛文麿　庄司潤一郎
＊岩崎弥太郎　武田晴人
伊藤忠兵衛　末永國紀
五代友厚　田付茉莉子
大倉喜八郎　村上勝彦
＊安田善次郎　由井常彦
渋沢栄一　武田晴人
中野武営　佐賀香織
益田孝　鈴木邦夫
山辺丈夫　宮本又郎
武藤山治　阿部武司・桑原哲也
池田成彬　松浦正孝
西原亀三　森川正則
小林一三　橋爪紳也
大倉恒吉　石川健次郎
大原孫三郎　猪木武徳
＊河竹黙阿弥　今尾哲也
イザベラ・バード　加納孝代
＊林忠正　木々康子
＊森鷗外　小堀桂一郎
＊二葉亭四迷　ヨコタ村上孝之
＊夏目漱石　佐々木英昭

徳冨蘆花　半藤英明
巌谷小波　千葉信胤
樋口一葉　佐伯順子
＊島崎藤村　十川信介
泉鏡花　東郷克美
上田敏　小林茂
＊有島武郎　亀井俊介
永井荷風　川本三郎
北原白秋　平石典子
菊池寛　山本芳明
芥川龍之介　髙橋龍夫
＊宮沢賢治　千葉一幹
高浜虚子　坪内稔典
与謝野晶子　佐伯順子
＊種田山頭火　村上護
＊斎藤茂吉　品田悦一
＊高村光太郎　湯原かの子
石川啄木　先崎彰容
萩原朔太郎　エリス俊子
＊原阿佐緒　秋山佐和子
＊狩野芳崖・高橋由一　古田亮
川村清雄　落合則子
＊小堀鞆音　小堀桂一郎
竹内栖鳳　北澤憲昭
黒田清輝　高階秀爾
中村不折　石川九楊
横山大観　高階秀爾
＊橋本関雪　西原大輔
小出楢重　芳賀徹
土田麦僊　天野一夫

岸田劉生　北澤憲昭
濱田庄司　濱田琢司
＊山田耕筰　後藤暢子
松旭斎天勝　川添裕
中山みき　鎌田東二
佐田介石　谷川穣
＊ニコライ　中村健之介
＊出口なお・王仁三郎　川村邦光
島地黙雷　阪本是丸
＊新島襄　太田雄三
新島八重　佐伯順子
木下広次　冨岡勝
海老名弾正　西田毅
嘉納治五郎　クリストファー・スピルマン
柏木義円　片野真佐子
津田梅子　田中智子
＊澤柳政太郎　新田義之
河口慧海　高山龍三
山室軍平　室田保夫
大谷光瑞　白須淨眞
＊久米邦武　髙田誠二
フェノロサ　伊藤豊
井上哲次郎　井ノ口哲也
三宅雪嶺　長妻三佐雄
＊岡倉天心　木下長宏
志賀重昂　中野目徹
徳富蘇峰　杉原志啓
＊竹越与三郎　西田毅
内藤湖南・桑原隲蔵　礪波護

南北朝・室町

後醍醐天皇　上横手雅敬
*護良親王　新井孝重
懐良親王　森　茂暁
*赤松氏五代　渡邊大門
*北畠親房　岡野友彦
楠正成　兵藤裕己
楠木正行・正儀　生駒孝臣
*新田義貞　山本隆志
*光厳天皇　深津睦夫
足利尊氏　市沢　哲
*足利直義　亀田俊和
佐々木道誉　下坂　守
細川頼之　亀田俊和
円観・文観　田中貴子
足利義詮　早島大祐
足利義満　川嶋將生
*足利義持　吉田賢司
足利義教　横井　清
足利義政　木下昌規
*大内義弘　平瀬直樹
伏見宮貞成親王　松薗　斉
*山名宗全　山本隆志
細川勝元・政元　古野　貢
畠山義就　呉座勇一
足利成氏　阿部能久
世阿弥　西野春雄
雪舟等楊　河合正朝
宗祇　鶴崎裕雄
*満済　森　茂暁
一休宗純　原田正俊
蓮如　岡村喜史

戦国・織豊

北条早雲　家永遵嗣
*北条氏政　黒田基樹
大内義隆　藤井　崇
斎藤氏三代　木下　聡
*毛利元就　岸田裕之
*毛利輝元　光成準治
小早川隆景・秀秋　光成準治
六角定頼　村井祐樹
*今川義元　小和田哲男
*武田信玄　笹本正治
*武田勝頼　笹本正治
*真田氏三代　笹本正治
*三好長慶　天野忠幸
松永久秀　天野忠幸
*宇喜多直家・秀家　渡邊大門
*上杉謙信　矢田俊文
大友宗麟　鹿毛敏夫
島津義久・義弘　福島金治
*長宗我部元親・盛親　平井上総
浅井長政　長谷川裕子
吉田兼倶　西山　克
山科言継　松薗　斉
*雪村周継　赤澤英二
正親町天皇・後陽成天皇　神田裕理
足利義輝・義昭　山田康弘
織田信長　三鬼清一郎
織田長益　八尾嘉男
豊臣秀吉　藤井讓治
豊臣秀次　矢部健太郎
*北政所おね　田端泰子
*淀殿　福田千鶴
蜂須賀正勝・家政　三宅正浩
前田利家　東四柳史明
山内一豊・忠義　長屋隆幸
*黒田如水　小和田哲男
*蒲生氏郷　藤田達生
石田三成　堀越祐一
*細川ガラシャ　田端泰子
伊達政宗　伊藤喜良
*支倉常長　田中英道
千利休　熊倉功夫
*長谷川等伯　宮島新一
顕如　神田千里
教如　安藤　弥

江戸

*徳川家康　笠谷和比古
本多忠勝　柴　裕之
*徳川家光　野村　玄
徳川吉宗　横田冬彦
*後水尾天皇　久保貴子
後桜町天皇　所　京子
光格天皇　藤田　覚
崇伝　杣田善雄
*春日局　福田千鶴
*宮本武蔵　渡邊大門
池田光政　倉地克直
保科正之　八木清治
シャクシャイン　岩崎奈緒子
*田沼意次　藤田　覚
細川重賢　安高啓明
*二宮尊徳　小林惟司
*末次平蔵　岡　美穂子
*高田屋嘉兵衛　生田美智子
*林羅山　鈴木健一
吉野太夫　渡辺憲司
中江藤樹　辻本雅史
熊沢蕃山　川口　浩
*山崎闇斎　澤井啓一
山鹿素行　前田　勉
*北村季吟　島内景二
伊藤仁斎　澤井啓一
貝原益軒　辻本雅史
*ケンペル　B・M・ボダルト＝ベイリー
新井白石　大川　真
荻生徂徠　柴田　純
*雨森芳洲　上田正昭
石田梅岩　高野秀晴
白隠慧鶴　芳澤勝弘
前野良沢　松田　清
平賀源内　石上　敏
本居宣長　田尻祐一郎
杉田玄白　吉田　忠
木村蒹葭堂　有坂道子
*大田南畝　沓掛良彦
菅江真澄　赤坂憲雄
*鶴屋南北　諏訪春雄
良寛　阿部龍一
*山東京伝　佐藤至子
*滝沢馬琴　高田　衛
平田篤胤　山下久夫
国友一貫斎　太田浩司
シーボルト　宮坂正英
本阿弥光悦　岡　佳子
小堀遠州　中村利則
狩野探幽・山雪　山下善也
尾形光琳・乾山　河野元昭
*二代目市川團十郎　田口章子
伊藤若冲　狩野博幸
浦上玉堂　高橋博巳
*佐竹曙山　成瀬不二雄
葛飾北斎　岸　文和
酒井抱一　玉蟲敏子
孝明天皇　青山忠正
*和宮　辻ミチ子
徳川慶喜　大庭邦彦
島津斉彬　原口　泉
横井小楠　沖田行司
*古賀謹一郎　小野寺龍太
*永井尚志　高村直助

ミネルヴァ日本評伝選

企画推薦
梅原　猛
ドナルド・キーン
佐伯彰一
角田文衞

監修委員
上横手雅敬
芳賀　徹

編集委員
石川九楊
伊藤之雄
猪木武徳
今谷　明
今橋映子
熊倉功夫
佐伯順子
坂本多加雄
武田佐知子
竹西寛子
西口順子
兵藤裕己
御厨　貴

上代

*俾弥呼　古田武彦
*日本武尊　西宮秀紀
*仁徳天皇　若井敏明
雄略天皇　吉村武彦
継体天皇　若井敏明
*蘇我氏四代　遠山美都男
推古天皇　義江明子
聖徳太子　仁藤敦史
斉明天皇　武田佐知子
*小野妹子・毛人・毛野　大橋信弥
*額田王　梶川信行
弘文天皇　遠山美都男
天武天皇　新川登亀男
持統天皇　丸山裕美子
阿倍比羅夫　熊田亮介
*藤原四子　木本好信
*柿本人麿　古橋信孝
*元明天皇・元正天皇　渡部育子
聖武天皇　本郷真紹
光明皇后　寺崎保広

*孝謙・称徳天皇　勝浦令子
藤原不比等　荒木敏夫
橘諸兄・奈良麻呂　遠山美都男
吉備真備　今津勝紀
*藤原仲麻呂　木本好信
道鏡　吉川真司
*藤原種継　木本好信
*行基　吉田靖雄

平安

*桓武天皇　井上満郎
嵯峨天皇　西別府元日
宇多天皇　古藤真平
醍醐天皇　石上英一
村上天皇　京樂真帆子
花山天皇　上島　享
*三条天皇　倉本一宏
藤原薬子　中野渡俊治
*藤原良房・基経　瀧浪貞子
*紀貫之　神田龍身
源高明　所　功
*安倍晴明　斎藤英喜

藤原実資　橋本義則
*藤原道長　朧谷　寿
*藤原伊周・隆家　倉本一宏
藤原定子　山本淳子
*藤原彰子　朧谷　寿
清少納言　三田村雅子
紫式部　竹西寛子
和泉式部　ツベタナ・クリステワ
大江匡房　小峯和明
*阿弖流為　樋口知志
坂上田村麻呂　熊谷公男
*源満仲・頼光　元木泰雄
平将門　西山良平
藤原純友　寺内　浩
最澄　吉田一彦
円珍　岡野浩二
*空也　石井義長
奝然　上川通夫
*源信　小原　仁
慶滋保胤　吉原浩人
*後白河天皇　美川　圭

*式子内親王　奥野陽子
建礼門院　生形貴重
*藤原秀衡　入間田宣夫
平時子・時忠　元木泰雄
平維盛　根井　浄
守覚法親王　阿部泰郎
藤原隆信・信実　山本陽子

鎌倉

源頼朝　川合　康
*源義経　近藤好和
源実朝　神田龍身
*九条兼実　加納重文
九条道家　上横手雅敬
北条時政　野口　実
熊谷直実　佐伯真一
*北条政子　関　幸彦
北条義時　岡田清一
曾我十郎・五郎　杉橋隆夫
北条時頼　山本隆志
北条時宗　近藤成一
安達泰盛　山陰加春夫

平頼綱　細川重男
竹崎季長　堀本一繁
西行　光田和伸
鴨長明　浅見和彦
藤原定家　赤瀬信吾
*京極為兼　今谷　明
*兼好　島内裕子
重源　横内裕人
*運慶　根立研介
快慶　井上一稔
法然　今堀太逸
栄西　中尾良信
明恵　西山　厚
*親鸞　末木文美士
恵信尼・覚信尼　西口順子
覚如　今井雅晴
*道元　船岡　誠
叡尊　細川涼一
*忍性　松尾剛次
*日蓮　佐藤弘夫
一遍　蒲池勢至
夢窓疎石　原田正俊
*宗峰妙超　竹貫元勝

刊行のことば

歴史を動かすものは人間であり、興趣に富んだ人間の動きを通じて、世の移り変わりを考えるのは、歴史に接する醍醐味である。

しかし過去の歴史学を顧みるとき、人間不在という批判さえ見られたように、歴史における人間のすがたが、必ずしも十分に描かれてきたとはいえない。二十一世紀を迎えた今、歴史の中の人物像を蘇生させようとの要請はいよいよ強く、またそのための条件もしだいに熟してきている。

この「ミネルヴァ日本評伝選」は、正確な史実に基づいて書かれるのはいうまでもないが、単に経歴の羅列にとどまらず、歴史を動かしてきたすぐれた個性をいきいきとよみがえらせたいと考える。そのためには、対象とした人物とじっくりと対話し、ときにはきびしく対決していくことも必要になるだろう。

今日の歴史学が直面している困難の一つに、研究の過度の細分化、瑣末化が挙げられる。それは緻密さを求めるが故に陥った弊害といえるが、その結果として、歴史の大きな見通しが失われ、歴史学を通しての社会への働きかけの途が閉ざされ、人々の歴史への関心を弱める危険性がある。今こそ歴史が何のためにあるのかという、基本的な課題に応える必要があろう。評伝という興味ある方法を通じて、解決の手がかりを見出せないだろうかというのも、この企画の一つのねらいである。

狭義の歴史学の研究者だけでなく、多くの分野ですぐれた業績をあげている著者たちを迎えて、従来見られなかった規模の大きな人物史の叢書として、「ミネルヴァ日本評伝選」の刊行を開始したい。

平成十五年（二〇〇三）九月

ミネルヴァ書房

《著者紹介》

奥野陽子（おくの・ようこ）

1951年　京都市生まれ。

奈良女子大学大学院文学研究科国文学専攻修了。

奈良女子大学，新見女子短期大学，京都光華女子大学勤務等を経て，
2016年　大阪工業大学を定年退職。同年度大阪工業大学客員教授。

著　書　『小倉百人一首の言語空間――和歌表現史論の構想』共著，世界思想社，1989年。

『女と愛と文学――日本文学の中の女性像』共著，世界思想社，1992年。

『小倉百人一首を学ぶ人のために』共著，世界思想社，1998年。

『式子内親王集全釈』私家集全釈叢書28，風間書房，2001年。

『新宮撰歌合全釈』歌合・定数歌全釈叢書19，風間書房，2014年，など。

ミネルヴァ日本評伝選
式《しょく》子《し》内《ない》親《しん》王《のう》
――たえだえかかる雪の玉水――

2018年６月10日　初版第１刷発行　〈検印省略〉

定価はカバーに
表示しています

著　者　奥　野　陽　子
発行者　杉　田　啓　三
印刷者　江　戸　孝　典

発行所　株式会社　ミネルヴァ書房
607-8494　京都市山科区日ノ岡堤谷町１
電話代表（075）581-5191
振替口座　01020-0-8076

共同印刷工業・新生製本

ISBN978-4-623-08360-2
Printed in Japan

人名索引

※語の排列は，現代仮名遣表記の五十音順とした。人名は全て音読したが，一部の人名は慣例に従った場合がある。

あ 行

か 行

さ 行

た　行

な　行

は　行

ま 行

や 行

ら 行

引用和歌索引

あ 行

か　行

さ　行

た　行

ま 行

や 行

わ　行